浮色

焦糖冬瓜 著

重庆出版集团 重庆出版社

图书在版编目(CIP)数据

浮色 / 焦糖冬瓜著. —重庆:重庆出版社,2016.1
ISBN 978-7-229-10287-6

Ⅰ.①浮… Ⅱ.①焦… Ⅲ.①言情小说—中国—当代 Ⅳ.①I247.5

中国版本图书馆CIP数据核字(2015)第186093号

浮色
FU SE
焦糖冬瓜 著

责任编辑:张德尚
责任校对:刘小燕

重庆出版集团 出版
重庆出版社

重庆市南岸区南滨路162号1幢 邮政编码:400061 http://www.cqph.com
重庆出版集团艺术设计有限公司制版
自贡兴华印务有限公司印刷
重庆出版集团图书发行有限公司发行
E-MAIL:fxchu@cqph.com 邮购电话:023-61520646
全国新华书店经销

开本:890mm×1280mm 1/32 印张:11 字数:400千
2016年1月第1版 2016年1月第1次印刷
ISBN 978-7-229-10287-6
定价:32.80元

如有印装质量问题,请向本集团图书发行有限公司调换:023-61520678

版权所有 侵权必究

目录

001 [第一章] 白意涵的专属化妆师
020 [第二章] 《金权天下》开拍
039 [第三章] 两位影帝的演技
056 [第四章] 蹲在地上捡钱的工作
076 [第五章] 车　祸
097 [第六章] 小米粒的乌龙绯闻
127 [第七章] 影帝们的心思
161 [第八章] 全新团队出战《梦工厂》
181 [第九章] 大战初捷
201 [第十章] 日本之行
228 [第十一章] 生死之间
258 [第十二章] 三角恋绯闻
278 [第十三章] 迷茫之后的坚定
311 [第十四章] 凯旋门下的表白
335 [番外之一] 独家珍藏
343 [番外之二] 永远的男主角

[第一章]
白意涵的专属化妆师

米尘拎着化妆箱，胸前挂着"临时化妆师"的工作证，有些忐忑地站在一个化妆间的门外。

叫喊声、人员跑动的声音不绝于耳。前台音响声远远传来。

这是另一个世界，令人疯狂的外表之下，是外人意想不到的喧嚣与浮躁。

门终于开了，业内知名经纪人方承烨朝她招了招手，"进来吧！这就交给你了！"

米尘吸了一口气，走了进去。她无数次对自己说，这是做梦。

自从回国她就海归变"海带"，除了室友喵喵没有人欣赏她的化妆风格。

可此刻她竟然被大名鼎鼎的经纪人方承烨给拽到了这里，给某位影帝化妆！

米尘咽下口水，走了进去。

这间化妆室不大，除了方承烨之外，只有一个男子淡然地坐在镜子前。对方听见米尘的声音，这才缓缓侧过脸来，唇角勾起。

万物在那个瞬间缓慢抽离，只留下细若游丝的呼吸。

她觉得自己一定是吃了过期方便面产生了幻觉……否则她怎么可能进到影帝白意涵的化妆间？

他可是唯一一个不是靠"东方武术"打入好莱坞的华人演员。

已经不再是青春偶像的白意涵，脸上没有任何岁月留下的痕迹，五官的轮廓犹如薄雾中的远山，越是靠近越是惊讶于他恰到好处的起伏。眉眼轻抬，便是长风万里送秋雁，所有的浮华绚烂在他的身后黯然失色。

未上妆之前已经如此令人心动，化妆师还有什么可以发挥的余地？

"白意涵向来不需要过多的修饰。"方承烨脸上的不悦显而易见，"这个主办还真是好笑，说什么请了林如意这样彩妆界的一姐来给你化妆，结果跑去伺候什么偶像天团了，闹得我们现在要带自己的化妆师来都来不及了！真是搞笑！"

"算了，我又不是女明星，没有那么讲究。"

"怎么不讲究！这是你回国后第一次亮相！当然要给观众留下好印象！你在这里坐着，我去和主办方交涉一下。"

说完，方承烨便大步流星地离开了，只留下米尘正在化妆台上将自己的东西摆弄开。

"那个……我能摸一下你吗？"米尘小心翼翼地问。

白意涵的眼中闪过一丝惊讶。他知道一些后台人员也会向明星要签名或者合照，但是直接提出这么豪放要求的，他还是第一次见到。

"哦？你想摸我哪里？"白意涵好整以暇，唇角的笑容更深了。

米尘顿时窘了，这是活生生被男神当女色狼的节奏啊！

"你的脸部轮廓⋯⋯可以吗？"

"为什么？"

如果是合理的要求，无论怎样白意涵都会答应。而面对影迷，他也向来很有耐心。但是他也有自己的工作态度，他不欣赏任何不专业的行为。

"那个⋯⋯人的五官很多时候因为上镜会变得比平常要平板，就是所谓的不上相。我留意了一下今晚的舞台灯光效果还有其他明星在大屏幕上的成像，所以觉得可能要增强一下你额头与颧骨的高度⋯⋯"

白意涵阅人无数，他能轻易看穿其他人的戏功以及想法。这一次，他在这个身材小巧而平凡的化妆师眼中，看到坦然。

"好啊，你摸吧。"说到"摸"这个字，他还颔首会心一笑。

米尘倒抽一口气，仿佛多年前那种不顾一切追着明星的年代逆流而回。

要专业，米尘。虽然你只是一个名不见经传的小化妆师，但你也有你的骄傲。

米尘先是以食指的指背估量白意涵眉骨到眼睑的深度，额宽、颧高、最后以刷笔大致测量了一下眼球到下巴的角度。

她要做的，就是将属于白意涵那种浮华尽褪的洗练展现出来。

如同一般的顺序，上底妆，而底妆之后，米尘则在自己手背上开始调色。

白意涵缓缓睁开眼睛，对上的是米尘十分专注地看着笔刷的表情。

"你会不会也要给我画个白瓷脸或者下眼线之类？"

白意涵只是觉得这位化妆师现在太过安静和紧张了，他想要为她活跃一下气氛。

"不用。你是男星，肤色本来就很好，只需要比平常略白一点即可。而且下眼线那种所谓的时尚对你而言只是哗众取宠不伦不类。"米尘抬起了刷笔，淡声道，"白先生，请闭眼。"

感觉刷笔在自己的脸上起伏，白意涵有一种很特别的自己被极为认真对待的感觉。仿佛他的脸是油画的画布，而米尘就是那个专心致志的大师。

四十多分钟之后，米尘呼出一口气，笑着说："白先生，可以了。"

"是吗？谢谢。"

这时候，方承烨回来了。

"我操他的主办方！说什么他们惹不起星耀天下和巨涛唱片……"

方承烨的声音忽然停住了，他傻愣愣看着白意涵，良久才道："哇噻……这化妆技术……"

"怎么了？"白意涵转过脸，望向镜中的自己，心脏不由自主颤了一下。

这是他吗？

那些一去不复返的时光仿佛在瞬间奔涌而回，一发不可收拾。

"不……不好吗？"米尘咽下口水，紧张了起来。

"不，很好。谢谢。"

白意涵回过头来一笑，方承烨夸张地捂着胸口向后退了两步，"完了！完了！我的心都快跳出来了！本来以为你本尊已经够得天独厚了，没想到还真有化妆师能突破极限啊！"

米尘一边收拾化妆箱，一边抿着唇笑了起来。她只当方承烨是以夸张地赞扬来向她表示感谢。当初走进这间化妆间的紧张感逐渐消退，米尘终于可以呼出一口气了。

门外响起工作人员的提醒声，白意涵应该做登台准备了。

他起身，整了整衣角，拍了拍米尘的肩膀说："在这里等等，一会儿我和承烨请你吃夜宵。"

米尘笑得更开心了，有种所有努力被认可的感觉。

她不会傻到将白意涵说的话当真，而且化妆师组的组长打了个电话来将她臭骂了一顿。当她赶到时，急匆匆为一群伴舞上妆，耳边一直环绕着组长的叫骂声。

而此刻的音乐盛典上，资深女主持人洪月盈向在场观众们热烈地介绍神秘演唱嘉宾，念出了一长串脍炙人口的电影名称以及一些国际奖项，然后眨着眼睛问道："大家猜到他是谁了吗？"

而与她搭档的男主持人林颂自诩幽默地望向台下，"唉，也许是他离开国内观众的视野太久了，怎么台下都没有看见有粉丝举他的名字啊！"

洪月盈在心里暗自鄙视了一下林颂，就算白意涵在国内的人气大不如前，但瘦死的骆驼比马大，况且若是国内有谁想要向国际发展，还少不了白意涵在那些国际导演面前说两句话呢！她得赶紧圆场。

"说不定今晚之后，台下大部分人都会不由自主地喊他的名字了！"

音乐声缓缓响起，逆着灯光，一个身影缓行而来，每一步都从容而优雅。当清朗的歌声犹如面纱般撩开心绪，灯光终于打在主角的身上，大屏幕上出现白意涵颔首侧目的一笑，观众席上传来一阵倒抽吸声。

没有刻意做作的深情款款，也没有精细到连眼睫毛都根根分明的妆容，可偏偏每个人的心里都被难以置信地惊艳了一下。

音乐盛典的巨大屏幕一直是许多明星的死穴。在这个屏幕上，哪怕你脸上一颗小小的痣都会被无限放大，成为被网上热议甚至八卦杂志的话题。

可是白意涵不同。他就像一个梦，当他向上看，优美的睫毛跟着缓慢抬起时，世界仿佛流转向另一个空间。人们在那一刻，看见了属于白意涵的深度。

也许就像某个娱乐编辑事后在杂志上所写下的：五官可以被雕琢，风度永远难超越。

当白意涵向观众们洒脱地挥手告别之后三秒，会场这才响起热烈的掌声。

白意涵在音乐盛典上的视频被疯狂地传至网络，点击率的增长令人咂舌，瞬间成为微博热议话题。

"大家看入迷了吧？其实这没什么可惊讶的，要知道我们白影帝出道之时，可是被媒体盛赞的美少年，镜头前三百六十度无死角哦！"

"看来影帝大叔出场不到四分钟就俘获了不少美眉们的芳心啊！大家可别对白意涵心旌动摇却忘记支持你们最爱的歌手哦！"林颂不忘秀一秀自己的存在感。

洪月盈再度崩溃。什么"大叔"？白意涵才三十二，他只是出道时间比较早好不好！

而且三十二岁还是男演员的黄金年纪，许多男明星还在偶像派到实力派的过渡中挣扎，白意涵却在这条路上走了老远了。

洪月盈万分不明白，林颂这个逗比到底是怎么当上主持人的！

白意涵回到了后台，主办方笑脸相迎。那个时候，白意涵还不知道整个音乐盛典的平均收视率是4.3%，而自己出场的后半段收视率高达4.8%。

他与方承烨回到了原本的化妆间，米尘却不在了。

白意涵这一坐就是两个多小时，直到音乐盛典结束，米尘也没有回来。

而米尘，直到凌晨两点，才走出会场。

会场门口，一辆电动车朝她闪了闪光，米尘喜笑颜开跑了过去。

"喵喵！你怎么会来！"

喵喵爽快地将安全帽扔给米尘，"这么晚了，我还能让你一个人回家！要是哪个大尾巴狼把你怎么样了，我的良心过得去吗！"

"都凌晨了！你就不怕大尾巴狼跟上你？"

"姐姐我跆拳道三段，打到他满地找尾巴！"

米尘哈哈大笑着，将化妆箱甩到身后，上了车，两人嘻嘻哈哈驶入夜风之中。

第一章 白意涵的专属化妆师

第二天,是周日。但娱乐圈向来无眠夜,也更不会有周末。

星耀天下的某间办公室内,西装笔挺的男子靠着沙发,盯着电视机上那张鬼斧神凿的脸。

"本以为白意涵就算回来,也是一条咸鱼。长得好看的男艺人数不胜数,离开国内这么久,有多少人还能买他的账。没想到他还真上演了一场乾坤大挪移。"

利睿在手中的报告上一弹,向后一靠。他身为星耀天下的资深总监,挖掘了不少有潜力的新人,捧红了无数明星,甚至于签下不少重磅大腕。谁有潜力谁有市场,他从来不会看错。只是这一次对于白意涵,他还真看走了眼。

利睿身旁的女人,则是星耀天下的公关部主管安言。

看着看着,安言的眼睛眯了起来,"你说,白意涵上妆了吗?我找不到什么痕迹……可是不上妆,人的五官不可能在摄像头下这么立体!"

"那倒是。"利睿并不怎么在意安言所说的话,"不过白意涵离开国内的时候,我见过他。他确实长得很好,至今除了厉墨钧,我没有见过任何一个男艺人能比得上他。"

安言抱着胳膊说:"所以我很想知道,给白意涵化妆的是谁。但凡对我们星耀天下有利的,没必要留给别人用。"

利睿拍了拍手道:"这么细节的地方你都注意到了。这也是为什么你能成功,而其他女人不能的原因。"

如果说音乐盛典是一场梦,那么周一就是残酷的现实。米尘回到了打工的影楼。她虽然从国外回来,却因为没有任何相关工作经验找不到其他更好的工作。

影楼这些日子促销,前来拍照的人比平常多了几倍。米尘累得够呛,中午连饭都没吃上,直到晚上九点才下班。她太累了,几乎闭着眼睛摇晃回了家。

打开门,就闻到一股浓重的方便面味。米尘无奈地瘫倒在沙发上。

喵喵抬起头来,一副豪爽的姿势坐在桌前抱着汤锅,不停地换台,却在音乐盛典的重播前停住了。她抱着胳膊,露出欣赏的表情,长叹一声道:"多年未见,白意涵的魅力值狂飙啊!将那些白斩鸡似的青春偶像甩出太平洋啊!"

一听见"白意涵"的名字,米尘转过脸去。

白意涵的完美并不似一个清寂的标本。每一个扬起眉梢,每一瞬唇角轻陷,沉敛而知微。所有热烈追逐的视线撞上他鼻骨眉梢的刹那,芳华收不住。

"我看这段视频好多遍了。"喵喵的眼睛都没眨一下。

米尘在桌子下踢了喵喵两脚,"我怎么记得,你不追星啊!"

"这个和追星不追星有什么关系?我只是单纯欣赏白意涵罢了。白影帝已经到了另一个层次了。你没听过禅心的三重境界吗？第一重，看山是山。好比那些偶像明星，妖孽黑眼线，迷得小妹妹们一发不可收拾，可那都是色相，色即是空，空即是色。第二重，那是看山不是山，这里面的代表人物就好比终于脱离偶像光环的蒙川，除了脸，脑子里还有存货。而最后一重，也是修为的最高境界——看山还是山，这是一种回归。比如说现在的白意涵，还有厉墨钧之类，他们是几十年难得一见的美男子，可是你在他们身上看到的不仅仅是外表和实力，还有阅历。无论他们演什么，都能将观众轻易地带入角色。"

"看不出来你对白意涵评价那么高？这个什么三重境界，哪儿听来的？又是公司同事给你八卦的？"

"放厕所里那本娱乐杂志上写的。"

"拿来看看？"米尘也想知道娱乐界是怎么评价白意涵的。

喵喵却笑得有些猥琐，"那个，厕所没纸了……我就把它撕了……"

"你不会吧？你该不会还用白意涵的脸来擦吧？"

"那也是白影帝的荣幸啊！"喵喵那叫一啷瑟。

"你买卫生纸没？"

"忘了，明天再买吧。"喵喵不以为意地打了个哈欠。

"那我怎么办？我不要上洗手间了啊！"

"我还留了半本杂志给你呢！有厉墨钧的脸哦！"

就在这个时候，门铃响了。喵喵与米尘都不想起身，你踢我，我踢你。最后还是米尘摇晃着来到门口。

"谁啊！"

"请问米尘小姐在吗？"

米尘从猫眼里望过去，只看见一个手拿限量版圣罗兰手，包身着高级套装，头发宛如大波浪般被拨至左侧，抹着香奈儿典藏版唇膏的女人。而女人的身后，跟着另一个盘着头穿着像是秘书的女子。

米尘好歹跟着老妈在法国旅居了两年多，什么奢侈大牌她不认得？

"请问你找米尘做什么？"

门外的女子莞尔一笑，"你就是米尘吧？我是星耀天下的公关部主管安言。我知道音乐盛典上你替白意涵上了妆，对你很感兴趣，所以特地来看看你。"

喵喵睁大了眼睛看着米尘："不会吧？你什么时候给白意涵上妆？这外面的……该不会是骗子吧？"

米尘吸了一口气，"我想星耀天下的公关部主管没有道理大半夜里来'看'我吧？"

门外的安言笑出声来："米尘，你今年二十四岁。因为你的母亲是国际奢侈品牌KMN的艺术总监，所以你从小就常年跟着母亲往返于纽约、米兰还有巴黎。你只有初中的三年是在国内度过的。你十九岁的时候，进入巴黎的美卡爱芬学习彩妆，所谓'彩妆学院中的哈佛'，可惜在国内这个学校却没什么知名度。两年前，你的母亲和她的男朋友出行遭遇意外身亡，你选择回国。我说得对吗？Michelle？"

米尘向后退了两步，"你……你怎么知道的？"

"因为我是星耀天下的公关部长。如果我要查，这些东西当然能轻而易举就查到。请你开门吧，把客人锁在门外可是十分不礼貌的。"

米尘犹豫了两秒，最终还是将门打开了。

安言笑着进入房间，闻到那股泡面汤的味道时，不由得皱起眉。

喵喵立刻将沙发上所有的脏衣服一股脑抱走，汤锅也送进了厨房里。她洗好汤锅，有些紧张地贴着厨房的门，想要知道安言到底还会说什么。

"我觉得很好奇，你为什么不说出你母亲是谁。如果你说了，任何一家大型时尚杂志甚至于摄影公司都会聘用你。在普通影楼里工作，你觉得你的风格适应得了吗？"安言架起腿，好整以暇看着米尘。

"我母亲不希望我借她的名气。"

提起母亲，米尘的心莫名疼了起来。她是一个终身追求爱情的女子，但爱情却一次又一次与她背道而驰。当她终于以为自己找到相伴终身的人，两人开始环球旅行。还不到一周，米尘就被叫去了巴格达认领自己母亲的遗体。

"好吧。"安言呼出一口气，"能说不借用父母名气的人，一般都是自信自己有真本事的人。这位是我的助理艾丽。老实说，我一直对她的妆容不大满意。古板，没有活力，我给你四十分钟的时间改变她的妆容。如果你能做到，我正式邀请你加入我们星耀天下。虽然我们不是什么时尚杂志，但却与时尚息息相关，是所有化妆师梦寐以求的平台，我会给你一个符合你能力的起点。"

正在偷听的喵喵心潮澎湃，暗自呐喊着："答应她！答应她啊！"

米尘完全没有想到安言竟然会朝她发出邀请，她并没有被冲昏头脑，而是冷静地说："你真的不是想要借用我母亲的名声？"

安言摇了摇头，自信满满地回答："我是星耀天下的公关部主管。我很了解公众的想法。首先，你母亲在国际时尚界虽然很有名，但国内知道她的人并不多。再者，借用已经过世的人的名望，会被同行攻击，也会引起公众反感。我没有那么傻。你现在还没有资本在我面前说这些，因为我还没有决定聘用你。"

安言的助理艾丽来到米尘的面前，摘下自己的黑框眼镜，露出一张精干的脸。她的妆容给人以冷漠之感,令人敬而远之。

"好,我接受你的考验。"

安言的邀请,极具吸引力。

米尘并没有急着开始,而是从各种角度观察艾丽的五官。她的手指抚过艾丽的眉骨,感受她眉骨的线条,测量她眼角与唇角的角度,几乎用了十分钟,才开始为艾丽打底。

而安言端坐在原处,审视着米尘的每一个步骤。她就似一个极具耐心的画者,在艾丽的脸上一层一层地修饰着阴影与亮光。

直到最后的一分钟,米尘放下了粉盒与笔刷,替艾丽将发丝拢开,黑色的大波浪散落,艾丽缓缓睁开了眼睛。

"不错,时间刚刚好。"

安言缓缓起身,来到艾丽的面前,她抱着胳膊,良久没有开口说话。

米尘安静地站在一旁,而躲在厨房里的喵喵都快睡着了。

"明天,你来星耀天下十二层找人事部的康主管,他会负责与你签订合约。我希望你在星耀天下能够全力以赴,你将会从最基础的化妆师做起。"

说完,安言利落地走向门口,扬长而去。

安言来到楼下,就着夜风,点了一支烟。

艾丽跟在她的身后,略微蹙了蹙眉头说:"只是一个化妆师而已,就算名门出身,让签约化妆师的组长林如意来一趟就好了。"

安言耸着肩膀笑了,手指在艾丽的肩膀上弹了弹,"傻瓜,同行相轻的道理你不懂吗?星耀天下可不是一般的地方,台前幕后都是宫心计。不过我真挺喜欢你现在的样子。"

艾丽扬了扬眉梢,她还没有细看过米尘到底把她画成了怎样。

安言抽完了烟,上了车。

墨色的豪车撞碎了一片一片的路灯灯光,在清冷的街道上行驶而去。

漆黑的玻璃窗上映出艾丽的脸。那一刻,她愣住了。

那是她吗?

无论五官还是轮廓都是最原本的她。

只是,在黑夜里延伸出一种魅惑人心的味道,撩拨着心神,一不小心就被引入深渊。此刻的她,既有着职场精英的精练,又透露出几分女人的柔美,令人忍不住对她心生信任。

安言的余光看着艾丽一直傻傻盯着玻璃窗中的自己,露出一抹浅笑。

[第一章]
白意涵的专属化妆师

她拨通了一个电话,倚着车窗,闭上眼睛:"林润安,她不愧是你的入室弟子,化妆时的姿势都与你一模一样。不过我必须告诉你,星耀天下就像一枚硬币,正面是无数施展才能的机会,背面则是一个修罗场。另外,祝你离婚愉快。"

电话那端的声音,宁如静海。

"谢谢你给她这个平台。她不能永远做我的影子。"

"不客气。"

说完,安言潇洒地挂断了电话。

第二天,米尘找出了自己的西装,仿佛第一次离开校园去面试的大学毕业生。

进入星耀大楼的时候,她的手掌心里都是汗水。

电梯门开了,她和几个说说笑笑的工作人员一起走了进去。

米尘这才发现,除了前台接待,星耀里几乎所有工作人员要么穿着十分随意的休闲衣,要么装扮时尚,就算有人身着西装,也是休闲西装。

只有她,穿着纯白色毫无款式的白衬衫,配上标准套裙。

"喂,你是新来的行政人员吗?"电梯里一个穿着银色西装,下身却是牛仔裤的年轻人开口问。

"啊?不是……我是化妆师……"

"化妆师?"另外一个画着浓妆穿着哈伦裤的高挑女子笑出声来,"你穿成这样,我还以为你是来负责煮咖啡递文件的小妹呢!你确定你这样子,化妆的时候能施展得开?"

米尘低下头,她真的很有菜鸟范儿……

当电梯来到第十层,忽然停住。这两人看见站在电梯门口的人,齐齐收起了笑脸,十分恭敬地开口。

"利总。"

米尘并不认识利睿,只知道眼前这个穿着深色西装的男子,压低的眉,冷峻的鼻骨,无一不给人以莫名的压迫感。

"嗯。"利睿走了进来。

米尘下意识挪向角落,降低自己的存在感。

还有人跟着利睿进来,电梯里的二人组声音陡然一变。

"哎呀!白意涵!"

"竟然是白先生!"

白意涵?米尘下意识抬起头来。

而白意涵正好转过身来,对上米尘的目光。他微微愣了愣,随即唇上漾起一抹令人难以回神的笑容:"你怎么在这里?"

空间本就不大,白意涵却走到了米尘的面前,与她并肩靠着墙,"那天不是说好了请你吃夜宵的吗?我等了你很久。"

电梯二人组的嘴巴里几乎可以装下一只鸡蛋,就连利睿也不由得回头望向这个穿着蹩脚套装丝毫没有存在感的小姑娘。

"那天我一直忙到凌晨两点。我想你不可能等那么久吧……"

米尘万万没有想到,白意涵说请她吃夜宵是真的,还等了她!

"哦,那我倒确实没等你那么久。你来星耀做化妆师了?"

米尘点了点头。

"很适合你。"

电梯门再度打开,白意涵与利睿一起走了出去。

电梯二人组顿时开始八卦,不断问着各种令人尴尬的问题。

电梯门开了,米尘赶紧走了出去,来到了人力资源部,找到了所谓的康主管。

这位康主管年纪四十岁上下,见到米尘很公式化地笑了笑,带她来到一旁的小房间里,非常尽责地向她解释起合约中的每一个条款。

"本来你应该先与化妆组的组长林如意报到,由她给你分配工作。不过今天厉墨钧拍外景,她跟着去了,一时半会儿地回不来。我替你打个电话问问,看你是留在这里熟悉一下环境,还是她会给你安排什么工作。"

"谢谢康主管!"

"喂,林姐啊,我是人力资源的康茂啊!那个新来的化妆师米尘已经签好合约了,您对她有没有什么安排啊?"

电话那头的林如意声音有些发冷,"怎么,她没跟你说?白意涵与星耀签了三年的合约,方承烨向利总要求,要那个米尘做他的化妆师!她还在那里矫情什么,直接找她的白影帝不就得了?"

电话被挂断了,康茂看向米尘的眼神也微微变了变。

难道真是长江后浪推前浪,眼前这个丫头扮猪吃老虎,其实早有后台?

"这个……米尘啊,你被指派到白意涵的身边了!真是恭喜你啊!你可要把握机会,好好表现啊!"

米尘傻愣在原处,不相信自己耳朵里所听到的。

康茂告诉米尘,白意涵正要离开,叫她去地下停车场与白意涵碰头。

米尘乘坐电梯来到了停车场,可是星耀的停车场太大了,而且她也忘记问康茂要方承烨或者白意涵的手机了,这下可怎么找啊。

绕着停车场走了大半圈,终于听见远处传来一声叫喊。

"米尘——"

清朗的声音,如同从高处穿过云霄缓然而至的流水,在空旷的停车场里回荡。米尘一转身,就看见远处一辆黑色的保姆车前,一个男子惬意悠然地靠着车头,含笑而立。

"白……白意涵……"

白意涵低头看了看手上的腕表,微垂的睫毛,闲适的姿态,莫名让人感到一股暖意。

"都到中午了,走吧,跟我去吃午饭。"

米尘至今还觉得这一切不真实,她的双脚如同踩在棉花地里,摇摇摆摆,终于来到了白意涵的面前。

"那个……白……白先生……谢谢你选我做你的化妆师……"

"哦,那个呀,不用谢。因为我欣赏你的化妆技巧。"白意涵将车门拉开,坐了进去,然后拍了拍身旁的位置。

米尘赶紧上了车,这才发现开车的人是方承烨。偌大的保姆车里除了他们三个,再没有别人。

"咦?方先生不是经纪人吗?你亲自开车?"

方承烨露出十分受伤的表情,摸着胸口说:"没办法,白老板太穷了,请不起司机和助理。只能我这个经纪人身兼数职了!"

米尘笑了,她知道方承烨是在开玩笑。

车子离开了停车场,驶向街道,一路上方承烨说了不少笑话,活跃了气氛,让米尘不那么尴尬。

"米尘,我没有请司机或者助理并不是因为经济上的原因。"

一直沉默的白意涵竟然开口了,米尘望了过去。他的眸子里仍旧含笑,但是却有了许多她无法探究的深意。

"因为无论司机也好助理也好,他们都将成为我生活中的一部分,会见到我的喜怒哀乐。如果我没办法信任他们,我就不会让他们轻易进入我的生活。"

白意涵的唇角的凹陷是那么完美,眼角眉梢间的暖意流动,可米尘在那一刻却觉得有些冷。

"化妆师……其实也一样吧……"

"对,化妆师也一样。我终归是要有化妆师的,所以我想到了你。至少在音乐盛典上,我看见了你的认真。认真的人,对待别人的信任也会很认真。如果一定有人要进入我的生活，要我信任的话，我选你。"白意涵笑着把玩起面前的筷子，"我知道听我说这些，你会有些失望。我不是你想象中那样光鲜无瑕的人物。"

米尘想起了多年以前白意涵的那场绯闻。

他确实没有理由要相信任何人，信任从来都是建立在时间之上。

米尘抓了抓后脑，"我只是个化妆师。所以我只要化好你的妆。至于你信任我与否，我只需要你信任我为你上的每一次妆。"

一直沉默的方承烨笑了，"这样就好啊！话说开了，以后大家就是一个团队啦！"

白意涵点了点头，向米尘说了声："谢谢。"

米尘明白这声"谢谢"的含义。他感谢她不会像其他人一样妄图挤进他的世界，她会把他应有的空间留给他。

吃完了饭，方承烨先将白意涵送回了酒店后顺带送米尘去百货公司采购化妆品。

两人在化妆品部转了许久，米尘各种粉饼、眼影、唇色都试了一遍，手背都被调成各种颜色了，可是买下的东西寥寥无几。方承烨跟在米尘的身后却一点都不觉得不耐烦。他看出来了，米尘挑选的几乎没有什么十分绚丽的色彩，她是真的在为白意涵精挑细选。

他们又逛了一会儿，米尘站在奢侈名表KL的专柜前，视线瞥过海报上深邃悠远的眼睛，不由得顿住了。

那是一片落地海报，俊挺的男子侧目望向远方，一只手轻轻拽着西装的衣领，手腕上那块典藏版腕表历经岁月打磨，仍旧熠熠生辉。男子的侧脸犹如峭壁，目光中是临风而立的漠然以及一切不为所动的疏离。

明明静止的画面，米尘似乎看到他身后的风起云涌，而男子即便在锐利的刀尖上行走，亦能从容淡然。

米尘下意识在心中描摹起他的眉骨。

方承烨在米尘的耳边打了个响指，"我说米尘啊！别忘记你是谁的化妆师，在这里看着其他的男人发呆，我们白老大该哭了！"

"啊……哦……只是研究，研究一下，呵呵……"

海报上的不是别人，正是继白意涵之后，业界最年轻的影帝厉墨钧。

曾经看过报道，说他的名字取自厉兵秣马、雷霆万钧。只是厉秣钧这个名字杀气太重，所以他出道之后将名字改做厉墨钧。

"你见过厉墨钧吗？"方承烨好笑地问。

"没有。不过看过他演的《空城往事》,他在里面的笑容很温暖。"

"这就是演员。厉墨钧是个进入不同的故事能够变成不同角色的人。但现实中的厉墨钧,一点都不好相处,而且啊……"方承烨在米尘耳边,凉飕飕地说,"他的化妆师一年之内换了六个,平均两个月换一个。"

"啊?"米尘抬起头来,一点都看不出厉墨钧的脾气这么不好。

"所以呢,你还是老老实实、安安心心地跟着老白吧!"

离开时,米尘下意识地回头看了一眼。她的视线撞上厉墨钧的眉骨,莫名疼痛起来。

她回到小公寓的时候,喵喵的呼喊声也传来。

"小米粒——小米粒!快跟我说说!你不是成为白影帝的御用化妆师了吗!他人怎么样?"

"你放心吧,白意涵人真的很不错,到目前为止是白璧无瑕,没有一丝瑕疵!"

"哎哟!不容易啊米尘!就你那破中文,竟然会用这么高深的比喻了!"

"你什么意思啊!我中文有那么烂吗?"

"你分得清明喻和暗喻吗!除了比喻之外,人们说的话里还有许多潜台词!你要想混得开,还得听得懂潜台词!这就是表意和里意!表意只是台面上的,里意更重要。明白不?"

米尘叹了口气,"要说话就不能好好说吗?一句话还有N种意思……喵喵,是不是你想多了?"

什么话里有话之类的最烦人了!

"这就是中文的'博大精深',跟法语可不一样。你现在已经不是在那个小破影楼工作了,那些客户对你指桑骂槐你都要我指点你才能明白!白影帝身边一定会有各式各样的人还有各种各样的事情。白影帝对你说一句话,根据时间地点和环境的不同,很可能有不同的意义。"

"比如呢?"其实那些客户的指桑骂槐,她没打算要明白的啊!

"比如说'我真想咬死你'这句话。"

"啊……"米尘想起从前的影楼老板,当客户投诉她的时候,影楼老板就是这么恶狠狠地对她吼的,"为什么拿这句话打比喻啊?这句话的意思我懂!"

很浅显好不好!真当她白痴啊!

"你真的懂?如果有一个男神,捏着你的脸笑着说'我真想咬死你',你真明白那是什么意思?"

米尘抖了抖肩膀,觉着肉麻。

"看吧,同样一句话,语境不同,对你说话的人不同,语气不同,意思都不一样。多多体会吧!"

这几天因为白意涵暂时没有通告,米尘也跟着轻松许多。买了一大堆的时尚杂志,米尘趴在床上研究起杂志上男模的妆容。

就在这个时候,手机响了。

竟然是化妆师组的组长林如意。她没有丝毫温度的声音里,带着几分高傲与不屑。

"我知道白意涵现在暂时没有通告,我们化妆组人手很紧张。今天下午三点,歌后廖冰有个歌友见面会。她的化妆师被激进的歌迷推下楼梯进了医院,你在下午两点之前赶到追梦广场,暂代她的化妆师,没问题吧?"

"没问题!我现在就去准备!"

直属上级给自己下加班任务了,她这个新人不得不去啊!

连午饭也没来得及吃,米尘赶到了追梦广场,来到了廖冰所在的化妆室。

她刚来到门口,就看见保镖和助理都低着头站在门外。

门那端传来女人的怒斥声,"这就是你给我化的妆吗?我今天是去见歌迷!而不是去夜店把男人!你把我画成这样我能去见人吗?"

"对不起,廖姐!是我没领会清楚您的意思……"

"滚!马上给我滚!"

米尘咽下口水,门打开了,一个化妆师狼狈地跑了出来。

"化妆师呢?林如意不是说又派了个很有实力的海归化妆师来吗?叫她进来!"廖冰的声音传来。

"她已经来了,我这就让她进去!"助理推了米尘一下,使了个眼色,在她耳边小声说,"没什么了不起的,左右就是不满意把你赶出来。咬咬牙,就挺过去了!"

米尘心下凉了半截,怎么给廖冰化个妆,就像上刑场?

她小心翼翼推开门走了进去。廖冰就坐在化妆室的正中央,架着腿,靠着座椅微仰着下巴,盯着米尘。那唯我独尊的气势顿时令米尘更加紧张,喉头都发疼。

"你就是那个什么海归化妆师?这么年轻?你在国外给什么名模还是什么时尚杂志化过妆吗?"廖冰的表情冷冷的。

她脸上的妆容在米尘看来其实很不错,略微的烟熏眼显得很时尚,而且还使她的眼睛看起来更大。整个脸部的妆容风格也很统一,可到底廖冰对什么不满意?

"我没有那么风光的履历,在外求学的时候,也只是兼职给一些不出名的平面模特上过妆而已。"米尘消极地想着实话实说,直接被对方轰出去也许更好。

"哦,你还挺诚实。看来林如意手下是真没有人了,不然连你这样的小丫头都派来了!她怎么不亲自来?"廖冰略带嘲讽地一笑,"也是,星耀比我大牌的人多了去。"

米尘没有说话。

"这已经是我第三次卸妆了,如果你让我卸第四次妆,我会让你滚出星耀。"

廖冰的耐性已经被磨光了。

米尘硬着头皮来到廖冰面前,替她卸妆。隔着化妆棉,米尘小心翼翼地感受着廖冰的骨骼,每一寸高度,每一点凹陷,以轻柔的手法除去她脸上的浓妆。

廖冰闭着眼睛不说话,直到米尘陪着她最后将脸洗净。

她不理睬米尘,涂抹了一层基础护肤。而米尘则看了看化妆台上的化妆品。

"廖小姐,请问这些都是你的?"

"嗯。"

"那……这一次可不可以用我带来的?"米尘打开自己的化妆箱给廖冰看,"都是新的,没有别人用过。"

"我只用最好的牌子。"廖冰冷冷回答。

"它们确实是欧美化妆品里的一线品牌。但是欧美人的肤质和我们东方人是不一样的,会给廖小姐的肌肤带来一定的负担,而且容易阻止毛孔吸氧,造成堵塞,出油还有脱妆。"

"这一套说辞,我听很多人说过了。也曾经换过一些所谓轻薄的彩妆,可后果就是不上相。我可以试一试你带来的化妆品,但如同我一开始所说的,如果你无法让我满意,我会让你卷铺盖离开星耀。"

米尘笑了笑,廖冰的偏见已经产生,无论自己解释什么都是多余。现在只能尽己所能做到最好。

"那么廖小姐对妆容有什么要求吗?"

"当然有。我对之前所有的化妆师都说了,这是一次歌迷见面会,我要让他们感受到我有亲和力的一面,而不是去做平面模特!同时,我也要媒体记者所拍下的照片是登得上台面的,亲和力不能影响我的上相!"

米尘点了点头,一边上妆,一边变化各种不同的角度来观察廖冰。她的话不多,仿佛完全沉浸在了廖冰的脸上。

如果是平常,遇到这么闷,刷了半天也没结束的化妆师,廖冰早就发火了。可莫名地,当她看见米尘微垂的眼帘,以及不断在自己的脸颊边对比颜色的手背，廖冰的情绪莫名地缓和起来。

"廖小姐，能稍微笑一下吗？"

"我为什么要笑给你看？"

"那个……因为你笑的时候，我才能看清楚你脸部肌肉的弧度……"

廖冰轻哼了一声，扯出一抹笑容。米尘很仔细地看着她，刷子蘸了不同的颜色在她的脸上轻轻扫了扫。

"廖小姐，可以了。您看一看，还有没有什么需要修饰的地方。"

廖冰侧过身，望向镜子里的自己。

米尘忐忑了起来，也许她和拍婚纱的那些人一样，觉得自己给她上的妆色彩不够浓郁？她会不会真的发怒，把她赶出星耀天下？

"走吧，还愣在这里做什么？"廖冰忽然起身向门口走去。

"啊？"米尘有些跟不上对方的思维。

"你化了那么久，已经到了我该去见歌迷的时间了！我就是想换人都来不及了！这个妆是你化的，你不是应该跟在我身后替我补妆吗？"

"是的！马上！"米尘赶紧将所有刷笔收好，跟着廖冰走了出去。

一出门，保镖与助理就赶紧跟了上去，米尘远远跟在最后面。

谁知道走了才十几米，廖冰忽然转身，皱起眉头喊了一声："那个小不点化妆师呢！"

"我在这里！"米尘挥了挥手。

廖冰指了指自己身边的位置，"不是叫你跟着我吗？你跟到什么地方去了！"

队列挤出一条缝，米尘赶紧跟了上去。

廖冰的歌迷见面会十分庞大，整个广场里都是人。四处挥舞着廖冰的名字，一声声尖叫声传来。

方才冷若冰霜的廖冰，此时此刻却游刃有余地与主持人互动，回答粉丝的问题，还念了一些粉丝的信，向他们表示感谢。

廖冰离开之前，皱起眉头问一旁的助理："那个小不点化妆师呢？"

"哦，她说自己中午没吃饭，现在太饿了，问我还有没有其他事，我说没有，她就去那边肯德基了。"

"哼！肯德基这种快餐食品，吃多了小心成肥猪！"说完，廖冰就跨上保姆车，砰地关上车门，走了。

助理在一旁听着眨了眨眼睛，刚才廖冰是在关心人吗？

几天之后，廖冰听着助理念起娱乐杂志对那日歌友会上妆容的点评，她竟然排在了《时尚风度》的第一名。助理瞥了廖冰一眼,她脸上没什么表情,只有微微轻陷的唇角暗示大家,女神今天很高兴。

出通告的电梯里,廖冰正好碰上了林如意。

"哎呀,廖小姐,真不好意思,那天我也是太忙了。本来应该是我亲自去给你化妆的!"林如意听说廖冰只要不面对观众,连笑都没有笑过。

"还好吧。对了,正好你就把那个小不点派给我做专属化妆师吧!"

说完,廖冰就跨出电梯门。

林如意傻了。万般挑剔的廖冰,资深化妆师都搞不定的廖冰,就连自己都要找借口避开的廖冰,竟然被一个小丫头搞定了?这怎么可能!

林如意胸口里憋得难受。

但是廖冰是星耀天下里的当红艺人,她得罪不得,然而米尘是利睿亲自派给白意涵的。她此刻头疼得厉害。现在只能打个电话给白意涵的经纪人方承烨,看能不能沟通一下。

"喂,方先生啊。我是星耀化妆师组的组长林如意。"

"哦,林小姐啊,有什么事吗?"

"是这样的,那天廖冰的歌友会上米尘给她上的妆,廖冰很满意。所以廖冰托我和白影帝打个商量,能不能把米尘调给廖冰,我这边会亲自跟进白影帝,您觉得怎么样?"

方承烨走到了阳台上,摸了摸下巴,"其实林小姐,我比较奇怪的是,米尘既然被派来做白意涵的专属化妆师,为什么你还要派她去廖冰那里?"

林如意略微一哽,很快就恢复了语调,"方先生不要误会。那天实在是抽不出人手了,所以我只能请米尘帮个忙。这也是米尘自愿的,毕竟对方可是廖冰啊。"

"哦,那就是林小姐你协调不当了。米尘既然已经是白意涵这个团队里的一员,如果你需要她给其他明星化妆救场,这没关系。但请你事先通知我或者白意涵。"

"这件事……可不可以与白先生谈一下?"

"还记得音乐盛典上,你明明是来给白意涵上妆的,可偏偏一个电话你就去个什么偶像天团了,我们在化妆间里等了你一个小时。你说你愿意亲自来换米尘,不只白意涵不会乐意,就连我也会担心。若是那个偶像天团再打个电话给你,你是不是又拎着化妆箱跑了?"

这番话,堵得林如意什么话也说不出来。

方承烨已经把电话挂断了。

林如意知道自己注定要得罪廖冰了。

这时候的米尘，正好给白意涵上完妆。她举着镜子，满眼期待地问："老板！你觉得怎么样！"

白意涵忍俊不禁，"谁教你叫我'老板'的？"

那一笑，米尘几乎要看傻了。他的眉眼宛如泼墨，微微一个抬眉，浮动起隐约悱恻的阴影流光。

"怎么了，还没说谁教你叫我'老板'的。"白意涵的笑意更深了。

米尘直接伸出手指，指了指方承烨。

白意涵了然地摇了摇头，"以后就叫我白意涵。"

"啊……叫不出口。会被人说我对你不尊重吧……"

"那就白大哥。"白意涵的声音很暖，米尘觉得自己真的就快成为一颗晒着日光的小米粒了。

"好吧，白大哥。"

白意涵看着米尘一本正经的模样，更加想笑了。

方承烨走了过来，忽然捏着米尘的耳朵，将她提了起来："我问你，周二的时候，你做什么去了？"

"没做什么啊……就是我们组长叫我去给廖冰上了个妆，她有个歌友会！"

方承烨见她实话实说毫无遮掩的意思，这才松开了她。

米尘捂着耳朵不解地看着方承烨，而一旁的白意涵脸上的笑容却淡了下去。米尘忐忑了起来，她能感受到白意涵的不悦。

"好吧，米尘，你刚进入这个圈子，有些规矩不懂，我也不怪你。既然你已经加入了这个团队，那么有些事情我必须和你说清楚。"

方承烨在米尘的对面坐下，盯着米尘的目光令人发毛，"你既然被称为白意涵的'专属'化妆师，你工作的重点和中心都是白意涵。如果在你去给廖冰化妆的时候，白意涵忽然有了临时通告，你是不是能从廖冰那里拍拍屁股走人？"

米尘这才明白自己错在哪里，"对不起，我没有想到那么多……"

"米尘，我明白林如意是你的组长，所以你不懂得如何拒绝她。但你还要想一想，如果你为廖冰化妆的事情再被一些狗仔队胡写乱写，比如类似廖冰与白意涵不和、发动化妆师争夺战之类的，你觉得这还是你个人的行为吗？"

米尘低下头，她这才发觉自己处世经验果然不够。连累自己不说，还有可能连累其他人。

"现在，你知道星耀里怎么说吗？说白意涵把你当小妹使唤，你心有不甘，于是去抱廖冰的大腿！廖冰可怜你，向星耀要人了。你告诉我，你是不是真想要去廖冰那里？"

"不是！我没有！我当时真的只是把它当做是我的工作！如果早知道会这样，我一定会先向方大哥你报告的！"

"好吧，这件事我刚才已经和林组长解释清楚了。廖冰那边我也会打电话沟通。如果再发生这样的事情，我真的没办法把你留在这个团队里。明白了吗？"

"我明白！"

米尘沮丧得快要哭出来了。现在回想起来，她也觉得自己应该去撞墙，她怎么就不知道打个电话问一下方承烨呢！她连白意涵是否有通告都没有确定就跑了，这是最不应该的事情！

"好了，这件事就当是个教训。回去吧。明天的访谈会还要靠你。早点休息吧，别想太多。我也知道是你经验太少，不懂得应对。"

米尘就像游魂一样离开了白意涵的公寓。

[第二章]
《金权天下》开拍

直到她走了,白意涵才缓缓开口。

"为什么要吓唬她?"

"我吓唬她?你不是也在吓唬她吗?故意一副沉默的样子,让她以为你真的生气了。"

"事情到底是怎么回事?"白意涵抬了抬眉梢。

"哎呀,"说到这,方承烨顿时来了兴趣,"我跟你说,我们小米粒可厉害了。廖冰在业内出了名的难伺候,小米粒不仅搞定了廖冰,对方还指名要调她过去呢!还好我方承烨给拦下来了。这事儿,我看就是那个什么林如意看不惯小米粒跟在你这个影帝身边,所以想给她颜色看看。谁知道我们小米粒技高一筹!"

"所以不是米尘抱廖冰的大腿了?"白意涵扬了扬眉梢。

"得了吧,那丫头要是会抱大腿这招,就不至于混成现在这样了。"

白意涵摇了摇头,"我看她快哭了。"

"啊,不是吧……我没说很重的话啊!她也太脆弱了吧!"

"她不是脆弱,而是认真。她把你说的每一句话都认真对待,当然会难过。"

那天晚上,米尘躺在床上翻来覆去,床单都皱成了腌菜。

她实在按捺不住,掏出手机,找到了白意涵的名字,打了一行字:白大哥,我只想做好你的化妆师。

想来想去,这句话一点也不像是道歉和请求原谅。她正打算删除,喵喵却在门那边喊了起来。

"米尘——你用完了卫生纸就不知道换新的进来吗!"

米尘一个紧张,短信发了出去。

"喂!喂!不是不是!我还没想好呢!"

米尘盯着屏幕五秒之后,认命地起身,给喵喵拿卫生纸。

而白意涵刚好躺在床头看这几天送来的剧本,手机微微一颤,他随手拿了过来,发现是一条短信,来自陌生号码。

白意涵本来要点删除,但最后还是点了阅读。

他看见那句话的时候,没有什么反应,关了手机放回原处。

只是当剧本翻到第二页的时候,他唇上缓缓漾起了一抹笑容。

再度拿回手机,打开那条短信,将它存入通讯录。

输入名字的时候,他刚打了一个"米"字,却又将它删除,输入"小米粒"。

当他点击"储存"的时候,自嘲一般地笑了笑。

米尘给喵喵送完卫生纸,颓丧地回到自己的床上,拽过手机,心想自己是不是应该再编辑一条像样的短信过去。却没想到竟然收到了一条来自白意涵的回复:

"我知道,早点睡。"

只有六个字,米尘却觉得心花怒放,又在床上滚来滚去。

白大哥原谅她了!太好了!

米尘对着手机短信用力亲了好几下。

白大哥果然心胸宽广!海纳百川!

米尘美美地睡着了。第二天早早起床,整理好化妆箱,赶到白意涵的公寓下。

为了节省时间,米尘为白意涵上了一个简单的底妆。

一路上,白意涵都在闭目养神。米尘好奇地拍了拍方承烨的后座问:"方大哥,那些什么访谈之类的不是会先把问题给嘉宾吗?"

"当然会。而且我们作为嘉宾的答案也会提前告诉给制作组。然后主持人会根据嘉宾的答案来活跃气氛。包括电视上那些什么综艺相亲节目,怎么会那么有看点呢?因为事先也有剧本。"

"啊……我一直以为都是真的!"

一直闭着眼睛的白意涵忽然开口了,"你这么年轻,看什么相亲节目?"

"呵呵……喵喵说女人一旦进入二十岁,就离三十岁非常接近了。所以要看看这种现实向的节目,打消对白马王子的幻想。"

方承烨立马哈哈大笑了起来,"这是什么神逻辑?要是这种节目也能叫做现实向,你还是看偶像剧吧!"

米尘耸了耸肩膀,看向窗外。

方承烨倒来了兴趣,"唉,小米粒,你说说看你喜欢什么类型的男人?"

"啊?我吗?"

窗外的日光很透明,透明到一碰就会碎。

米尘忽然想到许多许多年前,那个穿着风衣、围着格子围巾的少年骑着自行车,逆着坠落的秋叶,来到她的面前。

他说,我的小米粒啊,你今天又要跟着我了。

"我喜欢笑容干净、有耐心、很温暖的男人。在我闯祸的时候替我收拾,在我做错的时候包容,教我想要学的东西……"

"这样的男人,是圣人吧?"方承烨好笑道。

米尘不好意思地皱了皱鼻子,"理想和现实总是有差别的嘛!好比方大哥你就算喜欢玛丽莲·梦露,你也不可能真的和她在一起啊!"

"如果真的那样的男人爱着你,你永远都长不大。"白意涵缓缓开口道。

米尘愣了愣,扯出一抹笑,"因为没有那样的男人……或者那样的男人不会喜欢上平凡的我,所以我必须要长大。"

"哎呀呀,这是怎么从男人的话题变成长大的话题了?"方承烨开始说他擅长的笑话,逗得米尘呵呵傻笑了起来。

他们提前了一个小时到达制作组,一行人走在前往摄影棚的通道内。

迎面而来几个人,为首的男子身材高挑,宽肩窄腰。米尘在国外见过不少男模,眼前这个绝对是少有的极品。

当他走近了,米尘才发觉对方竟然是厉墨钧!

双手插在口袋里,犹如闲庭信步一般,可偏偏对方眸子清冷,明明是十分精致的五官,却没有丝毫的阴柔感。他的视线就似穿透雾霭的一阵风,吹过米尘的肌肤,留下瞬间的寒意。

"啊!这不是白意涵吗!许久未见,仍旧风华如初啊!"

厉墨钧身后的经纪人连萧开口。

白意涵也是彬彬有礼地点了点头,"确实许久没见了。我看了《棋圣》,厉墨钧的表演很有意境。"

"我不需要别人来评价我的演技。好或者不好,我们很快就能见分晓。"

厉墨钧的声音与他的眸子一样冰凉,这让米尘感到惊讶。

明明之前看《空城往事》的时候,厉墨钧饰演的男主角无论声音还是笑容都很温暖。

就像给破了的心房吹入柔软而温热的水汽,米尘至今难忘。

只是她没有想到,现实中的厉墨钧当真如同方承烨所说的……貌似不好相处。

厉墨钧没有再多说什么,而是与白意涵擦肩而去。

米尘回头望向厉墨钧的背影,挺拔却并没有想象中的高傲。仿佛所有的谬赞与追捧对他而言没有任何夸耀的意义。他只是他,在孤独的城墙里独自封王。

终于来到摄影棚,米尘还是第一次看到访谈节目的背景板。竟然真的只是一块板而已。

这是一个高端访谈节目——《视线》。

它就像是业内的标尺,衡量实力强否。它专注的从来不是你情我爱的八卦,而是一个成功艺人所经历的诡计。

第二章 《金权天下》开拍

《视线》的访谈者是慕容枫,主持这个节目已经十年了。他毕业于牛津,气质高雅,谈吐幽默,年逾四十,仍旧是业内首屈一指的师奶杀手。

当慕容枫与白意涵握手时,微微愣了愣,"所有人都在老去,只有你,比起五年前更加有风度了。"

"我也老了,时间改变一切。"

"三十二岁,你离说老还有很久。时间确实改变一切,时间也雕琢一切。"

米尘看了看现场灯光的颜色与角度,为白意涵做了最后的补妆。

当他坐上嘉宾席,而特邀观众们纷纷入席的时候,都或多或少地惊讶起来。他们没有想到,现场的白意涵和屏幕上的,无论气质还是俊挺优雅的五官,丝毫没有差别。

整个访谈过程都很顺利,其间说起了不少白意涵在国外奋斗的经历。

只是节目录到一半,米尘的肚子开始叽里咕噜起来。

疼得要命啊!该死的喵喵,今天早上留给她的牛奶到底有没有问题!这丫头不会又为了贪便宜买了快过期的牛奶吧!

米尘捂着肚子,猫下身正要离开影棚,就被方承烨一把给拽住了。

"我说小米粒,你这偷偷摸摸的样子是要干什么去呢?"

"……方大哥,你快放了我……我要去洗手间……"

看她一脸发白的样子,方承烨赶紧松了手。

"洗手间在出门之后的右手边!"

米尘几乎是冲出制作间,出门之后右转,她冲入洗手间,撞开隔间,顿时解脱。

当米尘心满意足地打开隔间门的时候,她忽然觉得有什么不对劲……

为什么她的面前会有一排尿斗?

米尘骤然意识到,她入的是男洗手间!

赶紧趁着没人发现的时候离开!不然以后没脸见人了!

米尘刚走了没两步,就听见有人走进来的脚步声。

那是一种独特的步调,令人清醒地踩踏在神经之上。

米尘下意识后退,只是她还没来得及躲回隔间里,对方已经走到了她的面前。

对方抬起眼时,清冷的眸子,温度骤然下降一半。

而米尘的一颗心却猛地被扔上了万米高空,她整个人僵在那里,一动不动。

深色的外套,挺拔的身姿,一只手收在口袋里,眸子里是空无一物的清冷,即便是看见了在男洗手间内不该看见的物种,对方的脸上依旧漠然。

米尘这次真的想要死了。

因为这个男人不是别人,正是厉墨钧。

他只是站在那里,一动不动。没有愤怒,没有惊讶,仿佛米尘只是微不足道的空气。

米尘咽下口水,她本来想说一声"对不起",但在对方的气场之下,她觉得自己就像一只过街老鼠。

厉墨钧终于动了,微微侧过身来,仍旧不发一言。

米尘终于醒悟,对方是让开路,让她赶紧滚开啊!

她低下头,以百米赛跑的速度冲了出去。一路上,心脏仍然悬着。

天啊!竟然被男神撞见她在洗手间里,他会把她想成什么?为了窥探男神而躲在男洗手间里的女神经病?啊!啊!

米尘一抬头,才发觉女洗手间在男洗手间的对面。自己怎么连标识都不看就闷头冲进去了。

唯一庆幸的,就是她不是厉墨钧的化妆师!也许过了今天,厉墨钧就不会记得她了!

回到了摄影棚,方承烨见米尘的脸色依旧发白,不由得担心了起来,"我说你怎么了?不会虚脱了吧?"

"……没,没什么。可能牛奶过期了。呵呵……"米尘在心里叫苦。要是被方承烨知道自己闯入男洗手间还被厉墨钧撞见了,不知道要怎样嘲笑她!

终于,到了与观众互动的环节。大部分的观众问的是白意涵未来的规划、下一部的电影是什么、有没有什么特别想要饰演的角色。

白意涵一一耐心而详细地做出了回答。

而最后一个站起来提问的年轻人,却让所有人呆住了。

"我们知道,每个人都要为自己的人生负责。五年前您离开国内,很大原因是公众因为你与女影星谢悠之间的绯闻。谢悠因为你不只流产,甚至吞服安眠药自杀。对此,您从来没有做过任何解释。现在您回来了,是不是也应该对往事有所交代呢?"

米尘愣住了,方承烨低声咒骂了声"妈的——",立即去找导演。

主持人慕容枫的表情顿然冷了下来,"我们是访谈节目,不是八卦娱乐。过往的事情,已经是过往,是非对错无法衡量。白意涵在美国拼搏五年,能赢得今天的成就,纵然有机遇也有天道酬勤。我本人不欣赏以感情上的是非来论英雄的做法。"

米尘紧张地望向白意涵。她虽然不清楚当年的是非曲直，但是一个人能放下自己如日中天的事业去到另一个完全陌生的国家，一定也受到了很大的伤害。

而出人意料的，白意涵的目光却对上了米尘。

他的眼角眉梢忽然扬起一抹笑意，淡然中带着一丝戏谑。

米尘却在这抹笑里读懂了白意涵的意思。

不需要多余的担心，这些对于我已经不算什么了。

"既然那么多人对这个问题感兴趣，我若是什么都不说大概会让很多人失望吧。"白意涵的眸子里没有任何恼怒或者难堪的表情，相反更像一个仰望天空对过往云淡风轻的长者。

"当年，我和谢悠在一起不算绯闻，因为我们确实在一起。我曾经喜欢过她，所以只能用沉默和离开来成全她。一段往事的真相，从来不是我口中所说，也不是众人口中所说。她现在很幸福，所以我想，我也没有将往事再拿出来炒作来破坏她现在幸福的必要。"

白意涵的一切都坦荡而磊落，尽管到最后他也没有说明白当年到底是怎么一回事。

节目终了，导演亲自来向白意涵道歉，声明最后一个问题本来不是那个年轻人问的。

白意涵无所谓地回答："应该是有什么媒体收买了这个观众，要他问这个问题。"

"这个你放心，最后一段我们一定不会让它出现。"

"无所谓了，就算你们不让它出现，终归还是会有人让它出现的。"

白意涵下了节目，与米尘一道坐进了保姆车里离开。

那天晚上，白意涵带着米尘去一家面馆吃牛肉面。

米尘一边吸着面一边美滋滋地喝着可乐。

"这面比方便面要好吃吧？以后少吃方便面，防腐剂致癌的。"

米尘从热气里将脑袋抬起来，"你怎么知道我经常吃方便面？"

"化妆的时候你离我那么近。我还能闻不到你身上的味道？"

方承烨再度揉了揉米尘的脑袋，"看啊，白老板对你多好！这就是奖励你在访谈节目的优异表现！"

米尘傻呵呵笑了起来。

吃完了面，方承烨开车带着他们回家。

路过市中心，EX商场的LED上正播放着这一年巴黎时装周时尚大师布鲁尼服装秀的最后谢幕。

当那个米尘曾经认为自己无比了解的东方男子站在布鲁尼的身旁，一如既往淡然而温润地笑着，米尘忽然好奇了起来。

到底有没有什么会让他露出不一样的表情来。

"喂，方大哥，你说喜欢和爱，到底有什么区别？我喜欢你，和我爱你到底区别在哪里？"

她还记得当初自己在香榭丽舍大街上朝着凯旋门奔跑，回过头来雀跃无比地大声喊着"我喜欢你"。

对方宠溺地将她的脑袋按进自己的怀里，说着"我知道"。

现在想起来，是不是自己的表达出了错，所以他并不是真的知道。

方承烨正在开车，没有留意到米尘的问题。

一旁的白意涵，顺着米尘的视线望了过去，看见那场华丽服装秀的最后谢幕。

"喜欢，可以拿来大肆挥霍。而爱一个人，要沉重得多。"

白意涵的声音宛如经年流水，悄无声息没过米尘，流向远方。

"哦，原来是这样啊。"米尘恍然大悟般点了点头。

原来，自己太放肆了，不够深沉。

"米尘，我就要加入《金权天下》剧组了。角色已确定。"

"嗯？"米尘惊讶地转过头来，"哪个角色？耿念吗？"

米尘小时候也看过《金权天下》，而且和其他小女孩一样，特别迷恋正直而温文的耿念。

"不是耿念，是沈松云。"

米尘愣了愣，随即眼睛亮了起来。她还没见过白意涵演这种传统意义上的反派人物呢！

"真的！白大哥你眉眼太温柔了，没有沈松云的狠劲儿，我得帮你修饰一下。不能让媒体和观众对你先入为主……"

白意涵笑了，米尘心上浮起的那些失落情绪顿然远去。

《金权天下》本就是多年前金融风暴之后的一部电影的翻拍。如今金融体制以及金融业现状比起十几年前也有了翻天覆地的变化。《金权天下》的剧本也自然被改编，而当初的两位男主角沈松云与耿念的人物形象也脱离了最初的脸谱化，有了更加复杂的挣扎。

当年，耿念这个严守底线以及对初恋念念不忘的深情形象，迷倒了万千少女。而沈松云这个角色则是坏到饰演的演员从公寓走出来还被人扔臭鸡蛋的地步。

第二章 《金权天下》开拍

此时此刻，米尘却觉得如果是白意涵饰演沈松云很可能会超过耿念在观众目中的受欢迎程度，达到新的高度。

"厉墨钧将饰演耿念。"白意涵落在米尘身上的目光，就似看一个孩子。

"厉墨钧？耿念？差太远了吧？"

提起厉墨钧，米尘是很窘的，毕竟男洗手间里偶遇不是什么光彩的事情。

"不要小看厉墨钧，他就像水。将他装进什么样的容器里，就会是什么样的形状。就好像沈松云遇上耿念这样的对手，剧情才如此精彩。我也需要厉墨钧这个对手。"

任何较量，都需要棋逢对手才能达到令人咋舌的高度。

就在第二天，《金权天下》两位男主角就被确定。但是微博仍旧引来一阵热议。许多网友都表示制片方疯了，他们期待的是厉墨钧的强势以及白意涵的淡泊名利。其中还少不了一些媒体为了制造话题而推波助澜。《电影焦点》里一个专栏记者借着分析电影宣传手法，抨击《金权天下》的角色逆转就是一场炒作。

参加完电影的开机发布会，米尘坐在车里蹙着眉头刷微博和贴吧。

"看什么呢？眉头皱得都能夹筷子了。"白意涵知道米尘喜爱喝可乐，从身旁拿出一罐，贴在她的脸上。

"白大哥你别闹！现在好多人到你微博下面骂你呢！说你为了争取星耀的支持，竟然也同意放弃适合自己的角色，加入这场炒作！是对电影的不尊重！"

方承烨一边开车一边摇了摇脑袋，"唉……有时候觉得微博什么的真不是好东西。无中生有不说，还特别喜欢传递负能量。更别说我们白老板什么时候放弃原本的角色了？他压根就没接耿念这个角色啊！"

"白大哥！他们闹成这样，你都不在微博上说些什么吗？"

"说什么？等到电影拍摄完毕，再加上个制作周期，还有谁把所谓的逆角风波记在心上吗？只要排期合适，票房根本不成问题。"

白意涵又用可乐蹭了蹭米尘的脸。

米尘取过可乐，放在一边，然后忽然举起手机对白意涵说："沈松云！露个脸！"

白意涵扯起唇角一笑，被米尘拍在了手机里。

"我要开个微博账号，然后把它发到微博里！不许跟我计较肖像权！"

白意涵无奈地摇了摇头，"小米，在演艺圈里，这很正常。"

方承烨却开口说："我赞成小米粒！就这么做吧！小米粒，你发微博之前要给我看看。我们也必须与时代接轨，融入国内的舆论环境。"

米尘拍下的照片里,白意涵的脸上仍旧是沈松云的妆容。她当即就申请了一个微博账号,"方大哥,那取什么名字呢?"

"就叫'小米粒'吧!"方承烨意兴阑珊。

"啊?"

"或者,叫'白意涵的小米粒'?唉!这个好!这个好极了!就叫这个!"

米尘求救一般望向白意涵,希望对方能有更加建设性的意见。

谁知道对方倾下身来,一只胳膊绕过米尘取回了被她弃之不顾的可乐,轻松地打开,喝了一口,这才不紧不慢地说:"那是你的微博,叫什么都可以。"

米尘最后还是输入了"小米粒"这个名字,发送照片之前,方承烨只让她输入了几个字:沈松云拜上。

小米粒的微博起先只有0个粉丝,可是几分钟之后,就有十几条留言了。随着时间推移,留言越来越多,纷纷表示被白意涵的"沈松云"迷住了,对电影也充满期待。

等到米尘跟着方承烨吃顿火锅回来,评论就过百了,微博粉丝也过千了。

接着又有更多人质疑这张照片是不是被P过。一些人觉得照片背景是在车里,明显用手机拍摄,光线也不好,白意涵怎么可能还那么帅。

米尘气得青春痘冒出两颗,"方大哥!你看!白大哥本来就很帅啊!哪里用得着P图!"

"小米粒别着急!颠倒黑白可不是那么容易的事情!"

几分钟之后,米尘跳到方承烨身边,"方大哥!你快看!粉丝的力量是无穷的!已经有人分析了照片上传的结果,证明照片没P过!白大哥的沈松云就是帅!"

"小米粒,那个粉丝就是我啊!"方承烨指了指自己。

"啊?超级大叽叽是你!你怎么取这么神经的名字啊!"

"不神经一点,怎么掩饰我是白老板金牌经纪人的事实?小米粒的微博账号还有密码也给我!以后我拍到合适照片就可以直接上传了!"

"哦,好!我发给你!"米尘爽快地说。

等到米尘回家去了,白意涵这才端着咖啡走到方承烨的面前。

"你拿了小米的微博做什么?"

"官方微博都是一些没什么吸引力的消息。只有像这种来自粉丝或者身边工作人员的爆料,才能引起公众的兴趣。有时候这种微博所发出的声音,比什么官方微博更让人相信。我打算将'小米粒'的微博纳入我们的宣传范畴。"

"那是小米的微博,应该由她来发出声音。无论说什么做什么发什么图片,都应该由她自己来决定。"

白意涵的脸上没有任何表情,正因为如此,方承烨能感受到对方是认真的。

"只要她能愉快地证明她自己想要证明的东西,你又何必计较那么多呢!好吧,我向你保证,就算是我要用这个微博炒作什么,也一定会让小米粒知道,要她同意了才做!"

一个月之后,《金权天下》正式开机。

导演组还真的搞了个开机仪式,准备了烤乳猪,大家一起拜拜。

米尘心情忐忑,这还是她第一次进入剧组工作。为了这一日,她做足了准备。

因为厉墨钧档期的关系,摄制组将先完成白意涵这部分的戏。

这时候的沈松云还年轻,刚离开大学涉世未深。而场景也主要集中在矿场。一开始,剧组打算在摄影棚里搭建一个矿洞,方便拍摄。但张贺导演看过之后非常不满意,表示丝毫没有真实感,不接受这样粗制滥造的场景。

最后剧组还是联系了山西一个矿场,对方答应给他们一个矿洞取景。

于是一行人乘坐飞机赶往山西,拍摄工作当日中午就开始了。

剧组正在做准备的时候,米尘已经在替白意涵上妆了。这个时候的沈松云还很嫩,没那么多的手腕。看见一辈子在煤灰里摸爬滚打的矿工还会心有同情。所以她要让白意涵少一些锐利,多一些对社会的希望和弱势者的同情。

化妆完毕,米尘的眼前是一张年轻脸庞,目光里满是激流勇进。

"满意自己的作品吗?"白意涵笑着问。

米尘嘿嘿掏出手机,"沈松云,照张相呗!"

"你是想要发到微博上?"

米尘点了点头。

"你可以发。但无论写什么说什么,都必须是你自己想要表达的,而不是来自你方大哥的。"

白意涵说这番话的时候,有一种十分认真的意味。

"嗯。"米尘点了点头。

米尘靠着遮阳伞,将刚才的那张照片上传,想了想,她加了一句:沈松云的纯真年代。

发完了,她才注意到自己的微博粉丝什么时候竟然快要破万了。

这才多少天啊?她总共也就发了两三张照片而已!

摄影队就要进入矿洞了。米尘为了保证拍摄过程中随时为白意涵补妆,也背着化妆箱进了矿洞。

剧组联系的矿洞,听说是结构最安全,也是比较浅的一个。

当米尘跟在白意涵身后的时候,还是感觉到那种不怎么清新的压抑气氛。米尘抬头看了看距离头顶没有几米远的木桩,一阵莫名心慌。

也许是看多了什么矿洞塌方的报道。

进入十几米远之后,有一个比较宽敞的空间。在这里,是一段沈松云与自己的合伙人发生激烈的争执。

米尘在一旁看着,她的身边站着副导演。

"呵呵,看你小小的,没想到竟然是白意涵的化妆师!他应该很信任你,上妆的时候不像其他演员诸多意见,磨磨蹭蹭,让剧组里那么多号人等着他一个。"说完,副导演还将一个士力架递到米尘面前,"来,给你补充能量!"

"谢谢!"米尘接过来,看了看,收进口袋里。

矿洞里的戏结束了,工作人员将器材运出去。白意涵不说二话撸起袖子帮忙。

就在这个时候,矿洞深处传来一阵坍塌声,震得米尘的肩膀耸起来,只感觉有人一把拽住她,"快跑!"

头顶上是稀稀拉拉跌落的土灰。

米尘这才意识到矿洞要垮塌了。

"不要管器材了!先出去!"

摄影组的组长大声叫喊着。

米尘被沙石蒙得睁不开眼,地面在震动,根本不知道是谁在拽着她。

眼见着前方亮光处已经有不少人逃了出去,米尘觉得希望近在眼前,却在那一刻感觉背后有什么压了下来,骤然摔倒。

一切被黑暗淹没。

过了良久,她隐隐听见耳边有人在叫她的名字。

"米尘……米尘你还在吗?你醒醒……"

米尘的眉心皱了皱,黑暗之中,她什么也看不见。

空气里的气味很难闻,令人窒息。她的脑海中回忆起那一阵山崩石裂一般的震动,心脏一阵猛地下沉。

"我……还在。"慌乱中的米尘试图起身,手肘立刻撞在什么东西上,她这才意识到自己被困住了。

黑暗的寂静之中,传来一声叹息。

米尘咽下口水,艰难地转动自己的头部,"是……是谁在那边?"

对方发出一声轻笑,"连我的声音都听不出来了?"

米尘心脏一紧,"白大哥!你怎么没跑出去!"

白意涵的声音没有丝毫的焦急,相反带有安抚的意味,"差了一点点而已。别担心,救援组已经赶来了。我们压得比较浅,很快就能出去了。"

所有惶恐无助以及对死亡的恐惧溃堤而出,却在听见那个人声音的时刻,沉入平缓的溪流。

然后,她才意识到,那个拽着自己的人就是白意涵。如果不是因为带着她,也许他已经逃出去了。

内疚感铺天盖地而来。但这个时候再说什么对不起之类毫无意义。

米尘的眼泪掉落下来。

"小米,你动得了吗?身上有没有什么地方很疼?"

整个世界的光线都沉落,只剩下白意涵的声音,提醒着米尘,她依旧存在。还有一个人在意她。

米尘除了胳膊,其他地方都无法动弹,一抬腿,膝盖就撞在被压垮的木梁上。

"没有什么地方特别疼。"

他们的头顶隐隐能听见呼喊声,白意涵捡起石头在地面上用力敲击了两下。

"下面还有人!还有活人!"

他们很幸运,木桩与横梁垮落的角度刚刚好支撑起一片窄小的空间。可正因为如此,将他们救离的难度也增加了。因为一个不小心,这种刚刚好的平衡被打破,他们会完全被沙石掩埋。

白意涵的手,从木桩与沙石的缝隙间伸了过来,刚好触上米尘的耳朵。

那是一种极为温暖而真实的触感,米尘的眼泪瞬间奔涌而出。因为是躺着,眼泪顺着眼角流到了耳廓之中。

"你哭了?是害怕吗?我们不会死的。外面一定有很多人等着救我们呢。"

"嗯。"米尘侧过脸,白意涵的手指触上她的眉梢。他轻轻抚了抚,距离本就有限,可这样的接触让米尘觉得分外珍贵。

时间一点一点地过去,米尘能隐隐听见头顶有什么被搬动的声音。但没过多久,就停了下来。

米尘担心的事情发生了,救援队不敢贸然将压在他们身上的沙石挖开,怕导致塌陷,将唯一的一点空间都挤死,只是尽可能地挖出了一丝缝隙,让他们不至于窒息在里面。

白意涵冷静地回复着救援的人,而负责救援的人表示,他们不能从上而下进行挖掘,只能横向挖出一条通道,动作太大就会引起二次塌方。

不知道时间过去多久，白意涵的声音也逐渐嘶哑，感到头晕目眩。饥渴折磨着他们，消磨他们最后的意志。

"小米……小米你还在吗？千万别睡！听见我说的话了吗？"

白意涵努力伸长了手指，感觉到有什么被按进了自己的手里。

"白大哥……给你……"

白意涵将手收回来，摸着那个东西的形状，才知道是一根士力架。

"我不吃！给你吃！"

谁也不知道他们还要在这里熬多久，没有水，食物是最宝贵的资源，哪怕只是一根小小的士力架。

"我还有呢。你还要和救援队喊话……需要力气……我刚已经吃了半根了，甜得要命。"缝隙那段传来米尘轻轻的笑声，还有塑料纸传出来喳喳的声响，"我还有好几根呢……是副导演没吃完让我帮忙拿着……要是有水喝就好了。"

"等到缝隙再挖大一点，就有水喝了。"白意涵不打算吃那根士力架，他虽然开始发昏，但他觉得应该以防万一。

"你怎么不吃啊？你不吃，我也不吃了。"

白意涵叹了一口气，拆开了包装纸，咬了一小口，虽然甜腻，却瞬间让人振奋起来，"听见了吗？我吃了。"

"那你再吃一口吧。"

"为什么一直叫我吃东西？我身体很好，一时半会也饿不死的。"

"因为我怕鬼。万一白大哥你饿死了……我就是和死人躺在一起……好可怕……"

白意涵笑了，再度将手指从缝隙那里伸过去，摸了摸米尘的头发，"如果我真的变成了鬼，当然是要帮你从这里出去，又不会害你，怕什么？"

"嗯，别再说话了，白大哥。没有水喝……你嗓子都干哑了……休息一会儿吧……"米尘的声音很轻，似乎也十分疲惫了。

两人沉默了下来，白意涵的手指仍旧轻轻拨弄着米尘的头发。

米尘知道，他这么做，就是为了让她不害怕，为了让她知道还有人在她的身边。

只是她的意识逐渐恍惚了起来。

救援队总算挖通了一条从矿洞外到坍塌地点仅供弯腰爬行的通道。

白意涵用手指点了点米尘的脑袋，"小米！小米你醒醒！他们挖到我们了！"

那一侧，却良久没有任何回话。

[第二章] 《金权天下》开拍

"米尘?你是不是睡着了?醒醒!快醒醒!"白意涵用力地想要将自己的手腕伸过去,可终究还是不行,"米尘!你听见了没有!你给我醒醒!"

仍旧是安静的,只有他自己的声音。

恐惧骤然击溃一切冲入他的心脏,冲击着他的理智。

"白意涵吗!我们先拉你出去!"

黑暗之中手电筒的灯光射了进来,白意涵却丝毫没有离开的欲望,"我不要紧!还有我的化妆师被困在里面!你们先把她弄出来!"

"白意涵!必须你先出来!把位置留给我们,我们才能想办法把她弄出来!"

"白意涵!现在分秒必争!没有时间犹豫了!"

白意涵不得不从缝隙里抽回自己的手,那一刻他也不知道自己的决定到底是对还是错。

在救援人员的引领下,许久未曾动弹的白意涵匍匐着从狭窄的通道离开。

第一缕日光让他睁不开眼,他的耳边是方承烨几乎要喜极而泣的声音。

"我的老天——还好你活着!"

其他焦急地守在这里的剧组人员也涌了上来。拍戏期间出了这么大的意外,作为公关部主管的安言也乘机赶来。

虽然白意涵脱险了,但是这一天一夜困在狭小的空间里外加精神上的折磨,几乎令他虚脱。

他接过不知道谁递来的水,躺上担架,医生正要将氧气罩覆在他的面上,他一把抓住方承烨,"米尘还在里面!你一定要看着她出来!"

"我知道!我知道!"

而米尘获救,却是一个多小时之后的事情。

当她睁开眼睛的时候,闻到淡淡消毒药水的气味。微微侧过脸,看见微弱的光线从门的玻璃上透进来。

半晌,她没有回过神来。

她怎么了?

米尘试着坐起来,感觉到自己的腿上,胳膊上隐隐传来的疼痛。她赶紧动一动自己的手,发现左手的手背上还扎着针,另一端连着点滴。她的双手还有双腿都还在!

她得救了!这里是医院!她从那个黑暗而狭窄的地方逃出来了!

等等,她还活着……那么白意涵呢?

不顾一切,米尘就要翻身下床,但双腿根本使不上力气,她"砰——"地一声趴在了地面上。

听见这声响病房门骤然被推开,有人快步来到她的身边,将她一把抱上了床。腾空的瞬间,她这才看清楚对方的脸。

"白大哥!你没事!"

白意涵没有说话,只是冷冷地将她放回去,居高临下地看着她。

就似温暖的海水不知何时结成了冰。

米尘从没有见过这样的白意涵。她僵着身子,动弹不得。

"白……白大哥?"

"为什么骗我。米尘,你是不是觉得自己为我牺牲了,我就会感激你?"

病房里的灯光是冷白色的,落在白意涵的身上,犹如银霜。

米尘的眼睛莫名发疼。

"什么?"

"士力架。你说副导演给了你好多士力架,但事实上他只给了你一根。你知不知道他们告诉我你缺氧脱水你休克你其实根本没有吃过任何东西,我是什么样的感觉?如果他们再晚一个小时,你就死了。如果你死了,你要我背负什么?"

白意涵的声音很平稳,可越是这样没有起伏的语调,米尘就越能感受到他内心深处极度的愤怒。他一向优美的眼睫微微低垂着,就似无情无欲的雕像。

这样的白意涵,米尘甚至不敢触碰他。

"不是的……那个士力架根本对我而言毫无意义……士力架里面有花生。我对花生过敏。如果不小心吃到花生,会引起我的呼吸困难。在那样的环境里,如果我的呼吸出现问题,我一定会死的。所以我才会把士力架给你。"

"你在骗我。"

"我没有。"米尘小心翼翼地拽了拽白意涵的衣角,"如果你不相信,可以问喵喵。如果不是因为过敏,我一定早就忍不住把士力架吃掉了……"

白意涵的目光终于偏向米尘,他扣住了米尘拽住自己的手,用力地抓紧了她的手指。因为太过用力,米尘的手指疼得快要裂开一般。

可越是疼痛,她越是清楚地知道,这些都不是梦。

良久,白意涵才松开了她的手,覆上了她的额头,指尖缓缓没入她的发丝之间,"睡吧。"

米尘闭上眼睛,感受着白意涵掌心的温度。她想起了他是那么用心地从缝隙间将手指伸过来触摸她。万一那条缝塌陷,白意涵的手就会被压碎了。

"我睡不着……"

"怎么了?"

"我好饿……"

白意涵微微愣了愣,随即闭上眼睛笑出声来。米尘的耳边仿佛听见冰裂的声响。

"你等等。"

白意涵打开了病房里的柜子,将一个打包盒取了出来。

"这是方承烨来看你的时候带来的青菜粥。他也不知道你什么时候会醒。我去找个地方给你热一下。"

米尘一听到"青菜粥"三个字,口水都要流出来了。

白意涵守在微波炉的旁边,闭上眼睛,似乎想起了什么,拳头握紧,指骨泛白。直到"叮——"的那一声响,他微微呼出一口气,才将青菜粥取了出来。

米尘眼巴巴地坐在床上等着。

白意涵为她支起病床上吃饭用的小餐桌,将粥给她端上来。眼见米尘吹了两口迫不及待就往嘴巴里送,白意涵赶紧扣住她的手腕。

"烫着呢!都饿了这许久了,不差这两秒。小心烫破了嘴皮子,连山西凉面是什么味道都吃不出来!"

米尘呵呵笑了起来,"真想把白大哥现在的样子拍下来,发到微博上!"

"你拍啊。"白意涵扬了扬眉梢。

米尘这才意识到,她的手机早没了。里面还有好些白意涵的照片呢!

低下头,吹着气,乖乖喝粥。

白意涵就静静地坐在她的身旁,看着她一副想要将一整碗粥都倒进嘴巴里,却被迫不得不小口小口吃的样子,唇角不由自主陷了下去。

一整碗的青菜粥,米尘只吃下去了半碗,但那种连肠子都要被消化掉的感觉终于消失了。

安言能坐上星耀天下公关部主管的位置,果然是个强人。她凭借自己在业内的关系,将剧组出事的消息强压了下来。

等到米尘出院,剧组也回到了原本的城市。张贺亲自请全剧组吃饭,赔罪。看着一向高傲的导演竟然低头认错,大家纷纷表示好事多磨,只要最后所有牺牲都值得。

在回家的路上,白意涵将一部手机递给米尘,"你的手机'因公殉职',这算是我补偿给你的。"

"哇!这是最新款!谢谢白大哥!"

"好吧,考一考小米粒,你记不记得白老板的手机号码?"方承烨笑着问。

"……"米尘对方承烨的好感顿时降为负值。

她连喵喵的手机号码都记不住,白意涵的更不可能了。

"哈!被我考住了,小米粒,你不称职啊!"

米尘真想揍他一顿,有这么挑拨离间的吗!

一旁的白意涵却不紧不慢掏出手机,找到通讯录里一个名字,拨通了号码。米尘手上的手机立即响了起来。

"存一下吧,我的号码。"

米尘朝白意涵的手机上瞄了一眼,却惊讶地发现通讯录名片竟然是"小米粒"!

哎呀!方承烨把白大哥都带坏了啊!

《金权天下》之后的取景在市区内完成即可。

这座城市有自己的核心金融圈。也有人说这里不仅仅是这座城市的经济中心,也牵动着整个国家的经济命脉。而这里的两栋极具现代化的高楼便是沈松云与耿念的战场。

很快就能看到白意涵与厉墨钧对戏的场景,原本充满了期待的米尘只希望厉墨钧不会向任何人提起那一日在洗手间里见到自己的事。

不过,看厉墨钧的性子,是不可能与任何人八卦的。

商业楼的顶楼,是打着一把把巨大遮阳伞的露天餐厅。有不少在这栋楼办公的金融界精英会在这里点上一份西餐,或者喝上一杯咖啡,打开电脑,决胜千里之外。餐厅的老板让出了两个位置,给剧组作为化妆位。

今日的第一场戏是沈松云与耿念第一次对峙。

米尘已经为白意涵补好了妆,而不远处则是厉墨钧静静地坐在原处。他的化妆师则十分挣扎。

没过多久,就听见张贺导演的咒骂声。

他叉着腰站在厉墨钧的面前,声音扬高了几个八度,"到底怎么回事!你是一个演员!你的脸有多重要你自己心里清楚!我不管你跟哪个女明星谈恋爱闹什么样的绯闻!你弄伤自己的脸就是对这个角色的不上心!"

米尘忍不住偏着脑袋看。厉墨钧的表情始终如一,仿佛导演的怒意对他没有任何影响。米尘却觉得奇怪。明明那天见到厉墨钧他还好好的,怎么忽然脸上就受伤了呢?

"剧组不会为了你的脸而耽误进度。遮住你脸上的痕迹,在上镜之前你给我

《金权天下》开拍

搞定!"

说完,张贺导演掉头离去了。所有工作人员默默呼出一口气来。

厉墨钧的经纪人连萧的目光落在了米尘的脸上,他笑着走到了白意涵的面前。

"白影帝,能帮个忙吗?"

白意涵笑了,光影在他的脸上留下令人莫名心动的痕迹,"我能帮上什么忙?"

连萧一只手搭在米尘的肩膀上,"借你的化妆师用用?保证完璧归赵。"

"啊?"米尘傻了,她求救一般望向白意涵。若是以前,她也许还会对厉墨钧很感兴趣,想象自己如何在他的脸上大展身手之类……可是自从见识到厉墨钧的清冷性子之后,米尘早就退避三舍了。

"想什么呢?"白意涵在米尘的眉心弹了一下,"去吧。"

米尘当真没想到白意涵竟然答应得如此爽快。上回她被林如意叫去给廖冰上妆,怎么没见他这么大方。

"米尘,正好感受一下不同的五官轮廓,这是非常难得的经验。"

白意涵的眸子很深,被他这么注视着,米尘忽然也想起自己进入这一行的初衷了。她确实是白意涵的专属化妆师,但她不可能一辈子只给白意涵上妆。

"好吧。"

米尘跟着连萧来到了厉墨钧的面前。此刻,厉墨钧的脸上已经被遮了一层厚厚的粉了,如同白瓷一般。虽然瘀青的痕迹已经看不出来,但显得十分不自然。厉墨钧的化妆师额头上已经起了一层薄汗。

"嘿,阿周,这位是白意涵的化妆师,让她给厉墨钧试一试吧。"

"啊……也好……"

虽然让其他艺人的化妆师来救场是一件很没有面子的事情。但张贺导演的要求实在太高了,现在退下来至少能远离风暴圈。如果张贺导演还是不满意,承担者也不是他了。

阿周拍了拍化妆箱的边缘,见到米尘的时候十分惊讶。他没想到白意涵的化妆师竟然是这么年轻的女孩,忽然有些担心她能不能把握住厉墨钧的气质了。

"那个米尘,厉墨钧只用自己的化妆品……包括眉刷粉刷。"

"好的,我知道了。"米尘来到厉墨钧的面前。

明明隔着一个手臂的距离,她却能清楚地感受到对方周身流露出的拒绝。

根据官方信息,厉墨钧的身高一米八七。米尘坐在他的面前还矮了一截。她只能站起身来,试探性地问:"厉先生,我能为您将这层妆卸掉看看吗?"

"嗯。"

只有一个音节，他的嗓音依旧让人印象深刻，瞬间打消所有幻想。

得到他的许可，米尘暗自呼出一口气，找出了卸妆水。一看那牌子，竟然和自己从国外订购给白意涵的一模一样。看来阿周很懂行啊。

米尘的手指夹着化妆棉，以她的手法擦拭过厉墨钧的脸颊。她很小心翼翼，甚至于隔着化妆棉触上他的肌肤，都是一件令人心弦紧绷的事。

就像是一层面具被剥落，米尘终于得以看见最原本的厉墨钧，优美的轮廓呈现在米尘的面前。米尘第一次发现，其实他的眼睛并不像第一眼看上去那样无欲冷清，线条中透露出莫名的柔意。他的眸子很深，仿佛冰川之下暗涌的潮。

隔着化妆棉，米尘越是感受厉墨钧的五官，就越有一种错觉。她仿佛挤入了时空里的某个缝隙，一不小心窥探了厉墨钧的秘境。

调整了自己的心绪，米尘仔细看了看厉墨钧的脸部两侧，感受因为左侧脸颊而导致的不协调。

"补救得了吗？"阿周在一旁问。

"试试吧。"

她一层一层刷在厉墨钧的脸上，每刷一笔，就要在自己的胳膊上试许多遍颜色。

阿周有些担心地说："进度是不是太慢了？我怕张导那边又要发脾气了！"

连萧轻笑一声道："还怕那牛鼻子老道？"

米尘借用两腮的阴影，层层渐进，淡化了左脸的突兀感，突出额头与鼻梁的高光，放大了厉墨钧的优雅。当她加深了厉墨钧眉毛以及内眼的线条之后，属于耿念的内敛与些许的忧郁跃然而生。

阿周眨了眨眼睛，他觉得很神奇。明明没有浓妆厚涂，可微肿的左脸偏偏看不出来了。

米尘呼出一口气，对连萧说："连先生，你用手机给厉先生拍张照吧。看看照片上的效果如何。"

连萧点了点头，为厉墨钧拍了张照片。他微微一愣，没有想到照片效果不错，十分自然，就似被精心处理过的海报。

[第三章]
两位影帝的演技

厉墨钧没有多说什么,起身走向张贺导演的方向。

对于给厉墨钧上妆,米尘原本的心态是不求有功但求无过。不过看着照片上的厉墨钧,她也不免浮现出一丝成就感。阿周看着米尘的目光也多了一丝探究。

米尘毫不留恋地转身去到白意涵的方向。此时的白意涵正在与饰演方容的女演员李哲哲对台词。

白意涵刚抬起手,明明正在看台词的李哲哲就似知道他的心意一般,将矿泉水放进他的手里。

那种和谐的气氛让米尘忽然不知道该不该过去了。

反倒是白意涵放下剧本,朝她招了招手,清俊的眉目让米尘被厉墨钧冰冻的心暖和了起来。

"回来了?"

"是啊,我搞定了哦!一会儿和大冰块对戏的时候,白大哥就能看到我的水平了!"米尘一不小心就给厉墨钧取了外号。

白意涵无奈地笑了笑,似乎在说这点小成就就骄傲成这个样子。

"你和李小姐真有默契呢!"

原本听着他们对话的李哲哲抬起头,露出一抹笑,方才商场女强人的气质一下子就柔和起来,"那当然,我可是沈松云的心腹爱将外加红颜知己啊!你就是小米粒吧!坐啊!"

米尘摇了摇头说:"不啦!打扰你们对戏!我到旁边研究我的瓶瓶罐罐吧!"

李哲哲笑着用手肘顶了顶白意涵,"真看不出来啊!你竟然会把一个这么年轻的化妆师留在身边?"

"她很有才华,不要小看她。"

李哲哲的眼睛里闪过一丝不易被察觉的惊讶,随即露出一抹笑来。

"啊,听说皇朝影业的沈导快不行了,好歹是我们的恩师,哪天抽空去看看?"

白意涵沉默没有回话。

李哲哲很有默契地没有继续说下去。

米尘踮着脚,远远地观看了白意涵与厉墨钧的第一次对手戏。

白意涵饰演的沈松云,向后靠着露台,目光嚣张地落在他的脸上,轻风洋溢,他整个人都似要一越九天。

而厉墨钧演的耿念则背对着镜头,手中夹着一支烟,在指间变换了几个角度,最终没有被点燃。一支烟而已,让人感受到耿念对欲望的控制,注定了他不会轻易沉沦于名利。

这两个人,一个外放,一个内敛,形成鲜明的对比。可又如此天经地义地存在于同一个镜头之中。

"你要的太多,小心终有一日万劫不复。"厉墨钧最终收起了烟,眉眼如同天空中的流云舒展开来,浅笑时仿佛坠落于纸面上自然而然洇染开的墨痕,完全没有在米尘面前的距离感。

白意涵勾起了唇角,即便远远的一瞥,米尘也觉得令人十分心动。

"耿先生请放心,在下暂时还没有万劫不复的资本。"

即便不懂得品鉴演技好坏,米尘也能从白意涵的身上感受到什么叫做收放自如。

而厉墨钧,就算只有背影,也能让米尘想象到呈现在镜头之上的气场。

没有了那一日在停车场里的张扬,相反他很沉静很内敛。他的侧脸有一种安宁的力量,仿佛所有令人飞蛾扑火义无反顾的诱惑,在他的世界里都微不足道。

张导盯着屏幕,一直眉头紧锁,直到这一幕戏结束,他才点了点头。

这一幕结束,白意涵与厉墨钧几乎同时转身,仿佛黑白两个世界,背道而驰。

这一天的拍摄直到晚上八点才结束,其间剧组虽然叫来了盒饭,但因为拍摄十分顺利,无论演员也好工作人员也好,都进入了忘我状态,没有谁愿意停下来吃饭。连带着米尘也守在一旁,随时替白意涵补妆。

收工时,盒饭都凉透了。

"走了,小米,带你吃饭去!"白意涵笑着揉了揉米尘的脑袋。

"吃什么?"

"你想吃什么?"

"炒粉!小笼包!啊……要是能吃涮锅就更好啦!"

白意涵刻意放慢脚步,米尘半仰着头跟在他的身后。而白意涵则仰着头,唇上是若有若无的笑意。

李哲哲站在不远处,看着那两人离去的背影。

方承烨来到她的身边,状似无意地开口说:"在看什么呢?"

"白意涵很少相信什么人,也很少露出那样的笑容,那不是在演戏。"

"是啊。他曾经相信过你。"方承烨笑着回答。

李哲哲皱起了眉头,眼睛里一丝讶异闪过,"你什么意思?"

[第三章] 两位影帝的演技

"关于谢悠的事情,他其实知道你做了什么。"

李哲哲不动声色,"如果真如你所说,他还会这么从容地与我拍戏?"

方承烨笑了,在他的眼中,李哲哲天真到让人不忍直视,"你也知道,他是影帝。那么他最擅长的就是哪怕恨不得杀了你,却能依旧从容。"

说完,方承烨便抬腿迈入电梯里,那一刻李哲哲惊醒一般,忽然拦住了正在关闭的电梯门。

"那个叫做米尘的化妆师呢?白意涵信任她吗?一副亲近的模样,其实只是想要所有对自己有利的人跟着他。他早就不记得怎样去相信一个人了!"

方承烨叹了口气,"李小姐,为什么当他和颜悦色的时候就一定是相信某个人或者在演戏呢?也许白意涵对米尘的亲近,就是因为米尘从不去揣测他的心思呢?一个人,对另一个人最大的信任,就是从不去猜想对方在想什么,而是做自己应该做的事情。这点,你和我都比不上米尘。"

李哲哲的脸色有些难看地松了手。

当电梯门关上的时候,方承烨冷冷留下最后一句话,"别打米尘的主意,她确实只是一个小小的化妆师。"

电梯刚下到停车场,方承烨就接到了白意涵的电话。

"等了你老半天了,走吧,我请吃夜宵。"

"说吧,吃什么?"

"涮锅吧。米尘,你好久没和喵喵吃饭了吧,要不把她也叫上,六味斋?怎么样?"

"真的可以吗?她一定会疯狂要求合影留念外加跪舔你!"

"合影留念可以,跪舔什么的还是留给涮锅吧。"

吃完了火锅,喵喵骑电动车将米尘带回家,一路上不断地犯着花痴,叨叨着现实里的白意涵怎么可以帅到这种地步,连根头发丝都让人心跳过百。

米尘只担心喵喵的电动车会撞上路边的垃圾山,希望在喵喵神志不清醒的情况下能够平安回家。

而车里,白意涵唇上的笑容缓缓散去,眸子冷如寒夜。

"去综合三院吧。"

"还是要去看看沈老?心里并不快乐,刚才为什么还要勉强带着米尘去吃饭呢?"

"在知道自己不得不去做一件不怎么高兴的事情之前,为什么不能先让自己愉悦一点?"

方承烨微微愣了愣。

喵喵似乎还没有从见到白意涵的忘乎所以中醒过神来，骑个车也是歪歪扭扭。

米尘心里却慌得很，用力拍着喵喵的肩膀，"我说你好好骑车！你都骑机动车道上了！"

"没事儿！没事儿！"

"神啊！你都逆行了！喵喵！回去回去！"

迎面一辆黑色轿车驶来，及时刹了车。喵喵却避之不及，轰的一声撞上了别人的车头。

米尘在心里大叫完了完了！

喵喵也傻了，直愣愣盯着车主。

米尘被震得从电动车上侧摔了下来，左手撑在了地面上，疼得那是"透心凉心飞扬"啊！

一条腿还挂在电动车上呢，米尘狼狈地爬了起来。

"喵喵！疼死我了！叫你好好骑车你非要上机动车道！"米尘这时候就想把喵喵的脑袋拧下来！撞了人家的车，铁定得赔钱！她们俩目前还处于工薪阶层呢！这得是多大的负担啊！

"米尘……你帮我看看……我撞上的是……谁？"

米尘这才顺着喵喵的视线望过去，与对方视线相撞的瞬间，顿时败下阵来来，尸骨无存。

车门开了，长腿迈出的画面，米尘觉得无比眼熟。这要是电视剧里，那叫赏心悦目。而此刻，米尘觉得自己要尿出来了。

"厉……厉先生……"

路灯灯光之下，厉墨钧的五官显得越发俊挺，而周身清冷的气息被无限放大一般，米尘只觉得想要后退。

最重要的是，上一回在车库，是厉墨钧差点撞着她，虽然原因是她走路不看路。

可这一回，恰恰的就是喵喵撞了厉墨钧啊！而且厉墨钧的车……绝对很贵的……

"厉先生！真对不起！对不起！我们不是故意的！请你原谅！"米尘赶紧低下头来赔礼道歉，虽然她从不觉得在厉墨钧面前道歉会有什么用。

"手。"厉墨钧的声音响起，只有一个音节。

米尘只觉得膝盖发软。

[第三章] 两位影帝的演技

手？什么手？难道撞了他的车就要被砍手？

米尘求助地看向喵喵，可是喵喵如今却完全处于真空状态，一双眼睛就盯着厉墨钧，就跟被锁定了似的。

我的上帝啊，你这只喵怎么对着谁都能犯花痴。

"你的左手。"厉墨钧再度提醒。

"啊……是……"米尘将自己的左手怯生生地伸了出去。

感觉到微凉的指尖托住了自己的手背，米尘却觉得自己的肌肤要被灼伤一般试图收回，可对方的手腕一转，却轻松地将她的手拽了回去。

"动一动手指。"

米尘试着将手指蜷起，握成拳头，然后再缓缓松开。

厉墨钧的手利落地离开了她的手背。

"记住，你的手比什么都宝贵。"

厉墨钧转过身，开门跨入车内，转动方向盘，车子驶离了米尘的身边。

米尘这才回过神来。厉墨钧刚才的那句话，是在提醒她要保护好自己的双手吧！那是化妆师的前途啊！

她慢悠悠转过身来，厉墨钧的车子连影儿都看不见了。他就这么放过她们了；还是明早到了剧组，秋后算账？

"米尘……我撞上厉墨钧了！那可是男神啊！我把男神给撞了……"喵喵终于从真空状态回归二次元了。

"你没撞上男神！你是把男神的车给撞了！"米尘低下身，将电动车扶起来。

回到家里，上了点药，贴上了OK绷，米尘在台灯下看着自己的手。

第二天，方承烨开车来顺带接她，看见她手上的伤，也惊讶地问她发生什么了。

米尘只能打着哈哈混过去。毕竟喵喵犯花痴不看路撞了厉墨钧的车不是什么光彩的事情。

《金权天下》的进度终于追了回来，这得益于炉火纯青的演员班底。

当早晨白意涵的戏份结束，一直跑进跑出随时替白意涵补妆的米尘终于松了口气，在一旁和其他化妆师吃着冰激凌聊八卦。

其中一个拿着一本时尚杂志露出万分羡慕的表情："快看！是海文·林的专访！"

"真的！有没有解析他的化妆技法？"

"解析了又有什么用？理论谁都能写，关键要在一旁看着才能学得会啊！"

米尘听着那个名字，下意识就要走开，却被另一位同行给拽住了。

"对了！米尘，你不是在法国学习的化妆吗？你见过海文·林吗？"

一时之间，另外两名化妆师的目光也聚焦在了米尘的身上。

米尘想说没有，但她一直不擅撒谎，只能扯着嘴角笑说："见是见过……其实他和普通化妆师也没什么两样。"

"啊？怎么可能一样？"

几位化妆师互相看了看，交换了一下眼神。米尘看出来他们并不相信自己所说的话。毕竟海文·林在业界那么出名，她这个无名小卒就算见过他，肯定也只是远远地观望不得靠近。

米尘觉得有些憋闷，上到楼顶的露台透口气。她忽然很想躲进一团一团巨大遮阳伞的阴影之中。可是当她来到顶楼，却郁闷地发现所有的遮阳伞都被收起，顶楼咖啡屋今天竟然休息。

来到露台的边缘，米尘这才发觉自己竟然将那本时尚杂志给带上来了，真是鬼使神差……

米尘吸一口气，想想不妨看一看杂志上写了什么内容，这两年他过得怎么样。

这是一个专访，从法语杂志翻译过来的，内容是米尘用脚指头都能想到的。无外乎他又拿了什么奖项，最近又与哪位时尚大师合作服装走秀，他的化妆品牌又新增了哪些有意思的产品……以及他的生活现状。

单身。

米尘眨了眨眼睛，她怀疑这本杂志是不是写错了。他怎么可能单身？明明两年前的他身着白色礼服，极为认真地宣誓，握着另一个成熟而有魅力的女人迈入生活的另一个阶段。

直到看到专访的末尾，她才明白他离婚了。

米尘抬手捂住自己的心脏，她发现自己的心跳竟然很平静。就如同他的婚礼，她未曾走入那间教堂送上祝福，而他的离婚也与她无关。

米尘闭上眼睛，倾听着风掠过这个城市上空发出的声音。然后她撕下了印有他温文笑容的那一页，灵巧地折成一只纸飞机，踮起脚，站上露台的第二层，将它用力掷了出去。

它就这样，潇洒地滑出她视线的边界。

当米尘侧过脸，却赫然惊觉厉墨钧竟然就站在离自己不远处。他深刻的五官在日光的映衬下有一种令人清醒的力度感，清冷的气质令米尘一个心慌，差点就要从台阶上摔下去。

一切发生得太快，就连米尘自己也没闹明白是怎么回事，身旁的厉墨钧骤然

[第三章] 两位影帝的演技

伸长了手臂,扣住她的胳膊,将她稳稳地按回了原处。所有的摇摆就像幻觉。

当米尘反应过来的时候,厉墨钧早就收回了自己的手,他弹了弹指间的香烟,随风渲染开淡淡的烟草气息。

他转身离去,似乎没有什么能抓住他的衣摆,天崩地裂不为所动。

米尘站在高处吹了半天凉风,仍旧不敢相信刚才厉墨钧竟然按住了她。

午饭的时候,米尘与方承烨对着扫荡盒饭。

"就这么吃饭好无聊,一起聊聊厉墨钧的八卦吧!"方承烨压低了声音说。

"厉墨钧哪来什么八卦?上次说厉墨钧是被女明星打了耳光,后来不是澄清了吗?明明是出了点意外被撞伤了而已。"

方承烨一副你真天真的表情,"撞伤?算了算了,别人的隐私,我们背后说没意思。我要告诉你真正的八卦是——厉墨钧不擅长感情戏。"

"啊?又在瞎掰了。厉墨钧好歹也是去年金棕榈奖影帝!"

不擅长演感情戏?怎么可能做影帝?

"那你仔细想一想,厉墨钧这几年拍的口碑俱佳的电影里,有几部是需要在感情上着重刻画的?"

米尘歪了歪脑袋,一部一部想过来,忽然发现还真的都是以故事情节取胜的。厉墨钧给这些角色赋予了十分立体多面的形象,但在爱情方面,确实没有多少着墨。

"我们下午等着看看吧!"

下午的戏份,以厉墨钧为主。他所饰演的耿念与自己的初恋情人夏毓再度相见。而夏毓却已经嫁给了沈松云。这一次她与耿念再度相见,却是希望耿念能放弃与沈松云为敌,不要做压死骆驼的最后一根稻草。

饰演夏毓的则是皇朝影业的当家花旦宋娆,一个气质温婉的大美女,就连说话都让人觉得心情斐然。夏毓之于她,简直就是本色演出。

米尘被方承烨的话勾起了兴趣,她也很想知道厉墨钧是不是真不擅长演感情戏。

初恋情人嫁为人妻,而且还是自己的对手,厉墨钧饰演的耿念到底会有怎样的表现。

这场戏与白意涵无关,他可以轻松地坐在导演身旁观看。倒是个子小小的米尘,却怎么挤也探不出个脑袋来。

米尘找来了一个马扎,虽然不是很稳,但米尘按捺不住自己的好奇心,她踩了上去,当她的脑袋探出人群的时候,白意涵刚好一抬眼就看见了。可惜米尘的精力都在正在对戏的厉墨钧和宋娆身上，压根没有注意到白意涵已经蹙起的眉头。

这时候，厉墨钧与女演员的台词已经说完，最重要的一幕戏即将来临。

那就是耿念一个人靠着阳台，默默抽烟。

剧本里明明是这么写的，可厉墨钧却将自己的背对着摄影机。

连萧扯了扯唇角，"因为不擅长，所以他总有自己的应对之道。"

副导演本来要上前提醒他，可是张贺导演却抬了抬手，示意不要打扰他。

厉墨钧的背影很沉，落寞感沿着视线蔓延。为了展现角色的不同角度，也有摄影机捕捉了厉墨钧的侧脸。

当他的表情呈现在屏幕上时，张贺导演目不转睛地看着。

他的唇上是淡淡的笑意，明明笑着，却让人从他略微发红的眼睛里看见一抹忧伤。他缓缓闭上眼睛，神态宁和，似乎想起了早已逝去的与夏毓在一起的岁月。

香烟停留在他的指间，只有烟灰漫无目的地坠落。

他的眉心只是一个微小的颤动，却莫名其妙让人心都揪了起来。

而其他工作人员，包括米尘，看见的只有他的背影以及夹着香烟的那只手。他的手指很长，弹开烟灰的动作略微顿了顿，却最终按了下去。米尘在那一刻，看见了从对过去的留恋到放下一切的洒脱。

当厉墨钧转过身来的那一刻，他又恢复了那个自在从容的耿念。

也许她的到来曾经为他掠起一圈涟漪，但最终的最终，仍旧没有改变他的方向。

直到厉墨钧完全走出了镜头范围，众人才醒悟了过来。

米尘仍旧傻傻站在马扎上，厉墨钧整了整衣领，抬眼的瞬间正好对上米尘。

天台上那一幕再度涌入米尘的眼中，她的胳膊上似乎还留有厉墨钧手指的力度。

小马扎摇晃了一下，米尘差点栽倒。就在那一刻，忽然有人拦腰将米尘抱了下来。双腿落地的瞬间，米尘悬在胸腔里的心脏终于再度跳动起来。

熟悉的清爽气息涌入她的鼻子，她一转身，脑袋正好撞进对方的胸膛里。

"你这么大了还不懂事吗？这种马扎是随便能踩的吗？"

"白……白大哥？你怎么在这里？"

刚才他不是还坐在导演身旁吗？

"以后你再做这么危险的事情，我扣你薪水。"白意涵的表情冷冷的。

米尘张了张嘴，半句话说不出来。她的薪水明明是星耀天下发的好不好……

厉墨钧在人群的缝隙中看见米尘安全着陆，利落地转身走到导演身边，低下

第三章 两位影帝的演技

头来看刚才那一幕的回放。

张贺指了指屏幕,"表情很到位,眼神也有戏。你的演技进步了。"

"我只是在模仿别人而已。"厉墨钧的声音淡淡的,方才温文尔雅情深义重的耿念完全找不到痕迹。

直到这一天拍戏结束,坐进了保姆车,连萧才讪讪然开口:"你对导演所说的你只是在模仿,是什么意思?这两天我没看你观摩别人的感情戏。而且,你一向不屑模仿他人。"

厉墨钧闭上眼睛没有回答,当然连萧从来不期待能从厉墨钧这里得到任何答案。做他经纪人的这些年,他早就习惯了自说自话、自弹自唱。

这天晚上收工,白意涵既没有带米尘去吃夜宵,在车上也没有与她说话。

米尘知道,他在生气自己踩在小马扎上的事。

这一晚,她再度失眠了。

第二天,米尘再在车里见到白意涵时,对方虽然没有对她说话,却递了一盒牛奶给她,看似随意的一个动作,却让米尘心里总算舒坦了不少。

白大哥没再为踩马扎的事情跟她计较了!

不对,白意涵一向心胸宽广,怎么可能与她计较呢!

今天的戏份主要集中在厉墨钧与宋娆之间。而且最让米尘兴奋的是,有亲吻的戏码哦!

一边替白意涵上妆,一边在心里哼着小曲,现场见到吻戏啊!简直狼血沸腾啊!

白意涵闭着眼睛,眼睫毛一如既往优雅修长,怪不得微博里的妹子们除了"白帝"之外,还酷爱称呼他为"睫毛帝"。如果能现场参观白意涵的吻戏,一定特别唯美。

冰冷的厉墨钧……实在想象无能啊……

"还不去给我冲杯咖啡来?"就在米尘放任自己的想象时,方承烨特地过来使唤她了。

这一层因为暂租给了剧组,所以茶水间里也放了不少剧组的屯粮,比如方便面、咖啡、零食等等。

当米尘来到茶水间的时候,发现李哲哲正在煮咖啡。她见到米尘端着保温杯进来,莞尔一笑道:"你来给白意涵煮咖啡吗?"

李哲哲还没有上妆,气质比起她所饰演的商场女强人方容要温婉许多,而且她是自然系美女,即便不施粉黛也有一种令人赏心悦目的气质。

"啊……不是啦，我其实是来给方大哥冲咖啡的……我没想到用煮，想着给他冲速溶的……"

李哲哲笑出声来，"那你不妨等一等。方承烨做了白意涵那么多年的经纪人，早就被白意涵同化了。白意涵很注重生活品质，方承烨在这方面也不会差。你若是真给他喝速溶咖啡，他脸上会笑，心里早就喷你一脸了。"

米尘这才想起好像每次在白意涵那里，他们俩喝的都是白意涵煮的咖啡。

"李小姐真了解他们。"

"你不用叫我李小姐，叫我哲哲就好了。"李哲哲接过米尘手中的保温杯，将壶里的咖啡倒了进去，"我和白意涵曾经也是同门师兄妹，所以对他的喜好自然比旁人要了解。只是五年未见，他的品味也变了。比如……"

米尘正在用心地听李哲哲说话，只见她抬起头来，握着保温杯，一步一步来到米尘的面前。

李哲哲仍旧笑着，可却有一种瘆人的气氛，米尘手臂上的汗毛都立了起来。她一步一步后退，直到背脊抵在了桌子边缘。而李哲哲倾下身来，手中的保温杯也向下倾斜，眼见着刚煮出来的咖啡就要倒出来，落在米尘的身上。

这若是被烫一下……后果很严重。

"比如，他怎么会把你留在身边？他的目标向来明确，身边只会留着有用的人。可是，你有什么用呢？"李哲哲的目光阴恻恻的，米尘第一次有了赶紧逃开的冲动。

"我是他的化妆师，这是我的工作。至于我对他有用还是没有用，只有他自己知道。"米尘沉着声音回答。

李哲哲笑了，咖啡杯在手中转了个角度，蒸汽贴在米尘的脸上，很烫。

"工作？说不定你真正的工作，就是被她圈养着，像一只小宠物。他容忍你在他身边撒娇，他宠着你，享受主宰你喜怒哀乐的感觉。可等到他需要抽身离开的时候，会毫不留恋地甩掉你。"

李哲哲的眼眸是阴冷的，冷到米尘双腿发软。从没有人用这样的目光看着她，她第一次体会到不知所措的感觉。

恍然间，冰凉的声音响起，瞬间令米尘清醒过来。

"这里不是练台词的地方。"

米尘侧过脸，看见厉墨钧。他的眼睛如同霜降，而李哲哲微微一愣，脸上的笑容不减，她的手腕绕过米尘的腰，将保温杯按在米尘身后的桌面上，安抚式地拍了拍米尘的肩膀。

第三章
两位影帝的演技

"怎么？吓着你了？就像厉墨钧说的，我在练台词。看来我演得不错。"李哲哲露出调皮的笑容，转身离开了。

米尘捂着胸口直起自己的背，不知道为什么，她忽然觉得庆幸厉墨钧在这个时候进来。

厉墨钧静静靠在那里，等待着水煮沸。依旧是风欺雪压也没有一丝皱痕的眉眼，优雅却漠然到视线不可攀附的侧脸，厉墨钧握着茶壶，将热水倒入自己的杯中。清雅的绿茶气息不知如何绕过了浓郁的咖啡香味，沿着神经涌入米尘的大脑，一切轻松了起来。

她张了张嘴，却最终没有开口，因为她根本不知道自己想要说什么。

当米尘离开时，厉墨钧正好低下头来，似乎在品味茶香。

袅绕的蒸汽里，米尘第一次发觉，这个不是轻易可以靠近的男人，也有着温柔的姿态。

米尘回到拍摄现场，将咖啡递给了方承烨。

目前正在拍摄的是李哲哲所饰演的方容与宋娆饰演的夏毓两个女人的战争。

一直与沈松云并肩奋战的方容，以为这个男人明白自己的心意。但她万万没有想到，沈松云竟然会去追求夏毓，这个投资银行家的女儿。

方容找到了夏毓，一场战争拉开序幕，只不过方容占据着压倒性的优势。

扮演方容的李哲哲一步一步靠向宋娆，仿佛手握生杀大权，将宋娆饰演的夏毓逼到了角落里。

李哲哲手中的，是一杯热茶，仿佛随时会浇在宋娆的脸上，"你以为他真的喜欢你？他看中的不过是你父亲投资银行家的身份。你——不过是被她圈养着的一只小宠物。他容忍你在他身边撒娇，他宠着你，享受主宰你喜怒哀乐的感觉。可等到他需要抽身离开的时候，会毫不留恋地甩掉你。"

米尘愣了愣，这不是李哲哲在茶水间里对自己说的话吗？原来真的是台词！她就说啊，李哲哲怎么可能莫名其妙对她说那些话。

米尘下意识望向茶水间，依稀可以从没有阖上的门缝间看到厉墨钧。没想到厉墨钧竟然连李哲哲的台词都记得，实在太厉害了。

李哲哲与宋娆虽然是两个女人，可她们的这段戏意外地十分有张力，李哲哲演的方容将商场女性的魄力、阴冷以及内心的脆弱不发展现得淋漓尽致。

这场戏之后，就是对沈松云心生怀疑的夏毓决定与他分手，而沈松云却直接向她求婚。夏毓答应了求婚之后，告诉耿念自己要嫁给沈松云，而耿念给了她最后的一个亲吻作为告别。

米尘咽下口水。厉墨钧的吻戏真的特别少。虽然早期的偶像剧里有一些,但几乎都是蜻蜓点水。而电影里,他的爱情戏份虽然经典让人印象深刻,但从来不是电影最主要的部分,吻戏的次数寥寥无几。

今天的日光很好,导演将景定在了顶楼的露天咖啡馆。

宋娆饰演的夏毓温柔优雅,端着咖啡杯,最是低头时的蛾眉,让人有一种十分幸福的感觉。

"耿念,我要结婚了。"

"我知道,是和沈松云。"

厉墨钧的唇上扬起一抹笑。在日光下,仿佛点缀着钻石。米尘在戏外从没有见过他笑,正因为如此,他的笑就似潘多拉的魔盒,一旦打开,便疯狂地将所有人的视线控制起来,拽入深深的盒底。

那样温暖的笑容,缱绻之后浮起的却是无奈。

米尘从不知道竟然有人能将一个笑演绎出如此多的内涵与层次。

"别怪我,耿念。我和你在一起的时候,总是不知道你在想什么。你从来不会生气,你对我有求必应,可我总觉得和你是两个世界的人。但是……松云让我觉得和他在一起的时间很真实。他会对我发火,会要求我待在他能看见的地方,会让我觉得我不是他的习惯而是被他在乎的女人。"

"我知道。"耿念点了点头。

他们静静地喝完了一杯咖啡,仿佛落在杯口上的一寸日光便是耿念的天长地久。

宋娆最终先一步起身,她对厉墨钧说:"你会找到属于你的幸福的。"

厉墨钧仍旧只是笑,眼角眉梢都那么柔软。这就像是为厉墨钧上妆时候米尘所看见的。

这个男人明明不苟言笑,五官锐利而冰冷,可他眼部的线条却温柔得不可思议。

当宋娆走过他的身边时,厉墨钧拽住了她的手,轻声唤了一句:"小毓。"

顷刻之间,整个露台鸦雀无声,之前一直兴奋着的几个女性工作人员如今也屏住了呼吸。

那声"小毓"很轻,却很深。让人觉得难以理解剧本里夏毓的心态。

一个男人,会用这样的声音来唤你,你怎么会觉得他不够爱你呢?

宋娆停下了脚步,低下头来,眼眶里莫名涌起了泪光。

按道理,她是不会想哭的,因为在剧本里沈松云就是夏毓理想中的丈夫,是

第三章 两位影帝的演技

她真正梦寐以求的。

可当厉墨钧念出那两个字,她内心深处的情感竟然不再受她自己的控制了。

厉墨钧缓缓扬起了头,吻上了宋娆的唇,那是一个细腻的抿吻。从摄像机的角度正好能拍到他垂落的眼帘和睫毛,光与影的交融,令人怦然心动。

这个吻就像最后的表白。他是高端投行的决策者,他富可敌国,但是他却仰望着这个女人。

米尘似乎听到了厉墨钧没有说出口的台词:你要我找到属于我自己的幸福,但你是否知道,你的快乐就是我的幸福。

宋娆低着头,看着厉墨钧的眼睛,那是极为澄澈的深潭,点缀着日光。

仿佛告诉她,这个世上再不会有这样一个耿念看着这个全世界独一无二的夏毓了。

"咔——"声响起,安静的天台终于有了其他的声音。

大家纷纷鼓起掌来,米尘这才发觉有什么东西竟然从她的眼睛里掉落下来了。

真是太丢人了!自己只是看拍戏而已,怎么还能掉眼泪呢?米尘,你太没用了吧!

白意涵今天的心情似乎不错,收工之后说了声"吃夜宵",米尘觉得这一天以夜宵作为收尾实在太美好了!

酒足饭饱之后,米尘靠着椅背摸着自己的肚皮。要是拍戏期间,白意涵次次都带她出来吃夜宵,她真的会胖成肥猪。

方承烨起身去买单,包厢里只剩下米尘与白意涵。米尘掏出手机,刷了刷剧组贴吧。发现厉墨钧吻戏的相关帖子里,女粉丝正疯狂留言。

"你们女孩子都那么喜欢看吻戏?"白意涵凑过脑袋来,好笑地问。

"方大哥说,女粉爱看吻戏的心态,就和男人爱看苍井空的片子是一样的。"米尘自认为很聪明地引用了方承烨的至理名言。

"吻戏也不一定是真吻上去的。包括我贴吧里许多剧照。"

"啊?哪张?不可能吧?"

米尘把照片一张张点开,白意涵指着其中一张说:"这张就不是。当时这个女主角已经结婚了,她丈夫很介意吻戏。"

"啊?那这是怎么拍的?难道是P出来的?不可能啊!"

"你想知道?"白意涵唇角一勾,眉梢微挑,那一瞬蔫坏的气质,让米尘心跳都漏了一拍。

"当然啊!"

迎着米尘的视线，白意涵微微侧过脸，光影流转，他的眸子缱绻了起来。

米尘也不知道是什么时候，他的手掌覆上了她的脸，他的大拇指轻轻按压在她的唇上。

当他靠向她，米尘的肩膀僵硬到不知如何动弹。白意涵的唇，印了上来。

米尘睁大了眼睛，看见的只有对方俊挺的鼻骨以及让她羡慕不已的睫毛。

他的气息是温热而撩动心扉的。

明明知道他的唇触上的是他自己的手指，米尘在某一瞬间似乎有一种错觉，对方的唇角仿佛触上了自己。

柔软到全世界都陷落。

"就是这样拍的。所以不用亲上，也能拍吻戏。"

白意涵再度坐回原位，而米尘却有种大梦三生的感觉。

直到回了家，躺在了床上，米尘仍旧没醒过神来。

他亲到她了吗？好像没亲到……

又好像碰到了极为短暂的一瞬……

哎呀！不想了！这有什么了不起的！她从前在法国的时候，还经常掐着安塞尔的脸，亲得他满脸口水呢！

米尘翻了个身，呼呼大睡。

《金权天下》在一个月之后，顺利杀青。

最后一幕是沈松云站立在自己一手建立的金融王国最顶层，双手插在口袋里，吹着风，淡然看着它土崩瓦解。

白意涵抬起头，闭上眼，不知道在想什么，也不知道在听什么。

明明没有任何台词，他却完美地展现出了沈松云在失去一切之后的释然。

米尘掏出手机，她想要拍下这一幕，无奈个子不够高。倒是方承烨大方地接过她的手机，替她拍了下来。

"要发微博吗？"

"不发。"米尘摇了摇头。

就像白意涵不希望自己的一切毫无保留地被公众知晓，米尘也不想将自己所了解的白意涵统统与人分享。

这之后的一周，米尘都过得惬意自然。

而娱乐圈最大的新闻，不外乎是皇朝影业最负盛名的导演沈良言去世了。

他曾经导演了二十余部电影，大多制作优良，体现了十分高超的导演水平，而且培养了一大批优秀的电影人。其中就包括白意涵。他从偶像到实力派最重要的转型，就是通过沈良言的电影。

尽管白意涵看起来还是和从前一样，总是淡然地笑着，但是米尘知道他的心情不好。

而且还有娱乐周刊爆料说，随着沈良言的过世，娱乐圈的格局也将发生变化。

沈良言出殡那一日，意外地指明了要白意涵扶他的遗像。

这让外界传言纷纷，说白意涵就是沈良言的儿子。

这也就解释了白意涵出道之后沈良言对他的提携，以及白意涵因为与谢悠的绯闻在国内饱受指责去到好莱坞之后，沈良言又是费尽心力将他引荐给一些知名导演。

米尘本来以为自己也会跟着去葬礼，但是方承烨却告诉她，出席这样的葬礼白意涵不需要上妆，而且当天会很忙，米尘就不用去了。

白意涵只是对她笑了笑，就与方承烨并肩离开了。

如果难过，他不需要在她面前笑。

她从来没有想过要他在她的面前露出最真实的样子，却也从不希望他在她的面前还要辛苦地演戏。

这天晚上，米尘难得地与喵喵一起吃了一大锅的水煮方便面外加火腿肠和鸡蛋。

第二天、第三天乃至第四天，米尘都没有见到白意涵。大概沈良言过世之后，有很多事情需要处理吧。

直到第七天，米尘才从一本主流娱乐杂志那里看到一则消息，那就是白意涵将继承沈良言在皇朝影业中百分之五的股份，也就是说他势必要回到皇朝影业！

米尘看到这则消息的时候，整个人都傻掉了。

她口袋里的手机震了震，打开短信一看，竟然是白意涵的：我在公寓等你，我们谈一谈。

米尘呼出一口气，她以为自己已经被白意涵彻底遗忘了，没想到他还想到要和她谈一谈。

其实，所谓的谈一谈对于米尘来说也不过是一个形式，结局就是白意涵去了皇朝影业，而她却貌似是最后一个知道的。

米尘来到白意涵的公寓，这个地方她之前来过无数次了。只是这一次来，不知道为什么双腿像是灌了铅一般。

白意涵打开了门，朝她微微一笑："来了。"

"嗯。"米尘低着头，不知为何她一点都不想看见对方的笑容。

浮色

客厅里是一股热巧克力的味道,真难得,今天白意涵没有煮咖啡。

他将一个白瓷杯子放到米尘的面前,依旧如波澜不惊的语调,"你喜欢巧克力吧。这是我亲自煮给你的,没有花生,你不用担心会过敏。"

"嗯。"米尘的心里忐忑了起来。其实即便白意涵要去皇朝影业,他还是需要化妆师的!他还是需要属于自己的团队不是吗?

他可以邀请她啊!她虽然只是个小小的化妆师,但是她的违约金不高啊!她自己也能付得起!

米尘第一次觉得习惯很可怕。她习惯了白意涵,就像她当初习惯了林润安一样。

"星耀是个很好的平台,你留在星耀,能让你得到更多的机会。而这些机会,我可能给不了你了。"

白意涵的语气很认真,米尘忽然不知道他到底是不是在演戏。

只要能化妆,皇朝影业与星耀天下到底又有什么不同?

米尘忽然想起当自己掀起那层白布,看见母亲毫无血色的脸庞,她一生追求美丽,最后却残破不全。她摇晃着走出去,迫不及待地想要有人替她撑起这片压抑的天空,然后她打了个电话给林润安。

对方的声音沉稳中带着一丝雀跃,"我的小米粒!艾玛她答应我的求婚了!"

"……哦,恭喜。"

她的天空没有塌下来,因为她没有天空。

这不是她第一次失望,她相信永远也不会是最后一次。

就像母亲一直放在嘴边的,只要你不把希望放在别人的身上,你就永远不会失望。

"你很有才华,其实除了星耀影业,你也可以去试一试一些大型化妆品的品牌。把眼界放宽一点,会更好。"

米尘抓了抓脑袋,露出大大的笑脸,"白大哥你放心吧!我会规划好自己的职业安排的!时候也不早了,我要去和喵喵吃晚饭了!"

米尘扬了扬手机,上面是喵喵发来的短信:死女人怎么还不回来!

"我送你回去吧,放宽心。"

"不用了,我还想去买鱼蛋粉呢!"米尘起身打开门。

白意涵准备好了许多话,他以为自己很擅长应对这样的场面,可在那一刻,他看着米尘小小的背影,忽然说不出话来。

反而米尘转过身来,对他挥了挥手,"白大哥,聚散有时,无须介怀。"

门关上了,白意涵下意识来到窗边,等待着米尘的身影,看着她越走越远。

当他转身时,才发觉他煮给她的巧克力,竟然一口都没有喝过。

方承烨的电话打了进来。

"白老板,你叫我办的事情,我办妥了。明天廖冰就会向林如意要人,不会让小米粒被欺负的。"

"谢谢。"

"……你既然舍不得,为什么不干脆带她走?她也是我们的一员,你带着她去皇朝谁会说什么吗?"

"我都不知道自己最后能不能赢,如果我输了,你以为作为我所谓的团队成员,她还会有什么好前途吗?"

白意涵冷笑了一声,端起米尘一口未饮的巧克力,送入口中,才发觉自己忘记放糖了。

那一刻,他忽然发觉,她的转身在他的胸口戳了一个洞。冷冷的空气灌进来,怎么也焐不热。

他终于明白,她并不只是个化妆师而已。

只是第二天,米尘并没有被廖冰要走。因为厉墨钧的化妆师辞职留学,他的经纪人连萧亲自向利睿提出要求,将米尘调到了厉墨钧的身边。

[第四章]
蹲在地上捡钱的工作

米尘接到了调派电话之后,急匆匆坐上了出租车,才发觉自己根本不知道到哪里去见厉墨钧。

只听见一声短信提醒,看见一个陌生号码的留言:帝柏湾12-A(连萧)。

米尘松了口气,赶紧报出地址。

帝柏湾是本市出名的豪宅区,因为保全做得十分出色,不少达官显贵以及娱乐圈有财力的明星中意在这里置业,隐私能够得到保证。

出租车是进不了帝柏湾的,米尘在入口报出了自己的名字,保安才放行。

她走了十几分钟,后背都湿了,才找到12-A。这是一幢独栋别墅,外观倒是很低调。

米尘站在门口,用力吸了一口气,这才按响门铃。

开门的是连萧,他朝她露出招牌式的笑容,"你可算来了啊?进来吧。"

米尘并不是第一次见到别墅,自然不会像是刘姥姥进大观园一般举足无措。

只是她没有想到,这幢别墅的内部,也是十分简约的风格,空间感设计也十分独特。半层的位置放着一台黑色钢琴,白色的灯光勾勒出它优雅的线条,泛着些许凉意。

偌大的客厅,感觉不到什么生活的气息。

一套灰色的沙发,纹理细腻,很有贵族气质。沙发前是一个钢化玻璃茶几,上面井然有序地摆着一些杂志。接着就是背投电视机。以及沙发边的一个立式台灯。

除此之外,空旷得可以。

而厉墨钧就坐在沙发上,手中端着白瓷茶杯,表情里是无欲的冰凉。

"厉墨钧,米尘来了。作为你的新化妆师,有没有什么要和她沟通一下的?"

连萧笑着在他的身边坐下。

米尘觉得自己再度回到了那种被面试的状态了。

她坐也不是,站也不是,就像一根木桩杵在那里。

厉墨钧的眼睛抬了起来,视线落在米尘的身上,没有任何审视的意味,却让米尘觉得不知如何是好。

按道理,她应该好好看着对方,表示自己正认真听他说话,可偏偏她没有那样的底气。

"我这里只有三点要求。第一,所有关于我的消息,一丁点都不能让第二个人知道。包括你的亲戚朋友。"

没有任何起伏的语调,米尘虽然早就领受过了,但想到以后就要跟这个大冰块朝夕相对……她很心塞。

连萧打了个响指,"注意注意,这里的消息,包括任何照片、评论以及你对厉墨钧的不满和抱怨。也不能将任何他的信息透露给你身边的人,媒体更不在话下。还有方承烨,如果哪天他来向你打探消息了,你可要提起心眼,什么都不能说。否则,我第一个让你在星耀天下混不下去。"

看来,发微博照片卖萌的日子,彻底结束了。

"第二,我绝对不用别人用过的化妆品。"

这点好理解,无论谁都不愿意啊。

"补充说明,这还包括你必须保证厉墨钧出现或者生活的空间里的一切,都不会因为你而被弄乱。他有点洁癖。放心,只是轻微的而已。比如化妆用的各种刷笔粉扑,你都要保持干净,经常更换。比如你的头发丝别掉在地板上,如果是到这里先上妆的通告,你最好不要用这里的杯子喝水,自带矿泉水。除了化妆以外的时间,你不要随便碰他。当然,不小心碰到的我们也不会把你怎么样。大致就是这样,understand?"

米尘忽然觉得以后她的日子不是不能卖萌,而是彻底不好过了。

"第三,守时。"

说完,厉墨钧就端着茶杯上楼去了。

米尘看向连萧,心想他应该有补充说明。连萧只是扬了扬眉梢。

字面上的意思,没什么要解释的了。

连萧将之前阿周的化妆箱交给了米尘。

"你可以大致看看,之前厉墨钧大概都是用的哪些化妆品,如果你需要更换一些你觉得用起来更顺手的,没有关系。但一定要有质量保证。虽然厉墨钧的皮肤不怎么过敏,但一个演员最重要的就是他的脸,你懂得?"

"我明白。"

"另外,我知道白意涵待你应该不错,但我不希望你待在这个团队里却'身在曹营心在汉'。"

"我有最基本的职业操守,这点连先生请放心。"

"嗯,希望我们合作愉快。"连萧朝米尘伸出手。

米尘刚要将自己的手也伸过去,连萧却将手收了回去。

"等我觉得你是厉墨钧合格的化妆师之后，我们再握手吧。"

米尘有种被耍弄了的感觉。

几分钟之后，厉墨钧穿着一身休闲西装走了下来。这样的深蓝色，明明是四十岁左右男性才会选择的颜色，厉墨钧这个天生的衣服架子却穿出了一股典雅气质。仿佛来自古老城堡中的贵族，内敛如同嵌入黑夜的一颗星星。

米尘替厉墨钧上了个简单的妆，如果说之前的厉墨钧是空寂的幽谷，那么米尘终于让日光照射了进来，厉墨钧的气质更加出众了。

连萧点了点头，"我果然没看错人。"

他们出发前往摄影棚。

星耀天下对于厉墨钧从来都是给予最好的资源，包括这次的摄影师也是国内一流。

明明厉墨钧在平常生活里完全冷冰冰的，可一旦面对镜头，整个人就生动了起来。他不像时下年轻人拍摄写真集那样有各种各样展现自己的动作，他所有姿势的幅度都不大，自然而随意。

当最后照片送到电脑上的时候，后期制作人员不由得摸了摸后脑。

"厉墨钧……实在没有什么需要修饰的地方……他的五官当真很完美。"

"而且照片的立体感很强……"

拍照持续到晚上十点半才结束，连萧接到一个电话之后，脸色就变了，他在厉墨钧的耳边说了些什么，两人就要离开。

"米尘，你应该知道怎么回去吧。明天早晨九点帝柏湾见，不要迟到哦。"

米尘点了点头，她已经许久没有享受过收工之后搭便车回家的待遇了。

此时的白意涵靠在沙发里，后脑仰着，脸上略微浮现出倦容。他面前的桌上是一张飞往美国的机票。

电话响起，是方承烨打来的。

"廖冰跟我说，她没有要到米尘。林如意把她调派给其他艺人了。"

"什么？"白意涵直起了背脊，"到底怎么回事？"

"廖冰说，厉墨钧的经纪人连萧亲自来找她谈了。厉墨钧的化妆师阿周辞职去深造了，他身边缺人，连萧觉得米尘没什么花花肠子，化妆水平也不赖，所以请廖冰给个面子，把米尘让给他们。"

白意涵良久没有开口说话。

"我们先去美国搞定皇朝的资金链问题吧。正如你所说，树大好乘凉。跟着厉墨钧，她能学到的也更多。"

[第四章] 蹲在地上捡钱的工作

电话挂断了,白意涵的手指在手机上划了划,相册被打开,里面只有唯一一张照片。

米尘抱着化妆箱在白意涵的躺椅上呼呼大睡。

她跟在他的身边拍完了一整部电影,他这时候才发觉自己竟然和她连张合照都没有。

第二天清早,闹钟七点半响起,米尘本来还想再赖一赖床,脑海里厉墨钧冷冰冰的声音回荡起来。

守时。

米尘轰地坐起来,开始刷牙洗脸,整理化妆箱。

只是米尘刚打开门,还没来得及将门链放下来,就听见一阵噼里啪啦的声音。

"米小姐!你作为厉墨钧的化妆师!是否知道昨晚他前去爱日精神病院的原因是什么?"

"厉墨钧平常十分孤傲!他是不是有精神方面的疾病!"

"他是不是有抑郁症!"

米尘吓傻了,她不说二话用力将门关上。

怎么才一个晚上,厉墨钧就得了精神病?

他是有点洁癖,可这还没到要去精神病院的地步啊!

到底怎么回事?

这时候,米尘的电话响了,是连萧打来的。

"米尘,你家门口是不是来了很多狗仔?"

"是啊……我该怎么回答他们?"

"为什么要回答他们?你忘记作为厉墨钧的化妆师,第一条要求是什么了吗?"

"不能向外人透露厉墨钧的任何消息,包括任何照片、评论以及你对厉墨钧的不满和抱怨,媒体更不在话下。"

"记性不错,值得表扬。不管你用什么办法,记得九点帝柏湾见。守时哦。"连萧的声音里竟然还有几分幸灾乐祸的意味。

米尘张了张嘴,她要怎样突破狗仔的封锁,离开这里?

而且还要九点之前赶到!

回到卧室,米尘走来走去,想到不如打电话报警好了。可是报警了把事情闹大……指不定连萧会怎么收拾她。

米尘的头发都要抓掉了。

她顺着卧室的窗台望下去,想着干脆跳下去一了百了。可这才二楼,死个屁啊!

等等，这不是才二楼吗！还没到非死不可的地步呢！

米尘将床单扯了下来，和被罩捆在一起，试着从窗口扔下去，长度绰绰有余。她米尘个子小，重量不大，床单应该不至于承受不起吧。

米尘将被单的一角绑在床脚上，打了几个结，扔出窗外，然后跨了出去。

上帝！如来佛祖！太上老君！保佑我米尘平安无事！

当米尘真的跨出窗外，整个人掉在半空中，那一刻她才知道自己有多天真。她的臂力不大，身体的重量全部压在一双胳膊上，背上还背着化妆箱，她只能咬着牙，一点一点往下滑。

终于到了安全高度，她一松手，整个人跌坐在地面上。

几乎要喜极而泣啊！她顺利下来了！

米尘拍了拍屁股，赶紧跑出了院子，拦下一辆出租车，赶往帝柏湾。

当她到帝柏湾门口时，已经是八点五十了，为了能在九点赶到，米尘拼了命地跑啊！

她已经许久没有跑过步了，来到别墅门前，按响门铃的时候，连萧优哉游哉地开门，看着低着头喘气的米尘，露出大大的笑脸，"哟，你还真的赶来了啊！不错不错，九点整。"

连萧没有记着放米尘进来，却给她递来一盒面纸，"把汗水擦干了再进来，别滴在地板上了。"

米尘差一点崩溃，这算什么？这是什么？连汗水都要斤斤计较！

那些狗仔没说错啊！这就是一神经病组合！

当米尘再度走进客厅时，厉墨钧仍旧坐在昨天的位置上。

而最让米尘惊讶的，是他的脸上又出现了那样的痕迹，好像是被撞过。

"他今天有个慈善活动，规模不小。希望你像在《金权天下》的剧组一样，神来之笔，让人看不出他脸上的伤。"

米尘眨了眨眼睛，她知道自己不能问任何问题，虽然厉墨钧是不是有神经病这个疑问在她心里徘徊了许久。她还是只能站在厉墨钧的面前，细细观察他脸上的瘀痕。

真是暴殄天物啊！到底是谁这么狠心，竟然再次打伤厉墨钧的脸！

费尽了心思，米尘才让厉墨钧脸上的痕迹不再那么明显。

而连萧却在一旁用iPad刷网页，不知道刷到了什么，竟然哈哈大笑了起来。

"米尘，我说你怎么逃出狗仔队的围堵！原来是这么古老的把戏啊！"

连萧将iPad翻转过来，上面的新闻标题则是"厉墨钧化妆师跳窗跑路"。照片上还是她的床单像一根又长又细的麻花，在风中起舞。

米尘觉得……自己是不是该搬家了？

"不过，干得好。至少你没有向媒体透露任何关于厉墨钧的消息。虽然，你也确实没什么可透露的。"

"时候不早了，走吧。"厉墨钧起身，微微整了整西装的衣领。他今天穿着的是黑色的礼服，银色条纹的领带，整个人的身形……冰冷中带着一抹性感。

这个慈善活动是为白血病患儿的捐款仪式，厉墨钧当场拍卖了脖子上的领带，阔太太们竞相出价，最后拍出的价格竟然比一位现代画家的得奖画作还高。

整个慈善会场里，哪怕是距离厉墨钧最近的主持人，也没有注意到他脸上的异样。

这一次米尘回到家，看见喵喵一筹莫展坐在桌前，没打包盒饭就算了，连泡面都懒得煮了。

"我们和房东的契约本来在下周就到期了。因为我们有良好的交租记录，本来房东是打算继续让我们住下去的，可是——因为今天早上的狗仔蹲点事件，房东决定不把房子租给我们了！我们得另觅住处了！"

"哈？"米尘没想到自己今天只是稍微想了一下下的问题竟然成真了？

米尘看了看房价，还好自己之前跟着白意涵的时候，吃饭跟着剧组，下班有方承烨送，几乎没怎么花钱，存了不少。而且无论是喵喵还是自己，都不可能住到远离市区的地方，别忘了厉墨钧的那个要求——守时。

米尘想了想，决定上"小米粒"的微博发一条求助信息，看看关注微博的人里面有没有人能提供房源。

自从白意涵去了皇朝之后，米尘就在"小米粒"上告诉大家自己已经不再是白意涵身边的工作人员，一段时间内粉丝数量疯狂抖落，再加上自己连着多日没有更新微博，粉丝数量甚至下降到五千左右。

直到后来，米尘开始在微博上介绍一些比较好用的化妆品牌，并且以亲身经历点评各种大品牌的特点，粉丝数量竟然以稳定的趋势攀升中。

米尘有时候还会以喵喵为模特，上传一些化妆的视频。因为米尘说得通俗易懂，而且并不是十分困难的手法，意外有许多人反而成为了米尘的忠实粉丝了。

米尘坐在床上，发送了自己的SOS。

没想到不到五分钟，就有一个昵称是Lawrence的人私信她，说自己在星苑有一个两室一厅的小公寓可以租给她。对方表示自己现在人在国外，无暇打理国内的房产，友情租给米尘就行。

而租金价格竟然和现在这套老公寓差不多!

米尘喜出望外,冲到喵喵的房门口,"喵喵!你快来看啊!我找到房子了!我们明天看房去!"

她和喵喵去了星苑,对那套公寓爱不释手,即刻签订了租赁契约。对方还很好心地让她们提前搬进来,还问东西多不多,要不要帮她们搬。

当她们完成搬家大计之后,米尘靠在舒服的床上,开始刷手机。

她找到Lawrence,开始与对方私信。

小米粒:谢谢你租给我们的公寓!这是我两年来最幸运的一件事了!

Lawrence:你住在哪个房间里?

小米粒:南面的那间。风吹着可舒服了!

Lawrence:从你房间的窗子望出去,左面的灯光像银河一样。

米尘从床上爬起来,脑袋探出窗去。左侧是商业街,白玉兰路灯镶嵌在街道的两侧,与各大商铺的灯光交汇在一起……仿佛黑夜中的星河,灿烂无比。

而在这一片灿烂之中,最明显的却是那个巨幅广告。

广告上的男子身着白衬衫,发丝被清风撩起,眉眼清俊,唇角那一点笑意生动得所有的星星都从银河里坠落。

是白意涵。

那是一款奢侈男士香水的广告。

事实上,米尘了解的白意涵几乎不用男士香水,只有清爽的沐浴露还有须后水的味道。

好不容易以为将白意涵挪出了自己的生活,没想到他仍旧无时无刻不存在着。

Lawrence:街景漂亮吗?

小米粒:很漂亮,美呆了。

Lawrence:新工作还顺利吗?老板会不会难相处?

小米粒:哈哈,是有一点。不过没有什么是不能被解决的!你在哪个国家呢?在做什么?

Lawrence:我在美国,与一些很精明的商人交涉中。

小米粒:我觉得你会赢的。

Lawrence:对,我会赢。国内应该很晚了,你该早点睡,不然会有黑眼圈。

小米粒:哈哈,给你个晚安吻!

Lawrence:吻你。

米尘盯着手机屏幕顿了顿。

[第四章] 蹲在地上捡钱的工作

为什么Lawrence的"吻你"两个字,看起来那么熟悉?她甚至真的有种被人晚安吻了的感觉。

Lawrence应该是女的吧,不然怎么会对护肤品啊化妆啊之类的那么关注?

搬家搬了一天,米尘困了,将手机放在一旁,睡了过去。

难得睡得如此安稳,米尘的美梦被一阵电话铃声惊醒。

"喂……我是米尘……"

"我知道你是米尘,那你听出来我是连萧了没有?"

"啊!连先生!是不是厉墨钧今天有通告?"米尘猛地从床上坐了起来。

"不是。我知道在电影《飨宴》开机之前,你的空闲时间很多。有没有兴趣做个兼职?而且是轻松到坐着捡钱的地步。"连萧的声音充满了浓浓的诱拐意味。

"什么?真有这么好的事情?"

"对啊,今天中午十二点钟以前,你到帝柏湾来。每天从中午十二点到下午六点,六个小时,每小时两百元,除了星耀发给你的薪水,每天还多挣一千二,别人就是跳楼撞墙都抢不来的好工作。"

跳楼撞墙的那都死了,还有什么可抢的?

"做什么?"该不会是给厉墨钧打扫卫生吧?那间别墅可大了!而且以厉墨钧的性子,一定要到连粒灰尘都找不到的地步。

可惜连萧的电话已经挂断了。

米尘看看时间,我勒个去!已经中午十一点了!

她赶紧起床刷牙洗脸,背上化妆箱出了门。还好现在住的地方离帝柏湾比起从前近了许多,不然要在十二点之前赶到,简直就是天方夜谭。

米尘再度发挥百米冲刺的功力,愣是在最后一分钟按响了门铃。

"哟,你永远这么准时啊。"连萧倚着门,笑得要多欠抽有多欠抽。

"你到底要我做什么啊!"

米尘一进房间,就看见厉墨钧正在上楼。而他上楼的姿势很奇怪,有些迟钝,脚步缓慢,手掌按在楼梯的扶手上,仿佛看不见东西的盲人。

他的身后,是一位助理。这位助理见到米尘,如释重负地呼出一口气来。

米尘不由得狐疑起来。到底怎么了?难道继之前两次脸颊受伤,这一次他伤到眼睛了?

连萧请米尘坐下,难得热情地为米尘倒了一杯茶。

"连先生,你说过,不能用厉墨钧别墅里的杯子喝水。"米尘提醒道。

"没关系,你喝吧。以后这就是你专用的水杯。你可以用它喝水、喝咖啡、喝什么都好,只要别和厉墨钧用的杯子混在一起,不要和他用的东西一起消毒就行。"

呵呵……你怎么不干脆说所有我用过的东西就算消毒了,厉墨钧也不会再用。

"……连先生,你所谓的兼职,到底是什么?"

"如你所知,厉墨钧接下了《飨宴》里的男主角江千帆。这是一部励志电影,原著小说也深受读者的喜爱……小说你看过吧?"

"哦……没看过……但是听朋友跟我说过……"

喵喵很喜欢这部小说,曾经还说一定要找江千帆这种不动心则已,一动心便是一生的男人。

可问题在于,江千帆是个瞎子啊!

"好吧,我这么跟你说。江千帆在小说里出现的时候,是一个十分成功的人。他在纽约长大,母方家族经营着华人在海外档次最高也是口碑最佳的米其林三星餐厅。而江千帆更是一位天才主厨,十八岁的时候,他的菜品帮助家族旗下的一家餐厅获得了第一颗星,之后的数年他一直是华人饮食界的荣光。"

"啊……我记得剧情了,后来他因病双目失明,但是凭借他之前烹饪食物的经验以及他敏锐的味觉,他依旧做出了许多让米其林密探惊诧的菜品!女主角林可颂是一个留学生,被江千帆发现了才华,他一手教导她,然后林可颂也成为了一名纽约知名的华人主厨。好像……他们俩还联手参加了什么在凡尔赛宫举行的厨艺大赛……"

"看来你朋友将剧情讲述得很清楚。要演好江千帆这个人物却并非容易的事情。他是看不见的。"

"所以……厉墨钧对自己的眼睛做了什么?"

因为之前的神经病传闻,米尘不禁脑洞大开,心想厉墨钧不会为了演好江千帆,真的把自己弄瞎了吧?

"他定制了一种隐形眼镜,黑色的。戴上之后,他的视力就和小说里的江千帆一样,看不见任何东西。然后,他就能体会江千帆的生活了。"

"他也太较真了吧……"

"这不是较真,而是一个演员应有的态度。现在的问题在于,厉墨钧本身不是盲人,所以他现在的生活是十分不方便的。就连最普通的吃饭睡觉,都需要去习惯整个环境才能完成。"

米尘想起小说里的江千帆,对环境的适应能力和距离感极佳。只要他碰过的,用过的东西,他都能记住那个东西在哪里。但是厉墨钧却做不到。而且小说

第四章
蹲在地上捡钱的工作

毕竟是小说，神化了江千帆这个人物，现实中的盲人有几个能做到像江千帆那样。

"你的工作就是看好厉墨钧。我说的看好，就是关注他，不让他在这间公寓里受到任何的伤害。但是当他在体会江千帆的生活的时候，无论他的行动有多缓慢你看着又有多么不耐烦，你都不能说一句话，更不能帮他做任何事情。你要像空气一样存在，你做得到吗？"

米尘点了点头。一天一千二呢！只要是看着厉墨钧而已，简直就是蹲在地上捡钱！

"很好，这份工作有两个助理和一个保安再加上你，每人六小时，正好二十四小时。现在你可以去和小陈换班了。"

米尘点了点头，走上楼去。

"声音要轻，记住，像空气一样。"连萧提醒道。

米尘呼出一口气，放轻自己的脚步。来到了二楼的主卧。门没有上锁，米尘小心翼翼将门推开，就看见一个几乎是自己卧室四倍大的房间。

整个卧房的色调和客厅差不多。黑白灰，没有一点温暖的颜色。就连装潢，让人联想到的也只是简练、精准以及距离感。

一张宽大的床就这样放在卧房的中央，仿佛这里就是世界的中心。

助理小陈一转身看见米尘时的表情可谓"喜上眉梢迫不及待"，他向米尘做了个"OK"的手势，就快步而小心地离开了卧室。

此刻的厉墨钧，静静地坐在床沿。他的背脊挺得笔直，让人不知道在想些什么。

整个世界安静下来，米尘听到的只有自己的呼吸。

因为知道对方暂时看不见，所以她可以肆无忌惮地看着他。

就如同她之前所预料的，厉墨钧的五官并不如第一眼印象中那样生冷。他有着柔和的眼部轮廓，眼窝很深，眉骨很优雅，眼帘垂落时，无需任何姿态，成就瞬间的惊鸿。

静坐了良久，厉墨钧终于起了身。

他将手中的盲杖打开，熟练地甩直，那动作，就像优雅的魔术。

米尘小心地退出他的范围，尽他所能地退离他的范围。

厉墨钧的盲杖触在地面上，发出哒哒的声响，有规律得就像他给人的印象——仿佛他从来不会做自己原则之外的事情。他永远将自己的感情收得很好，外人无从探究。

他步出了卧室，来到了楼梯处。这是最让米尘胆战心惊的时候，真不知道连萧到底是怎么想的,只叫她一个身高不到一米六的女孩子来看着厉墨钧!如果他从楼梯上摔下去,她别说拽住他了,绝对是同归于尽的节奏。

米尘盯着厉墨钧脚下的每一步,直到他来到了客厅,她终于可以呼出一口气来。

他到底要做什么?

其实米尘也不由得好奇,一个盲人到底平常是怎样生活的?失去了视觉,他所有的颜色、电视、文字都对他失去了意义。

厉墨钧来到了厨房。别墅的厨房很大,各种煎烤设备齐全,台面干净得能当镜子用。米尘甚至怀疑这间厨房到底有没有被开过伙。

就在米尘好奇厉墨钧到底要干什么的时候,他竟然从冰箱里取出了一个土豆,摸索着打开水龙头,取出菜刀,似乎要在台面上切土豆!

菜刀很锋利,本来这栋别墅用的就是冷光,锐利的刀尖更让人感到心惊胆寒。

厉墨钧第一刀切下去,米尘的肩膀都耸了起来。他的手指本就修长,米尘现在一点没有欣赏他手指的心情,就差没冲到他面前看刀锋到底有没有切到他的手。

又是一刀,切过土豆,与金属台面相触,发出的声响简直就是对米尘神经的折磨。

她只能靠近,屏住自己的呼吸,尽量不让厉墨钧感受到她的存在。

四五刀下去,土豆被切得惨不忍睹,米尘觉得自己的心脏更惨。

眼见厉墨钧的手,最后一刀切下去,刀锋距离他的指尖近到大概只能用微米来形容,米尘不得不出手,挪开了他按着土豆的左手。

厉墨钧的眉头皱了起来,方才安宁的气息被打破,沉郁感扑面而来。

米尘此刻再也做不了透明人了,"厉先生,你刚才差点切到自己了……"

"嗯。"厉墨钧虽然没有斥责米尘,但是他并不乐于被打扰。

厉墨钧又继续切起土豆来,六七个过去了,台面上的土豆形状各异,五花八门。

米尘知道自己应该忍住忍住再忍住,只要厉墨钧不切到自己,她就该闭嘴。可他越切越快,米尘觉得自己就要跟不上他了,好几次要上前,刀锋都是将将好擦过指尖。

她宁愿不做这一小时两百块的兼职,也不想看见这些土豆块上沾上厉墨钧的血。

"那个……厉先生,我知道你想要体会江千帆烹饪时候的感觉。可……可这样根本不是江千帆……"

第四章 蹲在地上捡钱的工作

厉墨钧握着刀的手停住了,他并没有将头转向米尘的方向,但米尘却惴惴不安起来——厉墨钧不会突然神经病发,用刀在她身上戳几个窟窿吧?

"你觉得应该是怎样的?"厉墨钧的声音凉凉的,听不出喜怒。

因为厉墨钧要饰演江千帆,米尘为了掌握江千帆这个人物的气质,特地去看了看《飨宴》这部小说。

"江千帆明明眼盲还能继续烹饪,那是因为他眼睛还看得见的时候,无论是土豆、洋葱还是番茄,每一刀切下去会有怎样的形状他都很清楚。他有着普通盲人没有的距离感,刀刃切过食材的时候,他能够通过食材的震动来感觉厚薄是否合适。可是厉先生你这样胡乱切,切出来的也不是江千帆的水平啊……"

天啊!她说话了!还说了这么长一段话!

厉墨钧一定会叫她滚蛋……

"所以你觉得,我应该怎么办?"

"要不……我手把手带着你做一些简单的菜?你感受一下这种过程……好过这样切来切去也不是正常的形状……"

"正常形状"让米尘心虚起来。

两三秒之后,厉墨钧开口回答:"可以。"

厉墨钧答应了啊!这真是一件可喜可贺的事情!至少在自己手把手教他的时候,他不会伤到自己!这真是一个规避风险的好方法。米尘第一次为自己的智商和运气点赞。

"那我们先从最简单的番茄炒蛋开始吧?这道菜是书里面女主角林可颂参加烹饪大赛海选的时候做的菜。怎么样?"

这是一道入门菜,米尘也比较有信心一点。

"就从这道菜开始。"

"好!我先做一下准备!"米尘赶紧将番茄找出来,鸡蛋、小碗、盘子、炒锅、铲子统统找出来。

她闭上眼睛回忆了一下书中的场景。江千帆也是个做事有条不紊的人,他所用的东西一般都有特定的顺序,这样即便看不见,他也能凭借出色的距离感准确找到所有东西。

将各种调料按照小说里面的顺序位置排好之后,米尘这才来到厉墨钧的面前,将他用来切土豆的刀取走。

"厉先生,刚才您用的那把刀并不适合拿来切土豆或者番茄。你试一试这一把。"米尘将另一把更加窄的刀送入厉墨钧的手中。

厉墨钧掂了掂刀柄，点了点头，"嗯。"

就在他要去摸刀刃的时候，米尘赶紧握住他的手指，"小心！这边是刀刃！很利！"

厉墨钧的眉头蹙起，手指下意识挥开了米尘。

米尘这才想起连萧说过，厉墨钧不喜欢别人碰他。但是厉墨钧的手指真的很好看。不是电视剧里玉面小生那种白到脂粉气的手指，相反修长而笔直，指尖有着圆润的弧线。当他的手指曲起时，暗含力量。

"那个……厉先生，我必须握着您的手才能带着你做菜啊……"

"嗯。"

好吧，米尘在心里叹一口气，慢慢来吧，至少厉墨钧没一脚把她踹到太平洋。

米尘细细扣着厉墨钧的手指，距离刀刃大约一毫米的距离，缓缓挪动，"这边就是刀刃了。这把刀的刀刃和刚才那把不同，是专门用来切水果和蔬菜的。"

"我知道了。"

"这里有两个番茄。一般一盘番茄炒蛋，两个番茄就够了。"

米尘扣着厉墨钧的手腕，覆上那两个番茄，感受着它们的形状。然后，她带着厉墨钧切番茄。

"像这样子，先切一半，再继续切……"

米尘因为比厉墨钧矮，又要把手把手地教他，最后她想了个折中的主意，那就是让厉墨钧坐下，自己站在他的身后。她的胳膊绕过厉墨钧的肩膀，她的脸颊几乎就要贴在厉墨钧的侧脸上。

感觉到微弱的属于厉墨钧的体温，米尘一阵心慌。她在背后不知道叫了他多少次大冰块，之后又叫他吸血鬼，而此时此刻，她很清楚，这个男人是活生生的、有温度的。眼睛的余光能够清晰地看见厉墨钧的眼帘，如此之近。

他在演艺圈这么多年，能有今时今日的地位，已经是个很有阅历的男人了。可为什么，他的眼睛永远如同没有丝毫微尘的海面。

这就像是被精心准备的礼物，一辈子只能打开一次。

米尘的动作很慢，她知道厉墨钧感受着的是刀刃没入食材的质感，而她感受的却是他用力时指骨与肌肉间的细小摩擦。

"一般人呢，会用刀抵着指尖切下去，刀刃绝对要在指尖之下，这样才不会切到自己。你摸摸看，每一块番茄的大小是不是都差不多？"

"嗯。"

米尘侧过脸，有时候，她觉得他的心，就像一片隐秘的湖泊，安然地存在

[第四章] 蹲在地上捡钱的工作

着,斗转星移,不被干扰。

仿佛这就是厉墨钧应该有的样子。

因为平日里放空了一切情感,所以入戏之后,才能成为任何一个人。

整个过程都很顺利,直到食材该下锅的时候。

米尘小心地扣着厉墨钧的手,辨识着各种调料。

"这是盐、糖、鸡精、酱油、海鲜酱油、醋……"

厉墨钧的记性意外地好,当米尘松开他的手,他能够自己再将它们认出来。

米尘握着他的手,将油倒进锅里,然后带着他感受油的热度。

眼见厉墨钧的手就要贴上油,米尘赶紧翻过手心,托在他的手下,将它带了起来。

"这个位置就行了!不然你的手就要被油煎了!"

米尘自己笑了起来,可抬头一看厉墨钧的表情,顿时觉得自己有点蠢。自己觉得好笑的事情,对于厉墨钧来说根本没有笑点……

她取过锅盖,放进厉墨钧的左手里,"一会儿油花起来了,可以挡一挡!"

厉墨钧的右手端着盛了鸡蛋的小碗,米尘说了声:"可以倒!"

鸡蛋倒下去的瞬间,只听见哗啦啦的声响,米尘将锅铲塞进厉墨钧的手里,在锅中翻炒。

"哎呀!"油花溅在米尘的手臂上,疼得差点没上下乱蹿。

鸡蛋好不容易炒好,米尘赶紧放水冲了冲自己的胳膊。

"下一步呢?"凉凉的声音,厉墨钧似乎一点都不关心米尘在做什么,是不是受伤了。

米尘狠狠瞪了对方一眼,心想早知道就不该把锅盖给他。

"你要不要尝一下番茄。如果比较酸,一会儿可能要加点糖。"

"嗯。"厉墨钧摸索着,拾起盘子里的一小块番茄,放进嘴里,"有点酸。"

那当然,你买的都是什么有机物无农药无催熟剂的,当然酸!

米尘扯了厨纸,擦了擦手臂上的水渍,继续带着厉墨钧做菜。

折腾了半天,一盘番茄炒蛋终于装盘。米尘总算可以歇一口气。

再看一看时间,还有一个小时,她就能收工回家了!

"尝一尝你做的番茄炒蛋啊!"米尘取了筷子和勺,一左一右塞进厉墨钧的手中。

厉墨钧坐在桌前,那表情就像要品尝的是什么旷世美味似的。他低下头,用筷子将鸡蛋和西红柿拨入青瓷勺子里,再送进嘴中。无论仪态还是气质,都无可指摘。

吃了几口之后,厉墨钧缓缓放下了筷子和勺子,打开盲杖,甩直,走向楼上,米尘只得赶紧跟过去了,"厉先生,怎么了?"

"安静。"

米尘意识到现在不是做菜的时候了,她必须得像空气一样存在。

他走入了卧室,手指有节奏地点在书架上,当他停下来的时候,面前的是一个白色的医药箱。

他拎着箱子,坐在了床边,将箱子放在了自己的膝盖上。而她站在他的面前,就似一个做错事情的小学生。

"手。"

米尘愣住了。他是要为她烫伤的地方搽药吗?

"那个……我可以自己来!"

米尘刚要去提医药箱就被厉墨钧扣住了手指。他的手心还是很暖,哪怕米尘只有指尖触上他的手心,那种感觉就像在下着雪的深夜里坐在窗边捧着一杯热牛奶。

"我来。"厉墨钧的眉眼是平静的,他做什么都天经地义。

米尘看不懂他的坚持。也许,这也是他体会江千帆这个角色的一部分。

厉墨钧取出了药膏,也找到了棉棒,将药膏挤了上去。

"烫到了哪里?"

"胳膊上……"米尘下意识扣住了厉墨钧的手腕,毕竟他现在看不见,是不可能把药抹对地方的。

药膏点在胳膊上被烫红的地方,凉凉的,米尘觉得很舒服。

厉墨钧的力道恰到好处,他收回了自己的手,在医药箱里找到了创可贴,撕开包装的动作是米尘意料之外的利落,他淡泊的表情更是衬托出了几分艺术家的气质。

他托起米尘的手,手指沿着她的手腕缓缓向上,他的指尖没有丝毫的动摇,细腻的触感让米尘下意识想要收回自己的手。这样的事情若是别的男人做起来,简直就似暧昧的挑逗,米尘早就两耳光扇过去了。但是厉墨钧不同,他的手指有一种无欲的笃定,直到来到米尘的伤处前停了下来,他准确地将创可贴贴了上去。

厉墨钧将米尘的袖子放了下来,起身将药箱放回原处。他甩开盲杖,走回到厨房中。

米尘小心翼翼地跟在他的身后,谁知道他却在楼梯下到一半的时候停住了。

[第四章] 蹲在地上捡钱的工作

"我不可能从楼梯上摔下去,所以你也无须提心吊胆。"

米尘愣住了。厉墨钧的每一步走得都很稳,但是他又是怎么知道她想法的呢?难道他真的修炼出了小说里江千帆的听觉?能听出她紧张的呼吸和心跳?

我勒个去,那可不是江千帆,而是超人!

来到厨房门口,厉墨钧不紧不慢地收回盲杖,递向一侧。良久,米尘才明白过来,赶紧上前将盲杖接过来。

厉墨钧取出了番茄,洗净,切开。

所有动作都利落无比,偶尔犹豫,整套流程却始终流畅。甚至于他翻炒的动作,都像一个优雅的大厨。

米尘远远地看着,仿佛书中那个看似冷漠内心却温暖的江千帆活生生呈现在了她的面前。

一盘番茄炒蛋送到了米尘的面前。

"你尝一尝。"

"哈?"

"《飨宴》的剧本里,江千帆第一道菜就是番茄炒蛋,为了让林可颂知道,她做的番茄炒蛋有多烂。"

米尘窘了,这是在讽刺她做得很难吃吗?米尘也知道自己不是做厨师的料,但家常菜其实还可以,没有那么烂吧……

"那个……连先生说了,我除了那个杯子之外,其他的东西都不能用。"

"你用。用过的别忘记带走。"

厉墨钧在她的对面坐下。明明此时他应当是看不见的,米尘却觉得压力十足。

用就用!你家的盘子勺子还是上等瓷器呢!我拿回去也不亏!

米尘取了勺子来,她没有厉墨钧那么讲究,舀起一勺,吹了吹送进嘴里。

眨了眨眼睛,这……这也太好吃了吧?和她带着厉墨钧做的简直云泥之别。酸咸度刚好,还带着可口的甜味,鸡蛋很嫩,没有刚才煎的那么老。

"厉先生,是不是本来就会做菜?"米尘不由得好奇起来。

"不会。"

厉墨钧仍旧保持多说两个字会死人的态度。

这时候,门开了,连萧来了。看着桌前的番茄炒蛋,愣了愣。

"这个番茄炒蛋哪里来的?"

"厉先生做的。"

"什么?"连萧一副下巴颏都要掉下来的模样,"我做他的经纪人这么久,没有功劳也有苦劳，他连杯番茄汁都没给我榨过，竟然给你做番茄炒蛋？味道一定很难吃对不对？"

"挺好吃的。"米尘将鞋带绑好，搓了搓手一副不好意思的样子，"那每小时二百的工钱怎么结算啊？"

"你都好命到吃上厉墨钧亲手做的番茄炒蛋，还想要工钱？"

"……那我下次不吃了……"

"你还想要有下次？"连萧扶额，对米尘挥了挥手背，"我会转账给你。"

"谢啦！连先生你真好！"说完，米尘就拎着她的土豆欢蹦乱跳地走了。

第二天早晨，米尘骑着喵喵的电动车到超市进行一周一次的采购。

才刚出超市门，电话就响起，米尘一看是连萧的名字，小心肝儿一颤。

"提前来上工吧！今早小陈从楼梯上摔下来，骨折了。"

"啊？厉墨钧没事吧？"

"他没事啊。小陈是自己走楼梯踩空了摔下去的。"

米尘满脸黑线。

"十一点整要到哦。"

"我还在……"

电话已经挂断了，米尘忽然有一种要揍连萧的冲动。

她看了看时间，卧槽！已经十点四十五了！根本来不及将东西放回去！还好她买的都是方便面和QQ面，没什么冷冻食品。

骑上电动车，米尘来到了帝柏湾。

米尘按响了门铃，连萧开了门，抱着胳膊，脸色还有些发青，"真难得，竟然早到了两分钟。"

"……我的电动车……"

"就停在院子里吧。"

米尘松了口气，低头脱鞋时，连萧低下身来在她耳边说："你今天教厉墨钧做别的菜吧！我从昨天晚上到今天白天，吃了无数盘番茄炒蛋……他要是做了别的，我给你每小时三百块！"

"真的？"米尘眼睛一亮。

"千真万确！"

于是，今天米尘带着厉墨钧做了一道西餐：芝士牛肉卷芦笋。

米尘先是握着厉墨钧的手，做了一遍，然后站在一旁看着厉墨钧将所有食材有条不紊地卷在一起。

[第四章]
蹲在地上捡钱的工作

"芦笋要再进去一点。牛肉要再卷得紧一点,不然一会儿进烤箱会散掉呢!"

厉墨钩的手指很灵巧,每一个动作都有一种莫名的美感。只可惜,连萧不让她拍任何视频或者照片,不然发到贴吧或者微博里,一定会有更多人关注《飨宴》。

他们一直做到中午一点。烤好的芝士牛肉卷新鲜出炉。

"你闻闻看!好香!还好我看见有芝士,就灵机一动想到这道菜!"

米尘将烤盘送到距离厉墨钩不近不远的地方,当厉墨钩低下头来的时候,米尘却向后退了一步。

"小心被热气伤到脸!唉,西餐都讲究装盘!小说里形容江千帆的装盘是让人不忍下手的艺术品!我们是不是也要装盘一下!"

"当然。"厉墨钩的眼帘微微垂着,也许是因为食物的温热气息,他的表情竟然有一种柔和的错觉。

米尘愣住了。她倒吸一口气,低下头来,"那我查查看有什么合适的摆盘图片。有了!这张不错,用上一些青椒、柠檬皮和芹菜叶!再碾磨一些土豆泥就好!"

米尘和厉墨钩一起,切了一些青椒丝,米尘握着厉墨钩的手,将青椒丝插在堆成金字塔的牛肉卷之间,将几片芹菜叶贴在上面,然后是红色的樱桃圣女果。然后,米尘握着厉墨钩的手,蘸上土豆泥,如同画画一般,绕着牛肉卷画了一圈。

那是一个极为细腻的动作,米尘的心跳似乎也随着厉墨钩手腕的回转漏了一拍。

"完成了!厉先生。"

"下面我自己来。"

"好!"

米尘在一旁看着厉墨钩一开始不是很熟练地摆盘,到后面越来越熟稔,甚至于不需要米尘在一旁提醒。

直到五六盘牛肉卷上了餐桌,一直翘首以待肚子咕咕叫的连萧愣住了。

"这些都是你和厉墨钩做的?"

"是啊!除了这盘,其他都是厉先生自己摆盘的!"

"天啊,我真希望厉墨钩接的都是类似江千帆这样的角色!这简直让人舍不得下刀叉嘛!"

"那……连先生,我可不可以拍照?这样等厉先生把隐形眼镜摘下来,还能看到自己的作品。"

"好吧，不过用我的手机拍，正好可以发给剧组，用来做宣传。"

"就是说啊！"

拍好了照片，连萧兴奋地说："赶紧尝一尝味道！米尘，这是你的配方，你来尝尝味道怎样！"

米尘犹豫了一会儿，伸手去拿面前盘子里的牛肉卷，连萧露出奇怪的眼光。

"你为什么用手啊？不是有刀叉吗？"

"被我用过了，不是又要带走？"米尘心想这样一来，她得收藏多少副刀叉了？

"那今天用过的就留在这里。以后你就用这副。"一直沉默的厉墨钧竟然开口了。

连萧抬起眉头，朝米尘点了点头，意思是就这么办。

米尘却傻了，竟然还有"以后"？

连萧整整吃了两盘牛肉卷，然后好奇地说："米尘，这是你在法国上化妆学校的时候，学来的法国菜吗？"

米尘摇了摇头，"这是我妈妈经常做给我吃的。我喜欢牛肉和芝士，但不怎么爱吃蔬菜，所以我妈妈就设计了这道菜。牛肉和芝士把芦笋都包在里面了，我如果偷偷地把芦笋挑出来，一定会被妈妈发现。"

说到这里，米尘的唇上不由得露出一抹笑容来。

"那你妈妈呢？她竟然也去了法国？"

准确说，是妈妈把她带去法国的。但解释这些已经没有意义了。

"我妈妈过世了。"

"啊……对不起。"连萧第一次对米尘略微内疚了起来。

"下午，再做一点其他的东西吧。"厉墨钧缓缓开口。

"哦，好啊！"

找到了相处之道，米尘越来越觉得这两百块一小时是很快乐的时光。更不用说连萧还给她加了薪。

只是到了下午，连萧的手机就不断地响，连萧一边回答，声音虽然如常，眉头却皱得很紧。有时候甚至直接挂断电话。

米尘取出手机，是陌生的号码。

"喂，你好，我是米尘。"

"是厉墨钧的化妆师米尘？你知不知道厉墨钧的母亲在精神病院是怎么样的情况？他母亲的精神病有没有遗传性质？厉墨钧的精神正常吗……"

所有问题宛如连珠炮一般，米尘愣在当场。

这时候,有人取过米尘的手机,将电话按掉。

"你愣在那里干什么?还是你觉得自己可以以一敌百,挑战这些记者?"连萧冷哼了一声。

米尘这才明白,为什么记者会拍到厉墨钧走进精神病院的消息,他应该是去看望自己母亲的。说不定他脸上总是出现的瘀伤也是来源于……

[第五章]
车　祸

　　这时候，帝柏湾的保安打来电话，告诉他们不少狗仔都来到了帝柏湾外。

　　米尘看向厉墨钧，他的神情依旧如常，淡然地来到楼梯处，一步一步走上楼去。

　　仿佛他仍旧沉浸在江千帆这个角色之中。

　　只有连萧微微抬起头来，"我刚才和医院那边确认过了，你母亲情况很稳定，暂时没有记者打扰到她。医院方面已经发出了声明，如果有任何记者潜入医院骚扰病人，医院将会对他们进行起诉。"

　　"谢谢。"厉墨钧继续向前，直到他的身影消失在了楼梯尽头。

　　米尘完全没有想到故事竟然会是这样发展，她有些尴尬地对连萧说："连先生，已经过了六点了，我先回去了。"

　　"回去？你出得去吗？你以为这些狗仔没有做好功课，不认得你的脸？你就在这儿待着。"

　　"啊？什么？"

　　"二楼左手第三间，有客房。"连萧吸一口气，指着米尘的脸说，"我要去处理这次事件，你给我老老实实待着，别给我惹任何麻烦。"

　　说完，连萧就走了。

　　米尘按住自己的脑袋，所谓的客房干净到一尘不染，但是没有电视没有电脑，简直是不食人间烟火，无聊透顶。

　　她刷了刷手机，各种消息满天飞。什么厉墨钧的母亲有遗传性精神病啊，厉墨钧也是有人格分裂的可能啊，什么厉墨钧母亲精神崩溃的原因是做了别人的小三被抛弃。

　　另外一则网上新闻更是登出了帝柏湾门口被记者围得水泄不通的情形。

　　米尘吸一口气，转身走上楼去。她来到厉墨钧的卧室门口，试着要打开他的门，但是门已经被锁上了。

　　也是，现在的厉墨钧应该更想要自己一个人待着，不需要任何人的打扰。

　　米尘回到二楼的客房，倒在床上，摆出一个大字，看着白到没有任何瑕疵的天花板，长长地叹了一口气。她给喵喵发了条短信，告诉她，自己今晚回不去了。

　　侧了个身，米尘刷着微博，Lawrence没有在线，顿时无聊起来。

　　既然无聊，那就洗洗刷刷早睡觉！

[第五章] 车祸

进到浴室里,注入了半缸热水,米尘靠着浴池闭着眼睛,全身肌肉逐渐放松,实在太舒服了啊!

等到她醒过神来的时候,水已经快要凉了!

米尘赶紧起身放水,抹了沐浴乳正要淋浴,大概是泡热水太久了脑子一阵眩晕,耳边只听见"砰——"的一声,屁股疼到飞天!

水流呼啦啦全往她眼睛鼻子里灌!

她伸手摸来摸去就是摸不到龙头,呛得够呛,只能狼狈地往一旁挪了挪。

身上的沐浴乳被冲了下来,她千辛万苦刚要爬起来,脚下再一滑,两只手也没撑住,这下真的是五体投地了!

下巴磕在瓷砖上,米尘已经分不清楚自己脸上的到底是水还是泪了。

好在脑袋已经脱离了被水喷的范围,米尘全身疼得够呛,只想趴在原地好好歇一歇。

这就是喵喵所谓的"乐极生悲"吗?

"你在干什么。"

微凉的嗓音穿透了淅淅沥沥的水流声,仿佛所有温热的水汽在瞬间被拨开,米尘倒抽一口气,侧过脸来的时候差点没扭伤脖子。

"厉……厉墨钧!"

完了完了!她没穿衣服啊!还是这么惨烈地趴在地上的模样!怎么办!她的一世英名就这么毁了!

虽然她好像没有英名这种东西!

米尘慌乱了起来,双手抱住自己,她想要找点什么东西把自己遮起来,可偏偏这个被玻璃隔出来的小间里什么都没有!

厉墨钧还是那一身家居休闲打扮,单手撑着玻璃门的边缘,微微低着头。

被微微湿润的睫毛显得越发柔和俊美,如同绽墨一般别有意蕴。

但是米尘没有欣赏的心情,而是喊出声来:"你进来做什么啊!我在洗澡呢!"

厉墨钧的眉头都未曾皱一下,他撩起了自己的袖子,身体向前倾去,关掉了水流。

一切安静下来,只听见几声"滴答"声。

米尘仰着头,她发觉这个男人真的很适合被仰望。即便没有众人的崇拜和铺天盖地的赞美,他已然伫立于云端。

厉墨钧直起腰,缓缓转身,手指沿着玻璃门的边缘滑过去,沿着墙壁,来到置物架前,取下了一条浴巾。

米尘这才意识到，他还戴着那副隐形眼镜。

还好他看不见！不然米尘真的要把自己撞死在这里了！

厉墨钧回到了玻璃门前，蹲了下来，双手扯着浴巾的两端，张开了手臂。

随着他越来越接近，米尘发觉自己不敢呼吸，生怕会惊动了什么一般。

直到浴巾盖在了她的身上，厉墨钧的手指仿佛从她的肩头掠过，那一刻的触感就似一片落叶骨起汪洋。

"能不能起来？"

"……嗯。"

那股疼劲儿已经过去了。反正厉墨钧也看不见，米尘也就不在乎自己的姿势难看不难看了。

她想要扶着墙起来，可墙多滑啊！胳膊又短，够不着扶手。

就在她伸出手的那一刻，厉墨钧忽然扣住她的手腕，将她一把拽了起来。

米尘傻住了，厉墨钧怎么知道她的手在那里。难道他其实看得见？

她的手掌在厉墨钧的眼前挥了挥手，厉墨钧的双眸却连动都没动一下。

"自己走出来。"

厉墨钧向后退了两步，米尘拽着浴巾走出了玻璃门。

她一瘸一拐的，骨头……大概没有伤到吧？可是屁股真的是好疼啊！

"厉……厉先生你怎么会过来的？"米尘小心翼翼地问。

"把浴室里撞倒的东西收拾干净。"

说完，厉墨钧就走了出去。

米尘一回头，才发现玻璃门的那端满地狼藉。她把三脚架上所有的东西都撞下来了……这么大的声响，只有聋子才听不见吧……

天啊！她洗澡怎么会忘记锁门呢！

不过……没锁门也有没锁门的好处吧……万一她撞晕在里面，厉墨钧进不来的话，她说不定已经被呛死了！

侧趴在床上，米尘悲催地看着自己半边腰……青了啊！

吹干了头发，再也不准备折腾的米尘趴在了床上，没多久就睡着了。只是这一觉没坚持到天亮。

因为她饿了。

中午快两点才吃的午饭，晚饭没吃，而此时已经将近晚上十点了。

米尘离开了房间，撑着后腰一瘸一拐下了楼，整个别墅安静得可怕。

她来到厨房，本想弄点什么吃，打开冰箱，看着那些食材，这些都是厉墨钧

[第五章] 车祸

的东西，不问自取是为偷。米尘看着电热水壶，忽然想起了自己留在电动车上的储备粮。不是有盒装方便面吗！

她出了门，将那一大包东西挪了进来，找出来牛肉味道的方便面，煮了一壶热水，开始泡面。

终于到了时间，米尘将泡面的盖子掀开，一阵浓郁的香味扑面而来，米尘闭上眼睛——真是人间美味啊！她好像已经很久没有吃过方便面了！

三两口见底，米尘正要抱起碗，把面汤都喝掉的时候，忽然瞥见有人站在厨房门口。

是厉墨钧！

她惊得差点把方便面汤都喷出去。

"厉……厉先生……"

"你在搞什么？"厉墨钧的眉头蹙起，眸子里带着水色。

米尘知道，他没有戴那个"瞎子隐形眼镜"了。

"我……没吃晚饭……所以泡一碗面吃……"

"味道太重了。"

厉墨钧就要转身，米尘忽然想起他也没有吃晚饭。

"那你要不要吃？"问完之后，米尘觉得自己问得真多余。

厉墨钧应该和白意涵一样，是很讲究生活品质的类型。

"不需要。"

厉墨钧转身，即将离去。明明是一样的背影，一如既往的挺拔修长，却有一种要被黑暗吞没的错觉。

米尘觉得，这一定是因为自己太感性。

没有什么能让厉墨钧动容，哪怕她母亲的新闻上了八卦头条、电话被打爆、出不得进不来，整个世界期待着将他压倒在地，他的眉心也没有露出一丝皱痕。

"可是，江千帆和林可颂寻找食材被困在一个小山村的时候，江千帆也吃了林可颂煮的方便面。如果不愿意吃方便面的话，不如吃QQ面啊。"

米尘忽然想要留住他，不希望他再将自己锁在房间里。

这个世界永远真实地存在，无论你把自己锁在哪里，如何拒绝躲藏。

"江千帆是一个勇于尝试的人。你不尝一尝，就永远不知道这样东西到底是什么让你讨厌。"

"那就QQ面吧。"

厉墨钧一开口，米尘就觉得眼前一片灿烂。

"好啊！你等下我啊！"

米尘找出了袋装QQ面，还有一包瑶柱汤底。先将QQ面过了水，将原本和QQ面一起封在袋子里的汤水都滤掉。然后再将瑶柱汤底以热水煮开，把QQ面倒了进去。接着，她又从冰箱里找到了蔬菜，摘了几片新鲜的菜叶，洗净了一起放进去。另外，打了一个鸡蛋。

端起锅，米尘想起厉墨钧可不是喵喵，抱着锅吃面太突兀。

于是她将面倒进碗里，端到了他的面前。

腾腾热气，让厉墨钧的脸看起来没有那么冷冽。他夹起面，吹了吹，送进嘴里。

米尘以为他会挑食，但他只是不紧不慢地将一整碗面都吃了下去，鸡蛋和蔬菜也一点都没剩下，最后还舀了两勺汤喝。

"味道怎么样？"

"不难吃，也不怎么好吃。"厉墨钧回答。

"那如果是你，会怎么改良呢？"

"我不会用这种真空袋装的面，虽然你过了水，还是有一股不新鲜的味道。蔬菜，我会在锅里加入姜蒜翻炒一下，放一点香菇丁。鸡蛋下得太早，蛋黄已经老了。"

米尘点了点头，笑着说："你现在真的很像江千帆。你有没有看今天下午牛肉卷的摆盘照片？"

"还没有。"

"给你看。"米尘走到他的身边，将自己的手机送到他的眼前，"这些都是你摆的盘。这个，是我用来参照摆盘的照片。我只会模仿，而你做了调整，显得更协调。我都不敢相信你那时候看不见。有没有想好，下一场做什么菜？要不要在眼睛能看见的时候做一次，这样眼睛被遮起来的时候才会更加轻车熟路？"

"可以试一试。"

于是米尘在网上找出了一些菜谱，结合小说里描写的那些菜的样子，厉墨钧时不时会提一些意见，米尘都会好好地记在笔记上。

不知道为什么，她连被撞青了的屁股也不觉得疼了。

不知不觉，天亮了。

米尘打了个大大的哈欠，连萧回来了，他肯定有很多事和厉墨钧商量，米尘上了楼，倒在客房的床上呼呼大睡。

"星耀这边已经发了新闻稿了，表示你母亲的事情是你的私事，媒体这样大加曝光是侵犯隐私，星耀会追究他们的法律责任。"

"嗯。"厉墨钧回到厨房，煮了一壶水，虽然脸上没有表情，但泡茶的手法却很悠然。

"《飨宴》剧组希望你能开一个新闻发布会，郑重声明你的精神状况。我觉得这是应该的，你说呢？"

"你去安排吧。"

连萧是个很有组织协调能力的人。当天就联络好了场地，将星耀以及《飨宴》的剧组人员以及主流媒体都打好了招呼，在第二天的早晨十点，召开澄清"厉墨钧患有精神类疾病"的记者招待会。

一大清早，米尘就为厉墨钧上妆。连萧要求，必须要让厉墨钧看起来很有精神，并且要比以往更有亲和力一些。

米尘修饰了一下厉墨钧的眉尾、脸颊，突出了他柔和的一面。

当他们来到现场，厉墨钧走上发言席的那一刻，无数镁光灯齐扇，快门声此起彼伏。

米尘还是第一次体会"闪瞎钛合金狗眼"的感觉。

媒体们未等到经纪人连萧发话，无数问题已然蜂拥而来。

于是连萧也懒得开口，厉墨钧则沉默着，任由记者的话筒就快冲到他的眼前。

这样的情形持续了将近五分钟，直到厉墨钧伸手按了按衣领，其中一个记者说了句："厉墨钧要开口了！"

忽然，所有喧嚣停了下来。

"首先，我的精神状态很正常，我的家族也没有所谓的精神病史。"

厉墨钧的声音很凉，大概就是因为没有任何感情的起伏，才会让人觉得很客观，甚至于整件事与他无关一般。

"第二，我母亲的精神情况是怎样的，与诸位媒体朋友无关。如果有关她的消息出现在任何报纸、杂志上，我作为人子，会不惜一切代价维护她的隐私权以及其他合法权利。"

媒体们都顿住了，厉墨钧说这一点的时候，完全是不容置疑并且一定会做到的语气。

这和之前与许多女明星的绯闻不同，他从前是放任自流的态度，也因此没有哪段绯闻被公众信以为真。

但此次公开表示会向媒体追究责任，却是十分认真。

"最后，无论是同行、媒体还是记者，不要把新闻做到我家人身上。这就是此次新闻发布会所有我要说的话。"

仿佛霜降一般，所有记者僵在那里，竟然再问不出其他的话来。

厉墨钧起身，整了整衣角，目光扫过，一片禁然。

米尘第一次体会到他名字中的气势：厉兵秣马，雷霆万钧。

直到他完全走出了会场，静止的时间终于流动起来，一时之间喧嚣鼎沸。

连萧朝米尘打了个响指，"走了，看在这几日你表现不错的分上，送你回家。"

米尘赶紧回身，跟上。那些记者碰不到厉墨钧，却总想要抓住些什么。当米尘发觉自己的化妆箱被某个记者拽住的时候，一直走在最前面的厉墨钧忽然回过身来，当他冷冽的视线扫过，那个拽着米尘的手瞬间收了回去。

米尘顿时有种"得救了"的感觉。

他们的身后是拼命将记者拦住的保镖们。

厉墨钧有自己的司机，连萧坐在了副驾驶，米尘愣了愣，还是上了车。

天啊，她竟然就坐在厉墨钧的身边！

车子驶出了停车场，进入了市区。

就在这个时候，厉墨钧的手机忽然响了，他接到电话之后，眉心蹙起，冷然开口："去医院！"

"什么？你母亲怎么了？"连萧回过头来。

"有狗仔偷入她的病房，她受到刺激割腕了。"

米尘心里一惊，司机骤然加速。

"现在情况如何？"

"正在抢救。"厉墨钧的声音里带着难以察觉的微颤，他扣紧手机，十分用力，指骨略微泛白。

米尘终于在这个男人的眼睛里找到了情绪。

车子疾驰而下，几乎冲下立交桥。

连萧瞥了一眼右侧后视镜，冷哼一声，"赵师傅，后面好像有人跟了我们许久了。"

"我知道。"

赵师傅从两车之间穿过，立即将尾随车辆甩到了后面。

米尘抓紧车把手，心都悬到了嗓子眼。

终于，距医院的大门还有几百米，尾随的车子再度出现，赵师傅正试图甩开它，偏偏前方又来了一辆救护车。

"赵师傅！"连萧大喝一声。

[第五章] 车祸

米尘只知道他们侧面撞上了什么,腾空而起。

玻璃碎裂而入,米尘转过脖子看着厉墨钧的侧脸,一切在电光石火之间,却又缓慢到如同慢镜头……

她睁大了眼睛,看着那些碎片就要触上厉墨钧,下意识里她伸长了自己的胳膊。

轰的一声,她似乎撞上了什么,紧接着……只剩下耳鸣。

嗡——嗡——

世界颠倒了过来,米尘麻木地眨了眨眼睛。

而当厉墨钧反应过来一切的时候,他感觉有什么温热的东西,滴滴答答落在他的脸上。然后,他发现自己不知何时枕在米尘的肩膀上,半边脸与她的肩骨相撞,疼得几乎要裂开。而自己另外一半的脸,被米尘的手掌遮着。

他缓缓挪开米尘的手,这才明白那些温热的液体,就是从米尘指缝间流下来的血。

他艰难地侧过身,看见米尘睁着大大的眼睛,呆傻地望着前方。

"米尘……米尘!"厉墨钧拍了拍米尘的脸,对方却没有反应。

"米尘!米尘!你看着我!你看着我!"

断了的神经就似忽然回归正轨,米尘呆呆地转过头来,发现厉墨钧正望着她。

无比清晰的表情,刹那间一切在他的眼中碎裂开,她终于在他的脸上见到了毫无遮掩的惶恐。

连萧狠狠地砸破前车玻璃,爬了出去。赵师傅已经晕了。

连萧来到厉墨钧那一侧,看见他还在叫着米尘的名字,终于呼出一口气来。

"我先拉你出来!"

厉墨钧却并没有回答连萧,只是单手撑着车顶,另一只手抱着米尘,"米尘!你看着我,就像这样,伸出双手,撑住车顶!明白吗?"

"嗯……"米尘缓缓伸出手,撑住了车顶,她看了眼车外的连萧,"你……你快去医院见你妈妈……这里有连先生……他会带我出来的……"

厉墨钧没有说话,只是爬了出去,然后转过身来,一手扶住米尘的脑袋,另一手绕过她的腰,让她侧身躺下,然后将她抱了出来。

"连萧,我不能颠她,她可能有脑震荡!你帮我把她的腰托起来!"

"好!"

连萧一用力,厉墨钧就将米尘横抱而起,"米尘,把脑袋靠在我的肩膀上!"

"嗯……"米尘已经一片茫然。他叫她做什么,她就做什么,没有思考没有想法，她将自己的侧脸贴在了厉墨钧的身上。

厉墨钧抱着她，快步走向医院。连萧留在原处，等待救护车和警察来将老赵弄出来。他当即报警，并且说明了那辆跟在他们身后的狗仔车牌号。

米尘很晕，她听见的只有砰砰砰的声音，仿佛黑暗中的潮水，汹涌而不为人知。

她被放在了担架上，迷迷糊糊之间她似乎看见厉墨钧一直跟在自己的身边。

他没有再叫她的名字，只是他的目光很用力。她明明那么晕，世界都在旋转，而他的眼睛却如此清晰地刻在她的眼睛里，天地倒转不为所动。

当米尘再度醒来的时候，她知道自己在医院里。

而且，脑袋依旧晕乎乎的。她只想大睡一场。

"米尘！你总算醒了！吓死我啦！"喵喵的声音在米尘耳边响起，有些聒噪，令她不由得蹙起眉来。

"……我怎么了？"

"你脑震荡了！"喵喵大声道。

"我……我的右手怎么样了？"

"没扎着神经，就是好多碎片呢。"

"好多碎片……"

"是啊！六片呢！"

米尘再度叹气。六片……又不是六十片，这叫什么好多……

"哦……喵喵……我身上痒痒……"

"废话，你都睡了一天多了，前天你也没洗澡，你能不痒吗？"喵喵捞起袖子，很有义气地说，"我去给你打点热水，用毛巾擦擦吧！"

喵喵给米尘解开病号服，就着热水给她擦了擦脖子，还有身上。

就在这个时候，有人推门进来了，连萧的声音响起，"米尘小姐，你还好……吗……"

米尘还没反应过来，倒是喵喵叫了起来："啊——"

连萧还没看清楚是怎么回事，跟着他进来的厉墨钧一把将他拽了出去。

门磕啦一声关上了。

米尘看着喵喵，眼泪都快掉下来了："你怎么不锁门啊……我被看光了啊……"

"我……我没到医院照顾过病号啊……我这不一下没想到吗？"

门外，连萧悻悻然地看向厉墨钧，十分认真地解释道："我刚才，是真的真的

第五章 车祸

什么都没看见！其实，米尘也没什么好看的对吧……一马平川太平公主……"

厉墨钧的眸子有些冷然，只是站在那里。

"等等，你刚才把我拽开，就是说你看明白了……对吧？"连萧恍然大悟一般，"确实很小对吧？"

门骤然打开，喵喵将脑袋探出来，义正词严地警告连萧，"连先生，你要是再多说一句话，我一定会开我的电动车撞死你！"

米尘的病号服穿戴整齐之后，终于可以"接见"访客了。

连萧告诉米尘，厉墨钧的母亲已经脱离危险了。公众一面倒地站在厉墨钧这边，十分激烈地谴责媒体这种挖掘别人隐私甚至到威胁到他人人身安全的地步。

甚至有无数知名艺人联名签字发表倡议书，要求媒体的报道要有底线，不能为了吸引眼球和销量而伤害他人。

听到这些，米尘安心地点了点头。

接着，连萧就陪着喵喵去找米尘的主治医生了解米尘的情况，大概什么时候能康复，还要住院多久之类。

病房里就只剩下厉墨钧。他站在床边，米尘知道以他的洁癖，是不会碰医院里的东西，自然也不会靠床太近。

米尘有些不大适应，她真想闭上眼睛装睡。

"为什么要替我挡住？"厉墨钧终于开口了。

大概是因为风掀起了窗帘，日光照射进来，米尘竟然不觉得他的声音很冷。

"……什么？"

米尘顺着厉墨钧的视线望过去，原来是自己的右手。

"我身手好敏捷啊……竟然可以那么快……"

"我不需要女人来保护我。"

这句话好像在哪里听过？是不是白意涵也说过？

米尘很想笑，但是她还是好晕。

"如果那些碎片扎在你的脸上……留下疤痕，你知道化妆师要花多少时间去遮掩吗？甚至根本遮掩不了……我没有想过要保护你，我……应该只是不想自己的工作难度变得更高……"

米尘也说不清楚自己那一刻的"勇猛"。她不想去思考，思考让她头疼。

"也许你根本就不用再思考化妆难度的问题，因为你的手，说不定连刷子都握不住。"

"不可能……"米尘笑了，"我的手又不是豆腐做的，被玻璃扎了两下就握不住刷笔了?"

"《飨宴》还有两个半星期就开机。如果你恢复不了,我会换化妆师。"

说完,厉墨钧就离开了。

米尘呼出一口气,这才是厉墨钧的风格,他要是柔情似水嘘寒问暖,米尘的鸡皮疙瘩都要落满地。

第三天的下午,米尘睡得正香,一个转身发觉有人就坐在她的床边。

抬起眼,发觉竟然是白意涵!

"……白……白大哥?"

白意涵的手掌伸过来,轻轻按在她的额头上,手指嵌入她的发间,轻轻按揉着。

"你要我说什么好?我从外面回来,听到的就是你出事了。"

"……我在做梦吧?"米尘皱了皱眉,眼睛骤然开始发酸。

他去哪里了?这些日子,她再没有听到过什么关于他的消息。甚至连八卦杂志上也看不见他。

"你没在做梦。我这些天离开了国内……处理一些很重要的事情。"

白意涵只是笑了笑,有一点长者对孩子的宠溺,还有一些包容。

他的拇指滑过米尘的额角,声音很轻,"你真的就是一颗小米粒,只比灰尘大一点点。我把你放在一个我自认为安全的地方,一回头却发现找不着你。想把你放在手心里,又担心一不小心捏碎了你。"

"那就不要放着我,也不要捏着我。为什么不能相信,我也有我的生存之道?"

白意涵笑出声来,眉眼间有一丝释然。

"对啊,你也有你的想法和追求。"

"那么你的想法和追求呢?你去皇朝影业是因为沈良言导演吗?"

"对。"

"所以沈老,真的是你父亲?"米尘从没有问过白意涵的私事。如今她甚至已经不再是他团队里的一员,她不明白自己心里的那种自信,自信自己无论说什么对方都不会生气。

"他不是我的生父,但却如同我的父亲一样照顾我,点拨我。而我的生母,是皇朝影业的一位股东。沈老曾经和我的生母在一起,是我母亲一直心性不定,辜负了他。皇朝影业里有着很复杂的利益纠葛,我母亲的地位岌岌可危,沈老希望我引导她,帮助她,淡化对名利的渴望。所以在皇朝影业内部纷争没有结束之前,我可能都没机会做我喜欢做的事情,拍我喜欢拍的电影了。"

[第五章] 车祸

米尘没有想到，白意涵竟然会向她解释那么多。

这些涉及一个大型电影公司内部的事情，按道理他不该这么轻易对她说出来。

房门被敲响，方承烨的声音传了过来。

"白老板，走吧……皇朝的董事会时间要到了……"

白意涵低头看了看米尘，轻声说："我要走了。你好好养伤。"

"嗯……"

米尘承认自己对白意涵原本的那些失望，在这时候全部都烟消云散了。她不是一个记仇的人，她也明白没有任何人有义务满足她的希望。

她觉得很幸运，她也许不再属于白意涵的团队，但她是他信任的人。

米尘又睡着了，听说是她这几天吃的药会导致她的嗜睡。浑浑噩噩之间，耳边传来有什么被放下的声音，喵喵来给她送晚饭了。

米尘皱了皱鼻子，"喵喵，我背上痒痒，你给我挠挠……"

翻了个身，米尘撩起了病号服，等着喵喵的纤纤猫爪。

良久，对方都没有任何动作。

米尘撇了撇嘴，正要转身，对方的手终于伸进了她的衣服里，在背上轻轻挠了挠就要抽出来。

"不是那边，肩胛那里啊！你手重一点，都不解痒！"

那只手向肩胛处挪了挪，微微用了点力。米尘觉得舒服极了，可又觉得哪里怪怪的。

这是喵喵的手吗？喵喵怎么都不抱怨了？

米尘一转身，对上挺拔的鼻骨还有那双像是西方人一样深深的眸子，差点没叫出来。

"厉……厉墨钧……"

厉墨钧正倾着身，一只手撑在床沿边，另一只手正好从米尘的背上收回。

"吃饭。"

米尘傻眼了，为什么来给她送饭的是厉墨钧？喵喵那个死丫头跑哪儿去了！

厉墨钧怎么会来？自己在这里躺了三天多，除了第一天醒来这家伙露了个脸，就再没出现过了啊！

米尘起了身，想着要不要坐在床边非常认真地吃对方带来的东西。

没想到厉墨钧却倾下身，将专门给病人用来在床上吃饭的桌子从床位移了过来。

粥还是热的。

青菜肉丝粥，用的也不是饭馆里的一次性泡沫碗，而是家里用的瓷碗。

米尘本来以为厉墨钧会一直站着，可没想到他竟然在床边坐下了。

不是啊，这家伙有洁癖的！到处乱坐，不科学！

"……这是哪里买来的粥啊？这么好的碗……要还回去的吧？"

"你带回家就行。这是我家的碗。"

"不会是……你煮的？"

最近厉墨钧醉心于烹饪。

"不是，刘阿姨煮的。"

还好不是厉墨钧煮的，不然叫她怎么喝得下去。要是被传出去，她一定会被广大粉丝给烧死。

米尘不敢抬头看对方，只顾着喝粥。

厉墨钧坐回了床边，略微侧过脸，看着米尘右手的手背。

纱布已经被拆掉了，换上了几个创可贴。

"你的手怎么样了？"

"哦，正在结痂吧。有点痒痒的。"

米尘挥了挥手背，却被对方轻轻扣住了手腕。

厉墨钧的指尖捏着米尘虎口处的创可贴，将它略微掀起，伤口已经凝结，没有什么红肿发炎的迹象。

"看样子我不用换化妆师了。"

厉墨钧起身，像是要走了。

"那……碗怎么办？"

"你可以拿回家。"说完，厉墨钧就走了。

米尘赶紧打了个电话给喵喵，"喵喵！你今天怎么没来给我送饭啊！"

"姐姐！我在加班好不好！到现在我自己都没吃上饭呢！我有同连萧先生说啊！他说他会安排人给你送饭啊！"

米尘顿时泪流满面，她想要告诉喵喵来送饭的是厉墨钧啊！

被大冰块看着吃饭，会消化不良的好不好……

不过，青菜肉末粥真的很美味！

终于，米尘出院了。

因为喵喵要上班，不能骑电动车来接她。但是连萧来了。这让米尘惊讶不已，连萧平常很忙，怎么会亲自来接她这个小助理？

"别那么惊讶。你因工受伤，我还没那么冷血。你出院能不亲自来接你？"

第五章 车祸

等拉开车门,米尘看见厉墨钧坐在他一贯坐着的位置上,这才明白连萧怎么会亲自来。

开车的是赵师傅,看见他没事儿人似的回头还冲米尘笑,米尘觉得一切都会更加美好起来。

连萧就和厉墨钧聊起剧本一些改动的地方,米尘听也听不懂,掏出自己的手机刷微博。

娱乐新闻头条,就是白意涵从美国满载而归,为皇朝影业带来新的资金。两大好莱坞知名电影投资人,成为了皇朝影业新的股东。这不但意味着皇朝影业的实力更加雄厚,也意味着皇朝影业即将走向国际化。

根据记者们的分析,这里面获益最大的,就是皇朝影业的第二大股东,方思妍。继承了沈良言股份的白意涵很明显是方思妍的支持者。到底白意涵是打算转去幕后从商还是会回归演员这个身份,许多人都在观望。

米尘想起白意涵在医院里对自己说的那番话,她虽然对这些股东之间的战争一点都不了解,但她知道白意涵现在一定很累。

终于,《飨宴》正式开机。米尘也见到了剧组成员,以及饰演女主角林可颂的新生代小花旦冯秀晶。

冯秀晶年纪不大,才二十二岁,笑起来脸上两个小酒窝,是星耀旗下新一代清纯玉女。

冯秀晶与厉墨钧的第一场对戏,就是在一家小饭馆里。

开拍之前,双方化妆师都在紧密地做上镜前的最后补妆。

厉墨钧坐在椅子上,而米尘则站着,微微低下头,细心地在厉墨钧的脸上补妆。两人几乎不用说什么话,厉墨钧从米尘的手法里就能感受到自己什么时候要略微左侧或者右侧。

这样的默契,是米尘心底最为隐秘的骄傲。

冯秀晶侧过脸时,目光不由得落在这两个人的身上。

不是说厉墨钧戏外很冷淡吗?就连化妆师也是两个月就换!

可她怎么不觉得啊!厉墨钧明明对自己的化妆师很好啊!

比如他很会配合化妆师啊!而且不像其他演员对化妆师有很多的要求,由始至终他都没对对方说什么啊!刚才化妆师拧不开矿泉水的时候,厉墨钧半句话没说直接替她拧开了啊!而且摄影队推着摄影器材路过,差点挂到化妆师的时候,厉墨钧还伸手挡了一下。

因为是男性,厉墨钧的妆很快就补好了。他起身时,化妆师跟在他的身后,被其他工作人员撞了一下，厉墨钧马上就回头，还拽了化妆师一小下呢。

明明就没有外面传的那么冷淡啊！

第一场冯秀晶与厉墨钧对戏，明明厉墨钧扮演盲人的目光与她是略有偏差的，但是她却觉得这个男人的眼睛会说话。就算她在他的脸上看不到任何喜怒哀乐，她仍旧下意识地想要读懂他的眼睛。这恰恰就是原著里对江千帆这个人的描写。明明眼盲，他的眼睛却比其他人更深沉，更富有情感。

到了中午休息的时候，冯秀晶想借着探讨下一幕戏为借口找厉墨钧说话，却没想到厉墨钧却站在躺椅前，拍了拍已经在椅子上睡着了的化妆师。

冯秀晶看着都有些想发怒了。她中午还没有休息，若是她的化妆师竟然在她的躺椅上睡着了，她早就把对方踹起来了。

但冯秀晶没想到，厉墨钧只是低下身，将对方抱在怀里的化妆箱挪开，随手拿了一件自己的衣服，盖在她的身上，然后静静地在一旁的小折叠椅上坐下，低头看剧本，一双腿舒展开来，交叠着，优雅而修长。

冯秀晶莫名地羡慕了起来。

今日收工之后，听说星耀的一位股东钟总将会来请剧组吃饭，地点还是龙纹海鲜大酒楼。听说那里的三文鱼十分新鲜滑口，甚至还有阿拉斯加来的帝王蟹。

本来按道理，米尘应该是和其他工作人员一道在大厅用餐。米尘甚至看到冯秀晶的化妆师正在向自己招手。只是米尘还没来得及走过去，就被连萧拎着后衣领进了包间。

这间包间很豪华，墙壁上都是龙腾的图案，就连头顶上的水晶吊灯都华丽无比。钟总坐在正对着门的位置。他年纪差不多四十出头，保养得挺好，略微发胖，套上一身西装，还挺耐看。钟总身边一左一右，坐的既不是导演也不是厉墨钧，而是冯秀晶和饰演女配的另一位女星。

而桌上，与导演相对的地方，还留有两个空位。看来还有两个重要宾客没有到场。

米尘有些不自在起来。她的右边坐着厉墨钧，左边是连萧，被这么一左一右夹着，米尘觉得自己连筷子都抬不起来。

而对面的钟总一手揽着女配角，另一手好似放在冯秀晶的腿上。冯秀晶笑得很勉强，就快挂不住了，其间还换了个坐姿，立马就被经纪人瞪了一眼。

所有人开始寒暄，钟总向导演问了许多电影拍摄的进度问题，还嘱咐导演要多多照顾女配角，说她很有潜力，前途无量，必要的时候稍微增加一点她的戏份也是可以的。

第五章 车祸

女配角笑得更加灿烂了,而冯秀晶的脸色不好看起来。

"咦,厉墨钧身边坐着的这个小姑娘是谁啊?怎么都没见过?叫什么名字啊?"钟总忽然注意到了米尘。

"哦,这是我们的化妆师米尘,从法国回来的。别看年纪小小的,却是安总亲自带进公司来的。"

"原来是个人才啊!来!倒上酒!我们喝一杯!"

还没等米尘反应过来,侍者已经给她加了半杯葡萄酒。

光闻着味道,米尘也知道这红酒应该是陈酿,后劲很足,这样喝下去,还不醉?

钟总已经举杯了,所有人都看着她,米尘想着这样的场合不能让厉墨钧难看啊,她正要起身闭上眼睛一口气干掉,没想到厉墨钧却将红酒拿到了自己的面前。

"不好意思钟总,她对酒精过敏。"

钟总顿了顿,好笑道:"咦,红酒养颜!她是化妆师能不知道?就是过敏,也不过长点小疙瘩,有点儿痒痒,一会儿就过去了!厉墨钧,你可不能护短啊!"

"那我替她喝吧。"

厉墨钧的声音有些冷。

钟总有些挂不住了,"不就是个化妆师吗……我亲自敬她,难道她还不该受着?"

连萧刚要说什么,门打开了,清朗的声音响起。

"她可受不起,大部分酒精过敏的只是身上长疹子,但是她会喘不过气。钟总出来吃饭,是为了开心,不是为了闹人命的,对吧。"

所有人都惊讶了起来。

"白……白意涵?"导演喃喃开口。

"对啊,是我。"白意涵淡然地在留下的位置前拉开椅子,坐下。

这样一对比,钟总就像一个没啥见识文化的土豪,而白意涵只是松了松袖口的动作,那是贵族级别的。

"而且我想厉墨钧的意思,不是替米尘喝酒,而是觉得这第一杯,应当由他与钟总你喝吧?怎么能让一个化妆师来喝呢,岂不是掉了钟总的分量。"

"哦,原来如此!还是白总会说话!现在叫白总没错吧?听说你在皇朝的股份已经从百分之十涨到百分之十二了?听说方思妍拉拢你,叶帧也很器重你!看来你是真要从商了。下部电影,皇朝影业与星耀联手啊?大家有钱一起赚!"

白意涵只是微微笑了笑。

这时候，方承烨走了进来，他一副热络的样子喊了声"钟总"，然后走向剩下的空位。路过米尘身边的时候，还伸手揉了揉她的头发。

老实说，米尘很痛苦。她好像是这里所有人里面唯一一个来吃饭的，可偏偏又是最没有分量的那一个。她怎么好意思转动桌子呢……只能盯着面前的蔬菜一直吃……

直到面前的盘子空了一半，米尘不知道是不是错觉，所有的菜缓缓转动了起来，她侧过头，发觉竟然是厉墨钧。每当他的手指按住转盘的时候，停在米尘面前的就是她想要吃的菜。

比如说现在，就是清蒸鲟鱼，味道十分鲜美。

过了几分钟，米尘心心念念的阿拉斯加帝王蟹也转到她的面前，她看了眼周围的人，他们都没注意到她，赶紧！米尘夹了一大块蟹肉，放进嘴里——甜中带鲜，真是美味！

酒局还在继续，倒是方承烨先开口说星耀的叶总似乎有事要与白意涵商量，他们两人要提前离开了。

白意涵与方承烨一走，导演也说明日剧组还要开工，钟总自然点头同意，搂着冯秀晶与女配角半醉半醒地嚷嚷着要去KTV。

钟总上了车，冯秀晶想要走，却被钟总一把扯了进去。

"厉墨钧，一起来唱K吧！有男主角怎么能没有女主角啊！"冯秀晶的脑袋从车窗里露出来，她的眼睛里满是求救的意味。

但是厉墨钧却像是什么都没有听到一样，打开车门坐了进去，直到门开着，半天米尘还站在门外，厉墨钧才拍了拍身旁的位置，"这么晚了，你想自己回家我不介意。"

米尘赶紧上了车。

而前面，钟总的车已经开走了。

米尘没有说话，她知道不该管的事情不要管。但是冯秀晶毕竟是自己认识的人，米尘有些不忍心。

"米尘，你是不是觉得厉墨钧没有去救她，很残忍啊？"坐在副驾驶位置上的连萧开口问。

"啊……有一点点吧……"米尘觉得自己说错话了，赶紧纠正过来，"但是厉墨钧也没有这样的义务。"

"这样想就对了。'能力越大责任越大'适用于蜘蛛侠，而厉墨钧他不是蜘蛛侠。"连萧呼出一口气，从后视镜里看了看厉墨钧的表情，"冯秀晶既然已经在这个圈子里了,她要力争上游,势必要付出一些东西。就算厉墨钧能帮得了她一次,也帮不了她第二次。到底要不要付出这样东西,应该是她自己的选择。更何况,如果她真的拒绝了钟总,也未必就没有其他机会。"

米尘不了解所谓"其他机会"是什么意思。但是她知道很多女明星都是因为拒绝之后,被公司所雪藏。

"这个钟秋实还真以为自己了不起了。要不是你不肯动自己姐姐和姐夫留下的股份,分分钟让他闭嘴安静。"

米尘愣了愣,厉墨钧姐姐的股份?

业界一直传说星耀曾经有一位大股东和他的妻子因为车祸身亡,根据遗产继承先后顺序,厉墨钧继承了这个股份。但只是"传说"而已。没想到竟然是真的?

"所以啊米尘,厉墨钧并不是铁石心肠。他只会帮他觉得值得帮的人。如果冯秀晶真的有自己的底线和原则,有她觉得不能抛弃的骄傲,我们当然有办法让钟秋实动不了她。但是她觉得某些东西是可以被舍弃的,那么她终究会舍弃,我们没有花那力气保护她的必要。你明白了吗?"

米尘点了点头。

"好了,多余的话不用说。"厉墨钧的神情依旧淡淡的。

车子停在星苑门口,米尘走了进去。还没到公寓楼下,她的手机就响了,号码竟然是白意涵。

"喂,白大哥?"

"回家了吗?要不要和我们一起吃夜宵?"白意涵的声音里带着点点笑意。

"啊?你不是有事和叶总聊吗?"

"只有你相信。不那么说,饭局怎么结束?你现在在哪里?"

"啊,我忘记告诉你了!我搬家了,现在在星苑!"

"星苑?你的猪窝升级为金窝了啊?可喜可贺。我就在星苑附近,来接你?吃牛肉面去?"

"好啊!刚才在饭桌上也没和你说上话!"

米尘等了没一分钟,就看见白意涵的车灯灯光。等到车停好的时候,米尘才发觉竟然是白意涵亲自开车。以前这辆车是白意涵的保姆车,米尘还是第一次坐在副驾驶的位置上。

这家面馆是他们以前经常来吃夜宵的。

米尘捧着热乎乎的面,稀里呼噜吃进嘴里,觉得比什么阿拉斯加帝王蟹都要味美。白意涵没有米尘吃得那么急,只是单手撑着下巴,将自己碗里的牛肉夹给米尘。米尘一抬眼，就看见白意涵的笑，温暖如同水汽。

"小米，我问你，你想一直做一个在幕后默默无名的化妆师吗？"

"我不在乎默默无名。因为教我化妆的人说过，所有流光溢彩都会被时间消磨，最后剩下的大多是最原本的东西。而人们记住的，往往是最美好的一个瞬间，我们就是那个瞬间的雕刻师。"

"皇朝影业正在崛起，星耀天下也改变了以往的策略。与其竞争，不如合作。为了制造话题迎合观众的审美观，两家公司可能会联合起来做一个节目——我是大明星。这个节目将是那些有实力却一直没有走红的小透明最后的机会。而造型师与化妆师，也将成为这个节目中最重要的元素。"

"你是要我参加这个节目吗？"

白意涵抿唇一笑，手指在米尘的眉心弹了一下，"我是说，是钻石最终会发光。"

米尘顶着圆滚滚的肚子回了家，一觉睡到天亮。

只是第二天，当米尘上了厉墨钧的保姆车里，她感觉到一股低气压。

米尘知情识趣闭嘴不说话，连萧却开口了。

"米尘啊米尘，我当初就跟你说过你不可能'身在曹营心在汉'，没想到你还真的演关公了？"

"啊？我演关公？"

连萧轻笑一声，将一本杂志向后一扔，米尘捡起来，这是业内有名的八卦周刊《一周风云》。虽然内容和它的名字一样，大多是捕风捉影，但往往应了那句无风不起三尺浪。

周刊封面就是白意涵坐在一个小面馆里，撑着下巴，唇上带笑，就连眼神也分外温柔。

而与他共进牛肉面的那位女士虽然背对着镜头，但看那牛仔背带裤和那身形，普通人也许不知道是谁，连萧和厉墨钧要是认不出来，那除非眼睛瞎了。

标题更是让人咂舌：前影帝白意涵夜会女友！

"为什么是'前影帝'？"米尘想说白意涵应该还是会回来演戏的。

"米尘！重点错了！你别告诉我这个所谓的'女友'不是你！"连萧开始了严刑拷问的架势。

保姆车里的气压更低了。米尘斜着眼睛看向厉墨钧，对方的侧脸如同悬崖峭壁，米尘的心里凉飕飕。

"我只是和白……白意涵吃了碗牛肉面！怎么就被写成是女友了？这是乱

第五章 车祸

写啊！"

这时候米尘要是还叫白意涵为"白大哥",那她就死定了。

"问题在于你为什么要和白意涵去吃牛肉面呢?"

"因为我晚饭没吃饱啊!"

"白意涵就知道你没吃饱?他不是去和叶总谈话了吗?闹半天这是借口离席,然后你们就能在面馆里卿卿我我了?"

"哪有卿卿我我?以前放了工,白……白意涵和方承烨都会带我去吃夜宵啊!他知道我的食量而已!"

"哦,所以你是说我和厉墨钧对你不好,从来不带你吃夜宵?"

"不是不是!每个人有每个人的生活习惯!总是吃夜宵也不健康啊!"

"哼!那白意涵跟你说了什么?老实交代!"

"那个……那个……"米尘用力地想白意涵到底和她说了什么,好像都是随意聊聊,她就注意着白意涵的笑了,哪里还记得别的。

"那个什么?"

"啊!就是星耀好像和皇朝影业要搞一个什么节目,然后会需要到化妆师和造型师……"米尘越说越小声,白意涵没跟她说这个不能说,那她应该能说吧。以前若是她听到不能说的事情,方承烨都会嘱咐她一句"这是我们这个团队才能知道的哦"。

米尘不怕连萧的逼问,她只是不习惯厉墨钧这种沉默的低气压。

"哦,米尘,你还想着借这种节目上位啊?我可告诉你,这种类型的节目都是事先安排好剧本的!你以为你能有什么发挥空间吗?"连萧开始了他的打击工作。

作为厉墨钧的经纪人,他还是自私地希望,米尘能将所有的精力都放在厉墨钧的身上。

"米尘,如果和《飨宴》不冲突,你可以去参加这种节目。"

米尘惊讶着抬起头来,老实说,她很少听厉墨钧说这么长一段话。

"什么?"米尘不敢相信自己的耳朵,就连连萧也露出惊讶的表情。

"同样的话,我不会说第二遍。"

厉墨钧低下头来继续看剧本。

米尘咽了咽口水,再度看向连萧的方向。而连萧就像试探什么似的,"我说……为了提高工作人员的福利和积极性,你看……是不是也安排个夜宵,吃吃牛肉面之类?"

米尘窘了,为什么又要扯到牛肉面?

"牛肉面就算了,吃点别的吧。"

连萧又说:"也是,牛肉面太寒酸了!我们好歹也得是大富豪烧烤自助吧!"

米尘的下巴合不拢了。大富豪烧烤自助的菜品十分丰盛,不仅有各种肉类,还有十分新鲜的海鲜,几百块一个人……米尘知道厉墨钧有钱,但这样也太奢侈了吧。

"嗯。"

也不知道厉墨钧是不是太用心看剧本根本没听清楚连萧说的是什么。

而这一整天,米尘都是在对大富豪烧烤的期待中度过的。

当他们来到剧组,才知道女主角冯秀晶请了半天的假,听说是身体不适。其他人则纷纷议论。

直到下午,冯秀晶来到拍摄现场,而且还是钟总亲自送来的。不仅如此,钟总还千叮万嘱要导演多多提点冯秀晶,要从她最美的角度去拍摄。

冯秀晶明显带着情绪拍戏,与厉墨钧对戏的时候,导演多次喊咔。

就连参与拍摄的工作人员都有点承受不住了,小声议论纷纷了。

"唉!我觉得秀晶已经很漂亮了!这条就这么过了吧!不用再重拍了!"钟总不耐烦起来。

这时候,原本坐在沙发上的厉墨钧却忽然站起身来,径自走到冯秀晶的面前,双手插在口袋里,缓缓倾下身来。

冰色的眸子没有丝毫温度,冯秀晶第一次看到恐惧。明明厉墨钧连碰都没碰到她,她却下意识不得不抬着脸看着对方。

"钟总能让你上位,我也能让你下去。"

冯秀晶倒抽一口气,还没弄明白厉墨钧那句话到底什么意思。

而厉墨钧已经来到了导演面前,"导演,我有些不舒服,想要回去躺一会儿。"

导演也明白冯秀晶现在的状态,根本也拍不好电影。既然厉墨钧提出来要暂停,他乐见其成,不如让冯秀晶好好冷静一下。

"我看你的气色也不好,确实应该回去休息一下。今天就算了,看看能不能把其他演员的戏份提前。你和秀晶的戏,明天再拍吧。"

"谢谢。"厉墨钧十分有礼地点了点头,转身就离开了。

[第六章]
小米粒的乌龙绯闻

厉墨钧刚走,钟总以及冯秀晶的经纪人就接到电话。钟秋实在电话里说了两句场面话就走了。而冯秀晶的经纪人诚惶诚恐押着她给导演还有全剧组的人道歉。

出了电梯,厉墨钧抬手看了看手表,已经中午十一点了。

连萧笑眯眯地问:"米尘,你想吃什么?"

"肉。"米尘想也不想就回答。

"去爱丽榭。"厉墨钧上车之后对赵师傅说。

"爱丽榭是什么地方?"米尘心想,不是要回去休息吗?

连萧叹了口气,"爱丽榭,是这个城市唯一能做好安格斯牛排的地方。"

米尘忽然觉得没有吃到大富豪烧烤的心,顿时被弥补了。

餐厅里,连萧惊讶地看着米尘使用刀叉时的姿态,"还真没想到你这只米虫也有这么优雅的时候。"

米尘忽然有种不祥的预感,连萧好像给她起了个新外号?

再看看厉墨钧,一举一动都是风度。他微微低垂着眼帘,执着刀叉切割,仿佛从事着一项不可被打搅的艺术工作。

米尘时不时偷偷看厉墨钧两眼,当真太赏心悦目了!

当他摇晃起红酒杯的时候,米尘发自内心地觉得,这世上再没有人能像厉墨钧一样演出江千帆这个人物外表的高雅内心的孤独以及那种偶尔流露出来令人珍惜不已的温柔。

"关于白意涵对你说的那个节目,你想好要如何去准备了吗?"厉墨钧的话淡淡的,仿佛只是随口问她。

"啊……我连那个节目是怎样都不知道……"

"就算化妆技术好,也没有用。你必须找到一个做造型设计的团队。也就是说,你至少还需要一个发型师还有一个服装师。"

"什么?这么复杂?"

连萧摇了摇头,叹了口气,"我说米虫啊,这个圈子里没什么是简单并且想当然的。如果你自己不找好能和你配合的团队,等着节目组给你安排,你就会成为被炮灰的那一个。虽然大多数娱乐节目都有自己的剧本,但是你的化妆技术如何,最终还是会被呈现在观众面前,也会让其他彩妆企业以及一线艺人看到你的实力。"

米尘沉默了,她确实很想在彩妆界一展所长。但是这样的娱乐节目,就算她能找到配合默契的团队,但最后,她真的能凭实力走下去吗?

"不过,厉墨钧……你真的放米尘去参加这样的节目?我怕她资历还不够。"连萧强调的是资历,而非能力。而且他在提示厉墨钧,若是放米尘去参加这样的节目,眼界越高,受到的诱惑越大,她可能就不再是现在这样对他用尽全力的米尘了。

"如果你去参加这个节目,就不要顾忌太多,不仅是去历练,而是要全力以赴。你终归要历练历练,才会有更长远的发展。"

"……你不介意我成了炮灰,给你丢脸?"米尘真的很惊讶。

还是说厉墨钧觉得她和白意涵太亲近,打算开了她?

厉墨钧的身体微微前倾,那是对冯秀晶说话时一模一样的姿态,可米尘感受到的却不是冰冷和压迫,而是某种力量将她用力地撑起。

"我厉墨钧的人,向来是最优秀的。而且我从来不会看走眼。"

米尘骤然想起那一日在露台,她差一点从台阶上跌落的时候,是厉墨钧接住了她。

笃定而果决。

这才是真正的厉墨钧。

米尘在自己的小床上美美地睡了一个下午。

第二天,冯秀晶再度见到厉墨钧时,眼睛里有了某种类似小学生对教导主任的敬畏。

而这种敬畏,也令她与厉墨钧对戏时束手束脚。导演多次喊咔,这也让冯秀晶越发惶恐。

一整个早上过去,只过了两条戏。导演都不由得摇头。

下午开拍之前,米尘为厉墨钧补妆。她抿了抿唇,最后还是呼出一口气。

"为什么叹气?"厉墨钧闭着眼睛开口问。

"……冯秀晶有点怕你。"

"你也怕我?"

米尘正在为厉墨钧刷眉粉,手微微停住了。这个问题简直就是陷阱好不好!要是她回答"怕",就是说这位老板难伺候;她要是说不怕,那就是她胆大包天……

厉墨钧的眼睛就要睁开,米尘赶紧回答:"只要我做好自己的工作,就不怕你。"

[第六章] 小米粒的乌龙绯闻

不知是不是错觉,米尘总觉得厉墨钧似乎是笑了。

下午的第一幕戏开拍之前,厉墨钧走到了正在补妆的冯秀晶面前。冯秀晶的化妆师立即停了手,低声道:"厉先生。"

冯秀晶起身,看向厉墨钧,张了张嘴,却什么也没说出来。

"你喜欢这个剧本吗?"

"喜……欢。"

"你喜欢林可颂这个人物吗?"

"喜欢。"

"为什么喜欢?"

冯秀晶顿住了。这个人物看起来就是个积极向上阳光灿烂的典型女主角,但这个角色也有懦弱的时候,小小的坏心眼却从没有真的忍心去伤害任何人,以及一些真实的惰性。但要问冯秀晶为什么喜欢这个角色,她不知道如何回答。

而厉墨钧却替她开口了。

"因为林可颂是你想要成为的人。而你只有在这部电影里才有机会成为林可颂。"

冯秀晶顿时明白了厉墨钧话里的意思。演艺圈的现实总有一天会剥离所有她身上天真的东西,她想要像林可颂那样因为一个人而有一个梦想,为了那个梦想不断向前义无反顾,但她只能在这部电影里做到。

她之前太想要成功了,太想要借助外力,却忘记了最原本的东西。

现在,她的手上有一个好的剧本,万千书迷翘首以待,有一个优秀的男主角,一个好的团队。如果这样,她都无法成功,那么还有什么能让她成功?

下午的第一场戏,冯秀晶终于恢复了正常。

这天晚上,冯秀晶请整个剧组的人吃饭,向剧组里每一个工作人员为自己的任性道歉。

连萧撑着下巴说:"这才像是个会红的新人。"

而米尘却接到了一个电话,周围人太吵,米尘只能一边起身一边开口说话。

连萧好奇地望向米尘,因为她说的好像是法语。

米尘站在走廊里,终于可以完全听清楚对方说了什么。

"安塞尔?你说你在机场?哪个机场?"

"就是这里的国际机场啊!你快来接我!我只有信用卡和欧元!"

米尘叹了口气,按了按脑袋,"你的经纪人知道你来中国了吗?"

"她?应该知道吧!我除了中国还会去别的地方吗?你快来接我!快来接我啊!"

小孩子一般撒娇的语气，这家伙明明都十九岁了！

米尘朝天翻了个大大的白眼，"明明有货币兑换的地方，你可以把欧元换成人民币。不要装可怜了！"

虽然挂掉了电话，她却不可能真的扔下安塞尔不管。

她来到连萧的身边，小声地说："我要先走了。"

"哦？是有法国朋友来了？"

米尘点了点头，没有时间解释"朋友"和"亲人"的区别。

"那你去吧。明天不要迟到。"

米尘赶紧拦了一辆出租车，赶往飞机场。

终于来到国际港到达大厅，她再度拨通安塞尔的手机，然后找到一家中国小吃餐厅，见到安塞尔扒着一个海碗，正在用勺子舀馄饨吃。周围还有不少人，女孩子们发出"好萌""好可爱""好帅"之类的感叹，掏出手机与他合影。

而安塞尔明明知道有人在拍他，露出各种怪模怪样的表情，但仍然没有吓走拍照的人，反而激起了更多人的母性。

当然，这里面不包括米尘。她的母性在N多年前就被他消耗殆尽了。

米尘冷着脸在他的对面坐下，安塞尔一抬头就露出大大的笑脸，沾了露水小鹿般的眼睛，微卷的半长发别在耳后，"小米！你总算来了！"

安塞尔张开手臂就要抱她，米尘灵敏地躲了过去。

"行李呢？"

"在米兰。"安塞尔一副理所当然的口吻。

"什么？我以为你是从法国过来的！你是不是从米兰时装周上偷跑来的！你这样太不负责任了！"

"才不是！我有好好走完时装周！现在到了我该休假的时候了！我要休假！我要和小米在一起！"

"滚开！"米尘随手拿起海碗里的勺子摁在安塞尔的脸上，然后掏出国际电话卡，打给了安塞尔的经纪人。

对方的回答完全超出她的预料。

"哦，你说安塞尔啊！他这一次很乖，没有闹别扭没有发小脾气没有挑剔化妆师，走了整场服装秀。我之前答应过他如果表现好就给他放假，让他去中国看你。"

"为什么要把他推给我！"

对方已经把电话挂断了，但米尘却很想把手机给摔了。

不行不行！这手机可是白意涵送给她的！

安塞尔满脸得意，胳膊自然而然地挂在米尘的肩膀上，"我好不容易来看你！你要带我玩！带我去吃好吃的！"

"我有工作，没空理你！"

"你这样会伤害我幼小的心灵，会加大我患抑郁症的风险！"

"胳膊拿下去！很重！还有你馄饨吃太多了！你的经纪人没告诉你要注意体重吗！"

"我还在长个！"

"十九岁了长的是智齿不是个子！"

"我真的在长个！你不觉得我比你上一次见到的时候要高了吗？"安塞尔伸出手来比了比。

米尘抬起头，只能看见他的下巴。这家伙的基因优良，已经超过欧美男模的平均身高了。长胳膊长腿，宽肩窄腰。米尘现在就是要打他……跳起来都未必够得着这蠢货的脸。

就在那一刻，米尘只听见脸颊边上"啪啪"两声，这家伙竟然亲了自己。

"你干什么啊！"

"见面礼呀！"

"恶心死了！"

"你怎么这样，多少人想要我亲她们，我还不肯亲呢！"

"你吃了馄饨没擦嘴啊！笨蛋！"

米尘将安塞尔带到了一家高档酒店，这里离拍戏的地方也近，方便米尘下班了来照顾这个熊孩子。

第二天中午，八卦时间再度到来。

几个女性工作人员捧着杂志不知道在说些什么，时不时冒出两句"好可爱""好萌"之类的话。

连萧有些好奇地凑过脑袋去看，顿时一口汤差点没喷出来。

杂志依旧是《一周风云》。本次封面人物是中法混血名模安塞尔·塞巴斯蒂安。柔软的深棕色半长微卷轻轻拨在脑后，琥珀般的眸子清澈而空灵，微微一笑，仿佛教堂里的天使壁画。不过十九岁而已，却因为独特的气质而受到时尚界各个大师的追捧，进入超模行列。

杂志照片上安塞尔十分亲密地搂着一个身材娇小穿着背带裤的女孩，低头亲吻其脸颊。安塞尔的侧脸十分优美，低垂下的睫毛也是深情款款。

而连萧看见的只有绯闻女主角身上的那件牛仔背带裤。

"哎呀！连先生，你怎么了？"

"都喷到安塞尔的脸上了！"

她们心疼地擦着八卦杂志，连萧却缓缓将视线转向正在扒盒饭的米尘。

厉墨钧是一个从来不会委屈自己的人，哪怕单独叫外卖很可能会给一些人以机会说他耍大牌差别待遇。

好比现在，米尘和厉墨钧面对面坐着。厉墨钧手上端着米饭，不紧不慢地夹着菜往嘴里送。而米尘的手没那么大，托不住盒子，于是坐在桌边低头扒饭，从这个角度看，脑袋都要装进饭盒里似的。

忽然，厉墨钧放下手里的饭盒，手指伸过去，捏着米尘额头上的米粒，然后拾起餐巾纸擦了擦。

米尘的是猪排饭，一大块猪排外加蒜蓉西蓝花。这是早晨连萧问厉墨钧订什么吃的时候，厉墨钧给米尘点的。

虽然厉墨钧的脸上没有一丁点的笑容，但是连萧知道他心情很好。破坏别人的好心情，一向是他连萧快乐的来源。

他将《一周风云》藏到了身后，信步来到米尘的身边，聊天一般的语气说：

"米尘啊，你昨天好像穿着背带裤吧？"

"嗯，洗了。"米尘抬起头来，嘴巴里还咬着那块猪排。

"哦，你知道有个中法混血的超级男模，叫安塞尔·塞巴斯蒂安吗？"

"知道。"米尘点了点头。

"你觉得他怎么样？是不是很帅？身材很棒？表情很可爱？让你很想疼他？"

连萧的问题让一旁的厉墨钧将饭盒放了下来，双腿交叠，目光斜了过来。

"他那张脸是挺能唬人的，个子也挺高……可爱没觉得，你不觉得老装可爱很烦人吗？"米尘不明白连萧为什么会忽然提起安塞尔。

"哦……你觉得他烦，还让他亲你？"连萧终于将藏在身后的那本杂志拿了出来。

米尘顿了顿，果然一口饭喷了出来。

还好连萧将杂志抬了起来，不然非被喷一脸不可。

"唉！米尘，你这种行为可是属于毁灭证据啊！"连萧将杂志上的米粒用餐巾纸擦了下去。

米尘也傻了，她怎么又被拍了？

"米尘，你有没有觉得，你只要一穿背带裤就会变成绯闻女主角呢？这个是你没错吧？"

连萧的意思很明显：别以为你脱了马甲我就认不出你这只小王八。

"厉墨钧，你看看。老外就是老外，亲起来都格外有美感。"连萧还不忘将杂志送到厉墨钧的眼前晃一晃。

方才还觉得自在惬意吃猪排的米尘，忽然觉得什么都凉下来了，而且还是透心凉。

厉墨钧连瞥都没有瞥一眼，就起身了。

"吃完之后记得收拾。"

连萧叹了口气，在厉墨钧的位子坐下，卷起杂志敲了敲米尘的脑袋。

"你翅膀长硬了啊！有男朋友了也不提前通知一声！"

"这家伙不是我男朋友！"米尘义正词严地回答。

"都亲你了还不是你男友？"

米尘举起杂志，放到自己的脸边，十分期待地看着连萧，"你就没觉得我们有那么一点点的相像吗？"

"安塞尔一看就是天使的脸蛋魔鬼的身材，你——"连萧摇了摇头。

米尘不死心地继续问："你再仔细看看！你看清楚了，我和他的嘴巴还有下巴应该比较像吧？"

连萧眯着眼睛十分认真仔细地看了看，最后得出一个非常严谨的结论："真的一点都不像。"

米尘气馁了。

"他是我同父异母的弟弟。"

连萧顿了顿，看着米尘失落的样子忽然有点不忍心。

"好吧，你这么一说，你们俩的神情倒是特别像。"

比如犯蠢的时候。

今天的戏排得不是很顺利。因为终于进入到了剧本中的江千帆发觉自己很在意林可颂的时候。

林可颂参加厨艺大赛，一路磕磕碰碰，每当别人以为她就要被强敌推落下马的时候，她都另辟蹊径挺了过来，却在决赛中败北。

那一天的林可颂虽然脸上挂着笑，但眼睛里始终悲伤。因为比赛结束了，她与江千帆的师徒关系也要告一段落。作为江千帆生命中一个不怎么起眼的过客，林可颂觉得自己就要谢幕了。江千帆是个很认真的人，每一轮比赛之后都会品尝林可颂所做的食物，点评她到底赢在哪里，瑕疵在哪里。正是因为他这种将烹饪当成艺术的态度感染了林可颂，才让她对自己拼尽全力之后的结果感到如此遗憾。

导演告诉米尘，今天将会有许多脸部特写，要她一定要注意厉墨钧的妆容。

因此，米尘为厉墨钧补妆的时候也是万分认真的。只是今天下午的厉墨钧有点小小的不配合，脸上也是冷冰冰的。

米尘在他的身边也有一段时间了。普通人无法从厉墨钧没有丝毫表情的脸上感受到任何情绪，但米尘却可以。

比如，此刻的厉墨钧气压很低。

以前厉墨钧还会在米尘给他的脸颊上妆的时候稍微侧侧脸，又或者在她给下巴补妆的时候抬一抬头。可今天下午开始，他每次补妆都始终保持一个姿态。

之前，厉墨钧补完妆睁开眼睛还会与米尘对视那么一瞬，可现在他的视线直接越过米尘，起身，走向镜头。

导演坐在屏幕前，看着镜头里的厉墨钧，一直皱着眉头。

厉墨钧低下头，将餐盘里的菜送进嘴里，然后抬头说："很好吃。"

导演摇了摇头，故事里的江千帆不是一个会说某道菜"很好吃"的人，他只会从食材的搭配、味道的平衡来称赞某道菜，显得客观而严谨。所以当他说林可颂的菜"很好吃"的时候，是抱有感情色彩的。

而厉墨钧并没有体现出这种感情来。

"厉墨钧，虽然台词只有这三个字，你一定要让观众觉得这是发自江千帆的内心。这三个字不是违心的赞美和敷衍。这三个字对于林可颂而言十分珍贵。你不仅仅要打动镜头，还要打动坐在你对面的冯秀晶！入戏，是双方的，从不是单方面的！"

导演很少出言指导厉墨钧如何演戏，大多数时候甚至觉得和厉墨钧这样的演员合作十分庆幸。可现在，当细腻的感情戏到来的时候，导演有些头疼了。

冯秀晶却意外地没有不耐烦，她早就听说过一个传闻，那就是厉墨钧不擅长感情戏。她一直以为那只是传言，但这次拍戏她见识到厉墨钧清冷的性子，也许传闻是真的。

导演为了给厉墨钧转换心情，还是将其他戏份提前，收工之前与厉墨钧在窗前聊了聊。

"墨钧啊，我不知道你有没有跟……跟一个人好的经验？"导演毕竟是七十年代初的人，说话还有那么点保守。

厉墨钧没说话。

"你得细细琢磨那种心情。江千帆对林可颂的心情。他是看不见的，他对林可颂所有的了解都来自于她语调的起伏,她走路的声音,她做出来食物的味道。然后不知从什么时候开始,江千帆开始从这些细微之处揣测林可颂的喜怒哀乐。他看不见他也很少表达,但就像是共振一样,林可颂有一点点不开心,江千帆的心也会像是堵住一样。林可颂因为成功而喜笑颜开,江千帆也会不自觉唇角放松。他失去了视觉,所以听觉嗅觉和触觉比一般人更加敏锐,而从此得来的关于林可颂的信息也会成倍地放大。这里面,也包括心动。江千帆他可以不怒不喜,可以没有表情,可当他意识到林可颂在他心目中的地位的时候,那种自己已经习惯了的一切都忽然裂开的感觉,你要表达出来。"

"我知道。"

谁知道一旁的连萧却摇了摇头,"他现在完全没有揣摩角色的心情啊!"

"怎么了?"一旁的副导演听见连萧的自言自语,好奇地问。

"因为他发现自己觊觎已久的一块小鲜肉竟然已经被其他人下嘴咬了好几口了!他郁闷得就想发火,哪里还会管戏该怎么演啊!"

副导演丈二和尚摸不着头脑。

这一天终于收工,厉墨钧上了车,连萧破天荒地坐到了他的身边,将车门关上了。

"米尘有事,就不和我们一起回去了。"连萧将车门关上。

厉墨钧闭上眼睛靠着椅背,脸色有些凉。

赵师傅一边开车一边打趣说:"米尘不是去约会了吧?"

"唉?赵师傅你可真懂眼!"

"那米尘的男朋友连先生你见过没啊?现在的男生啊,都让人不放心哦!"

"赵师傅,人家那是青梅竹马两小无猜,在法国一起长大的!睡一床被子,喝一杯牛奶!"

连萧脸不红心不跳,他有没撒谎,测谎仪摆出来都不怕。

"那怎么过了这么久才从法国过来看米尘?"

"唉,法国小男孩心性不定啊!而且还是个模特!长得好看,想要投怀送抱的也多!"

"那米尘可得小心了!这男孩子要是变成男人,就和小时候不一样了!"

连萧摸了摸鼻子,赵师傅真给力啊,他想要来什么赵师傅就能说什么。

"我也觉得米尘特想甩了他!只是人家从法国千里迢迢追过来,哪个女孩忍心啊。"

"连先生,你这就不对了。你应该问清楚米尘她到底是去哪里见这个法国男模！万一有个什么事，我们这些做同事的也知道啊！"

"我想休息一下。"

终于，一直沉默的厉墨钧开口了。

赵师傅叹了口气，不再说话。连萧则捂着肚子侧过脑袋，憋笑憋到内伤。

米尘踢开了安塞尔的房门，这家伙竟然穿着浴衣就来开门，还故意捋了捋自己的头发。米尘直接撞开他，走进去。

这是每个模特拍照时候必有的一个姿势，当年安塞尔的第一张平面海报就贴在米尘的寝室里，她看他都看到快吐了。

"你不是说饿了吗？你想吃什么？"

"烧烤还有啤酒！你看你看！"安塞尔掏出手机，给米尘看他在网上找出来的烤串照片。什么碳烤生蚝、蒜蓉带子、开边虾、麻辣小龙虾等等。

"这种的，你小心吃了拉肚子。"

"不怕不怕！拉掉正好！就不用担心体重了！"安塞尔一副兴致勃勃的样子。

米尘又忽然想到了背带裤事件，心里凉飕飕的。

"你把自己整整，别那么扎眼行吗？"

安塞尔给自己戴上帽子，将头发全都塞进帽子里，又架了副黑框眼镜，从上到下都灰沉沉的。只是身高在那里摆着，米尘看着他又长又直的小腿，真想劈了一节安自己身上。

"你说我们都是同一个爸爸生的，为什么差距这么大？"

"这就是基因重组之后的神奇之处。"安塞尔不忘在镜子前臭美一番，直到米尘要来踹他了，他才离开。

米尘将他带去了自己和喵喵经常烤串的小店，找了个靠窗的隐秘位置坐下，把店里几乎所有的品种都点了一遍，还一人叫了两瓶啤酒。

大概被经纪人控制饮食控制得太严格，安塞尔见到这些两眼都要放光。

"小米！好辣好辣！"

"好辣就喝啤酒！"

"小米！你可不可以跟我回法国？"

"不可以，我在这里有工作。"

"那我也可以给你一份工作！时尚界才是一个彩妆师最能发挥实力的地方！我很需要你！"

"你有经纪人了。"

"可经纪人不是亲人也不是朋友。我不知道自己是不是真的那么有魅力，还是真有那些大师们说的那么特别……可是我觉得我没有朋友。一些刻意接近我的人也只是希望借由我能认识那些时尚界的大人物……我不喜欢这种感觉。"

"那说明你还没长大。等你长大了,你就会懂得享受孤独。"米尘含着鸡翅膀,不清不楚地说。

"……你是不是不知道啊?"安塞尔忽然放下了手中的龙虾,嘴巴被辣得鲜红。

"知道什么?"

"海文·林……他离婚了。"

"我知道,杂志上看见了。"米尘心里微微哽了一下。

当初那么美好的画面,现在又要离婚。到底有什么是天长地久,还是说所有的结婚盟誓都是因为没有把握?

"这两年,我经常会在服装秀上碰见他。"安塞尔揉了揉鼻子,"他会问我知不知道你在哪里。"

"你说了?"米尘扬起眉梢。

安塞尔赶紧摇头,"没有!我对你的承诺从来都会做到!只是我不明白,林是真的很关心你的!你也从小就很崇拜他,不是吗?"

"小时候会崇拜,长大了自然想要去超越。如果我还留在法国,林润安一定会将我带入时尚界,会给我一片天空,但我永远会在他的阴影之下。我不想那样。"

十年暗恋,一朝破碎。

而且还是在她最需要他的时候。

"你会超过他的。"安塞尔很认真地说。

"你为什么有这样的自信?"

"因为你比他年轻,又学到了他所有的东西,站在巨人的肩膀上又有足够的成长时间。"

"你在夸奖他?"

"我是说,他是你的垫脚石!"安塞尔举起啤酒,与米尘碰了碰瓶子。

不知道为何,米尘的心情好了起来。

不知不觉,十几瓶啤酒下肚,米尘的肚皮圆滚滚的,趴在油腻腻的桌上一动不动。

"安塞尔……安塞尔……"米尘闭着眼睛踢了踢对面的长腿男。

安塞尔哼哼了两声,就再没动静了。

米尘掏出手机,拨通了电话,"喂……喵喵……我在熊记烧烤……你快来接我……我走不动了……"

晕乎乎的米尘舌头也不听使唤了。

"哪个熊记烧烤?"

不知道是不是啤酒喝多了,米尘怎么觉得对方的声音就跟红酒似的,仿佛在玻璃杯里轻轻摇晃,要将她卷入什么更深的地方。

"你装……什么装……我真的走不动了……在利民巷……"米尘的手机啪嗒一声从耳边落在桌面上,摔在小龙虾的尸骨之中。

过了半个小时,一辆车停在了熊记烧烤店门前。

身着深灰色线衫的男子走进烧烤店。此时已经是夜里十点。不少人还在店里吃着烧烤,看见男子冷峻侧脸的瞬间,无一不仰起脸来。有的嘴里塞着龙虾,有的烤茄子挂了一半还没送进嘴里,当他们见到对方的时候,纷纷露出"这不可能"的表情。

厉墨钧掠过重重视线,停留在一张桌子前。米尘趴在桌面上,距离她脸不到一厘米的地方就是一大片小龙虾的壳。手机安然地躺在壳里,而米尘竟然还发出鼾声。桌子下面是无数啤酒瓶,足够打好几轮保龄球了。

厉墨钧闭上眼睛,暗含怒意,就连老板也犹豫着不敢上前。

他最终还是将她的手机从小龙虾的壳里以两只手指夹起来,然后抽了两张廉价面纸,擦了擦,扔进她的口袋里。

接着,厉墨钧的视线落在米尘的对面。那个趴倒在桌面上的年轻人不用看也知道很高,一双长腿虽然曲着,却在桌子下面与米尘的膝盖靠在一起,从帽子下面露出的一小段脖子很长很白皙。

厉墨钧来到米尘的身后,拍了拍她的脸,米尘嗯嗯了两声,没有醒来的迹象。厉墨钧低着眼,看了她两秒,最终仿佛下定决心一般,将她的脑袋抬了起来,一把将她横抱而起。

众人惊呆了。

厉墨钧在他们还没有掏出手机拍照之前,长腿迈开,走了出去。

当他们打开手机拍照功能的时候,厉墨钧已经砰的一声将车门关上,黑色奔驰消失在路上。

浓重油腻的烧烤味顿时充斥着整个车厢。当米尘再打出一个酒嗝之后,简直雪上加霜。

厉墨钧握着方向盘的手指太过用力,指节泛白。他最后还是按下按钮,所有车窗降下,清新的空气涌了进来。

来到星苑门口,厉墨钧拍了拍米尘的脸,"你住哪里?"

"星苑……"

"星苑哪一栋?"

"喵喵别闹……"

厉墨钧吸一口气,从米尘的口袋里掏出手机,想要找出喵喵的手机号码,可是手机设置了密码。

"你手机密码多少?"

"秘密。"

厉墨钧盯着米尘,可米尘却皱着眉头似乎很难受。厉墨钧拨通连萧的电话。

"你知不知道米尘住在星苑哪一栋?"

"不知道啊,每次不是把她放在星苑门口我们就走了吗?"

"喵喵的手机号码你知道吗?"

"……我怎么会知道?"

连萧刚想要再说什么,对方就把手机挂了。

厉墨钧从车里摸出烟盒,砰地将车门关上,迎着夜风,将烟点燃。

他烟瘾向来不大,身上烟味也不重。低着眉将烟圈吐出,最后还是没将它抽完。回身时,仿佛划了一个半圆,世界被一分为二。

他再度打开车门,打了个电话,"喂,张阿姨吗?劳烦你今晚来加个班。"

他发动引擎,车子飞驰而起,似乎少了许多束缚,多了一些快意。

车子驶入了帝柏湾,停在了他的别墅前。

他来到副驾驶座位边,解开安全带,将米尘从车里抱了出来。

只听见"呼啦"一声,米尘最终是吐了出来,而张阿姨一开门,看见的就是这一幕。

"哎呀——我的妈啊!"

张阿姨傻了,厉先生可是个非常爱干净的人,可米尘却偏偏吐了他满怀。

那件灰色的线衫她知道,虽然只是薄薄一层,看起来样式也简单,但价格却足够普通人家吃上好几个月了。

这可要怎么洗啊!

厉墨钧抱着米尘,缓缓低下头来,感受着身上滴滴答答有什么落下的声音,以及那股不知名的让人抓狂的气味。

"厉……先生……"张阿姨上前,她也没想到大半夜的被厉墨钧叫来会是这么个情况。她伸了伸手,想着是不是该把米尘扶过来,谁知道厉墨钧直接将米尘扔地上,然后迅速将那件灰色线衫脱下来,摔入门前的垃圾桶中。

可惜了啊……真可惜！张阿姨肉痛了起来。

因为吐了出来，躺在地上的米尘也微微醒了神。

她眯着眼睛，摇晃着撑起上身，站在路灯下的厉墨钧宛如一袭冰冷的月光。

"厉……墨钧……"米尘晃了晃脑袋，"我怎么在这儿……喵喵呢……安塞尔呢……"

接着就是一顿让张阿姨听不懂的鸟语。

厉墨钧却在米尘的面前蹲了下来，用语调音节相似的语言问了她一句话。

米尘坐在地上嘿嘿笑了起来，不知道她回答了什么，厉墨钧将她身上的牛仔外套脱了下来，递给张阿姨。

"张阿姨，麻烦帮她清理一下。"

"哦，好。"张阿姨晕了。他们刚才到底说了什么啊？明明是外语，但好像不是英语……

怎么厉先生那么贵的线衫扔垃圾桶里，反倒是米尘的牛仔外套还留着啊？

厉墨钧微微弯下腰，将米尘抱了起来，张阿姨赶紧跟了进去。

厉墨钧将她抱上二楼的客房，放进了浴池里。

米尘傻傻地看着厉墨钧，怀抱着自己的力量很真实，对方的体温很真实，可厉墨钧会出现，这一点就是最不真实的！

米尘抬手按了按厉墨钧的脸，对方微微侧了侧，可最终还是没躲开。

"张阿姨，给她洗一下。"

"好，厉先生放心。只是……这里没有给女孩子换洗的衣服啊！"

"等一等。"厉墨钧离开了浴室，没过多久，又将一件男性浴袍挂了进来，"先给她穿这个吧。明天她的衣服就干了。"

张阿姨说了声"好"，就帮着米尘把衣服脱了。米尘也许是知道有人在帮她洗澡，很配合地将自己的衣服脱了，扔了出去。

"唉，女孩子不该喝这么多酒的！你看看你都弄成什么样子了！"

被热水泡着实在太舒服，没过几分钟，米尘又歪在浴池边睡了过去。

还好有张阿姨在一旁看着，不然还真担心她就这么把自己给淹死了。

等到洗完了澡，张阿姨替她把浴袍穿上。厉墨钧将近一米九的身高，浴袍都可以给米尘当被子盖了。张阿姨扶着米尘，怎么也跨不出浴池来。直到浴室门外传来敲门声。

"好了吗?"

"好了是好了……就是我也扶不起她来，浴池里太滑了。"

[第六章] 小米粒的乌龙绯闻

"浴袍穿好了吗。"

"穿好了。"张阿姨低头看了看,算是穿好了吧。

"那我进来了。"

厉墨钧推开了门,就看见米尘一副蒙蒙的样子坐在浴池里。浴袍太大了,领口几乎挂在她的肩膀上,再低一点就什么都被看光了。

厉墨钧低下身来,一手绕过她的后背,另一手到她的膝盖下方,隔着浴袍将她轻松抱起,直接走到客房,将她放在客房的床上,然后转身对张阿姨说:"这么晚辛苦你了张阿姨。我会叫辆车送你回去。明天连萧会把加班费结算给你。"

语音平平稳稳,冷冷淡淡。

"谢谢厉先生,那我就先走了。"

等到张阿姨离开,厉墨钧取了电吹风,将米尘从床上拽起来。

"坐好,吹干头发再睡。"

吹风机的声音响起,米尘感觉到有一只手轻轻拨动自己的头发,一缕一缕地抚过,她眯起眼睛,像一只懒洋洋的小猫。

小时候游完泳回到家,林润安也会替她将头发吹干。

只是米尘知道,身后的人不是林润安。林润安会一边吹头一边和她说很多话,可身后的人却沉默着,仿佛天经地义的存在。

直到全身上下都暖烘烘的,米尘被扶着躺在了枕头上,对方正要关灯的时候,米尘忽然盯着对方的侧脸开口:"你果真不是林润安啊……"

对方顿了顿,在她的身边坐下,灯还是被关上了,只是对方微凉的嗓音响起时,米尘忽然觉得很舒服。就像在炎热的夏天,日光的照耀下,她坐在路边,吃了一份可口的芒果冰沙。

"你觉得我是谁?"

"厉墨钧。"

"你觉得一个女孩子喝那么多的酒,是应该的吗?"

"我是在庆祝。"

"庆祝什么?"

不知道是不是因为看不见,厉墨钧的声音竟然比平常要柔软。

"庆祝……林润安离了婚!"关于这点,米尘记得十分清楚。

"所以你可以去找他?"

"才不是!鬼才要去找他!我是那么没骨气的人吗?每一个人的初恋大多都像梦一样……我的十年暗恋早就结束了,可是看到那个人风光无限的时候……自己忍不住总想要在他面前证明我的优秀。可是现在的我没有那样的资本……"米尘的声音越说越小,她的脑袋有点沉,她觉得自己说出来的话好像都不是原本她会说的。

"你现在已经很优秀了。以后也会越来越优秀。只是仰望天空的时候,不要忘记脚下的土地最安稳。"

厉墨钧的声音很淡,仿佛温柔的流水,不动声色,不在乎世事变迁,填平了所有的缝隙与凹陷。

米尘的唇角翘起,眼泪却莫名地向外流下。

而对方的手指不知何时触上了她的脸颊,将她的眼泪抹去。

"你怎么知道我流眼泪了?"

厉墨钧没有回答她,只是依旧平稳地开口:"米尘,如果你看着对的人,你就不会流泪了。"

米尘侧了侧身,将被子卷了去,"你不是厉墨钧。"

"为什么?"

"因为厉墨钧不会对我说这些。"

米尘平稳的呼吸声传来,她再度睡了过去。

良久,厉墨钧这才起身,离开了房间。

米尘觉得自己做了一个梦。梦见自己懒洋洋地躺在沙发上,手里抱着一本书。她的脑袋枕在某个人的腿上,对方的手轻轻覆在她的头顶。她享受那种被安静地宠爱着的感觉。

淡然从容,岁月静好。

只是当她抬起眼帘想要看清楚对方的容颜时,一切都模糊了起来。

第二天,米尘是在自己的手机闹铃声中艰难睁开眼睛的。

当她看着头顶上那白到连丝缝都找不见的天花板时,她愣住了。耳边仍旧是"起床运动开始,第一步,后背与床板分离……"的闹铃声。

这是哪里?

米尘的脑仁发疼,隐隐记得她好像是和安塞尔在吃烧烤喝啤酒啊!

可这里……怎么好像是厉墨钧别墅的客房?

米尘缓缓低头一看,差点没惊叫出声。宽大的浴袍早就掉落在了胳膊下,上半身空荡荡……她咽下口水,摸了摸下面……我的神啊!也是空荡荡的!

冷静!冷静!好好想想怎么回事!

米尘记得自己打了个电话给喵喵啊!喵喵应该来接她……安塞尔呢!那个混球

就在这个时候，门外响起厉墨钧的声音。

"你醒了吧。"

米尘很想大叫一声"没有"，但她只能倒进床里，赶紧用被子将自己罩住装睡。

门被推开，厉墨钧的脚步声米尘很熟悉，他来到了自己的床边，将衣服放下。

"别装睡，今天你不想开工了？"

米尘瞬间尴尬到想要将自己的脑袋撞开看看里边到底装的是什么。

等到厉墨钧出去了，米尘这才睁开眼睛，眼前除了整齐叠好的外套和休闲裤，还有她的小内内也被放在了最上面。米尘快疯了，刚才这些都被厉墨钧拿着，她真的不用继续活下去了！

穿好了衣服，米尘赶紧刷牙洗脸。还好客房里牙具什么的都不缺，管理得就跟五星级酒店似的。

下了楼，米尘就看见厉墨钧坐在餐桌前，面前是刚刚烤好的土司培根还有蛋饼。他手中似乎捧着剧本，另一只手端着茶杯，轻轻碰到嘴边，最后却只是湿了湿嘴唇，终究放下。

米尘路过厨房，看见正在收拾的张阿姨，扯着嘴笑了笑。

张阿姨朝她招了招手，米尘就走了过去，"张阿姨。"

"你还笑呢！昨天厉先生把你带回来的时候，吓我一跳。你都喝成什么样子了啊？还吐在厉先生的身上！"

"什么？我吐在厉墨钧的身上？"米尘觉得一把凉凉的刀刃已经架在自己的脖子上了。

厉墨钧有洁癖的！他平常碰都不让人碰！自己竟然吐他身上了！

"厉先生把那件什么从伦敦买来的毛线衫都扔掉了！上万啊！我看得都肉痛，所以我就偷偷给捡回去了，洗干净了给我儿子穿！"

米尘寞了，那些欧美款型的衣服，厉墨钧能穿出时尚感来，可张阿姨的儿子穿上……可不就像小老头了？

厉墨钧不会叫她赔吧？

"好了，你赶紧去吃早饭吧！下次可不许再这样了！"

"我知道，我知道……"

早死晚死都是一刀！而且早死早超生！

米尘低着头，来到厉墨钧的对面坐下，顿时心跳如雷，血管都要爆了。

厉墨钧没有抬头看她，只是手指在米尘面前敲了敲。

浮色

米尘这才注意到，那份早餐下面的餐盘还有刀叉是她之前用的那一套。厉墨钧竟然还留着，没有扔了它们？奇迹啊！

米尘一边吃着早饭，一边小心翼翼不弄出任何声音来。

她抬头看一眼钟，时间是早上八点。今天厉墨钧的戏份安排在下午，要不然米尘也不敢和安塞尔吃夜宵吃到那么晚了。

直到张阿姨走了，米尘这才小声说了句："谢谢你。"

她内心始终有个疑问，为什么厉墨钧会来？她记得自己打电话叫了喵喵的啊！

翻到昨晚的通话记录，已拨电话最后一个……妥妥的厉墨钧。完全不是喵喵，相差十万八千里。

米尘觉得自己要脑梗了。

她竟然打了电话给厉墨钧！而且厉墨钧真的来了！我的神啊！

好吧，就算他真的来了，也可以把她扔回家啊！等等……厉墨钧应该不知道她住在星苑的哪里吧……那么扔酒店里也可以的啊……为什么要把她带到这里来呢？这不是自找麻烦吗？

米尘按了按自己的脑袋，触上头发的那一刻，她猛然想起昨夜好像有人给自己吹头发来着。

那个人……应该不是张阿姨吧！疯魔了啊！

不想了不想了！再想下去就越来越离谱了！

她赶紧吃完了早饭，将餐盘刀叉都洗了。回过头来，厉墨钧还在看剧本。他的手指扣在茶杯的边缘，每一次要抬起，最后还是将茶杯放了回去。

米尘想起，这次拍戏自从进入"江千帆喜欢上林可颂"之后，厉墨钧的戏就没么顺利了。连萧也曾说过，厉墨钧不擅长感情戏。可明明上一回饰演耿念的时候，面对初恋情人，他那种无奈自嘲还有对以往的怀恋都演得细腻动人。而对于江千帆这个人物，他也研究了很久……怎么会入不了戏呢？

米尘觉得自己不能再打扰厉墨钧了，她得赶紧回去将自己的化妆箱带上。

"厉先生，那个我就先回去了，对不起打扰了。"米尘刚想要鞠躬敬礼就此拜别，厉墨钧的手指再度在桌子上敲了敲。

"你来给我对个戏吧。"厉墨钧随手将剧本甩出，米尘赶紧伸手接住。

"第六十七页开始。"

米尘赶紧迅速翻动页面，原来是那天拍戏卡壳的地方。女主角林可颂将参加决赛但最终落败的菜品在江千帆的厨房里原味呈现。没有了评委，没有摄像头，也没有压力，这是属于林可颂的完美。

米尘刚要开始念林可颂的台词，厉墨钧却说："我来念林可颂的台词，我想知道，如果你是江千帆，会有怎样的反应。"

"……江千帆看不见啊，我看得见……"米尘觉得这十分有难度。

而且江千帆是男的，她是女的。心境什么的都不一样吧。

"没有关系。就当做江千帆看得见吧。"

厉墨钧从厨房随手取来那个刚被她洗干净的餐盘，低下身来，送到她的面前，俊挺如同画作的五官就这样停留在距离米尘不到五公分远的地方，她甚至可以从他的眸子里看见自己。

他念出林可颂的台词，石英落入水面一般的声音，"你尝尝看吧，应该还有太多需要被改进的地方……也许这就是我的极限。"

米尘愣了愣，她知道厉墨钧是在演戏，所以那一向没有起伏的眸子里，是一种让人觉得哪怕与全世界背道而驰也要全力去满足的期待。他隐忍着，生怕被对方发现。尽管对方根本看不见。

米尘仰着头，下意识地说出了电影里台词里的那三个字："很好吃。"

厉墨钧看着她，打量着她，宛若要将此时此刻的她刻进自己的眼睛里。

米尘在他的目光里有一种收不回魂的错觉。她赶紧别过头去。

厉墨钧单手撑着桌面，他依旧靠得她很近。

"你告诉我，你觉得江千帆此刻的心情是怎样的？"

"我……无法了解江千帆的心情。但对于林可颂，也许我更有感觉。"

"那就说说林可颂。"

"这道菜，是林可颂对江千帆的临别赠礼，她渴望将自己最好的一面留给对方，哪怕她因为这道菜输了。林可颂想要流泪，她一直拼命地忍住。因为她知道江千帆对于声音比一般人要敏锐得多，她生怕江千帆感受到她的心情，所以她一直都装作对一切都无所谓。江千帆是她参加比赛的幕后指导者，是她的导师。他总是能给她提出很多很多的意见。从味道的层次到形态到最后的装盘。林可颂总是很期待江千帆将自己所知道的一切都教给她。但只有这一次，林可颂不希望江千帆提出任何的意见，因为这是最后一道菜，所有人都可以不认同它，只有江千帆不可以。所以，当江千帆说'很好吃'的时候，林可颂的眼泪才会再也忍不住掉落下来。只要她的眼泪落下，江千帆就会发现。因为他的嗅觉与他的听觉一样敏锐，他闻到了眼泪的味道。"

米尘停下来，没有继续说下去了。她其实也不希望厉墨钧过多地受到自己的影响。毕竟一千个人心中有一千个哈姆雷特。

"谢谢。你可以回去了。"厉墨钧直起身来，坐回到原位。

米尘呼出一口气，缓缓起身，离开了这栋别墅。出了门，她仍旧有些不现实的感觉。

蓦地，她忽然想起自己是被厉墨钧给带回来了，那么安塞尔呢！

老天，那个傻瓜不会还倒在烧烤铺子里吧！

米尘赶紧拨打电话，电话响了N久，米尘锲而不舍地一直打一直打，终于电话被接通，传来安塞尔游魂般的声音。

"喂……我是安塞尔·塞巴斯蒂安……"

"我是米尘！你现在在哪里！"

"我……现在在……唉！这里是哪里！这里是哪里啊！"

"你先别着急！你现在是还在烧烤店里或者别的什么地方？"

"不是，这里好像是酒店房间啊！我看看，有卡片……四季酒店……有人留了张字条，是中文，我看不懂……"

他将那张纸条拍照传给了米尘，米尘发觉那竟然是连萧列出的账单：酒店房间一千二百元一晚、出租车费用（来回）一百二十元、烧烤及啤酒六百四十二元……

米尘呼出一口气，心想干什么给安塞尔送到那么贵的酒店，八十块钱一晚的招待所就够了。

中午陪着安塞尔喝了碗粥清肠，米尘背着化妆箱就赶到了剧组。厉墨钧早就坐在折叠椅上等着她了。

重新回到剧组，面对的又是那段鬼打墙般的感情戏。

冯秀晶饰演的林可颂将那个餐盘送到了厉墨钧的面前。

米尘不得不说，她的演技比起最开始的时候要成长了许多。一双眼睛里饱含了太多的情感，比如憧憬与恋慕，以及不得不说再见的不舍，而她的唇上却是淡淡的笑容，尽己所能装作一切如常。

当冯秀晶说出林可颂的台词时，脸上那细微的表情都十分到位，令人莫名动容。

米尘在心中双掌合十，希望厉墨钧这条戏一次通过！

厉墨钧饰演的江千帆，眼睛是看不见的。他的手指触上餐盘的边缘，微微一个滑动，以此在心中勾勒餐盘的形状。他始终目视前方，仿佛看见坐在对面的女主角一般。

依旧是优雅的仪态，轻轻垂下的眼帘，他不紧不慢地嚼着，等待着味道遍布他的口腔，占据他的大脑。

暗淡的眸子里，仿佛闪动着星子。他唇角的笑容很浅，浅到微微只能看出来那么一点却让人觉得无比珍贵。

"很好吃。"

时间静止在那三个字之间。

厉墨钧的眼睛依旧看着冯秀晶的方向。就算看不见她的影像，他也总能准确地感知她的位置。

没有任何的颤动，冯秀晶的泪滑落而下。

所有人都屏住了呼吸，包括米尘在内。这是一段只有两三句台词的戏，却酝酿着即将喷涌而出的情感。

导演拍了拍手，"很好。"

米尘也跟着呼出一口气。她还记得那一刻厉墨钧的表情，那种哪怕全世界再喧嚣，我也能听见自己在心动的被掩藏得很好的感情。

"厉墨钧，保持这种状态！下一场戏也要过！"导演拍了拍手，"摄影师调整位置！冯秀晶，刚才的眼泪掉落得恰到好处！去补个妆！"

冯秀晶不好意思地笑了笑，望向厉墨钧的方向。她知道，刚才的自己也是被厉墨钧的眼神所感染，顷刻入戏。

厉墨钧却显得比刚才更加沉默了。

米尘刚整理了下粉刷要为厉墨钧补妆，厉墨钧却忽然扣住了米尘的手腕，睁开了眼睛，"连萧，如果戏开始了我还没回来，你就说我需要静一静，再多给我几分钟。"

说完，厉墨钧就把米尘给拽走了。

连萧呆呆地抱着胳膊，良久才说一句："哦……我知道了……"

"不是……厉先生！我们要去哪里啊……"

这几场戏，场景在江千帆的家中，剧组选择在一个高奢别墅中进行取景。

米尘被厉墨钧拽着，来到了别墅中另一个方向。这个房间因为不被用到，所以只有简单的装修。

厉墨钧将灯打开，把剧本递给了她，"给我对戏。"

说完，他便转身，拉过了一把椅子，坐了下来。

米尘低下头，这是林可颂向江千帆告别的场景。

整间房间空荡荡的，窗子没有被关上，不断有风灌进来，托起欧式窗帘，海浪一般，此起彼伏。

而厉墨钧就坐在那里,日光随着窗帘的波动,忽明忽暗流过他的脸庞,成为她视线的中心。

"开始吧。"

米尘赶紧低头看台词,好不容易找对了位置,硬巴巴念出来:"我……我是来说再见的。比赛已经结束了,我也要回到我原来的地方去了。"

厉墨钧的手中是那副盲杖,他撑着它,却并没有将身体的力量压在上面。他目视前方,脸上的表情是淡淡的。

这既是属于厉墨钧的表情,也是属于江千帆的。自从失去视觉之后,江千帆对一切都没有了追求,除了烹饪。他沉浸在味觉的帝国里,站在无人企及的高度,漠然地看着那些在美食帝国中追求名利的芸芸众生。

厉墨钧的视线仿佛看着米尘,又似乎穿过米尘看向更远更宽广的地方。

"你习惯了站在这么远的地方说再见吗?"

米尘赶紧看剧本,发觉这时候林可颂竟然没有台词……她只能按照剧本的要求走近了两步。

厉墨钧的眼睛闭上,他似乎在体会着什么,然后又说:"我听不见你的呼吸。"

他的声音很轻,明明没有语调却因为厉墨钧独特的声线透露出几分寂寞。

米尘仍旧没有台词,而是再度上前两步。

"靠我近一点。"

米尘看了看剧本,站到了厉墨钧的身边,低下头来。

就在这个时候,厉墨钧忽然将盲杖收起,再度起身,"我来念林可颂的台词,你来做江千帆。"

"啊?江千帆是男的……"米尘就说不要找她来对戏了。她又不会演戏,台词都说得没感情,厉墨钧怎样入戏嘛!

"我知道。男人还是女人无所谓。我只想知道,如果你是江千帆,你会怎么对林可颂。就从这里开始!"

米尘快疯了,厉墨钧怎么总这样?她猜想他可能想从别人那里找到饰演江千帆的灵感。可问题在于,找灵感也要到男人那里去找啊,比如让连萧来演一个看看。为什么要找她呢?男人和女人面对与心爱的人离别时候的反应是不同的啊!

"你有手帕或者丝带吗?蒙住你自己的眼睛。"

米尘翻了翻,找出一条卸妆时用来撸头发用的东西。厉墨钧将它套在了米尘的眼睛上。

下一秒,米尘感觉到一双手扣住了她的脸,厉墨钧的声音响起:"米尘,你现在看不见了。你心里一直很舍不得却不知道如何开口的那个人就要离开你了。对于他的一切，你都是靠他说话的声音，靠他的呼吸体温，靠他留给你的气味来感受所有的他。你不想要他走，你会怎么做？"

厉墨钧的话就像一句魔咒。

她忽然想到了在医院冰凉的走廊上，她拨通林润安的电话，想要诉说骤然失去母亲的痛苦，可对方却告诉她，他要结婚了。

她想到了白意涵，她是最后一个知道白意涵将去到皇朝影业的人。那一刻她忽然明白自己内心深处渴望着什么，她想要有归属感，她怀抱着希望来到白意涵的家中，最后她还是不得不强颜欢笑对他说"聚散有时"，她叫他别介意，但是她自己呢？

她知道，厉墨钧就站在距离她不到一个手臂的地方，她只要一伸手就能拽住他。

可是，这世上真的有一个人，是她伸出手就能挽留的吗？

"你再靠近一点。"米尘的声音凉凉的，就像方才坐在这里的厉墨钧。

厉墨钧微微低下身来，"我就在你身边。"

米尘的喉间微微一阵酸楚。她很久没有听过这句话了，细细想来，甚至没有人这么对她说过。特别是这两年，离开法国，回到国内。如果没有喵喵，她就像其他人一样，随波逐流。

"你真的觉得自己应该离开吗？"

"是的。"

"如果是这样，你为什么还要流泪呢？"

"我没有流泪。"

"可是我闻到了眼泪的味道。"

米尘笑着回答，就像每一次面对分别时候的笑容。她发觉自己其实很像林可颂。明明很想林润安出现在自己的面前将她抱紧，可是听他要结婚的消息的时候，她却在电话这端兴高采烈地说着"太好了！恭喜你！她不嫁给你还能嫁给谁啊！"可她脸上的眼泪都快将手机淹没，而林润安看不见。

米尘的手指触上厉墨钧的脸，指尖抚过他左眼的眼帘。

厉墨钧始终低着头看着她，而米尘忽然抱住了他。她的脸颊贴在厉墨钧的侧脸上，这一次，她终于切实感受到了温度。

良久，厉墨钧伸出一只手，轻轻扣住米尘的后脑，将她压在自己的肩上。

直到米尘口袋里的手机响起，她慌乱着将套在眼睛上的东西拿开，"喂？连先生?哦,好!好,我问问他。"

米尘一抬眼,额头就撞上了厉墨钧,一片温润。米尘骤然意识到……那是厉墨钧的嘴唇。

她咽下口水,厉墨钧不会发怒吧……

"是不是导演在催?"厉墨钧的声音平静如常,仿佛米尘根本没有对他造成什么影响。

"是的。"

"我们走吧。"厉墨钧转身走向门口。

属于他的温度和气息远去,米尘的血液里仿佛有什么铺天盖地不受控制地生长,要刺破所有的脆弱,嚣张地盛放。

她甚至没有时间为厉墨钧补妆,对方已经坐回到了镜头前。

"喂,戏对得怎么样了?他没问题吧?"连萧有些担心地问。

"……我也不知道……"

连萧叹了一口气。

打板声响起,所有人聚精会神望向两位主角。

冯秀晶站在离门不远的地方,扯起唇角,声音扬起,"我是来说再见的。比赛已经结束了,我也要回到我原来的地方去了。"

冯秀晶的嘴唇抿出笑的弧线,可每个人都能看见她眼睛里的哀伤。

厉墨钧的双手撑在盲杖上,他的背脊笔挺,仿佛他握住的不是盲杖,而是权杖。在这个只有味欲的帝国之中,他是当之无愧的无冕之王。

"你习惯了站在这么远的地方说再见吗?"

这是米尘已经听过的台词,可不知为何当厉墨钧再一次念出来时,除了那种对聚散离别都漠然相待之外,还有了隐隐一丝动摇。

冯秀晶捂住自己的嘴巴,又向前走了两步。她就快要哭出来了,可是却不能让对方知道。她一直想要在对方面前表现坚强,即便是离别,她也要坚定转身。

而这时候,厉墨钧缓缓收起了盲杖,将它放在了自己的腿上。

这是一个有条不紊的动作,在剧本里,江千帆做了无数次,而厉墨钧却赋予了这个动作更深层次的含义。

那就像……某种改变的预兆。

"请再靠近一点。"

冯秀晶吸一口气,终于走到了厉墨钧的身边。

"我想告诉你一件事。"厉墨钧缓缓抬起了头,所有光线都落入他波澜不惊的眸子里。

"什么?"冯秀晶低下头来。

"我知道,你流泪了。"

轻而柔和的声音,仿佛压裂城墙的最后一根稻草。冯秀晶睁大的眼睛里,泪水滑落。

"你怎么知道的?"

"因为我闻到了眼泪的味道。"

"骗人。"冯秀晶正要抬起腿来向后退去。

厉墨钧骤然握住了她的手腕,将她拽向自己。他紧紧扣住冯秀晶的后脑,将她抱在怀里。

决绝而不容拒绝。

裂开的不只是她的坚强,还有他的城墙。

冯秀晶呆然地靠在厉墨钧的身上,竟然忘记了下一句台词。

可整个片场一片安静,没有人提醒,就连导演也是盯着屏幕。

几秒之后,冯秀晶直起身来,抱歉地望向导演:"对不起!对不起!我忘词了!"

导演却说:"很好!感情很有张力!留白也正好!你的台词忘得正是时候!要是说了反而多余!"

不少人在现场鼓起掌来。

米尘站在掌声之中,看着厉墨钧的背影。

他淡淡地起身,来到米尘面前,只说了两个字:"补妆。"

冯秀晶的经纪人在她的身边,夸赞道:"秀晶!你都不知道你刚才演得有多好!我看着眼泪都要掉下来了!"

冯秀晶却呼出一口气,望向厉墨钧的方向。她不明白,一个人怎么可以以那么简短的台词,演出那么深的戏来,甚至让她沉入其中,不得自拔。

她闭上眼睛,仍旧是厉墨钧的眼睛。因为他演的是失去视觉的江千帆,演出时,视线没有丝毫转动,可越是没有转动,冯秀晶就越是觉得他的双眼实在太会演戏。

米尘正在为厉墨钧补唇色。她不是第一次看清楚他的唇,厚薄恰到好处,就连弧度也很优美,闭上眼睛她都知道该怎么着色,可却莫名地呼吸失常。

"厉墨钧,我觉得我应该给你多接一些这样有感情的戏!你知不知道自己刚才多迷人。哗啦一下就把女主角拽过来了!我还以为你会傻愣到天明呢!"

"如果你敢胡乱接戏，我会炒掉你。"

今天所有的戏都拍得异常顺利，连萧提议晚上要好好吃一顿庆祝一下。

厉墨钩没有任何意见，米尘却为难了起来。

"把安塞尔也叫上吧。"

"啊？"米尘没想到厉墨钩竟然会提起安塞尔。

"正好，我也有事要和他说。"

坐在保姆车里，厉墨钩的手上拿着的是一本时尚杂志，而翻两页，就是安塞尔为范思哲走秀时的照片。

"那个……你有什么要和他谈？"米尘有些担心地问。

连萧也饶有趣味地转过身来，"说不定厉墨钩是要揍他一顿呢？"

"啊？为什么？"米尘担心了起来，安塞尔这个家伙确实欠扁，但他好像也没惹到厉墨钩啊。难道是昨晚上在烧烤店里，那个蠢货做了什么？

连萧耸着肩膀笑了起来："谁要那家伙亲得你满脸口水啊！"

"他就是那样啊……他的经纪人也天天被他亲啊！"

"我知道他是米尘的弟弟。"厉墨钩说。

"哈？米尘告诉你了？"连萧一副"真没意思"的表情。

米尘摇了摇头，她什么时候告诉厉墨钩了？她怎么不记得？

不过安塞尔接到米尘的电话是十分开心的，隔着手机，她都能想象他像只摇着尾巴大狗般的表情。

只是当安塞尔兴高采烈来到包厢时，才发觉里面坐着的并不是只有米尘，还有另外两个男人。

原本傻兮兮的表情，瞬间正经起来。

米尘朝他招了招手，拍了拍旁边的椅子，用法文招呼他坐下，还特别向他介绍了厉墨钩和连萧。

连萧则十分好奇地看向安塞尔。虽然安塞尔戴着一副土到掉渣的黑框眼镜，阅人无数的连萧还是能一眼看出安塞尔的"天生丽质"。

安塞尔对连萧探究的目光早就习以为常，他反而更加注意厉墨钩。

对于华裔男影星的印象，最有代表性的自然是功夫巨星李小龙，以及之后几个走动作路线的武打明星。而近几年，让他觉得能演戏的，就是白意涵。

而眼前的男子，天生就有一种莫名的气质，就算不是演员，放在时尚界，也会大放异彩。

"我们已经点好菜了，你还有没有其他想要吃的？"

[第六章]
小米粒的乌龙绯闻

当厉墨钧开口说出标准流利的法语时,米尘愣住了。

安塞尔知道,化妆师虽然对于演员上镜很重要,但大多数演员并不懂得像在时尚界里那样尊重化妆师。可是从厉墨钧那里,安塞尔能够感受到他对米尘有种无法形容的在乎。

"我昨天已经吃太撑了,今天随意就好。"

"我不是一个擅长交际的人。"厉墨钧开口。

字正腔圆的法语,令米尘十分惊讶。但是看连萧的表情如常,似乎早就知道厉墨钧也懂法语。

"看得出来。"安塞尔眯起眼睛,饶有兴趣地盯着厉墨钧,"你不该做演员。如果那些大师们看见你,一定会像饿了许久的野狼一样扑上来。"

"我不是肥肉。"

安塞尔耸着肩膀笑了笑,然后一把搭上了米尘,"小米,这个人真的一点都不幽默!"

米尘在桌子下面踹了他一脚,"也没有人觉得你幽默!"

"塞巴斯蒂安先生,我请你来,并不只是为了吃一顿饭。"

米尘皱了皱眉,不解地看向厉墨钧。

而连萧取出了一份资料,递送到了安塞尔的面前。

安塞尔并没有伸手去接,只是看着厉墨钧,"我看不懂中文。"

"你放心,这是法文版。而且与米尘有关。"

安塞尔这才接过文件,打开来,发现竟然是一档娱乐节目的策划方案,而且是两大娱乐公司联手。

星耀天下与皇朝影业。

安塞尔摸了摸眉毛,觉得有点意思,只是不明白这个策划方案与米尘有什么关系。

两大娱乐公司旗下,都有不少要捧红却因缘际会怎么也红不了的"新人"。而这个节目将为这些新人提供一个极大的机会,更重要的是将体现两家娱乐公司的包装能力。

星耀与皇朝都会从各自的公司里挑选出几个团队,去负责改造对方的"新人"。改造之后同台PK,胜出的团队将继续改造比赛。

一个团队,将有一个经纪人作为领队,成员还包括服装师、发型师以及化妆师组成的形象团队。

看到这里,安塞尔大概明白了。

"就算米尘加入到这样的团队里,这只是一款娱乐节目,并不是真正的比赛。"

"但是却能最直观地让观众看见米尘的能力。我会让连萧带着米尘。"

听到这里,米尘呆了。虽然厉墨钧曾经说过要她去参加这个节目,但她根本没有想到,厉墨钧会对这个节目这么认真。

米尘看向连萧,意思是问:你真的会去?

连萧只是笑了笑,扯了扯衣领,还真有那么几分霸气侧漏,"除了卡西莫多,还没有我连萧捧不红的新人。"

"那么你要我做什么呢?"安塞尔更加感兴趣了。

"服装师。"厉墨钧低头喝了一口茶,只抿了一小口,就放到一边去了。

米尘知道,厉墨钧对茶叶很挑剔。

安塞尔又笑了,"服装师?你要搞清楚,我是个模特,不是时尚大师!而且时尚界的元素过分讲求意义和抽象性,它们未必能被普通的观众所接受!"

"你没有自信?"厉墨钧状似无意地问。

"什么?没自信?"

"你有自己的审美。你对服装如何契合一个人的气质,其实很有研究。从你出道到现在,你一直都在观察,在思考。你从来不甘愿只做行走的衣架,但是所谓的时尚界只把你当成衣架,一个展示的工具。"

安塞尔盯着厉墨钧的眼睛,原本清澈的眸子冷冽了起来。

"你不是我,所以不要妄自揣测我。"

米尘感觉到了两人之间莫名紧张的气氛,她的手掌在桌子下按住安塞尔的手。

安塞尔随即露出一抹笑,又是大男儿的表情,"不过这也挺有趣的。什么时候开始?"

"很快。"

"那个什么节目,我不一定能参加得了的。你下周就要飞米兰的不是吗?那些服装秀那么重要,你就不用想着这件事了。"

米尘压低了声音对安塞尔说。

星耀天下里,除了她,还有许多有资历的化妆师。比如说林如意还有郑姐。况且也不知道这部《飨宴》之后,厉墨钧是不是还有其他的剧本要接。若是那样,她根本不可能抽出空来参加这个比赛。

安塞尔的声音却不大不小,刚好让所有人都听见:"说话那么小声做什么?你怕厉墨钧吗?"

米尘差点没疯了!那是她的老板,她当然……就算不是怕,至少也有尊重吧!

[第六章] 小米粒的乌龙绯闻

当天晚上,米尘陪着安塞尔回到酒店,安塞尔再度开始撒娇,脑袋蹭在米尘的肩膀上。

"小米,如果我是你,我一定会把握住这次机会。"

米尘伸手揉了揉他的脑袋,笑了,"这只是一个娱乐节目而已。"

"离开了林润安,你不想知道自己到底有多少能力吗?"安塞尔收起了笑脸,看着米尘。

这个时候的他,完全不像是十九岁的大孩子,反而有了几分摄影海报中的成熟。

时尚界从来也是个浮华之地。也许在米尘看不见的时候,安塞尔早就长大了。

"我们是姐弟,虽然我们小时候在一起的时间不多……而且也不是同一个妈妈,但我总是觉得跟你很亲密。"

"因为我们都有同样一个不靠谱的老爸。"米尘无奈地扯了扯唇角。

"可是我想和你一起做一件事。"安塞尔闷闷地说。

米尘心里微微一颤。她忽然想到父亲葬礼那一天,她第一次见到穿着黑色西装的安塞尔。那时候他还只有七岁,默默无语地盯着父亲的遗像,不远处是父亲生前的朋友回忆着父亲的点点滴滴。在他口中,那个辜负了许多个女人的男人竟然变得完美而深情。教堂的钟声回荡着,明明有那么多前来参加葬礼的人,一切却仍旧显得空落。

那时候的安塞尔,脸上没有一丝眼泪,黑色西装的口袋里别着一枝玫瑰花。他的眼睛很大,微卷的深色发丝柔软而纤细,他看着米尘的目光复杂却又纯粹。

"他们都说,你是我的姐姐!是真的吗?"

"是真的,因为我们拥有同一个父亲。"

"那么我可以跟你玩吗?就像其他的姐姐和弟弟一样。"

"可以,当然可以!"

那一刻,米尘是喜悦的。所以在之后的日子里,尽管他们见面的次数仍旧不多,但只要见面,安塞尔总会黏着她。

就像此时此刻,他已经长大了,却仍旧想要在她的身边。

这就是血亲。虽然他们只有一半的血缘,但却比这世上许多兄弟姐妹更加亲密。

米尘捏了捏安塞尔的鼻子,笑着说:"好啊!不过有一个前提,你不能耽误自己的工作,不能让你的经纪人为难!"

"好!一言为定!"

第二天的夜晚，米尘将安塞尔送到了国际机场。

离别之前，安塞尔将米尘抱了起来。双脚离开地面，米尘觉得自己是被装进这个大男孩的怀里。

他在米尘的眉角上用力地亲了亲，蹭了蹭她的脸颊，那样亲密的姿势，像极了电影海报。

往来旅客无一不侧目，有的露出会心的微笑，有的则十分羡慕。

而就在不远处，另一个身影伫立着，瞳孔茫然地放大，明明身旁有人喊他的名字，却始终回不过神来。

"白先生！白先生？白意涵！"

白意涵的神经如同被割裂一般，他转过头，挤出一抹笑容，"真不好意思。希望皇朝影业和您的合作愉快，也希望您一路平安。"

对方顺着白意涵之前出神的方向望去，看见了仍旧紧紧拥抱没有放开的身影，不禁露出了然的笑容，"在你的国家，很少看见这么热情的离别。"

白意涵依旧绅士地微笑，与对方握手，目送对方进入安检。就像某种法则，某种不可动摇的规律。

就在他回身那一刻，看见米尘踮着脚，向对方飞吻，那样神采飞扬却又离情依依。

眉心皱起，当他反应过来的时候，自己的拳头握紧，久久不得放开。

直到看不见那个高挑修长的身影，米尘这才缓缓转身，低着头走了出去。

所有笑意如同流星沉没海底，白意涵一脸冷峻，哪怕周围有人认出他来，掏出手机从各个角度拍他的样子，他只是跟在米尘的身侧，一步一步看着她走出了玻璃门。

"白先生！可不可以给我们签个名！"一个女孩拿着本子和笔走到他的面前，满脸期待。

可是当女孩看见那双犹如寒星的眸子，下意识向后退了两步。

[第七章]
影帝们的心思

"可以啊。"白意涵微微扯起唇角,将她的纸笔取了过来,写下自己名字的时候,用力到将纸面都划破。

当其他人也在包里翻找打算找白意涵签名时,白意涵已经快步走入了电梯,去到了地下停车场。

米尘来到机场大巴的等候位,时间已经很晚了,再过不久就到凌晨。想到明天还要早起,她内心的郁闷就不是一点半点。

忽然,手机响了,竟然是白意涵的名字。米尘傻了,这么晚了,白意涵找她做什么?

"喂,白大哥?这么晚了还没睡吗?"

"没有啊。你现在在哪里呢?"

白意涵的声音依旧温润,听得米尘心里暖洋洋的。

"我在飞机场,正准备回去呢!"

就在这个时候,一辆银色的保时捷停在了米尘的面前,对方将车窗摇下来,朝她招了招手:"我送你回去!"

米尘傻了,白意涵怎么会在这里?

"怎么?还不上车?怕我吃了你啊!"

白意涵的头发剪得比之前短了些,少了几分原来的温文尔雅,更多的是果断锐利。

米尘上了车,白意涵倾下身来,扯过安全带为她系上。当对方的手臂环绕过自己,米尘紧紧靠着椅背,连呼吸都不敢。低下头,她就能看见白意涵露出衬衫衣领的一小截脖颈。下意识咽了咽口水,米尘别过脸去,不敢再看了。

白意涵起了身,看见米尘的耳朵微微泛红。

"你啊,上次出了车祸,劫后余生。现在也不知道多保护自己。以后上车要系上安全带,明白吗?"

米尘赶紧点头。

车子开了出去。

夜风凉凉的,白意涵将车窗调了下来。米尘闭上眼睛,觉得舒服极了。

"小米,你是来送朋友的?"白意涵腾出一只手来,揉了揉米尘的脑袋。

米尘耸起肩膀,不自觉笑了起来,她犹豫了一会儿,开口说:"不是朋友,是我弟弟!"

"你弟弟?"白意涵笑了,可不知道为什么,米尘觉得他的笑声凉凉的。

忽然,车子加速,米尘的后脑猛地贴在了后座上,两侧的路灯飞速掠过,就连风都是呼啦啦地响。

"白大哥!白大哥!你怎么了!超……超速了啊!"

蓦地,白意涵将车驶入了路旁的加油站,刹车骤然踩下,稳稳停了进去。

米尘惊魂未定,呆然地侧过脸来,看着白意涵,"白……"

车窗被摇了上来,米尘忽然有一种害怕的感觉。

白意涵的侧脸太冷,甚至于唇角的凹陷都没有了以往的暖意,看起来仿佛镀上一层冰霜。

蓦地,白意涵的手掌勾过了米尘的后脑,还没醒过神来,对方的唇就贴在了她的眉角。

瞬间,千树万树梨花开,米尘没有反应过来到底发生了什么,对方扣住她后脑的力度,令她醒过神来。

"你是说,你的弟弟会对你做这些?"白意涵在冷笑,米尘终于看出来了。

"什么?"

"你的成长速度真是非凡啊。我不过几天没有见到你,你就学会撒谎了,是吗?"

米尘下意识手指触上自己的眉角,脑海中骤然浮现出安塞尔在安检之前抱紧自己的场景。

"白大哥……你当时在?"

白意涵没有说话,他别过头去,双手按在方向盘上。那种漠然,令米尘一阵心慌。

加油站的夜班工作人员走了过来,白意涵将车窗摇出一条缝,将油卡塞了出去,"能加多少加多少。"

米尘不知道白意涵生气的原因是什么。只是因为他不相信安塞尔是她的弟弟吗?虽然说给任何人听,都不会相信。因为她和安塞尔之间没有任何相似之处,无论是五官还是身形。安塞尔拥有法国血统,而她却是个纯正的东方人。

可就算是这样,白意涵有必要生气吗?他如果在飞机场里就看见她了,为什么不叫她?

"我没有撒谎。安塞尔真的是我的弟弟……他从法国来看我,我们是……"

白意涵忽然侧身,米尘完全没有反应过来,自己的唇被狠狠地压住,有什么

第七章
影帝们的心思

顺着唇缝挤了进去。

强烈的压迫感令米尘下意识后退，而对方却紧随而至，不给她任何逃避的空间。

她的后背被紧紧压在车窗上，耳边只听见吧嗒一声，安全带被打开，对方的胳膊环绕过她的身体，手掌牢牢按住她的后腰，用力地将她压向自己。

躁郁而狂放，米尘的唇舌都疼痛了起来，她的双手按压住对方的肩膀，试图抬起头来躲避，而得到的只是更加用力的挤压。对方的胳膊越收越紧，几乎要将她的骨头都捏碎。

米尘惶恐了起来，扯着对方的后衣领要将他拽开。可白意涵却轻松地腾出一只手，将她的手腕扣住，压回到了身后。

工作人员的声音响起，"先生！先生！油已经加满了！您的油卡……"

白意涵松开了米尘，车窗打开一条缝隙，工作人员将油卡和单据塞了进来。

米尘觉得今天的白意涵不大对劲。无论是他的表情，做事的风格甚至于他……都不是米尘所认识的白意涵。

她下意识就想要打开车门，可白意涵早就锁了中控。

"白……白大哥……如果你心情不好我可以自己……自己回去……"

米尘的嘴唇肿得发麻，连话都说不清楚了。

"安全带。"白意涵只从口里挤出这三个字。

"我真的可以自己回去……"

明明外面除了路灯就是偶尔驶过的私家车，别说公交了，连出租车都没见着。

"我说，把安全带系上。"白意涵的双手扶着方向盘，冰凉的路灯灯光映出他的侧脸，米尘更加仓皇。

她找了半天，终于找到了安全带，低头系上。

车子驶了出去，平稳的速度，而白意涵也没有再说一句话。

米尘僵着脖子，看着前方，连脑袋都不敢转一下。

终于到了星苑门口，米尘下了车，回头时看着白意涵的车子扬长而去，她终于呼出一口气来。

手背贴在自己的唇上，白意涵那一刻的压迫感如此清晰地再度袭向米尘的大脑。她不知道自己是怎样回到卧室里的。她蜷在床上，闭上眼睛就是白意涵靠近自己的画面。

翻来覆去，从床头换到床尾。她甚至连合眼都没有，天就亮了。

这一天，米尘完全不在状态。她十分恍惚。

"米尘,你还愣这里做什么,给厉墨钧补妆啊!"某位工作人员拍了拍米尘的肩膀,米尘惊得倒抽凉气。

当她面对厉墨钧的时候,刷笔在手中犹豫,她全然没有平日化妆的感觉。

厉墨钧也没有像平日里一样闭上眼睛,反而微微侧过脸来看着她。

"怎么了。"

他的语调总是那么稳,好似世界翻转过来他也不会皱一皱眉。

"没什么。"米尘吸一口气,准备好好工作。这部戏就要收尾了,她可要让厉墨钧在镜头面前完美收官。

"你不说,又放不下。我不会让一个心不在焉的化妆师给我上妆。要么你告诉我怎么回事,要么我请别的化妆师来替你。"

米尘太了解厉墨钧的性格了,说一不二,他有不可侵犯的原则。

"就是有一个我很尊重觉得很重要的……朋友,误会我对他说了谎,然后他做了一些让我想不明白的事情。"米尘含糊其辞,她没办法说明白对方是谁,也没办法说那个让她想不明白的事情是什么。

"对方误会你什么了?"

"就是安塞尔啊!都已经不是小孩子了,还老黏着我!就被人误会成我和他是那个……那个什么了!然后我就算解释安塞尔是我弟弟,可对方不信啊!不过有谁会信呢!一个高额头高鼻梁的混血老外是我弟……"

米尘觉得这样的情况很诡异,自己怎么在和厉墨钧吐槽呢?

这样的情况不科学!

她看了厉墨钧一眼,对方依旧平静,只是淡然开口问:"误会你的人,是不是白意涵?"

米尘傻了,什么也没想就脱口而出:"你怎么知道!"

"在这里,会让你觉得尊重的,不可能是你上司林如意,也不会是你的室友喵喵,更不会是我。你不会尊重我,只会怕我。所以只剩下了带你入行,而且对你照顾有加的白意涵。"

米尘真觉得厉墨钧太神了。平日里好像对什么都很冷淡,可没想到竟然什么都看在眼里。

"他做了什么让你想不明白的事情?"

米尘尴尬了起来。要是被知道白意涵对她做了什么,一定又会被说"身在曹营心在汉"了。

"没什么……我们还是赶紧补妆吧!我现在已经很平静了!真的!"

[第七章]
影帝们的心思

"你说你想不明白，你就会一直想，怎么可能平静。"

米尘快哭了，你可不可以给一点面子，不要这样戳穿我？

还有，不要跟我说这么多的话，一点都不像你！

"我告诉你该怎么办。"厉墨钧抬了抬下巴。

米尘很有默契地低下头来，"怎么办？"

骤然间，她的衣领被扯住，整个人向下倒去，却又在下一个瞬间被撑住了肩膀。

她睁大了眼睛，自己的唇被什么含住了。温热得似乎还有淡淡绿茶的余韵。

有什么抿了她一下，她的唇缝被挑开，上唇被勾过，她眼睛里只看见厉墨钧优雅地闭着的双眼。

到底持续了多久？

一秒？

两秒？

厉墨钧毫无留恋地放开了她，米尘轰的一下坐到地上。

"现在你所想不透的事情，应该被取代了。"

周围工作人员都望了过来。

"怎么了？"

"出什么事了？是小米没做好惹厉墨钧生气了？"

"不会吧，从开拍到现在，厉墨钧虽然很少跟自己化妆师说话，但好像对她还挺好的……"

大家都远远看着，连萧不在，没有人敢贸然上前。如果厉墨钧真的对米尘有不满，那么应该是米尘有什么没有做好。而且厉墨钧一旦出了戏，周身都是生人勿近的气息，一般没人敢主动上前搭话。

米尘傻傻地看着厉墨钧，这世界是怎么回事？之前是白意涵，现在是厉墨钧？

男神都是这么让人难以理解吗？这是逼她自作多情觉得厉墨钧对自己有什么特别感觉的节奏吗？

"你可以问我为什么。"厉墨钧坐在原处，动都没动。

看吧看吧，厉墨钧的典型做派。轻松打击你，然后再让你反省自己被打击的原因。

"为什么？"米尘站了起来。

对着厉墨钧的眼睛，她忽然清醒了起来，但却又依旧茫然。

厉墨钧有洁癖，就算米尘觉得至少对方有那么一点点把她当做自己人了，这也绝不代表他会愿意与她那么亲密地接触。在他的身边这么久，米尘也明白，厉墨钧做什么，都有一个合理的原因。

"现在你是我的化妆师，你所全心全意看着的，应该是我。另外，如果你不懂我对你做的事情是为什么，你开口问我，我会给你一个答案，无论真假，你都会收下。就算不是真相也能让生活心安理得地继续。所以，如果你真想要放下，就直接问白意涵，为什么要这么对你。"

难道厉墨钧知道白意涵吻了她？

他到底怎么知道的？

就算自己一个遣词用字都能被厉墨钧看出端倪来，她也不觉得厉墨钧竟然能联想到白意涵吻了她！

"米尘，我还是那句话，这个吻，是为了让你明白，如果别人做了让你苦恼的事情，与其自己暗自揣测自寻烦恼，要么忘掉，要么当面问对方。"这就是厉墨钧的处世哲学。简单到只有像他这样的人才能坚定地执行。

如果每个人都知道那个所谓对的人在哪里，到底是谁，也就不会有那么多错过和离别了。但她根本没有办法说服自己，厉墨钧的亲吻只是一个类比，一种转移她注意力的方式。

她再怎么样也是女孩子，也希望吻自己的是她喜欢的人，如果是随便一个理由就吻她，是对她的不尊重。但是厉墨钧的吻，却很郑重。没有任何轻佻的意味，也没有白意涵当时的压抑感。

仿佛他给她的，真的是一个建议，甚至于昙花一现的礼物。

"米尘。"厉墨钧的声音响起，米尘抬起头来。

尽管他的声音里没有任何情绪的波动，但当他念出她的名字时，就似天脉间游走的云。

坦然没有杂质。

"厉先生……"米尘莫名忐忑了起来。

"对不起。"

那三个字，是她从没有从他那里听过的。

就似被精卫填平了的凹陷，海水失去了出路。

米尘在那一刻忽然无法讨厌起厉墨钧，他看穿了她的所有，包括她因为他的吻而跌宕起伏的心绪。

"下次别在我面前提起别的男人。"

说完，厉墨钧回到了镜头前，米尘看着他的背影，久久说不出话来。

[第七章]
影帝们的心思

即便厉墨钧告诉了她,这个吻只是他教她应对白意涵那个亲吻的范例,即便他对她说了"对不起",即便他那个亲吻里面没有丝毫非同寻常的感情波动,却轻易撷取她的世界,空落下一片漠然的投影。

米尘扯起唇角,抓了抓后脑。

他已经教了她,所以现在她应该有默契地将这个吻忘记,偶尔拿出来偷偷怀念。

因为她明白,如果还想留在他的身边,就不要去挖掘比他给出的理由还要更深的原因。

米尘碰了碰自己的嘴唇,心脏从跃动到平和。

厉墨钧给了她理由,但白意涵没有。

皇朝影业董事长的办公室里,叶帧微笑着看着白意涵。

"这个节目的策划没有问题,而且在战略上,我们也很难得地与老对手星耀天下达到了一致性。当然,竞争仍旧存在,我们比较的就是相互之间的包装能力。观众们都想知道,一个新人,在星耀红不了,到了我们皇朝的团队手里,是不是仍旧成不了钻石。执行上,我也很相信你的能力。"

"谢谢叶总的认可。"白意涵扶着自己的领带缓缓起身,哪怕是低着头的姿态也十分优雅得体。

走到门外,白意涵看见的就是方承烨靠着墙,抱着胳膊,百无聊赖的模样。

"嘿,你要我查的事情,我已经查到了!"

方承烨将资料袋递给白意涵。

白意涵并没有急着打开文件袋,而是与方承烨并肩而行。

"我只能说,自己真的小看了这颗小米粒。怪不得她的化妆技术那么好,原来是系出名门!"

白意涵却像什么都没听见一样继续向前走。

"白意涵。"在电梯里,方承烨喊住了他。

平时的方承烨,总是称呼白意涵为"白老板",很少这样直呼其名。

"怎么了?"白意涵按下停车场的楼层,淡淡地开口。

"这不像你。竟然会半夜打电话给我,只是为了调查米尘?我怎么没见你当初去调查当年谢悠肚子里的孩子是不是你的?怎么没见你去调查洁茵为什么要执意留在美国而不跟你来这里发展!你怎么不去调查沈良言到底是不是你的生父?可你偏偏跑去调查一个米尘!她做了什么了?"

"你问的那些,不需要调查我也可以给你答案。"

电梯门开了，白意涵信步而出。

"什么？你真愿意告诉我？"

白意涵转过身来，唇上是他一贯的笑意。

"谢悠肚子里的孩子不是我的，因为我连碰都没有碰过她。"

"什么？我以为你喜欢她喜欢到死去活来的，原来根本没吃到手？"连萧愣了愣，他知道白意涵要么不会对他说，要说就一定坦白。

"洁茵执意留在美国，是因为她出现了帕金森的早期症状。她们家有帕金森遗传病史。她得留在美国治疗。我作为她的朋友，当然不会强求她，也会为她保留尊严。"

"……原来是这样……"

"至于沈良言，他不可能是我的父亲。我母亲的血型是A型，沈良言也是A型，而我是AB型。"

"……原来你什么都知道。"方承烨叹了口气，似乎明白了什么一般，"你很善于观察，很多事情不需要加大力气你都能找到答案。只是调查米尘？她什么都写在脸上……"

"是啊，她什么都写在脸上了，而且连撒谎都不擅长。就算心里有秘密，你只要问她超过三次以上，终究会得到答案。所以，我可以凭自己去了解她，而不是这些。"白意涵将那叠资料递还给了方承烨。

"喂！我花了很多钱才查到的！"

"你不亏啊，因为你看了啊。"白意涵回头点了点那叠资料，"记得碎了它。"

说完，他跨入自己的车子，扬长而去。

方承烨追了两步上前，"喂！你就真的一点都不想知道吗？她妈妈是谁！教她化妆的老师是谁！"

可白意涵，早就远去了。

坐在车里的白意涵，手伸向窗外，夜风撩起他的发尾，自在洒脱。

他的手机响起。低下头来一看，屏幕上显示"小米粒"以及那张米尘躺在他的位置上抱着化妆箱呼呼大睡的照片。

白意涵露出会心一笑，接通了电话。

"喂，我是白意涵。"

而电话那端，传来的是什么东西砸在地上的声音。

米尘万万没有想到，白意涵会这么快就接通手机，更加想不到，在发生了那晚的事情之后，他竟然还会用这么平静的语调接她的电话。

第七章 影帝们的心思

要知道,她可是鼓起十二万分的勇气才摁了他的手机号码。

如同厉墨钧所说,她需要一个理由。

这个理由不需要是真的,只要是白意涵给的就足够。否则,她就是想破了脑袋,也不会安生。

米尘赶紧将手机捡起来,放到耳边,"喂,白大哥……我是米尘!"

"我现在在开车。"

"啊……对不起……那我一会儿再打给你。"

"你现在收工了?在哪里?"

"在家里。"

"那好,十分钟以后,你在星苑门口等我。"

什么?白意涵要来?

米尘就是没胆子和他面对面才会打给他电话的!他竟然要来!那她该怎么办?

看了看现在的自己,刚洗完澡,头发被撸在脑后,身上穿着傻兮兮的喵喵从超市里给她买来的三十五块钱一套的斑点睡衣。

妈啊!十分钟就到?

麻利赶紧的!

米尘跑到了门口,果然看见白意涵的车就停在星苑门外,而白意涵竟然就坐在前车盖上,一副悠闲的样子。

现在虽然已经晚了,星苑几乎没有人出入。可终归还没到夜深人静的时候,他就不怕有人把他拍下来,再送上什么八卦杂志?

白意涵拍了拍自己的身边,"上来吧。"

他的笑容很自然,全然没有那天晚上的压迫感。

只要不坐进封闭的车里,米尘就不觉得那么压抑。她努力地要爬上去,无奈白意涵的车保养得太好,而自己也不像对方那么腿长,折腾半天,终于难看地爬了上去,然后艰难地转身,顺利地坐住了。

当她一侧脸,就发现白意涵正撑着下巴看着她,眼睛里满是戏谑,唇上的笑意明显。

若是以前,他会耐心地扶她,而不是像现在这样故意看她笨拙的模样。

米尘有些困窘。

"你打电话给我,是想问我那晚在车子里为什么那样对你?"

夜风撩动白意涵原本井井有条梳至脑后的额发,迎着月光浮动,米尘觉得自己在看一场电影。

"是的。"

米尘本以为白意涵多少也会有些尴尬，但没想到对方如此坦然。

"他叫什么名字？"白意涵的双手撑在身侧，别过脸来看着米尘。

"啊？谁啊？"

"你说那个是你弟弟的人。"

"啊！安塞尔！他的名字是安塞尔·塞巴斯蒂安！他和我是同父异母！他的母亲是法国的一位名模，所以……他拥有法国血统而我没有……我们看起来不那么像……"

"所以我才会误会你在骗我。"白意涵仰起头，手指捏着眼角，似乎在回忆什么，"这个名字也让我想起另外一位在时尚界炙手可热的年轻模特。他的名字和你弟弟的名字好像是一样的。"

"……我弟弟就是那个安塞尔·塞巴斯蒂安……"米尘望向白意涵，她希望对方相信他，千万不要觉得这个答案很离谱。

白意涵愣了愣，随即笑出声来。

"安塞尔十四岁出道的时候，在时尚界可是有着空谷精灵的美誉。你跟他一点都不像，所以真不要怪我当时没有相信你。"

米尘呼出一口气，这样恣意笑着的白意涵让她觉得放松，而不是那一日的步步紧逼，毫无余地，但是米尘还是没有放弃自己心中的疑问。

"可就算白大哥你不相信安塞尔是我的弟弟，为什么会那样对我？"

在米尘看来，安塞尔是不是她的弟弟和白意涵亲了自己，两件事根本不呈正相关。

"因为我以为安塞尔是你的男朋友。虽然就算是很好的朋友，也要彼此尊重隐私，你有男朋友却不告诉我，还对我说那是你的弟弟，我心里面还是会不舒服。你明白吗？"

"这点我明白。可是白大哥，你心里不舒服可以骂我或者赶我下车，但是你不能胡乱亲人啊！"米尘一本正经地说。

"因为安塞尔亲了你啊。你说他是你的弟弟，那么你叫我'白大哥'，我是不是也能亲你？我当时就特别特别想用这种方式来教训你。"

白意涵回答她，带着自嘲的笑意。

米尘总算能理解到其中的神逻辑了。说来说去，就是这安塞尔长了这么大，还依然不分场合地对她搂搂抱抱亲来亲去，结果引起了白意涵的误会。

"可是我这么做是错的。你是女孩子，我不该轻易那么对你。"

[第七章]
影帝们的心思

米尘本来觉得听到白意涵的解释，就让这件事这么过去吧。但她没有想到白意涵会这么认真地说自己错了，这让米尘多少有些惊讶。

"白大哥你知道就好了。你可以在戏里去吻女主角，但无论什么原因都不能那样对自己身边的人。白大哥你很优秀，会让对方误会的。而且，如果是别人对我做了同样的事情，我不会原谅他，绝对友尽。"米尘低下头避开白意涵的眼睛，万分认真地说。

"也就是说，你误会了？那你告诉我，你误会什么了？你没有跟我绝交，说明我在你心里的级别比你所谓的别人要高？"白意涵一笑，眼睛里仿佛跃出无数星子。

"没有……我……我能误会什么啊！我是说别人会误会……而且就是因为你在我心里是不一样的，所以……"米尘赶紧低下头，再这样被白意涵看下去，她脸上都要冒血了！

"别人？哪个别人？你怎么知道我吻了别人？"白意涵侧向一边，甚至故意将脑袋绕到米尘的脸下面，似乎就为了看她尴尬的模样。

米尘无语了。她怎么知道别人还有谁？但是她知道，以白意涵的魅力，他吻过的或者愿意被他吻的女人，有如过江之鲫。

见她闷闷的不说话，白意涵的手指在米尘的额头上弹了一下。

"傻瓜，没有别人了。而且，今天你认真地告诉我说，我在你心里和别人不一样，你想要我知道，正是因为这种'不一样'，在我伤害到你的时候，你的难过会比被别人伤害的要多很多。对不起，米尘。我伤害到了你，也伤害了你对我的信任。"

米尘的眼睛开始发酸。她本来不知道该怎么解释的事情，白意涵却已经明白了。

"反正，如果下一次我做了什么事情让白大哥你不高兴了，劳烦你换另一种方式来教训我。我就这么一个小小的要求。"

"那就要看你到底是做了什么让我不高兴了。"白意涵的声音里笑意更浓，甚至还有几分调侃的意思，"其实，我那么对你，还有别的原因。你想知道吗？"

废话！当然想！说话不要说一半！这不是演戏，白影帝你不用这样吊人胃口！

"这个原因，是这样的。"白意涵故意拉长了嗓音，米尘看他的表情，总觉得这家伙正在耍自己。

"之前呢，我有一颗小米粒，我很珍惜它，总是喜欢把它放在我的口袋里，时不时伸手进去摸一摸，看看它是不是还在。"

白意涵的语调就像是在哄小孩儿，但是目光沉静，米尘知道他是认真的。

"只是有一天,我遇到了一些麻烦,怕把小米粒弄丢了,我就把它寄存在一个我觉得很安全的地方。可是我一转身却发现,我的小米粒竟然被一只老鼠舔了一口。"

白意涵说着说着,自己都忍不住想笑。

米尘抿了抿嘴,"被老鼠舔,很恶心……"

就在米尘低着头的时候,白意涵缓缓靠近她,"所以我就狠狠咬了它一口!"

"啊——"米尘被白意涵恶狠狠的语调吓得差点从前车盖上滑下去。

幸好白意涵稳稳揽住了她,不然她非五体投地不可。

耳边仍旧是对方残留的气息,白意涵掌心的热度透过肩膀传入大脑,鼻间是她从前所熟悉的清爽气息,米尘的心跳得飞快。

"你吓死我了!"米尘狠狠瞪回去,虽然她的眼神一向没有威慑力。

"你听明白我刚才对你说的话吗?"

"……白大哥,那粒米被老鼠舔过了,你又咬了它一口,你没事吗?"

白意涵松开了米尘,双手放在膝盖上,抬头叹了口气,"算了。"

"什么算了?"

"你真的一点都不懂说话的艺术。你告诉我,你在法国待了多久?"

"从生下来到两年前。我中文不错吧?因为我初中是在国内读的,我的中文还是跟着喵喵学的。"

白意涵叹了口气,"原来是跟着喵喵学的,怪不得。好了,快十一点了,你早点回去睡觉吧。"

白意涵轻松地长腿一迈,双腿就稳稳落地。当他转过身来时,就看见米尘翻过身,趴在前车盖上,一点点往下溜……

他再次笑了起来。

米尘左脚着地时,向后踉跄,白意涵赶紧撑住了她。

"今天看见你,不知道为什么觉得很开心。"

"我也很开心。"

"可我觉得就应该让你烦恼,让你睡不着觉。"白意涵勾起的唇角坏到冒泡。

他忽然倾下身来靠近米尘,侧过的角度和电视里的接吻前奏一模一样。

米尘刚要向后退,白意涵忽然吹出一口气,正好将米尘脑门上的刘海吹起来。

"你在瞎想什么呢?"

白意涵潇洒地转身,打开车门坐了进去。

米尘忽然明白过来,白影帝又要弄她了!怎么可以这样!

[第七章] 影帝们的心思

他们以后还能友好地玩耍吗!

米尘一边走,一边回想着刚才白意涵所说的话。白意涵口中的"小米粒"应该指的就是她吧?他拿她来开玩笑,还说她被老鼠给舔了,真是太过分了!

《飨宴》的拍摄最终进入了收官阶段。许多配角的戏份都已杀青,而江千帆与林可颂的故事也将进入结局。

故事的终点,是江千帆终于找到林可颂,两人共同参加了厨艺界的大师战。这是一场高规格的厨艺比赛,主办方为某个世界知名酒店集团,评委则是从世界范围内挑选出来的十分苛刻的美食家。小说里交代了比赛的结局,而导演与编辑都一致觉得让故事停留在最让人感动的地方即可。

今天的厉墨钧换上了一身洁白的主厨装,依旧是冷淡的神色,米尘却觉得实在太养眼了。

剧组的服装师将一顶厨师用的高帽子送了过来。她先将厉墨钧的头发拢起,额发向后梳理,露出光洁的额头,然后将帽子戴上。

米尘那一瞬看呆了。实在成熟又性感!厉墨钧的五官显得更加立体;没有了发型的修饰,他的脸形也更加清楚。

好可惜啊!米尘再一次对连萧充满怨念!为什么不让她拍照!为什么不让她上传微博!手好痒啊!

厉墨钧走过了她的身边,视线从高处垂落,只是冷冷地说了一声:"不许瞎想。"

米尘就似被浇了一盆冷水,讪讪回答:"本来就没有瞎想过。"

开拍之前,剧组还找来了专业的厨师,向厉墨钧还有冯秀晶传授烹饪的手法。

冯秀晶学得还行,远看还能骗一骗人,拍特写的时候就只能找替身了。

倒是厉墨钧让剧组和指导厨师大出意料之外。无论是切菜还是颠锅的手法,看起来熟练又老到。

最重要的是十分优雅养眼。从站立的身姿到指尖,流动着一种魔力。

就连导演看了都忍不住向摄影师做了个手势,延长了拍摄的时间,到时候从各个角度剪辑出来的画面一定会让观众们大呼过瘾。

而电影最后的结局,是江千帆与林可颂合作共同完成了主办方要求的甜点,意式提拉米苏。

在他们完美呈现这道甜点之后,比赛的结果即将到来。

林可颂很紧张,可江千帆却很淡然。

镜头前的厉墨钧似乎看着很远很远的地方,唇角是一抹很浅却莫名让人觉得深刻的笑容。

"你知道提拉米苏在意大利语中的意思吗?"

"我知道啊,"冯秀晶饰演的林可颂,眼睛里是被压抑得很好的忐忑与期待,"它的意思是'带我走'。"

"好。"厉墨钧笑了。

米尘除了在电影《空城》里,再没有看见过他这样的笑容。

温暖到将视线都融化。

米尘的耳边仿佛听见电影的画面一帧一帧风掠而起,铺天盖地。

就连侧目时的冯秀晶也愣住了。她脸上的惊讶与感动都无比真实。

这一刻停留了许久,又或者只是一瞬。当导演的那一声"好"响起,一切仿佛从梦境回归现实。

厉墨钧放开了冯秀晶的手,微微点了点头,轻轻摘下了头上的帽子,发丝在那瞬间落下。仿佛对他而言,从入戏到抽身,不过硬币的两面。

冯秀晶愣了愣,她的经纪人来到她的身边,拍着她的肩膀说着各种赞美之词,可是她始终望着厉墨钧。

厉墨钧来到了米尘的面前,微微蹙了蹙眉头,"你怎么还在发呆?"

"没……刚才你演得太好了……"

此时此刻,整个剧组都沉浸在一种欢快愉悦的气氛中。终于,这部电影在预期之内完成了!

坐在保姆车上,米尘问连萧,"晚上剧组的活动,我们会去吗?"

"还是去吧。坐一坐就回来休息。"连萧回头看了厉墨钧一眼,见他没有意见,就对米尘说,"你先回去睡个午觉。剧组订了在大富豪吃自助餐,六点准时见,OK?"

"没问题!"米尘想到上次泡汤的大富豪自助餐,顿时觉得幸福起来。

只是米尘刚到星苑门口,就接到了冯秀晶的电话。

"喂,米尘吗?我现在正在一星百货!你要不要也来,帮我看看化妆品?"

米尘受宠若惊地答应了。

冯秀晶没什么架子,选化妆品也都听米尘的。两人嘻嘻哈哈地逛了一个下午,冯秀晶满载而归,就连脸上的妆都神采飞扬。

不知不觉,就到了五点多。冯秀晶的助理把她和米尘接到了大富豪餐厅。

星耀倒是很大方,为了犒劳剧组,甚至包下了餐厅的三楼。这样所有人都能自由自在地吃喝聊天了。

[第七章] 影帝们的心思

当冯秀晶挽着米尘出现的时候，一些已经到场的工作人员都愣住了。

"米尘？你给秀晶化妆了？这是要跳槽的节奏吗？"连萧戏谑的声音响起。

米尘骤然想起自己曾经答应过连萧，未经允许不会给其他人化妆。

完了完了，她们只是去逛个街而已，在化妆品专柜试妆的时候自己才给冯秀晶化的，这算不算踩中地雷了？

"连先生真坏，总是吓唬米尘！"冯秀晶拉了拉米尘的手，"这个妆又不是用来上镜的，而是上街休闲的。"

米尘不由得感激冯秀晶了。

这里的座位大多是四人位，最多的也是六人位。厉墨钧和冯秀晶自然要去和导演坐在一起，冯秀晶的经纪人为了给自己的艺人多争取一些机会，也挤了过去。反倒剩下米尘与另外两个化妆师坐在一起。

这两人一直夸赞米尘的化妆技术好，这么年轻已经跟过两位影帝了，她们有多么羡慕云云。

不知道为什么，米尘却并不觉得她们的称赞真心，甚至于眼神里还透露出几分让人不舒服的意味。

"米尘啊，说说白意涵吧！他人怎么样？会跟你发脾气吗？"

米尘自然是维护白意涵的，"没有啊！白……白意涵他就没跟谁生过气，脾气很好！而且很为自己身边工作人员着想的！"

两个化妆师你看看我我看看你，又都笑了。

"怪不得米尘你能跟着影帝呢，真的很会做人。就是没跟着白意涵了，都不会说他半句不好的。"

米尘一时之间不知道怎么回答对方了。好像怎么说都是错的。

"那你觉得厉墨钧除了有些严肃之外，还有什么缺点吗？"

米尘下意识摇了摇头，"没有缺点了啊！"

以前觉得厉墨钧的洁癖让她很不适应，可到后来，她也没觉得有什么大不了。自己曾经吐他一身，他也没杀了她啊！

"厉墨钧没有缺点，那白意涵呢？他从前和谢悠的绯闻闹到满城风雨，现在他就没和她联系过吗？"

米尘摇了摇头，"我不知道。"

"那女朋友呢？白意涵不可能没有吧？他在国外那五年，遇到那么多洋妞，回国之后，他把持得住？"

这些话题让米尘越来越不舒服起来。明明白意涵和厉墨钧无论在戏里还是戏外,男神范儿都没有丝毫动摇,为什么她们的话让米尘觉得白意涵和厉墨钧都成了那种人前一套人后一套的虚伪家伙了呢。

"不是的。白意涵和厉墨钧都是那种很有节制的人,平常拍戏就很辛苦了,哪里有时间去做这些事情啊!"

两位化妆师看米尘一本正经的模样,不由得都笑了起来。

"米尘,你真没意思啊!已经是厉墨钧的化妆师了,关于白意涵的事情也不肯说半句。你是还留着退路,万一以后还能去皇朝影业跟着白意涵,所以绝不能让他知道你说过他半句坏话吗?"

米尘愣了愣,她真没有想那么多。

两个化妆师相互笑了笑,小声说起了其他明星的八卦。

米尘忽然觉得格格不入,她起身端着盘子随便给自己装点吃的。但是说实在的,她已经没有什么胃口了。

她来到碳烤嫩羊排的前面,伸手握住刀叉打算给自己切一块下来,可刀却被骨头给卡住了,怎么也抽不回来。米尘想着算了,干脆不吃了,就让刀难看地插在里面就好。

忽然有人来到她的身后,接过了刀叉,姿态从容优雅地将一块羊排切了下来,送到了她的盘子里。

"厉……墨钧?你不是和导演在一起吗?"

"所以我就不用吃东西了?"厉墨钧淡淡地说。

"谢谢!"米尘端着盘子,心想自己还能去哪里晃一晃,莫名地她就是不想回到那个桌子。其他人都已经坐好了位置,自己插进去坐着也很尴尬,而且就像故意要避开那两个化妆师一样。

"甜点要吗?"厉墨钧托着一块蛋糕问。

"啊,好啊!谢谢!"米尘有点受宠若惊。虽然厉墨钧偶尔也会对自己很好,比如上次在龙纹酒楼大家都在喝酒只有她一个人吃东西的时候,他会把菜转到她面前来。

"知道这是什么吗?"厉墨钧又问。

"提拉米苏……"

中国版的,没有吮指饼在里面的改良品种,奶油什么的也比较厚实。

"提拉米苏在意文里是什么意思?"

米尘愣了愣,厉墨钧怎么忽然问这个。她就算不懂意大利语也看过《飨宴》的小说啊。

[第七章] 影帝们的心思

"带我走。"

"那走吧。"厉墨钧扬了扬下巴,拉起了米尘的手腕,将她带到角落里一个两人位,面对面坐下。

那一刻,米尘的心脏充盈起来,轻得就要飞出自己的身体。

位置的一侧正好被用作装饰的水晶树给挡住了,这就像一个小小的隐秘空间。厉墨钧取过米尘的餐盘放下,敲了敲桌面。

"坐吧。"

"你怎么把我拽这里来了啊?"回头看了看那两个化妆师的位置,她们聊得正欢,不知道哪位明星又成了她们的话题,不亦乐乎的模样,似乎早就忘记米尘的存在了。甚至于另一桌的服装师将桌子凑了过来,几个人坐在一起,而米尘的位置也被别人占了。

厉墨钧向后,靠着椅背,"不是你说的'带我走'吗。"

"那是你问我提拉米苏……"米尘忽然明白,厉墨钧可能是发现了她与那两个化妆师合不来,所以故意把她带离开。

米尘忽然心中充满感激,觉得自己刚才说厉墨钧戏里戏外都很完美果然是最正确的决定!

她下意识望向导演的方向,因为厉墨钧离席,连萧倒是很有默契地直接坐了过去,不知道和导演在谈什么。倒是冯秀晶,时不时看向周围。

厉墨钧的手指再度敲了敲桌子,声音微凉:"现在坐在你对面的是我,你不觉得自己一直左顾右盼是对我的不尊重吗?"

"没有!没有!我只是想说导演没见到你会不会……"

"连萧比我更擅长与导演沟通。吃吧。"

虽然厉墨钧几乎不说话,但是米尘却觉得自己反而比和那两个化妆师在一起的时候更自在。

她一口气把盘子里的东西都吃了下去。透过水晶树的缝隙,看见有新的海鲜上来,米尘觉得很想吃,又觉得自己在厉墨钧面前吃那么多真的很不好意思。

谁知道厉墨钧却先开口了,"你去拿点海鲜过来。我要金枪鱼、甜虾、象牙蚌。北极贝就不要拿了,这里的不是很新鲜。记得一定要拿芥末。"

米尘有点伤心,她很想吃北极贝的。但是厉墨钧的话也剥夺了她自己吃北极贝的权利……

米尘不知道取多少合适。厉墨钧是男的,按道理食量不小。可平常厉墨钧吃得就不是特别多,而且也不知道他刚才和导演在一起的时候吃了多少。于是米尘只是将这些海鲜刚好凑出一个餐盘，配上上品酱油和手磨芥末，回到了餐桌前。

厉墨钧看了一眼说："拿得太多了。"

"啊……"米尘真觉得自己拿得不算多。她一个人就能全部吃掉。

厉墨钧伸手，将芥末拨入酱油里，说了声："你也吃。"

米尘愣了愣，厉墨钧是让自己和他在一个盘子里吃东西吗？虽然都是一片一片的，谁也不会碍着谁，只是厉墨钧不介意？

米尘不敢下筷子，看着厉墨钧吃了两三片生鱼片。他蘸酱油的姿势不知道为什么，觉得很有严谨的气质，每一次的角度和动作都几乎一模一样。接着是微微低下头来，唇张开，米尘隐隐能看见他的舌尖。

心头像是被挠了一下。

米尘在餐桌下刚想要伸直自己的腿，膝盖就撞到了什么。

完了完了，是厉墨钧的腿。他的腿太长了，自己一不小心就碰到了！

米尘刚要将自己的腿收回来，就感觉对方不紧不慢将腿收拢，架起。

他的皮鞋鞋尖沿着米尘的小腿蹭过一小段，尽管轻微到几不可觉，但米尘还是敏锐地感觉到了，心脏如同被刮蹭了一下。

她不敢呼吸，等待着厉墨钧的鞋尖离开。

当两人完全分离时，那种毫不相干的空落感觉，让米尘莫名地失落。

"你就撑到了？"厉墨钧抬起眼来，米尘差点没把筷子掉了。

而厉墨钧刚好侧了侧身，他架起的那条腿几乎贴在了米尘的膝盖上。

温暖的男性气息，属于厉墨钧不冷不热的体温，米尘僵直着背脊，傻傻回答对方的问题。

"没……没呢……"

"我也觉得你没有吃撑是不会停下筷子的。"

连厉墨钧都知道她不吃到撑就不会停筷子的习惯了吗？那她在男神面前还有何面子可言。

不知道是不是错觉，厉墨钧似乎贴着自己更紧了呢？

这若是其他人，她一定会觉得对方意图不轨，然后一拳打过去或者淋他一头芥末酱油。

但厉墨钧是不一样的。他的动作里没有任何暧昧的意味。仿佛只是一个示好的握手，一个有礼的拥抱那么简单。

他不讨厌和她接触，他甚至愿意靠着她近一点，那是不是说明她对于他来说比一般人要亲近？

[第七章] 影帝们的心思

米尘小心地拿起筷子,在比较靠边的地方夹了一片金枪鱼,还特别小心地没有碰到其他的鱼片。

你一片我一块,一整盘的海鲜差不多见了底。

厉墨钧低下头来看手机,眼帘垂下与鼻梁形成特别让人心醉的角度。

米尘偷偷看了几眼,决定忍住,不要犯花痴,不要乱心动!他是厉墨钧!

她提起筷子,刚要将盘子里最后一只甜虾夹走,低着头的厉墨钧也提起了筷子,正好夹住了甜虾的尾巴。

米尘僵住了。她该怎么办?赶紧把筷子松开?可是自己已经夹过了,厉墨钧有洁癖肯定不会吃。

可是不松开筷子,难道要她和厉墨钧抢吗?

就在米尘还没有决定好下一步怎么做的时候,厉墨钧已经抬起了头。米尘倒抽一口气,完了完了!

她赶紧将筷子抽了回来,把决定权交还给厉墨钧。等到厉墨钧放弃那只甜虾,她再把它吃下肚就好!

谁知道厉墨钧却将它夹了起来,连芥末酱油都懒得蘸,送进了嘴里。

米尘疯魔了。

男神!那只虾被我夹过了!你不介意吗?你不是有洁癖吗!这么坦然不科学啊!

忽然有人走过了水晶树,绕到了他们的桌前,"米尘,原来你在这里呢!竟然和厉墨钧在一起,亏我还想说怎么一直找不见你!"

"秀晶……那个……"米尘一时之间不知道怎么解释,觉得尴尬起来。

"只是想要安安静静吃点东西而已。"厉墨钧回答得简单,却让米尘有种"对啊,没错啊,就是这个意思"的点头附和感。

冯秀晶朝着米尘眨了眨眼睛说:"米尘,你真是小孩子啊,脸上都是蟹子呢!"

"啊!加州卷太大个了!哈哈!"米尘赶紧用餐巾纸擦了擦。

冯秀晶笑了笑,来到厉墨钧的身边,微微低下头来,"导演和监制都说,一会儿大家去KTV再玩玩。你要过去坐坐吗?"

厉墨钧喜欢安静,KTV那种沉闷喧闹的地方,是不适合他的。而且总感觉厉墨钧的性子,追求的应该是脱离低级趣味的高雅生活。比如说打打高尔夫看看书之类。

米尘之前也和影楼的同事一起去过KTV。一开始大家还是正常地唱歌,可是越到后面就越放得开,特别是摄影师和其他化妆师之间那种起哄的暧昧游戏……

米尘总是觉得很窘，傻呆呆一个人在一旁吃着爆米花。

"我就不去了，有点累了。晚上想要休息。"厉墨钧淡淡地回答，他忽然侧过脸伸长了手，手指掠过米尘耳边的碎发，一个拨弄，似乎摘下了什么。

冯秀晶愣住了，米尘也呆了。

男神！你平常不是生人勿近的吗？不要随便做这样的动作啊！

因为身体前倾，他的膝盖压在了米尘的腿上，她能感受到他骨骼的力度，像是一种碰撞，全身细胞都在轻颤。

厉墨钧转过手腕，米尘这才看见他指尖的蟹子。

"你果真是个小孩子。"

米尘真的窘了，其实你可以提醒我的，我可以自己把它拿下来……

"你喜欢吃北极贝？"他状似无意地问，仿佛冯秀晶根本不存在。

"……我确实喜欢北极贝多过象牙蚌。"

米尘的注意力完全停留在厉墨钧的手指上，看着他不紧不慢地用餐巾纸把蟹子擦下来，淡淡地说："下次带你去新鲜的地方吃。你们俩今晚玩得愉快。"

冯秀晶的脸上露出失望的神色。这段时间合作，她也知道厉墨钧是那种鲜少改变自己决定的人。

"好吧，那米尘！你可要去哦！你得陪着我！"

"啊？我也要去？我不会唱歌啊！"

"不需要会唱歌的！大家应该会一起做游戏什么的吧！"

"可是我最不会的就是做游戏啊！"米尘宁愿去唱歌，"我……我就不去了！我去了也像根木头一样杵在那里！不好玩的！很煞风景！"

冯秀晶露出失望的表情，"你不去啊……这里我只和你有话题。连你都不在，我担心我会在KTV里和李娜娜打起来。"

李娜娜就是这部戏的女配角，一开始还和冯秀晶一块儿向钟总争宠来着。

"你就陪陪我，我们去露个脸然后就走！我还想你陪我去买点东西呢！下周我就要去海边拍写真了！今天都没买到防晒霜！"冯秀晶眨了眨眼睛，暗示米尘自己一定会提前带她走。

米尘刚想要说什么，冯秀晶就转身了，"就这么定了啊！不然跟你友尽！"

米尘无奈地看向厉墨钧，对方的表情凉凉的，完全一副与己无关的样子。

吃完了饭，大家收拾东西去KTV的时候，米尘本来想借机尿遁，没想到冯秀晶却挽上了她的胳膊，"走了！"

米尘转过身来看向厉墨钧，而厉墨钧已经和连萧去到另一个方向了。

第七章 影帝们的心思

他们真的不去啊……

此时的厉墨钧与连萧正在回帝柏湾的路上。连萧难得坐在厉墨钧的身边，一副低头专心致志刷微博的样子。

连萧撑着下巴，状似无意道："其实现在我有点担心米尘。她不喜欢这种人特别多大家在一起闹的场面。"

"不喜欢就要学会拒绝。"

"这也不能怪她啊。冯秀晶对她和颜悦色一直向她示好，对自己好的人，米尘是不会拒绝的。她的演技那么高超，如果她向我示好，我也不好意思拒绝，何况米尘。但是冯秀晶醉翁之意不在酒。"

厉墨钧没有再接连萧的话了，连萧等了半天，觉得这位老板怎么这么不给力呢？他自问自答真的很受伤，总是这样会得抑郁症的！

连萧决定遵从自己的意愿，将自己想说的统统说出来："冯秀晶喜欢你。"

厉墨钧的眉心依旧连颤都没颤一下。

"冯秀晶是个挺聪明的女人。她知道如果是她单方面地靠近你，一定会被你拒绝。如果想从我这里入手，我这样的聪明人也不会给她机会。所以她就看中了米尘。之前你的化妆师都受不了你冷淡的脾气，要么嘴巴不严实，要么总想要打探你的私生活，要么就是化妆技术不过关，你也不是睁一只眼闭一只眼的人，所以他们都待不久。可是米尘不一样，你信任她，不只是因为她曾经保护你的脸，而是她从来没有想过要挤进你的生活里去。你让她了解多少，她就了解多少，不会要求更多。冯秀晶虽然不知道米尘在你心里到底有多少地位，但是她知道一点，你在乎她。"

"你想说，她接近米尘的目的其实是为了接近我吗？"

"没错。我知道你觉得这种群体活动很麻烦，但是不是偶尔去参加一下？就当做是体验生活好了？"

"那就去吧。"

连萧低头笑了笑，"是啊，至少要把米尘带出来，不然你指望她凭自己的本事走出来？"

剧组包下的是"魅力"的豪华大包，几十人坐在里面都不会拥挤。

作为本市KTV的龙头老大，"魅力"可谓极尽奢华，不知道的还以为是高级会所。大家一进去就开始轮流点歌，说是要消耗刚才摄入太多的卡路里。

"米尘，你会唱什么？"

米尘呵呵笑了笑，"流行歌曲我都不大会唱。"

"不会吧？你看看她们！"冯秀晶指了指那两个化妆师，闺蜜一般黏在一起，还唱什么小情歌，"你会唱什么？我们一起唱啊？别这么闷，大家玩玩！"

"那……The end of the world？"米尘只会唱法文歌还有一些英语歌。

"哎哟，不要唱英语歌了啦！别人会觉得你很高冷的！"冯秀晶调皮地眨了眨眼睛。

"也是啊，要不你随便唱吧！"

"好！我去看看！挑点简单上口的，你也能唱！"

虽然是这么说，但最后却变成了冯秀晶和导演的情歌对唱。导演唱歌总是不在调上，还能把冯秀晶也给带跑调了。于是坐在后面看着的众人无一不是用力地忍笑。

就在这个时候，那两个化妆师走到了米尘的面前。

"唉，米尘，你还在呢？冯秀晶正忙着陪导演，不会管你了，其实你可以走了！"

"啧啧啧！这你就不懂了吧！人家米尘也想和冯秀晶扮好姐妹，唱一首歌呢！"

那种针刺一般让人不舒心的感觉涌来。

"还是你唱得不好，冯秀晶怕你拖她后腿所以就把你扔在这里了？"

米尘忽然有一种忍无可忍的感觉。她不明白自己都不说话蹲在角落里了，这两人为什么还要找她来刷存在感？

"请问你们俩一直对我说这些，是什么意思？如果是要打抱不平觉得冯秀晶冷落了我，你们就到冯秀晶面前去说啊！如果你们觉得是我犯贱，明明冯秀晶不需要我，我还要赖在这里，你们也可以直说啊！"

这两人万万没有想到米尘竟然会这么直接地将这番话说出来，忽然不知道下一句该接什么话了。

"你……贱什么贱啊！厉墨钧的化妆师了不起了？还是冯秀晶挽上你的手，你就以为自己是她的好姐妹了？"

"拎不清自己几斤几两！"

"我四十三公斤，刚吃得太饱，现在大概四十五公斤了。就是九十斤。你们对我的体重有什么意见吗？"米尘一想到中国式的嘲讽就觉得很烦躁。为什么字面上的意思非要被人弄得那么复杂。

两个化妆师再度愣住了。

这时候，掌声从她们身后响起，拉长了语调略带慵懒的嗓音，那调调除了连萧还能有谁。

[第七章]

影帝们的心思

"啊,我刚还和厉墨钧说米尘一个人在这里,一定很无聊。没想到有这么多人陪着她啊!"

不只是连萧,就连厉墨钧也跟着进来了。

昏暗的灯光下,他冷峻的面容显得更加富有神秘感,就连正在和导演唱着歌的冯秀晶一个不小心就忘了词。

一曲终了,连萧陪着厉墨钧来到导演面前说了两句话。

"没想到厉墨钧也会来?他平常可是一副对什么都不感兴趣的样子。"

"哪里啊!有导演在这里,厉墨钧能不来吗!"连萧把面子全都给到导演的身上,导演觉得十分受用,连笑都高兴不少,还让人开了啤酒来。

这时候,冯秀晶拎着一瓶果酒来到米尘身边,搂着她的肩膀满是歉意地一笑:"真不好意思啊!刚才那两个人好像跟你说了什么,我看你似乎很生气。只是和导演在一起,我也不好来看你!来,喝瓶气泡果酒,菠萝味道的!"

冯秀晶的道歉情真意切,米尘却觉得冯秀晶其实早就决定陪在导演身边的,如果是这样,真的没必要把她叫来。

这时候连萧却拍了拍厉墨钧的肩膀说:"既然来都来了,不如唱一首歌给大家助助兴啊!"

厉墨钧的目光扫了过来,连萧明明感觉到凉意,却仍旧死猪不怕烫地继续打着哈哈,"我做你经纪人这么多年,也很少听你开口唱歌!给点员工福利吧!"

他的话刚说完,剧组里的什么副导演啊助导啊就开始起哄。

"厉墨钧是不是真的要唱歌?走,去看看!"冯秀晶拉起米尘,凑了过去。

"米尘,你还在呢?我还以为你早就溜掉了。没唱歌吗?"连萧笑意盈盈地问。

米尘不知道是不是灯光的问题,总觉得连萧的笑怎么那么……贱呢!

"刚才想要给米尘点歌呢!米尘想唱英文歌,我刚才找了一下也没找到呢!"冯秀晶拉着米尘,一副好姐妹的样子。

连萧却看向米尘说:"你点了什么啊?"

"The end of the world……"

"哦,小野丽莎不是唱过吗?怎么可能找不到呢?我来找找!"连萧来到点歌器前,"厉墨钧,你就唱这个吧!你会吧!"

米尘没想到连萧竟然是点给厉墨钧唱的,而厉墨钧却既没有点头也没有说不会。

连萧直接把这首歌插到前面来,还一副司仪范儿对大家说,"现在,有请我们一向寡言少语不善言谈但其实也能深情款款的影帝厉墨钧为大家演唱这首经典曲目——The end of the world！"

连萧将麦克风塞进了厉墨钧的手里，接着所有人都热烈鼓掌，不少人都将手机掏了出来。

厉墨钧右手拿着麦克风，左手插在休闲裤的口袋里，坐在了吧台椅子上。

他的腿本来就很长，窄腰宽肩，这么个姿势，简直就是让人尖叫。米尘却很清楚，这姿势真不是用来耍帅的，而是厉墨钧平时就是这个范儿啊！

悠扬的前奏响起，小野丽莎的声音温婉而甜美，米尘几乎难以想象厉墨钧会把这首歌唱成什么样子。

"太阳为何依旧照耀……"

当他唱出第一句的时候，竟然传来了几声尖叫。厉墨钧的音质高冷而空洞漠然，与流畅深情的伴奏形成一种对比，充满了对世界的漠然。

"海浪为何拍打岩石……"

在场有几个人听懂他唱的英文，米尘不知道。但是厉墨钧的英语走的就是贵族气质的伦敦腔发音。如果没有周围这群热闹的观众，在这样阴暗的灯光下，米尘甚至觉得对方是不是从黑暗中走来的血族，在漫长的时间中看透了一切，所以可以这样冰冷而漫不经心地唱着歌。

"难道它们不知道这是世界末日，因为你不再爱我了。"

"我要晕死了！太好听了！"

"厉墨钧怎么不出唱片啊！那么多演而优则唱的！"

连萧得意洋洋地看着众人的反应，他心里盘算着，要不然让厉墨钧顺带把《飨宴》的电影主题曲给唱了？

再想想，还是算了吧，厉墨钧不喜欢任何类似噱头的东西。

要是他真的去给厉墨钧争取下来了，反而这家伙撂挑子，他连萧的面子可以拿去冲马桶了。

连萧望向冯秀晶，对方完全沉浸在厉墨钧的嗓音里，这让连萧不由得摇了摇头。果真又是一段孽缘啊！

反倒是米尘，一副有些失望的样子。

"怎么了小米？厉墨钧唱得不好吗？"连萧杵了杵米尘的肩膀。

"啊……他的声音很好听，就是觉得冷冷的。和我听到的所有版本都不一样。"

米尘第一次听这首歌，是坐在林润安的单车后面。那时候还没有什么MP4，而是普通的随身听。耳机的线从背包的缝隙里伸出来，一只塞在林润安的耳朵里，另一只塞在米尘的耳朵里。

这首歌就使她早已经逝去的年华以及她对林润安那一点点依恋都在厉墨钧微凉的声音里褪色了。

"要求不要太高了，他肯唱都是火星撞地球了！"

米尘嘿嘿笑了笑，她看向厉墨钧，正好是对方的侧脸。看不清他的眉眼，米尘却莫名觉得他的侧脸轮廓很美，她甚至能看见睫毛的轮廓。

虽然用美来形容一个男人有些不合适。

摄影师推了冯秀晶一下，打趣地说："男女主角合唱啊！这么好听的一首歌怎么能让男主角一个人唱呢！"

冯秀晶脸上堆着笑，羞涩地向后退了退，"荣大哥你别再拿我开玩笑了，厉墨钧唱得好好的，你们把我推上去，万一他不唱了怎么办？"

那两个化妆师也跟腔说："就是啊！难得听见厉墨钧唱歌。"

其实冯秀晶不是不想上去唱。她想得要命，但是英文歌，她只觉得好听，可压根不知道厉墨钧在唱什么啊！若真成了对唱，她岂不是要丢脸丢到外太空。

连萧却扯起唇角，将另一个话筒送到了米尘面前，用十分幽默的语调说："化妆师米尘小姐，这几个月你跟在冷冰冰又不爱说话的厉墨钧身边，为他鞍前马后，鞠躬尽瘁死而后已。作为厉墨钧的经纪人，我决定代表他给你一个奖励，那就是与厉墨钧合唱！"

"啊！什么！"米尘赶紧往后躲。这叫做什么奖励啊！

连萧却一把将她拽了出来，像是拎小鸡似的拎到厉墨钧的身边。

几个女性工作人员露出失望的表情。

正好到了第一段与第二段过渡的时候，厉墨钧随手将话筒搁在了吧台上，所有人都担心他会起身不唱了，无一不想要将多管闲事的连萧揍一顿。

"不用了！不用了！我唱歌跑调！"米尘还是架不住连萧，被他扯到了厉墨钧身边。

所有人都看着她，那感觉就像小丑一样。

就在米尘要躲开的时候，自己的手腕忽然被扣住，那股力量拽了她一下，还好不是特别用力，否则她一定摔在厉墨钧的身上。

到时候又要被那两个化妆师议论什么"长得一般却挺懂得投怀送抱"之类。

等到回过神来，米尘才意识到，拽住自己的不是别人，而是厉墨钧。

厉墨钧没有打开话筒，而是看了米尘一眼，"唱吧。"

第一句歌词已经错过，米尘想要追赶也追赶不上。所有人都看着她，好像就是因为她，厉墨钧才没有继续唱下去。

而厉墨钧却抬起麦克风唱了下一句:"星星为何闪耀……"

不知道是不是错觉,米尘感觉到厉墨钧的指尖似乎在自己的手腕上点了一下,就像是提醒她。

如同被牵线的木偶,米尘接了下去,"难道它们不知道这是世界末日,当我失去了你的爱。"

米尘的声音不大不小,轻柔中带着淡淡的伤怀。

"当我清晨醒来,纳闷着为何一切如常。我真的无法了解,生命怎会像往常一样运行……"

米尘是站着的,此刻她不由得低头看向厉墨钧。他的嗓音如故,微凉之中却又涌起几分伤感。听得在座的人都莫名惊讶。

"好像比刚才还好听了?"

"影帝大大进入状态了啊!好深情啊!"

"我的心为何仍在跳动,我的双眼为何流泪……"米尘忽然忍不住眼睛发酸。

因为厉墨钧的声音莫名沟通她的心绪,使所有她刻意不去回想的一切再度浮现。

当她站在医院走廊里,孤独地对宣布即将结婚的林润安说着祝福的话。

而内心深处,却对他说着:再见。

"难道它们不知道这是世界末日……当你说再见的时候……"

最后一句歌词,厉墨钧的声音完全失去了冷漠的气质,就像一个被恋人抛弃的男子,望着漫天落入海水中的星辰,对着风心绪寥落。

米尘的眼泪差一点滑落,她觉得自己很可笑,只是一首歌而已,无聊的时候听了成百上千遍,为什么被厉墨钧一唱,她反而忍不住流泪了?

所有人都在鼓掌,米尘不好意思地放下麦克风正要走开,却发觉厉墨钧仍旧握着自己。

只是他握着的不是她的手腕,他的手指什么时候嵌入了她的指缝之间?又是什么时候握住了她的手?

冯秀晶看了看刚才手机拍下来的视频,结果发现一片漆黑,只有隐约的影子,不禁有些失望。

"拍下来了吗?"身旁有人凑了过来,不小心一撞,手机跌落在地。

"哎呀!对不起啊!"

"没事!"就算有事在这种场合她也不可能对剧组人员生气。

当她蹲在地上,下意识朝着吧台望去时,整个人就似被雷劈中了一般。

[第七章] 影帝们的心思

厉墨钧怎么会握着米尘的手？

她是不是看错了？可是厉墨钧的手她认得很清楚，哪怕是在这样昏暗的地方。他们一起拍戏，她无数次留意他的手，无论做什么都从容不迫，好似没有什么能让他慌乱。就算是两人一起拍摄烹饪剧情的时候，她拿着刀还要小心翼翼，可厉墨钧却利落而优雅。

吧台下，米尘抽了抽自己的手，厉墨钧却没有立即放开。

直到连萧笑着走了过来，他的手指才缓缓松开，米尘抿着唇，向后退了两步。她的手被对方扣得有些疼。

"唱得真不错啊！特别是最后一句，真是让人心都碎了一地啊！看吧，我就说要找人来陪着你唱，不然你都唱不出感情来。"

米尘呼出一口气，原来厉墨钧握着自己是因为入戏了啊！

这时候，冯秀晶缓缓起身。她身旁的人赶紧问她手机有没有摔坏。她笑着摇了摇头说没有。

米尘走回到她的方向，冯秀晶对着她，十分用力才挤出一抹笑容。

"米尘！原来你英语那么好啊！真是羡慕死我了！"

"没有啦……就那样。"米尘不好意思地笑笑，其实她的法语比英语好。

众人皆沉浸在厉墨钧最后那句"当你说再见的时候"，就连导演都主动杵了杵连萧，问他能不能让厉墨钧为《飨宴》献声。连萧摸了摸鼻子，表示这事儿还是得导演亲自对厉墨钧说。

包厢里又恢复了欢腾的气氛，只是继厉墨钧的歌声之后，貌似没有谁还好意思鬼哭狼嚎了。

大家互相聊天喝啤酒。

米尘和冯秀晶坐在一块儿喝着气泡果酒，几个摄影师和服装师跑来找她们玩纸牌游戏。米尘以为是桥牌之类的，本来想说自己在一旁看看就好，结果摄影师说是很简单但是很考验智商，游戏名字就是"信不信"。

米尘窘了，喵喵说过，她的双Q一向欠费……

"游戏很简单的！"冯秀晶耐心地跟米尘解释起来，"你看，每副牌里面都有各种数字，一样四张。但是在这个游戏里，大王小王能够当所有牌用。以及J这个也能当做所有牌用。假如我放下六张牌，说我有六个A，问你信不信。如果你说信，那就过。如果你说不信，我们就翻牌。假如牌面是四个A加大王小王，我就赢了你就输了。假如是三个A一个K外加两个J，那就是我输了。明白吗？"

米尘点了点头，她觉得自己应该是明白了。

"大家如果信，可以以同样的数字跟牌，跟牌的张数不限，当然是真是假只有自己知道，下家也能对他表示怀疑并且翻牌。如果输了，这一轮所有的牌他都要收回去。先出完牌的那个算赢！"

这时候，连萧来到米尘的身边，拍了拍她的肩膀说："别以为气泡果酒是果味的就拼命喝啊！后劲很足，小心醉倒！"

"知道了，谢谢连先生！"

冯秀晶见厉墨钧就要跟在连萧的身后离开，赶紧开口："厉墨钧！连先生！要不你们也一起来玩这个游戏啊！米尘是第一次玩，要是一会儿她输了，该尴尬了！"

"可以啊！"连萧也不管厉墨钧愿意不愿意，自己先坐了下来，"不过就这么玩实在没意思！得来点别的！"

"哦？连先生所谓'别的'是指什么呢？"

连萧找来一根香烟糖，大概十五厘米长，坏笑着说："输了的人就把它叼在嘴里，而第二个输了的人就含着另外一头把它接过去。上一个人要负责将自己含过的那段咬断。"

"啊——那香烟糖不是越来越短，到最后……"冯秀晶看着连萧，露出略微羞涩的表情，"连先生你真的好坏！"

连萧脸皮厚厚地笑了，"你可是诸位男性同胞们心里的女神。我只是给大家制造机会，让大家有机会接近自己的女神而已。秀晶小姐，只要不是最后那个输掉的就行！"

另外两个摄影师起哄，说什么到时候要和冯秀晶来一场法式热吻。

米尘当然知道法式热吻是怎样的，虽然主角不是自己，她还是没来由地觉得尴尬。

本来只是单纯的游戏，连萧一来，就变得不单纯了。

冯秀晶揽了揽米尘的肩膀，"连先生，你别忘了在这里的还有米尘呢！你可别玩火玩得烧了自己人！"

"啊，米尘啊！"连萧朝米尘眨了眨眼睛说，"米尘，你只要记住，一直说实话，就没问题了！"

老实说，米尘一直对连萧的信用度表示由衷地怀疑。

连萧还不忘一把将就要转身走开的厉墨钧拽住，扬了扬眉梢说："我说厉老板，我们好歹是同一个团队的。你不会把保护米尘的重任就交给我一个人吧？"

"不是你出的点子吗？"

冯秀晶也笑了,"大家的目标是我,连先生看着也不怎么靠谱,厉墨钧你真的不考虑和大家一起玩玩,万一米尘躺着也中枪呢?"

米尘觉得有些不好意思,"唉,不要一直扯上我了!怎么你们都觉得我会输呢?"

在米尘的心里厉墨钧不喜欢这样的活动,他更乐意自己一个人待着。老实说厉墨钧会来,就已经大大超乎米尘的意料了。

"玩一玩嘛,这个也是需要脑子的!"连萧朝米尘使了个眼色。

米尘只得顺着连萧的意思开口:"反正坐在这里也是坐着,既然来了,就玩一会儿吧。这游戏听起来挺有趣的,我都没玩过呢!"

所有人都抬头看着厉墨钧。但凡是男人都希望厉墨钧别坐下,这不但抢了他们的风头还降低了他们与女神亲密接触的机会。而女人们包括冯秀晶在内都希望厉墨钧留下,哪怕不做游戏只是在一旁看着也好。

终于,厉墨钧还是坐了下来。

两个服装师喜出望外,米尘也觉得挺惊讶,反而冯秀晶的眼中一丝失望闪过。

连萧洗牌,因为人多,为了增加难度,加了二副牌进去。所有人强烈要求由冯秀晶发牌。每当冯秀晶的纤纤玉指将纸牌放在那两个摄影师面前,他们的眼珠子都要掉下来了。

大家拿到了牌,开始整理起来。米尘也低头看了看自己的牌,点了点花色,没想到竟然什么都有。

游戏从冯秀晶开始,她按下牌面,"三个七。"

下家到了连萧,谁知道连萧也是高深莫测地按下"三个七",所有人都出了七,就连厉墨钧也爽快地按下了"一对七"。到了米尘,她虽然怀疑厉墨钧的到底是不是"一对七",可是如果翻了牌,结果输了,那之前其他人出的牌都要收到她这里来,她就翻不了身了。于是米尘取了一张纸牌,按了下去,"一张七。"

冯秀晶笑了笑,也出了一张七。没想到连萧喊了声"我不信",大胆翻牌。而冯秀晶出的还真不是七,而是张九。冯秀晶大叹一口气,将桌上所有的牌收回到自己这里。连萧哈哈大笑地将香烟糖剥开,一副绅士的样子将糖送进嘴里。

"女神可是含住了香烟糖了啊!诸位男性同胞们一定要赶紧输啊!"

冯秀晶笑了,做了一个十分性感的抽烟动作。

谁知一轮下来,两名摄影师想着赶紧翻牌赶紧输,可偏偏连萧就像故意整他们似的,故意出假牌让他们翻,反倒是连萧从冯秀晶的那里将香烟糖叼了过去。当他抿上香烟糖的时候还故意做出很享受的表情,气得两个摄影师差点没口吐白沫。而当冯秀晶咔嚓一声咬断了嘴里的香烟糖时，两个摄影师就快疯了。

"继续！继续！"

结果几轮下来，香烟糖到了连萧那里，只剩下五厘米不到。他很惬意地笑了笑，出了一对三。

米尘也出了一对三，冯秀晶却翻了牌，发现是一张五和一张六。

连萧含着香烟糖用力地拍了一下桌子，含糊不清地说："米尘！你学坏了！你怎么也学会撒谎了！"

米尘红着脸，从连萧那里将香烟糖含了过来，只听见咔嚓一声，连萧将香烟糖咬断，这下子剩下三厘米了。米尘睁大了眼睛看着连萧，这家伙怎么一下子咬断了这么多呢！

米尘看了看手中的牌，厚厚一大叠，有种悲催的感觉。她现在出什么都行了，大家都好阴险啊，嘴上叫着三，结果根本没有人出三。米尘怒了，豪放地拍下牌："六个八！"

至于真的假的都无所谓了，她手上牌多，有六个八不稀奇。也没有人有兴趣从她那里把纸牌接过来，直到厉墨钧的上家出了一对八。

"我不信。"他淡然开口，将那位摄影师的牌翻了过来。

竟然是一张八带一个J。

米尘睁大眼睛看着牌面，一颗心都要跳出来了。

我的神啊！厉墨钧你为什么要去翻他的牌！J是万能花色，也就是说厉墨钧输了啊！

米尘的眼泪都要掉下来。她本来还指望着冯秀晶从她这里把香烟糖接过去呢！怎么会这样！

大家都看呆了，脑袋齐齐转向米尘的方向。她嘴巴上叼着的香烟糖只剩下一点点了……

厉墨钧有洁癖的，糖的另一端是被连萧咬过的啊！

米尘泪奔了！

所有人都兴致勃勃看着这一幕，想要知道厉墨钧到底会不会把糖含过去。两个服装师几乎都看直了眼，在心里想着自己怎么不是米尘。

米尘觉得腮帮子都快僵了，就快哼哼着哭出来了。她在心中祈祷，厉墨钧赶紧甩袖子走人吧！这样谁都不会尴尬了。

连萧却不消停，还拍着桌子兴高采烈，"输了的人可都做到了啊！厉老板！没有特权啊！"

第七章
影帝们的心思

这里也就连萧能毫不在乎厉墨钧的冰冷性子，和他叫板。

冯秀晶的目光盯着厉墨钧，他不紧不慢地将桌上所有的牌都收起来，放在自己的牌里，然后侧过了身。

米尘紧张得背脊僵直。厉墨钧不会真的靠过来吧？不会吧？

她觉得自己就快含不住那一小截香烟糖了。

厉墨钧真的靠向了她，离得越近她越是忐忑，下意识地向后缩。而厉墨钧的动作是很利落的，他含住了香烟糖的尾端，脸上的表情如常。仿佛这对他而言根本不是什么大不了的事情。

他的眸子离得太近，宛如墨色琉璃。他的呼吸沿着短短的香烟糖，几乎没有距离感地涌入米尘的唇缝之间，这是一场悄无声息的入侵。

厉墨钧的鼻子就快要碰上她，米尘蓦地想起上一次对方亲上自己时的触感……

"米尘，把糖咬断啊！"冯秀晶的声音响起。

米尘慌乱地咬了下去，只听见"咔嚓"一声，她与厉墨钧之间的联系就这么断开了。

心中莫名一阵空落，米尘望向对方。

厉墨钧坐直了身子，含在他口中的香烟糖只露出十分短的一截。无论是谁，下一个输了的，只怕真的要碰上厉墨钧的唇了。到时候他会怎么样？如何避开？他会生气吗？

两位男性摄影师心有余悸，谁都不想输，他们可不敢招惹厉墨钧。

至于两位服装师却十分期待着能有机会与厉墨钧做最亲密的接触，就算会被厉墨钧的眼刀杀死，他们也在所不辞！

"十二张八。"厉墨钧将牌按下来的时候，所有人都愣住了。

这也太他妈的霸气了吧！十二张八？偏偏不是没有可能。这可是三副牌，再加上大王小王和J，厉墨钧完全有可能真的按了十二张八。

更不用说厉墨钧将牌按下去的王者之气，几乎所有人连头都抬不起来。当然这里面不包括连萧。

"米尘！翻他的牌！这只水鱼糊弄谁呢！我才不相信他真能凑出十二张八来！"

米尘快哭了！我说连萧，你能不找死吗？你就算要找死，能别拉别人下水吗？

她才不会傻到去翻厉墨钧的牌呢，"三张八。"

米尘将牌按在桌上。

连萧十分懊恼地按住了自己的眼睛，"米尘，你怎么就不相信我呢！厉墨钧绝对没有十二张八！"

　　米尘的下家是冯秀晶。她撑着下巴，十分认真地思考，甚至微微抬起眼来观察米尘的表情。

　　米尘心里虽然有些发虚，但脸上却镇静得很。

　　"我不信你。"冯秀晶的话音落下，米尘的心脏就被提了起来。

　　为什么不信我呢！不要翻我的牌啊！

　　尽管在心里呐喊，米尘还是只能眼睁睁地看着冯秀晶将自己的牌翻了过来。

　　冯秀晶微微愣了愣，笑出声来："米尘！我就说你不可能有三张八！"

　　米尘的脸上就快要冒血了！她真想找个裂缝钻进去！好不容易厉墨钧才把香烟糖从她这里接过去了，怎么才一轮，她又要把糖接回来？最重要的是留在厉墨钧嘴唇外的香烟糖那么短，自己就是抿也抿不过啊！

　　"行啊！米尘！中头彩了啊！快去和厉墨钧来个法式热吻，我等着看哈！"连萧抱着胳膊，一副欣赏大戏的表情。

　　米尘快疯了，她根本不敢靠过去。神啊，谁来救救她吧！

　　她感觉自己这一次是真的要血溅五步了！

　　现在不仅仅是这桌在玩游戏的，就连其他人也围了上来。

　　"天啊！她一定是故意输掉的！这样就能和厉墨钧亲密接触了！"

　　"真是好有心机啊！"

　　又是那两个化妆师，她们怎么就那么阴魂不散呢！

　　而厉墨钧始终连动都没动，丝毫没有配合米尘的意思。米尘又不可能过去把对方的脑袋扳过来。

　　她求助地看向连萧，希望他能说什么圆场的话，让一切到此为止。

　　如果是冯秀晶或者其他两位服装师，米尘根本就很放得开，可对方是厉墨钧啊！

　　就在米尘不知道该怎么办才好的时候，只听见身旁传来"咔嚓咔嚓"的声音。

　　厉墨钧竟然将糖整个含进嘴里，咬碎了。

　　所有围观者露出失望的表情，他们还以为有机会能看见厉墨钧的现场"接吻"呢。

　　连萧一副眼泪都快掉下来的可怜模样，"我玩到这一步容易吗？厉墨钧，你就偶尔牺牲一下自己娱乐一下大众会死啊！"

　　厉墨钧的眸子扫过连萧，连萧立马闭嘴。

　　按道理，厉墨钧的行为是犯规的。可偏偏连萧当初订立游戏规则的时候没有

讲清楚如果有人把香烟糖整个吃进去了该怎么办。

"算了,本来剩下来的也不多。就算米尘真的牺牲自己上去来个法式热吻,也未必能把剩下的糖接过来。"

米尘呼出一口气,要真让她当着这么多人的面从厉墨钧那里把糖含过来,她以后真不要在这圈子里混了!

这一局,以厉墨钧将香烟糖吃掉为结局,不少人表示也要加入战局。就连导演和副导演都兴致勃勃了。

米尘借口自己上洗手间,将位置让了出来。而厉墨钧则干脆起身告辞了。

不少人就是冲着厉墨钧才想要玩这个游戏的,可没想到他竟然要走了。导演点了点头,反正时间也不早了,他们再玩一会儿也要散了。

连萧朝米尘打了个"响指",示意她一起走,米尘迫不及待地跟上。

冯秀晶看到这一幕,赶紧跟了上去。她的经纪人已经喝得半醉躺在沙发上睡得不省人事。

来到电梯口,冯秀晶叫住了连萧,"连先生,我能跟你们一起走吗?我的经纪人喝醉了,没办法开车!"

冯秀晶看向厉墨钧,等待着他的回答。

"你们先去停车场,我和冯小姐有话要说。"

厉墨钧走出了电梯,冯秀晶看着对方,心里莫名一阵忐忑。

"去天台吧。"

"啊……好……"

虽然冯秀晶千万次地希望能与厉墨钧单独相处。但是她有预感,厉墨钧对她说的话,绝对不是她想听的。

厉墨钧按下了另一面的电梯,冯秀晶跟着他走了进去。

站在电梯里,这是她和他独处于这样一个狭小的空间,连空气里都是属于他的气息,她并没有觉得美好,反而一切都濒临破灭的边缘。

在电梯门打开的瞬间,顶楼天台的冷风灌了进来,冯秀晶不知道自己哪里来的勇气与冲动,她猛地拽住了厉墨钧,对方就似磐石一般,只是转过头来。

就在她即将触上对方的瞬间,厉墨钧抬手按住了她的肩膀。

"冯小姐。"

疏离的称呼,警告的意味。

冯秀晶陡然梦醒,她睁开眼睛,笑了笑,"我不行吗?"

厉墨钧转身走了出去,冯秀晶知道是自己要从他这里得到一个答案,哪怕这个答案是她不想要的,她也只能接受。

"是因为钟秋实的事情吗?所以你看不起我?"冯秀晶扬起了下巴,她也不知道自己为什么会把心底最不堪的事情讲出来。

"任何努力生活的人,我都不会看不起。但是很抱歉,冯小姐,我对你没有感觉。"

连委婉的说辞都没有,这就是厉墨钧。他想要斩断什么的时候,就会抽出他的利刃,毫不留情地挥落,仿佛她所有的恋慕与期待都与他无关。

"你根本没有好好看过我,不曾给过我半分机会,又如何会对我有感觉?"

冯秀晶站在离他不近不远的位置,对于他周身散发出来的冷然毫无畏惧。

"因为我没有打算过要给你机会。冯小姐,我来到这里,只是想和你说清楚一件事。那就是不要借着接近我身边的人来试图进入我的生活。这是没有意义的。"

冯秀晶的眼泪终于落了下来。

"借着接近你身边的人?为什么你不干脆说清楚这个人是谁?她只是你身边的人?还是你根本就喜欢她!厉墨钧,你不要以为我不知道,你喜欢米尘!"

她几乎是吼了出来,她的声音被风撕扯成一片一片。

"请你不要妄自揣测我的想法,因为你不是我。"

冯秀晶笑了,"厉墨钧,我还以为你敢做敢认呢!你敢看着我的眼睛说,你对米尘就没有一点点的喜欢!"

"冯小姐,我没有'喜欢'这种肤浅的感情。"厉墨钧的眸子淡淡地瞥过冯秀晶,他始终是个局外人,他的心就似紧闭的城门从未打算对任何人开启。

"请你好自为之。"厉墨钧从她的身边走过,没有丝毫驻足。

她扯不住他的衣襟,也留不住他的背影,她甚至对于他而言连个过客都不算。

那一刻,冯秀晶明白自己爱上这个男人什么地方了。

她爱上了他对米尘那一点点细微到不可知的笑意。他从不会心胸广阔到包容全世界,但这样的男人却能做到心无旁骛地专注于一件事乃至一个人。

她记得今晚厉墨钧是怎样握着米尘的手,五指紧扣,要将她捏碎入自己的掌心里。当他侧过脸去含住米尘那一小截香烟糖,那不是游戏的姿态,缱绻而用心,他是真的想要吻她。

厉墨钧这样的人,如果喜欢一个人是不会不承认的。可他为什么还要否认呢?

[第八章]
全新团队出战《梦工厂》

米尘坐在车上,低头刷着微博,Lawrence竟然上线了!

小米粒:今晚和剧组的同事们一起去KTV了……

Lawrence:怎么样,没有什么尴尬的事情发生吧?

小米粒:还好啦!有一点点小尴尬,不过现在都过去了,反而觉得没什么了!

Lawrence:你有没有觉得自己就像炮灰呢?

小米粒:……有点。不过你怎么知道?

Lawrence:这是规律。如果不想做炮灰,下次这样的场合就一定要拒绝。

小米粒:知道了!我已经深受教训!

这时候,车门被拉开,厉墨钧长腿一迈,跨了进来。

米尘不得不承认,自己就是很喜看厉墨钧上车时候的身姿,特别有感觉。

"解决了?"连萧侧了侧脸。

"嗯,开车。"

米尘心底微微颤了颤。她隐隐能感受到冯秀晶对厉墨钧的心思。只是才十分钟不到,冯秀晶表白了吗?她被厉墨钧拒绝了?

应该是被拒绝了吧。米尘简直无法想象厉墨钧在现实生活中对一个人动情会是什么样子。

对于他来说,处理情感问题大概也和用兵一样,兵贵神速,爱或不爱,一刀斩落。

"好!处理了冯秀晶的事情,我们是不是该处理一下米尘同学了?"

连萧的话让米尘打了个寒战。

"为什么要处理我?我又没有喜欢厉先生!"米尘的脸上是惊讶和委屈,怎么扯到她头上来了。

连萧的表情僵了僵,忽然不知道从哪里抽出文件,在米尘的脑袋上狠狠敲了无数下。

"你要死啊!你是真的要死啊!身为厉墨钧的化妆师,你不喜欢他你想要喜欢谁!"

米尘抱着脑袋,苦逼地左躲右闪。

这是在玩打蟑螂吗?

好不容易,连萧收了手,米尘小心翼翼地抬起头来。

一直冷若寒霜的厉墨钧终于开口。

"米尘，你觉得冯秀晶是真心与你为友吗？"

米尘叹了口气，结合冯秀晶在人前人后的种种表现，回答说："我觉得不是。"

"那么你觉得她这样接近你的目的是什么？"

厉墨钧的语气里没有丝毫质问的意思，似乎只是为了让米尘思考。明明冰凉的语调却没有丝毫压迫的意味，相反，米尘的脑袋清醒了起来。

冯秀晶总是在厉墨钧的面前显得与自己亲密，一旦厉墨钧不在场了，冯秀晶便将她放在一边。

"她是不是为了厉先生才对我好的？觉得我是厉先生的化妆师什么的……"

但她只是个化妆师啊！向她示好还不如与连萧多打打交道呢！

"既然你心里有这种感觉，就要学会保护自己。以后还会有其他人像冯秀晶一样，借着靠近你，向你示好来套取关于厉墨钧的消息。懂吗？"连萧的脸上没有了之前半开玩笑的表情，显得十分认真。

米尘点了点头。

想到冯秀晶是为了接近厉墨钧才对自己示好时，米尘心里是复杂的。她觉得很累。

车子开动，厉墨钧再没有说过任何话，车子里只有连萧正在和某人打电话的声音。米尘在星苑下了车。天气越来越冷了，她一下车就抱住自己的肩膀，打了个哆嗦。

"米尘。"

厉墨钧的声音响起，米尘下意识回头，一件男士短风衣从她头顶落下，将她盖了起来。

米尘的眼睛被遮住，她甚至没来得及看对方的表情，只听见车门关闭的声音。当她将风衣摘下来，车子已经开出去了。

刚才是厉墨钧吗？这是他的风衣吗？

米尘将衣领翻过来一看，尺码是厉墨钧的Brioni的高级定制。米尘倒吸了一口气，将风衣盖在自己的肩上。收起衣领，鼻间是属于厉墨钧的气味，淡淡的草木清香，米尘分不清那是他的须后水还是他的男士沐浴液，沉稳而富有深度。

"回帝柏湾吗？"连萧开口问。

"去一趟机场，戴恩正好从新加坡回来。"

"戴恩？你去见他？"

"我已经向利睿说明了打算让你和米尘去参加那个节目。"

"不是吧？你玩真的？我还以为你只是想鼓励一下米尘呢！如果你派了我去，谁知道皇朝影业会不会把方承烨也放出来！这样一来就不仅仅是经纪人能力之间的比拼了，搞不好还会被媒体渲染成你和白意涵的影帝之战！甚至于星耀PK皇朝影业！"

"这个节目的看点本来就是星耀PK皇朝影业。"

"好吧，这个团队经纪人兼领队是我连萧，服装师你已经瞄准了安塞尔·塞巴斯蒂安！不管他的服装水平如何，他这个人就是看点。然后发型师你想到了戴恩！好吧，我承认戴恩有水平，但他是个臭脾气，什么都由着自己的性子来，根本和别人难以沟通！我怕他看不顺眼安塞尔的风光，而且还会按压住米尘！"

"那是因为戴恩之前合作的团队水平不行。米尘的性格本来就不是锋芒毕露，她真正擅长的反而是协调配合。无论戴恩与安塞尔是否合得来，米尘会像桥梁一样将他们两人的风格衔接起来。"

"你对米尘就那么有信心？"连萧彻底无语了。

"是的。而且我觉得戴恩与安塞尔未必就不合拍。戴恩觉得发型并非哗众取宠，而安塞尔也想要证明自己的能力和审美。他们属于同一种人，相互理解并不奇怪。"

"好吧……"连萧按了按眼角，"只要你能说服烂脾气的戴恩，我估计利睿都会对你另眼相看！"

"利睿总是想要驾驭别人。每个人都有自己的性格，他能掌控得了一时，掌控不了一世。"

连萧沉默了片刻，忽然抿着嘴笑了起来。

"厉墨钧，你对米尘的关注已经超过我平日对你的了解了。别误会，我不想干涉你的私事。只是作为经纪人，我不希望媒体比我先知道某些事情。"

米尘度过了优哉游哉的大半个月，《金权天下》终于要上映了！

到处是巨幅电影海报，无论各大影院还是车站、地铁站，简直全方位覆盖，并且流露出华丽而精致的质感。海报上的白意涵所饰演的沈松云俊美冷酷，杀伐果决，目光冰冷。而厉墨钧的耿念天台侧影却难得温情脉脉无奈令人唏嘘。

无数辉煌的崛起与堕落，这部电影就似微缩版的金权帝国。

在一个访谈节目上，主持人洪月盈问起了厉墨钧塑造的耿念那一场在天台上的戏份。

"那一幕戏让许多影评人印象深刻。能告诉我们你是如何用静止的一个背影把握住耿念这个人物的心境吗？"

"我只是模仿了一个人而已。"厉墨钧的声音很淡,"那天,我在天台上看见了一个工作人员。她将杂志页撕下来,折成了纸飞机,飞出去。那时候,我并不认识她,我只知道有人让她失望还有伤心。她的背影一压就碎了,我以为她很难过。但是当我走到她身边时,却发现她是笑着的。只有放下,才能面对。"

与其他工作人员站在一起的米尘的眼睛缓缓睁大。她在那一瞬意识到,自己就是那个折纸飞机的人。她当时还以为厉墨钧会站在自己的身边只是巧合,原来他其实是在看她?

"不错,艺术来源于生活。厉墨钧能从一个工作人员那里获得对角色更加透彻的理解,这才是一个演员的境界!"洪月盈知道其实媒体还有观众都很想知道这个所谓的"工作人员"到底和厉墨钧是什么关系,到底是男还是女!当然,从厉墨钧的形容里,隐约可以猜到那是位女性工作人员。

能够给厉墨钧以灵感的女性,这足够让媒体和杂志大做文章了。只可惜,洪月盈知道若是再继续下去,就一定会冷场了。

洪月盈又聊了一些有趣的话题,十分有技巧地勾起观众的兴趣。

播出后的收视率,大大超出节目组的预料。这也为电影的上映提前预热。

米尘与厉墨钧还有方承烨参加了首映礼,当然一起到来的还有其他主创人员,他们观看了午夜的第一场电影。

米尘印象中最深刻的是故事的结局,沈松云与耿念分别站在自己办公室的落地窗前。

沈松云即将失去苦心追逐的一切,唇角的笑容反而多了分释然的温度。

耿念的双手插在口袋里,俯瞰这座繁华的城市,背影萧瑟而落寞。

在这个金权帝国里,没有绝对的敌人与朋友,也没有绝对的输赢。

当电影放映结束,影院里的灯光缓缓亮起时,热烈的掌声如同潮水般涌来。这部电影突破了单纯对贪婪以及权力追求的批判,不再拘泥于是非黑白的陈述,没有任何一个高大上可用来做范本的人物,也没有任何一个坏到无可救药的人物。

首映礼结束,微博开始热议,难得前来观影的媒体对电影一致好评。就连一些原先对电影不看好的资深影评人也撰写了长评,对《金权天下》大加称赞。

其实海报一放出来,米尘就知道不管这部电影口碑如何剧情如何,光是这一大票女粉丝就足够掀起惊涛巨浪了。

坐了两个小时,自然想要上洗手间。

只是当她刚从洗手间里出来,就看见李哲哲与白意涵靠得很近,似乎在说什么。

"啊,白影帝。媒体们都说,今年的金棕榈奖,大概就是你和厉墨钧的角逐了。你有没有觉得心里不痛快啊？如果没有回国，你可以顶着威尼斯影帝的光环，不用与厉墨钧摆在一起比较。"

"无论做什么，都要有旗鼓相当的对手才有趣精彩。"白意涵脸上的笑容很淡，甚至于很冷。他侧着眼看着李哲哲，那种审视般的压迫感，不是一般人可以承受的。

"白影帝在这里等谁，还是跟着某人来的，又或者担心我对某人说了什么？"
李哲哲纤白的手指在白意涵的领带上轻轻扯了扯，仿佛情人之间的低语。
白意涵略微侧过脸，避开李哲哲的呼吸。
"李哲哲，我和你之间的事情，不要把别人也牵扯进来。"
"米尘怎么能算是'别人'呢？谢悠看不透你，其他和你对戏的女演员看不透你，不代表我也看不透。你是不是很喜欢她？"
"李哲哲，当年谢悠一面跟我交往，一面又被富豪马忠轩追求，甚至于一次酒后意外怀了孕。谢悠本来是想要对我坦白的。可是你却告诉她，一旦这件事被媒体知道了，她就会成为对感情不忠、追求物质生活的劈腿女人。不但前途没有，什么都会没有。马忠轩许诺你，只要你帮他追到谢悠，就会捧你做年度大戏的女主角。所以你就教谢悠假装自杀，把负心人的帽子扣到我的头上。"

李哲哲笑了，手指在白意涵的肩膀上戳了戳，"你可真会装。明明你知道我只是帮你看清楚谢悠这个女人的真面目而已。想想看，那个时候你多纯情。哪像现在？离开你，对于谢悠来说也是解脱。因为你就像是槲寄生，拼了命地缠绕着宿主，越勒越紧，直到吸干了宿主的养分为止。"

白意涵轻笑了一声，"这是你，不是我。"
"米尘没有那么多的养料给你，你觉得她能支撑多久？"
白意涵的眸子越发冷然，盯着李哲哲的眼睛，一字一句地说："如果我真的是槲寄生，你也永远不会有机会成为我的宿主。"
米尘走了出来时，从她的角度望过去，就似李哲哲靠在白意涵的怀里。
骤然尴尬无比。
难道说白意涵和李哲哲正在交往？天啊！狗仔竟然没有挖掘出这个劲爆消息！
白意涵拍了拍李哲哲的肩膀，"李小姐，戏做到这里就差不多了。再演下去就没有剧本了。"
李哲哲却扯出极为魅惑的笑容，"我和你才是同一种人。你确定不要和我试一试。"
"我消受不起。"

说完，白意涵推开了李哲哲，跟上了米尘，进入电梯。

"白……大哥……"米尘挤出一抹笑。

"我送你回去吧。好多天没见到你了，正好一路还能跟你说说话。"白意涵取出手机，还没等米尘反应过来，一个电话就打去了连萧那里。

连萧接了电话，回头看了眼正低头看报纸的厉墨钧，"哦，那就麻烦白影帝送她回去了！没事没事！我们怎么可能会介意呢！都是圈内的朋友嘛！"

挂了电话，连萧对赵师傅说："开车吧！米尘搭别人的车回去了。"

后座的厉墨钧将报纸翻到另一个版面，连萧抬了抬下巴，想要看清楚他的表情，可惜被报纸挡住了。

米尘坐在白意涵的车上，乖乖系好安全带。

白意涵听见那一声安全带入扣的声音，才发动车子，开出了停车场。

这时候已经快凌晨三点了，整条道路都宽敞无比。一切安静到只听见引擎声和呼呼风声。

"米尘，我看见你的比赛资料了。你的团队配置还真让我大吃一惊。"

米尘这才明白白意涵所说的是星耀与皇朝共同制作的《梦工厂》。两大影业公司将互相交换入行三年却一直没有被捧红的"新人"，由对方组织新的团队对其进行包装。

"你这一次能和你弟弟安塞尔一起合作，应该很高兴吧？而且连萧确实有两把刷子，竟然还把戴恩邀入你的团队。连皇朝影业的叶总都很看好你们，打算把最烫手的山芋交到你们手上。"

"其实我真没有想那么多。我和安塞尔虽然是姐弟，但是聚少离多，他一直想要证明自己并不只是一个衣服架子。而连先生对这个节目也特别感兴趣，还是他押着我填写的报名表呢。不过……你说的那个叫做戴恩的发型师……我没有听过。"

"你的适应能力很强，而且化妆讲究的除了突出一个人的五官之外，也包括要凸显一个人的气质。所以无论是怎样的服装师或者发型师，我都相信你会和对方合作得很好。"白意涵腾出一只手来，揉了揉米尘的脑袋，"在外人看来，戴恩不大好相处。但实际上，有能力的人多少都有点脾气，而且看不惯那些徒有虚名之辈。只要让他看见了你的本事，他会很尊重你。"

白意涵说话向来很客观，他又将一叠资料递送到米尘手里。

"你打开看看。这里面是皇朝影业打算在节目里交换给星耀的艺人。"

米尘并没有打开资料，而是惊讶地望向白意涵，"白大哥！这样是作弊吧！就好比把考卷提前给考生看一样！"

白意涵笑了起来，路灯灯光一片一片掠过他的眉眼，美好得惊心动魄。

"傻瓜。星耀除了你，还有林如意和其他几个团队。他们也许手上早就有这份资料了。而且以连萧的性格，一定会做足准备。这些资料他信手拈来。我只是为他省一省精力而已。"

"皇朝影业真的不会说你'通敌卖国'？"

"不会。你可不可以不要这样总是逗我发笑？"白意涵无奈地摇了摇头。

米尘打开看了看。这个节目主要以歌手为主。无论星耀还是皇朝影业，都是以影视剧为主要发展方向，兼顾歌手。也因此，在歌手的包装上，始终不及巨涛唱片。很明显皇朝和星耀是想要借着这个节目联手向唱片业发展，撼动巨涛唱片一枝独秀的地位。

有点孙刘联合抗曹的感觉。

"你觉得他们怎么样？"

"其实都挺不错的。按道理是有红的资本啊！可能就像演员一样，有的演员演了十几二十部戏，因为演出的角色本身就没有魅力，所以一直没有得到观众的注意。但是一旦得到一个适合自己的角色，那就是鲤鱼跃龙门了！"

"不错。而且歌手还不比得影视剧演员。一部戏一旦出现在荧幕上，哪怕是第三、第四的配角，也会保持一个比较长的曝光季。而歌手，除了嗓音和歌曲的制作班底要过得去之外，一旦他们出现在歌迷的面前，自身的气质和外形也要有让粉丝疯狂的分量。"

"我们要给他们新的曲目以及新的形象，对吗？"

"是的，米尘。你知道吗？你掌握着他们的命运。当他们被交到你们手上的时候，你们的团队决定他的前程。"

这番话，白意涵说得很认真。

"……压力山大……"米尘苦笑了笑，等到安塞尔结束米兰服装秀的征程，当他看到这些资料不知道有什么想法。

"因为你是个认真的人。无论是谁到了你的手上，都是他这辈子最大的好运。"

车子一路前行，虽然大半夜里别说车了，根本连一只野狗都没有，碰到红灯亮，还是得乖乖停下的。

一直没听见米尘说话的白意涵，侧过头来，却发现米尘歪在座椅上睡着了，仔细听还能听见她浅浅的鼾声。

白意涵扯起唇角笑了，手指伸过去，刚要在她的脑门上弹一下，手却僵住了。

直到米尘抿了抿嘴唇揉了揉眼睛,"咦?已经到了啊!谢谢白大哥!白大哥再见!"

白意涵看着后视镜里的米尘,良久之后,驱车离去。

安塞尔在米兰的走秀结束。

也不知道粉丝们是从哪里得到的消息,竟然老早就在机场等待他了。甚至还用法语拉出了欢迎条幅,还有人举以安塞尔为主题的时尚杂志,那阵仗让前来接弟弟的米尘都愣住了。

陪同前来的连萧也不由得感叹。

"果然,长个好皮相是这么重要的事啊!"

这一次安塞尔走出来时,可一点都不低调。

微卷的发丝被扎在脑后,一身打扮利落而时尚。他的粉丝自动自发排在两边,形成一条通道,明明脸上是疯狂的表情,却没有一个上前胡摸乱抓。

当粉丝们齐齐用法语说"安塞尔,我们爱你"的时候,一直屌丝表情的安塞尔竟然将墨镜摘了下来。

唇线抿起,整个人就似从画册里走出来的精灵,眉眼间都是一尘不染的洁净气质。

"我也爱你们!"

他用中文回答。

粉丝们再度陷入疯狂。

米尘看他那慢悠悠半天都没回过神来,早就没耐心了。她直接让连萧在这儿等着,自己跑去快餐店里买了个芝士牛肉汉堡。

等到安塞尔与粉丝告别之后,来到连萧和米尘所在的位置,看见的就是米尘正在啃汉堡的样子。

"小米——"安塞尔将行李袋扔给了连萧,一把将米尘抱住了,"我可想你了!你在吃什么!好香啊——竟然是芝士汉堡!"

米尘冷笑了下,将汉堡在安塞尔面前晃了晃,"想吃吗?"

"想吃!想吃!让我咬一口吧!"

"不给!你经纪人说了,要我注意你的热量摄入!这是芝士汉堡,你不能吃!"

要你把我晾在这里等你跟粉丝依依惜别?不给你点颜色看看,你还不知道自己几斤几两呢!

"可是我只吃一口啊!"

米尘不理睬他,"连先生,我们走!"

[第八章]
全新团队出战《梦工厂》

安塞尔赶紧跟了上去。连萧无奈地摇了摇头，看来这对姐弟的感情还真是非一般的好啊！

车子驶入了帝柏湾，在厉墨钧的门前停了下来。

打开门，首先见到的是厉墨钧坐在沙发前的身影。而他的一旁坐着另一个身着皮夹克和牛仔裤，抱着胳膊的男人。

当他见到连萧的时候，略微挥了挥手，仰着下巴，一副十分高傲，什么都不放在眼里的表情。

连萧来到戴恩面前，与他击掌。

"戴恩，这就是厉墨钧的现任化妆师米尘，还有她的弟弟安塞尔·塞巴斯蒂安。我想他的身份就不用我明说了吧。"

戴恩站起身来，审视了米尘一圈，"哦，你就是那个米尘啊。我还以为会是个时尚大美女啊，没想到这么低调？"

因为职业的关系，米尘见到戴恩的第一眼就开始观察他的五官。

眉骨很高，鹰钩鼻让他整个面部更加立体，再配上他的表情，给人以凶悍以及不好惹的感觉。

米尘对戴恩的话倒是无所谓，反而安塞尔不爽起来。他揽着米尘的肩膀，对连萧说："你们从哪里找来这个没礼貌的家伙。"

连萧笑了笑，戴恩还真不是他找来的。

戴恩对着安塞尔哼了一声，冷冷地坐回原来的位置，看着安塞尔的眼睛说："那么你又是来做什么呢？一个行走的衣架子，顶多也只会在照相机前摆一摆姿态。厉先生，我认同连萧作为经纪人的能力。至于这对姐弟，我实在不看好。"

这时候，不只安塞尔想要掉头走人，就连米尘心里也很不舒服了。

"有没有能力要等见识过才知道。您不了解我，也只是见过安塞尔作为模特的那一面，就急着给我们贴标签，是不是太自大狂妄了呢？而且实际情况是，只有厉先生和连先生认同你的能力，我和安塞尔对于您也是一无所知。如果按照您的逻辑，我是不是也可以断言您只是一个活在自己世界里的自大狂呢？"

连萧的眼珠子差点掉出来。在他心里，米尘就是个软柿子，随便怎么捏都可以。今天在戴恩面前竟然硬起来了？

接着，连萧算是明白了。米尘其实很有韧性，她不会为了自己去做什么意气之争。但是一旦涉及到对她重要的人，她是绝对不会软弱的。

哎呀，哎呀，这还没有开始合作呢，就闹内部矛盾了！

连萧无奈地看向厉墨钧，无论安塞尔也好，戴恩也好，都是厉墨钧做的决定。这会让天窗都快捅破了,劳烦大神您说一句话!"

厉墨钧就似听见连萧内心的呐喊一般,终于将茶杯放了下来。

"不如,今天就试一试你们的实力。我必须要说清楚,梦工厂这个节目虽然有数个团队会参与比赛,但是每一个团队的领队都是经纪人这个角色。经纪人决定走什么样的路线,朝着怎样的气质包装,那么无论是谁,都必须有执行的觉悟。也就是经纪人为你们出题,你们要做出完美的解答。"

"好啊,厉墨钧,你说说看,这实力要怎么试出来?"戴恩冷声问。

"连萧,现在公司里是不是又新晋了几个艺人?"

"啊,有啊!现在正在培训中吧。等到能正式拉出来露脸,也得两三个月之后了。"

"那就把外形条件最不好的那个叫来,看看这个团队能不能把他包装出来。"

连萧点了点头,"这想法不错,正好让大家都磨合磨合。彼此增进一下了解。"

连萧给艺人培训中心打了个电话,要了个新人过来。

这个新人的名字叫做吴秀秀,身高一米六三,长得也不错。但听她的名字大概能猜到,她是从县城里来的,皮肤有些偏黑,怎么打扮都hold不住她周身上下那种乡土气息。虽然在艺人培训班里也很努力,但是做艺人除了外形之外,气质还是很重要的。而气质这种东西,就更难说了。

有的演员一辈子只能演喜剧,而且大家一看见他就想笑。有的人却演不了土匪流氓,可演皇帝将军却形象很。

一个小时之后,吴秀秀赶到了帝柏湾,当她走进厉墨钧的别墅,亲眼见到这个影帝的时候,表情里充满了期许与希望。她扎着个马尾辫,身上穿着一件桃红色的T恤,下身是五分牛仔裤。

安塞尔看着她按住了自己的眼睛。皮肤偏黑,就不要穿桃红色了。而且五分裤也会让人显得腿短。

戴恩则摸着下巴上前,捏了捏吴秀秀的发质,再看了看她的脸形。

米尘站得远一些。其实吴秀秀的五官确实不错,只是要注意修饰一下颌骨的位置以及眼角处的阴影。

"米尘,你过来一下。"

厉墨钧端着茶杯上楼前落下这么一句。

米尘赶紧跟了上去,因为不知道厉墨钧要对自己说什么,不免有些忐忑。

这还是她第一次来到厉墨钧的书房。整个房间的四面墙壁上都是书架,分门别类安放着各种书籍。

而厉墨钧则靠着书桌,他的腿很长,很轻松就坐上了桌面。

在米尘的心中,厉墨钧一向严谨认真,应该像个老学究一样坐在桌前才是。

厉墨钧的指尖在身旁的桌面上敲了敲,米尘会意地走过去,靠在那里。

"米尘,我知道你更相信安塞尔,也和安塞尔更有默契。但是你必须知道,在你的团队里不可能每一个人都尽如你意。"

米尘微微愣了愣,她还从没想到厉墨钧会给自己说这些道理。他一向言简意赅。

"厉先生……你放心,我会控制好我自己的。"米尘心想戴恩毕竟是厉墨钧请来的,自己对戴恩说的那番话,无异于也是不给厉墨钧面子。

"你不需要控制自己。相反,你应当尽可能地展现自己的能力。如果说安塞尔与戴恩真的无法协调,那么发型与服装之间的和谐只能靠妆容来弥补。你才是他们之间的桥梁。"

"我明白了。我会以尽可能的客观态度来看待他们两人。"

在这个仿佛是被书籍堆砌而成的空间里,米尘只闻到纸张以及淡淡的厉墨钧的气息。

她低下头,看着自己的脚尖,忽然觉得自己从什么时候开始和厉墨钧这么接近了呢?

他仍旧是一个大冰块。可米尘觉得,接近他不一定就那么冷。

是了,他不是那种会对全世界都和颜悦色的人,但这也不代表他会对所有人都冷淡。

"去吧,让戴恩刮目相看。"

有时候米尘觉得很奇怪,她总能感觉到厉墨钧对她的那种信任。

甚至于在她自己都不相信自己的时候,厉墨钧却总还能坚信不疑。

当她来到楼下时,连萧拍了拍手说:"米尘,我刚才已经和安塞尔还有戴恩都商量好了吴秀秀将要走的路线——豪爽风。"

"当然,所谓的豪爽风不是指女汉子,而是希望她能走大气一点的风格。"戴恩补充说明。

米尘点了点头,她明白连萧的想法。吴秀秀皮肤偏黑,也不是那种小鸟依人的类型,所以走不了青春玉女风格。扮可爱装萝莉就更不行了。至于御姐范,吴秀秀实在没有那样的气场,要真把她往御姐里打扮,也会沦为四不像。不如针对她自身的风格,比如为人感觉比较坦诚直白,还有几分大大咧咧的感觉。

豪爽风确实不错。

只是不知道戴恩与安塞尔打算怎么处理。

连萧决定，先搞定吴秀秀的发型。

于是一行人先来到了戴恩的工作室，这里四面都是落地镜子，镜子前则是各种架子。架子上放置着各种剪发和护理工具。

吴秀秀有些紧张，她是被临时叫来的，只知道有经纪人要为她制订发展方向。但是她万万没想到，这个人竟然是厉墨钧的经纪人连萧！与她一起培训的同期生，无一不向往着这样的金牌经纪人。对的发展路线无异于成功的垫脚石。

"我要把你的长发剪短。"戴恩开口道。

"什么？剪短？我留了很久……"吴秀秀下意识捂住自己的长发。

戴恩哼了一声，"你以为留得越长就越好看吗？简直就是累赘，俗不可耐。你有看见哪个明星甚至于大街上哪个一眼望过去让你觉得时髦的女人会留你这样的长发吗？"

吴秀秀低下头不说话了。她本来就有些自卑，而且同期生里也有不少人背后议论她很土，山鸡还想变凤凰之类。她知道自己土，也会学着时尚杂志上的搭配去买几件衣服穿。可是每次在商场里试上身，她就觉得那么地不协调，而且很可笑。

"可……可不可以不要剪太短？"吴秀秀以商量的口吻小心翼翼地问，"经纪人说，两个月后可能会安排我们去拍一组写真……如果头发太短，我怕许多造型做不了。"

戴恩没有说什么，只是将原本已经握在手中的剪刀放回工具皮夹里，转身对连萧说："让她回去吧。这个人朽木不可雕。"

吴秀秀愣了愣，看向连萧的方向。她这才意识到自己根本不该发表意见的。这里做主的人只有一个，那就是连萧。连萧已经为她选择了风格，自然有人将她向那个方向打造，而她自己却诸多意见，在外人看来，是不是对连萧不满？

"连先生！我……我这个人不太会说话，请您不要介意……我……我是真的很想要改变的！"

吴秀秀急得眼泪都要落下来了。

连萧笑了笑，对一直在旁边百无聊赖走来走去的安塞尔说："你觉得是不是该剪短？"

安塞尔的中文是跟着米尘学的，他听得懂大部分的中文，但说出来的时候带着法国腔，咬字有吞音，让人想笑，但偏偏安塞尔的表情却很认真。

"我觉得确实要缩短头发的长度。女孩子的头发并不是越长就越有女人味的，而是要恰到好处。就好比她的头发，已经快要及腰了。她并没有女模的身高，这个长度又没有丝毫修饰的头发，会让她整个人变矮，比例不协调。而且就算要做盘发，她的头发也太长了，盘起来也不会好看。"

安塞尔看了戴恩一眼，而对方也正一副审视的模样看着他。

"我不是支持你或者讨好你，只是单纯从审美的角度来说。"安塞尔补充道。

"如果连这点审美都没有，你这个什么国际名模，那就真成了狗屁了。"

吴秀秀很少看时尚杂志，所以她也不认识安塞尔。但是安塞尔全身上下都流露出一种高雅的气质，而且他远比戴恩有亲和力，所以当他的观点也和戴恩一致的时候，吴秀秀下定了决心。

"人总是要改变的。如果不肯改变，只会原地踏步。剪掉吧。"

吴秀秀的长发被解开，戴恩的表情冷然，取了剪子，嚓嚓两下，一大截头发落了地。

米尘看着都心疼了起来。

倒是吴秀秀，望着镜子里的自己，眼神中没有一丝动摇。

戴恩并没有将吴秀秀的头发剪得太短，而是保持了肩胛以下的长度。他的手十分灵巧，修剪时候的动作快到米尘都看不清楚。仍旧是长发，可不到十分钟，吴秀秀就脱离了当初保守甚至有些土鳖的形象。

接着，戴恩为吴秀秀做了个挑染，颜色也并不夸张，但却为她的一头黑发增添了韵律感。然后，戴恩将吴秀秀脑后所有的头发收拢，盘在脑后。一般的发髻会让人显得年龄偏大，甚至老气。但戴恩盘出的发型很特别，时尚感十足。

此刻的吴秀秀，但看发型，已经有几分天后风范了。

虽然没有用任何复杂到天花乱转的技巧，可就像魔术一样，只凭一个发型戴恩就将吴秀秀变成了与之前截然不同的人。

就在大家以为这一切都已结束的时候，戴恩却又用如同雕刻一般的手法，在吴秀秀的发丝中挑开几缕，整个发型原本的严谨和一丝不苟的感觉骤然活跃了起来，这才是最后的点睛之笔。

喷上定型水之后，戴恩将吴秀秀的椅子面向安塞尔与米尘，如同展示一件艺术品一般。

"我的工作已经完成了，剩下的就是你们的。"

安塞尔看了看米尘说："你先还是我先？"

"你先吧，我什么时候都可以。"

安塞尔朝戴恩扬了扬下巴，"走吧。"

坐在车里，吴秀秀有些忐忑地问："我们要去哪里？"

米尘也在想是不是要去什么百货公司或者名品店。可是那里面的衣服都是成品，一时之间要找到适合吴秀秀并且达到连萧要求的"豪爽风"会不会有些困难？

只是当他们来到一个服装仓库的时候，都愣住了。

当他们打开仓库门，走进去，看见一排一排各种风格颜色数不胜数的时装时，都愣住了。

安塞尔如同闲庭信步，一个一个衣架子点过去，"这里是我认识的一位时装界的朋友存放失败作品以及他不再爱的作品的地方。"

"你确定这里的东西可以随便使用吗？"连萧有些担心地问。

就算是"失败作品"或者"不再爱"了，没有扔掉毁掉，能整出这么大一个仓库来收纳，证明对方对这些"作品"还是十分看重的。

安塞尔无所谓地笑了笑，"你们放心，我的这位朋友门下的学生也有不少。他留下这个仓库，只是为了给学生们取材。当然'抄袭'是决不被允许的。"

这里实在太大，吴秀秀连看都看不过来。随手提起一件，她虽然不懂时尚，却觉得这些衣服和自己在小店铺里看见的，甚至于百货公司里那些对她来说已经很昂贵的服装不同。它们虽然被打上了"失败"的烙印，却又无一不显露出一种难以言喻的风度。

安塞尔从中挑选了一整套衣服，按进吴秀秀的怀里，"喂，去换一下！你虽然没有模特的身高，但值得庆幸的是你也不是个矮冬瓜。"

安塞尔离得太近，看着他俊美的五官，吴秀秀也不禁红了脸，赶紧转身进了更衣室。

等到她再度走出来的时候，脸上有几分不确定与不自信。

她的上身是过腰的夹克衫，衣领与肩部的设计很有feel，整个人都利落了起来。下身则是灰色的长裙，百分百的欧洲范儿。整体的气质顿时提高了不少。

戴恩远远地哼了一声："不过如此！"

米尘皱着眉头看了看，用胳膊肘顶了顶安塞尔："比之前的桃红色T恤确实高出了不少档次。只是……总觉得还是少了什么。"

安塞尔笑了，单手搭在米尘的肩膀上，"你觉得我就只有这点本事吗？"

说完，安塞尔就取过了剪刀，在吴秀秀的面前低下腰身，牵起她左侧的衣角，咔嚓咔嚓就剪了下去。

吴秀秀被他的架势吓了一跳，向后退了两步。

等到安塞尔抬起身来的时候，吴秀秀才发觉夹克下摆被剪成了楔形，那种规规矩矩的感觉顿时消失了。

安塞尔让吴秀秀将夹克脱下来,掀开了缝纫机,十分老练地将衣服的下摆缝进去。

连米尘都愣住了,安塞尔的样子像是做这些事情已经成百上千遍了。也许他并不像自己想象中那么懒散,除了走秀就是吃喝玩乐。他有自己的目的地,为了到达那个地方,他付出的努力是她想象不到的。

当吴秀秀再穿上那件夹克的时候,完全看不见当初被修剪的痕迹了。

安塞尔在仓库里又转了一圈,挑出了一双骑士靴,让吴秀秀换上。

当吴秀秀再度站在镜子前时,她已经惊讶得说不出话来了。

安塞尔转身扬起下巴看着戴恩,挑了挑眉梢,开口问:"现在觉得怎么样?"

戴恩扯了扯唇角:"还不赖。不过你觉得这个小丫头hold住吴秀秀的脸吗?"

"等着看好了。"米尘路过戴恩,她在一旁看了那么久,心里已经有了想法了。

米尘打开化妆箱,为吴秀秀上妆。

她感受了一下吴秀秀的五官,决定拉伸她脸部的长度,缩窄额宽。吴秀秀的肤色本就偏黑,米尘无意改变这一点。如果将她刻意美白,最后和脖子一对比,反倒像是戴着面具。

米尘将吴秀秀的肤色调亮,显得更加自信更有质感。

因为厉墨钧和白意涵都是男性,所以米尘并没有在他们身上使用任何绚丽的颜色。但是对于吴秀秀,她决定大胆尝试一下。她在吴秀秀的上眼皮上采用了从银色到红色渐变的方式,过渡自然,让人觉得时尚却并不夸张。

她极有耐性地为吴秀秀修饰脸颊,吴秀秀还是第一次化这么久的妆。

安塞尔坐在椅子上,双手撑着椅面,很用心地看着米尘的身影。

戴恩却没有那样的耐性,而是在仓库里走来走去,时不时将各种衣服拿出来赏玩。

当米尘最后调整了吴秀秀脸部的高光之后,座椅向后滑了半米,笑道:"秀秀!搞定啦!"

吴秀秀睁开眼睛,她站了起来,良久没有说一句话。

"戴恩!你过来看看!"

戴恩听见连萧的喊声,不紧不慢地走了过来。他看见的是吴秀秀呆立在镜前的背影。当他一步一步走近时,被吴秀秀的富有立体感和时尚感的五官征住了。

戴恩下意识绕到了吴秀秀的面前,如果说最初自己的发型时尚,而安塞尔的服装搭配张扬的话,那么米尘将这两种风格经由妆容完美融合在了一起。现在的吴秀秀看起来就像一个气质俱佳的天后。

没有小女人的惺惺作态，没有女强人的压迫感，真正做到了所谓的"豪爽"，令人第一眼看过去就心生好感。

吴秀秀觉得自己做了一场梦，眼前的自己，正是她梦寐以求的。

"这真的是我吗？"

连萧抱着胳膊笑了笑："这当然是你。所以吴秀秀，你要记住，你不需要去羡慕那些当红女星天后一姐，也不需要去跟她们的风。你有你自己的风格，你做不了别人，别人也做不了你。"

吴秀秀的脸上也露出了之前所没有的自信，"谢谢连先生！我会记住你说的话！"

一行人上了车，连萧先将吴秀秀送回到她的经纪人那里，然后回过头来对剩下的三人说："第一次合作，感觉怎么样？"

没有人开口说话，连萧看了看后视镜，安塞尔的脸看向左方，戴恩的脸朝向右方，只有米尘在……低头刷微博。

"喂！喂！我是你们的领队，我需要从你们这里得到反馈！到底我们这个团队行不行！"

"还行吧。"安塞尔闷闷地说。

"凑合。"戴恩说。

米尘还在刷微博，她将连萧微博里吴秀秀的照片转发到了自己的微博里。

"米尘，你呢？"

"我觉得我们的团队很默契！"米尘头也不抬地回答。

"哪有！"安塞尔惊讶地转过头来。

"胡说！"戴恩一副要怒爆的表情。

米尘眯着眼睛笑了："你看这样还不够有默契呢！"

"好的！为了庆祝我们第一次如此有默契的合作，走吧！大家一起去吃一顿！"连萧提议。

米尘上前抱住连萧的椅背说："哇！连先生要请客吗？真难得你这么大方！"

"错！我连萧向来是一毛不拔！当然是厉墨钧出钱！"

白意涵靠着电梯，看着米尘转发的微博，唇上露出一抹笑来。

走出电梯，他来到一间办公室前，唇上的笑意隐没，他将手机放回到自己的口袋里。

白意涵敲了敲门，里面应了声"进来"。

第八章 全新团队出战《梦工厂》

这是一间十分宽敞的办公室,办公桌前的女子一头利落的短发,五官优雅,与白意涵惊人地相似。

"坐吧。"

"不用了,我知道你找我来有什么事。你不愿意我将手中的股份交给叶帧来管理。"

"我当然不高兴。我是你的母亲,你不与我站在同一条战线上没有关系,但至少不要拖我的后腿。可是你呢?你竟然把武器交给了你母亲的敌人。你就那么恨不得我死吗?"

方思妍起身,双手压在桌面上,看着白意涵。

"叶帧从没想过要你死,这点你放心。她要的也不过是董事会里的势力均衡。不然你们天天在这里内斗,当然赢不过星耀天下。"

白意涵正要转身,方总却将一叠照片扔在了桌面上。

"如果你真的那么想要对付我,那么在整倒我之前,你就该懂得要忍。忍住了别让我知道什么让你在乎,什么对你重要。"

白意涵垂下眼,看见的是自己在车上倾下身来亲吻熟睡中米尘的画面。

"你是我的儿子,所以我很清楚你对一个女人是不是认真,有多认真。你应该知道,这个圈子向来很残忍,几句话可以让一个人上天堂也可以让一个人下地狱。这一次,你想要躲到哪里去。"

白意涵扯起唇角,拉开椅子,坐了下来。

"你知不知道当初我为什么要去美国?因为你的手再长,也伸不了那么远。"

"那么这个叫做米尘的小丫头呢?我有的是办法让她在国内混不下去!"

白意涵笑容更深了,他的手指在桌面上敲了敲,意味深长地唤了一声:"妈。"

方总看着他。这五年来,他再没有那样称呼过她。

"您别再天真了好吗?国内混不下去就混不下去。世界这么大,不是只有星耀天下也不是只有皇朝影业。你若真的要动手,没关系,我会带她离开。说不定去了别的地方,她能取得的成就会比我还多得多。不过走之前,我可就不是将股份交给叶帧来管理,我会直接送给她。到时候,祝你好运啊。"

白意涵整了整衣领,惬意地拾起桌上的照片,"这些我就拿走了,拍得不错。我很喜欢。反正您那里应该还有底片。"

《梦工厂》的节目录制时间越来越接近了,这个节目打算做成周播的形式,而且会根据观众的反馈来调整内容。

当晚,连萧带着米尘的那一大叠资料来到了厉墨钧的卧室。

"我说，白意涵这一次真的是下了血本了。我觉得我现在就像是提前知道了试题的考生。他这么做，肯定不是为了捧红皇朝的艺人。"

"他想捧的是米尘。"厉墨钧淡淡地瞥了一眼那些资料。

"哇，你怎么可以这么淡定？如果这一次米尘真的获得了大成功……白意涵一定会邀她去皇朝影业，而且还能许给她一个更高的平台！"

"她值得更高的平台。"

连萧一副快要脑梗的模样，"我说你到底有没有分清楚情况！你让我带着这支团队，何尝不是希望借着我的能力让米尘在这个节目里走得远一些！你也能许她一个更好的平台！我告诉你，如果米尘去了皇朝影业，我打包票，这辈子你都别想再碰她一下！"

当连萧转身时，厉墨钧的眉头微微蹙了起来。

终于到了节目拍摄的那天。戴恩与安塞尔十分淡定，反倒是米尘紧张得不得了。

坐在车里的时候，米尘的膝盖就一直在抖。这个节目据说是现场直播！也就是说如果出了任何差错，她甚至连补救的机会都没有！

一旁的安塞尔笑着按住米尘的膝盖，"小米！你在担心什么！就算有录制和访谈，我才比较像这个团队里的主角吧！"

安塞尔的话刚说完，就听见后排戴恩的冷哼声。

星耀与皇朝共同联手，就连拍摄的灯光摄影师都是一流的，舞台效果更是没得说。这不仅仅是一台综艺节目，更是一个高水平的现场秀。

连萧带着自己的团队来到了摄制组。而同时来到的，还有经纪人陆溪带领的团队。

陆溪见到连萧，立刻笑着迎了上去。

"连萧大哥！"

连萧莞尔一笑，拍了拍陆溪的肩膀说："看到你的团队名单，我可是吓了一大跳！小子，看来这一次你是打定主意要夺冠啊！"

"哪里！连萧大哥真会开玩笑！我这个后辈论经验和人脉都比不上你，这一次参加节目，也就是混个经验。最重要的是还能向连萧大哥你学习！"

两人寒暄了一会儿，就分开了。

跟在陆溪后面的还有林如意。

林如意眉梢一挑，语气依旧高冷，"哟，你也来了啊。不过也是，再怎么样你也是跟过两位影帝的化妆师，这也是个大噱头。只不过，白意涵和厉墨钧的外形条件得天独厚，一向不需要什么修饰。而节目里的这些艺人，可是入行几年都没红起来的。化妆师水平的高低，分分钟见分晓。"

"谢谢林组长的提点，我会努力的！"米尘很认真地回答。

林如意看着米尘的样子，不知道她是真听不懂还是假听不懂自己的话。

在后台，米尘又见到了好几个来自皇朝影业的团队。她本来以为会见到方承烨，但没想到方承烨不在其中。

连萧摇了摇头，露出遗憾的表情："陆溪这家伙还太嫩了点。本来以为白意涵会放方承烨出战，没想到方承烨竟然不在其中。不过也是，白意涵有意要我们赢，怎么可能会让方承烨出来做绊脚石？"

这个节目的主持人也是主持界的一哥和一姐——慕容枫与洪月盈。

所有的团队都纷纷落座，而在场的评审竟然不是什么业内资深制作人或者演艺界一哥一姐，而是一百位来自各个行业性别、年龄都不相同的观众。而这些观众的评分只占据了百分之三十，剩下的分数则来自场外观众的投票。

当陆溪带着他的团队被慕容枫和洪月盈介绍的时候，米尘能听见身后观众传来的议论声。

且不说陆溪曾经捧红了两个一线小生和一个青春组合，林如意的履历念出来也是十分辉煌。国内各大彩妆奖项，某某影后的御用化妆师，在无数演艺界的重要场合为明星化妆。她就像一座大山，牢牢镇压住其他化妆师发挥的空间。更不用提当她亮相的时候，高贵时尚的形象更是令人睁大了眼睛。大屏幕上播放了许多林如意和其他明星的合影，以及视频，完全凸显出了她在娱乐圈里彩妆一姐的身份。

接着，洪月盈与慕容枫又介绍了来自皇朝影业的几个团队，也是实力非凡，甚至还有人为好莱坞一线明星做过造型。米尘真是越看越紧张，越看越觉得所有人都是战斗机级别的，只有她是拖拉机……

连萧好笑地拍了拍米尘的肩膀，压低了声音小声道："听起来好像都挺厉害的，其实就是那么一回事。比如说那个给好莱坞一线明星做过造型的，他当时只是学徒，负责替那个明星的化妆师背化妆箱的。"

"啊？"

"这就是炒作。"连萧表情宁静地微微一笑。

终于，到了介绍连萧的团队了。当连萧整了整衣领起身的时候，米尘一颗心都快从嗓子眼里跳出来了。

她觉得自己每一步都踩在云端上，随时有可能会掉落下去。

当安塞尔站在灯光下，微微一笑的时候，那一百名观众里有几个年轻的女孩已经发出了尖叫，高喊着："我爱你！安塞尔！"

慕容枫笑着对连萧说："本来还想从你这个领队介绍起，没想到你们的服装师却把风头都抢走了啊！"

"没关系，你和月盈都是我的老朋友了。不如先从年轻人介绍起吧！"连萧倒是大度得很。

他们身后的屏幕上播放起安塞尔在各大时装周上走秀的画面，以及一些时尚大师在采访中对安塞尔的大加赞赏。为了增加安塞尔的亲和力，节目组还特地采访了几大国内时尚品牌的CEO。他们纷纷表示，如果能请到安塞尔为他们的品牌代言，将会有助于他们开拓品牌的海外市场，提升品牌价值，这不仅仅是一种荣幸，也表示他们的品牌进入时尚主流。

一些不熟悉安塞尔的评审观众，这会儿也对这个俊美的年轻人感到惊讶。

"安塞尔，不如说一说你怎么会想要参加这个节目呢？"

安塞尔蓦地一把将米尘抱进了自己的怀里，笑道："为了和姐姐在一起啊！"

洪月盈明明早就知道安塞尔与米尘的关系，还是装作吃惊的样子，"哎呀！原来你竟然有一个姐姐！"

"是啊！"安塞尔修长的手指弄乱了米尘的短发，得意洋洋地说，"这是我同父异母的姐姐！我们感情很好！之前姐姐来机场接我的时候，还被拍到我亲姐姐脸颊的照片呢！结果国内好多八卦杂志都写说姐姐是我的女朋友！这真的好有意思啊！"

安塞尔顺带将《一周风云》弄出来的绯闻给澄清了。

"那是因为你和姐姐的感情太好了，所以才会被媒体误会吧！所以你这次参加这个比赛，是为了支持你的姐姐？"

[第九章]
大战初捷

"支持姐姐是当然的。而且,我也想证明我自己的能力。我也拥有我的审美和品味,我有思想有见解,我不只是一个行走的衣架。所以我加入到了这个团队,为了证明自己的能力也为了帮助别人完成梦想。"

安塞尔的话是连萧早先为他拟好的稿子,当然这些话也是出自他的本意。

他说的话很励志,加上率真的表情,顿时这个节目官方微博上留言就快被刷爆。

"既然提到了安塞尔,那连萧,你也不介意我们先介绍一下安塞尔的姐姐米尘吧?"慕容枫笑着问。

"我当然不介意,要知道米尘可是我们这个团队的王牌。"

"哦,王牌!"慕容枫四下望了望,"唉,等等,王牌哪儿去了!我怎么找不着了啊!"

洪月盈赶紧向后退了一步,"在这里呢!"

"月盈,不是我说,你该减肥了!看看你,把王牌都遮住了!"

慕容枫说完,场下又是一片笑声。

米尘不好意思地笑了笑。

洪月盈拉起米尘的手,"不要看我们这位米尘小姐穿着低调,完全没有时尚大牌的气质,一个不小心就淹没在人海里,也没有弟弟安塞尔将墨镜都闪裂的出众外观,但是她可是位人气化妆师呢!"

说完,大屏幕上出现廖冰靠着沙发,一脸冰冷。

所有人的目光都被廖冰所吸引。

廖冰冷哼了一声,气场十足。

"米尘?就是那只小老鼠吧!叫她好好跟在我身边,一回头人就不见了!老实说,我的演唱会《天后巡礼》本来很完美,可就因为这个臭丫头变得不完美了。"

米尘看向洪月盈,用眼神询问对方这到底是怎么回事。洪月盈却笑而不答,示意米尘继续看下去。

"为我上过妆的化妆师不少,但最让我满意的是米尘。臭丫头,下次我的演唱会你一定得来帮我化妆,要是再拒绝我,我给你好看!还有,《梦工厂》的比赛你一定要夺冠,不然就是证明我廖冰品味不佳!没什么要说的了,就这样!"

屏幕上的廖冰很有女王范儿地别过头去，愣了两秒，众人才明白过来廖冰女王是在以十分别扭的方式表达自己对米尘的赞赏。

这时候，有些观众表示疑问，米尘看起来这么普通，这样的女孩儿从街边一抓一大把，她真的为廖冰化过妆，还是说这只是摄制组将廖冰请来做的噱头？

"哦，不知道下一位有话要对米尘说的人是谁呢？"洪月盈望向慕容枫。

慕容枫看了看手中的提示牌，露出惊讶的表情："哟！看不出来她还做过这位男神的化妆师呢！"

屏幕上的男子一出现，现场果不其然传来惊呼声。

白意涵悠闲地坐在某个商业大楼的顶楼咖啡馆，在柔软的日光下，他的笑容优雅如故。

"米尘，还记得这里吗？没错，这是拍摄《金权天下》的那栋大楼。我一直没有认真地对你说一声谢谢。在我得到沈松云这个角色之前，很多人都怀疑我的形象和气质难以胜任。其实，现在我才敢说实话，我内心并不是百分之百地确定我能演好沈松云。但是当米尘你替我上完妆的那一刻，我看着镜中的自己，忽然之间我就明白我要将沈松云塑造成什么样子。谢谢你认真地揣摩这个角色，打消了许多人在形象上对我的质疑。展现在观众面前的沈松云，有我的努力也有你的功劳。"

白意涵的笑让米尘心绪斐然。

台下不少观众都呆了，各种小声议论。

"原来她做过白意涵的化妆师啊！白意涵扮演沈松云的时候是她上的妆？"

"我昨天刚去影院里看了《金权天下》，沈松云帅到爆好不好！当时还觉得沈松云和白意涵以前的形象相差老远，那种又有心计又成熟的样子，我的天啊！原来她是白意涵拍那部剧的化妆师！"

这时候，所有人都不再小看米尘了。

"看见白影帝，米尘有什么感想？"洪月盈笑着问。

米尘的眼睛有些发红，她是真没有想到白意涵会用这么公开的方式来支持自己。

"白……白先生他对工作人员一向比较宽容，而且经常提携后辈。而且跟着他的日子，我也学到了很多东西。那是非常非常宝贵的经验……"

"好吧，如果说我们的白影帝经常提携后辈，那么下面的这位可就真的不会轻易称赞人了。"洪月盈卖了个关子。

慕容枫又看了看手中的提示牌，表情更加惊讶了。

[第九章] 大战初捷

"米尘，不是吧！你到底为多少男神女神化过妆？"

这句话说完，那一百名观众几乎同一时刻睁大眼睛望向大屏幕。

屏幕上出现的是男子冷峻的侧脸，不少现场女观众倒抽一口气，完全不敢相信。

画面上的厉墨钧转过头来，眸子里没有任何显山露水，永远让人猜不透情绪。

"米尘，之前有人劝我别让你参加这个节目。"

厉墨钧的声音总有一种让人清醒的特质，像是金属，又像是深谷里的薄荷草。

米尘看着厉墨钧，忽然有一种全世界只剩下他们的错觉。他总有剥离一切干扰和喧嚣，让事物恢复最原本模样的能力。

"但是我必须让你参加。因为你不是艺术品，需要小心轻放，在层层保护的橱窗里供人欣赏。你值得被肯定。"

厉墨钧的话已经结束了。

他的眸子如同琥珀琉璃，纯净中透露出深邃的美感。

米尘仰望着他，无论如何也挪不开自己的眼睛。

慕容枫第一个拍手鼓掌。接着，观众席上的掌声也响起。

厉墨钧的那句"你值得被肯定"明明说得云淡风轻，却有一种深刻的力度，让所有人坚信。

坐席上，林如意眼睛里一抹戾色闪过，看着台上完全不起眼的米尘，林如意心里的那阵莫名的不爽简直快要把心脏都撑裂开。

接着，就是对戴恩的介绍。

戴恩的表情本就倨傲，这让现场观众对他的好感度降低。

只是当戴恩的发型作品在大屏幕上被亮出来之后，所有人都愣住了。其中有一个作品是风靡去年整个美发界。那是一个齐脸颊的短发，弧形刘海。最初是为某位一线女星出席亚洲电影节而剪的发型，没想到一下子红遍全国甚至于整个亚洲。

在场观众瞬间对戴恩改观，掌声如潮。

而最后被介绍的，才是连萧。慕容枫甚至取笑连萧，认为他今天低调得都不像他的风格。

"哦，那怎样才算我的风格？"

"当然是这样的。"慕容枫指了指大屏幕。

屏幕上出现的第一个明星，是蒙川。

"这位可是无数少女心目中的偶像——蒙川。当然，他以偶像出道，一直很上进，磨炼自己的演技，但不知道为什么亚洲偶像天王之类的名号冠于他总是不得脱身。据我所知，是连萧你替他作出了一个十分重要的选择，才让蒙川成为现在大家口中外貌与演技俱佳的实力派。"

"你是指我建议他辞演了偶像剧《梦里花》，选择了时代剧《奔腾年代》?"

"这可不仅仅是选择而已，为了在《奔腾年代》里为蒙川争取到那个角色，你曾经三次登门拜访导演，甚至乘坐飞机追到地球的另一面。导演被你的执着感动，才让蒙川得到了那个角色。虽然，今日，蒙川的经纪人已经不再是你，但是他对你的感激从没有因为时间的消磨而改变!"

接着，大屏幕上的画面再度更换，是如今星耀天下四大花旦之一的韩灵。

"连先生，你可是韩灵女神最恋恋不舍的经纪人啊! 她至今都忘不了你哦!"

连萧低头一笑，"大家都是一个圈子里的。让人误会的话就不要说了，慕容大哥。"

"人家韩灵说的是忘不了你当初为了《女将》里那个角色据理力争。当时你跟编剧还有导演很肯定地说某段情节一定会导致观众反感，但是编剧和导演并不打算采纳你的意见。于是你用了一个比较婉转的方法，将那段情节编成另一个故事放到了网上，结果引来大片骂声。导演和编剧看到这样的反应之后，才决定更改剧情。韩灵现在还认为你是他所有经纪人里面对观众反映最有预测性以及最灵活变通的经纪人。"

"感谢韩灵女神对我的认可。"连萧依旧一副云淡风轻的样子。

"有蒙川与韩灵还不算什么，真正的大牌在这里!"

画面上骤然换做厉墨钧在《金权天下》中耿念的剧照，现场一片惊讶。

"听说你做厉墨钧的经纪人整整五年了。请问，你预测过什么时候被炒掉吗?"慕容枫一本正经地问。

连萧摸了摸下巴，也十分认真地回答对方："我预测这一次应该可以做到退休。"

说完，观众席上又传来一阵掌声。

"不过很遗憾，厉墨钧对你没有任何评语。"

"因为厉墨钧比较习惯于盖棺定论。你如果要听到他对我的评语，估计要等到我退休的时候了。"

连萧依旧幽默，但是能做到厉墨钧的经纪人，他已经不再需要任何褒奖了。

厉墨钧如今的成就就是最好的证明。

不过十几分钟的片段介绍而已，连萧的团队瞬间成为被现场观众期待最高的

第九章 大战初捷

团队。

为了公平起见,每一轮比赛艺人的性别都是一样的。比如说这一轮,十位都是男艺人。星耀与皇朝各出五人。所有参赛团队都在座席上观看这些艺人的出场表演。

米尘出于职业病,下意识地分析他们的五官,各种角度的成像以及灯光舞台效果对他们外形的影响。

她再左右看一看,发觉连萧、安塞尔还有戴恩都十分仔细地观察着他们。等到一轮表演结束,连萧低声问:"你们看完之后有什么感想?"

安塞尔爆出了一句法语,连萧杵了杵米尘,"翻译。"

米尘想了想,最终只是爆出了一句英语代替,"Holy shit!"

连萧翻了个白眼,"说中文!"

戴恩接了句:"卧槽!"

"看来大家的感想一致了。假如这些人被包装成这样也能红的话,那我们这些经纪人可以下岗回去吃粪了!"

米尘看了看,小声道:"也没到吃粪的地步啊……"

连萧狠狠将米尘的脑袋按下去,"你到底是不是我们的队友!"

"唉,不怕神一样的对手,就怕猪一样的队友。"戴恩凉凉地看着米尘。

米尘就不明白,她怎么又和猪队友扯上关系了?

终于到了抽签的时候了。每一位艺人都有一个相应的号码,各个团队的领队都会上台去抽取号码。

连萧上台抽中了五号。

戴恩与安塞尔不约而同捂住了自己的脸。这位五号童鞋,走的是"同桌的你"路线。可偏偏这种校园路线要么你是校草类型,要么你是沧桑浪子过去型,这都还有被捧红的可能性。至少前者能勾起女粉丝对青葱岁月傻白甜的幻想,后者能带着大老爷们回忆曾经暗恋过的女孩。

但五号童鞋偏偏走的是屌丝路线。

戴恩受不了他遮着眼睛的刘海,安塞尔绝望于对方犀利哥的服装搭配,而米尘觉得最难处理的可能是他偏厚的嘴唇,这是他五官中最不协调的部分了。

"连萧的手气未免也太烂了吧?"戴恩无奈地叹了口气。

连萧却笑眯眯地回到了他们面前,还一副洋洋得意的样子对他们说:"你看,是那个五号呢!我们运气真不错啊!"

"运气不错?哪里不错?你看看陆溪才叫好运气!竟然抽到了那个三号!至少

外形没有问题，身高也有一米七八！喜欢唱摇滚也没关系，只要别继续走这个什么过时了的视觉系！换个狂野劲酷风一定会红！但是这个五号……下吊眼就算了，还是个香肠嘴！上台之后连点表现欲都没有！没自信还做什么艺人！"戴恩就快狂飙了。

事实上，他们的团队讨论也是被拍下来直播的。这便是这个节目的卖点之一。

米尘不得不拽了拽戴恩的袖子，小声说："戴恩！戴恩！正在录影中呢！"

戴恩重重地叹了口气，别过头去。

"他的嗓音其实还不错啦……"安塞尔抱着脑袋，"长得也还可以，就是……就是这个样子出现在观众面前，真的有人会粉他吗？"

"好了，我觉得在观众眼中看起来越不可能成功的，我们改造起来才越有看头嘛。就好比陆溪那个团队抽中的三号，本身条件就不错，只是路线歪了。陆溪他们的团队再改造，也只能将他改造成观众可以想象得到的样子，有什么意义吗？这个五号能让我们走到观众的想象之外，这不是很好吗？"

这时候，节目组的工作人员以及"五号"的现任经纪人将他送了进来。

"五号"的名字叫做乔颖希。

在米尘看来，这其实是个挺不错的名字。戴恩却抱怨真是女里女气，怪不得人站在台上也是软绵绵的。

而安塞尔则觉得这个乔颖希未免也太瘦了，绕着他走了一圈，安塞尔撞了撞米尘问道："小米，这是不是就是你们女孩子经常说的'白斩鸡'？"

"安塞尔，这样不礼貌。"米尘看了眼摄像机，她真的不知道什么该说什么不该说。

万一一个不小心，她说了什么触怒对方自尊心的话被播出来，会招来黑子。

这第一周的《梦工厂》并不会将改造结果公布，而是会留下一周的时间给所有团队做足准备，将悬念留至下一期。

米尘听到慕容枫以及洪月盈对本期节目做的总结之后，不由得呼出一口气来。

听说明天节目将会重播，米尘只觉得心情紧张，别说重播了，连微博留言都不敢刷了。

倒是连萧在车上看了看观众对本期节目的评语，表示还算满意。

观众们表示戴恩虽然狂酷跩，但批评乔颖希缺点的时候针针见血，是个有眼力的人。

再加上大部分的粉丝看见的都是安塞尔在T台上的表现，难得他竟然以这样生动的形式出现在荧幕上，观众也觉得很新奇。

[第九章] 大战初捷

对于米尘，观众的普遍感觉就是太闷了。但是能让三个大腕开口称赞，他们相信这是高手不露相。

"不错不错！观众对我们的期待度很高！我就说了，乔颖希看起来越糟糕，我们发挥的余地就越大！好——为了庆祝我们抽到这样一朵奇葩，我决定明天放假一天！大家好好充电休息！"

"什么？"戴恩惊了，"我们只有一周的时间，分秒必争得搞定那个乔颖希！你竟然还要休息一天？"

连萧高深莫测地笑了笑，"别激动嘛。形象上的东西，只要有了正确的方向，给你们一天的时间就够了。我得改变他的曲目风格，让他适应观众的喜好，还要能展现他的歌喉。这才是真正需要时间的地方。"

"确实也是。"戴恩点了点头。

米尘这才明白，这场比赛比想象中要复杂很多。

仅靠他们为乔颖希打造出合适的形象，但一个艺人的发展并不仅仅是外在，还包括他表现给公众的才能。比如说演员的演技，歌手的唱功。

连萧不仅仅要把握乔颖希的形象塑造，更要为他找到最适合表现他自己的那首歌。

米尘回到家，累坏了，倒头就睡了个天昏地暗。

第二天，喵喵老早就去上班了，只剩下米尘呼呼大睡。

她是被手机铃声闹醒的，连手机号码都没看，米尘闭着眼睛接通了电话。

"喂……您好，我是米尘……"

"我是厉墨钧。"

两秒之后，米尘腾地从床上坐了起来。

什么？厉墨钧？他这么早打电话给她做什么。

等等，也不算早了……已经上午九点二十了！

难道今天厉墨钧有通告？

"十点钟准时到帝柏湾。"

说完，电话就挂断了。米尘吭哧吭哧赶紧下床，忙活了起来。

天啊，还剩下四十分钟！怎么今天打电话来的不是连萧呢？厉墨钧很少亲自打电话给她呀！

今天厉墨钧有通告？她怎么不记得？

米尘赶紧洗漱了，冲出星苑，拦下一辆出租车就赶去了帝柏湾。以往，替米尘开门的是连萧，而这一次，竟然是厉墨钧站在门前。

"进来吧。"

米尘狐疑地跟在厉墨钧的身后进了客厅。厉墨钧在沙发前坐下,手指点了点身旁的位置。

"坐吧。"

今天难道不是有通告需要她来上妆?

米尘更加难以理解地望向厉墨钧的侧脸。对方抬起手,按了一下遥控器,背投电视机竟然开启了,而且他还将频道调到了《梦工厂》的重播。

"厉先生……今天没有通告吗?"米尘终于忍不住开口问。

"没有。"

米尘顿时要哭了。没有通告你把我叫来做什么嘞?当然,作为你的专属化妆师,我理应随叫随到!只是坐在这里陪你看电视算是什么情况?

画面上出现了皇朝影业的几个团队,无论谈吐举止都很有范儿。接着到了陆溪的团队,米尘看着林如意,她一姐风范十足,轻易就把控了现场气氛。

等到主持人开始介绍连萧的团队时,最为闪耀的莫过于安塞尔。但是米尘发现自己真的像慕容枫所说,连找都找不着她。这也没有办法啊,安塞尔的海拔已经够高了,连萧和戴恩也都超过一米七五,摄像机若是要拍他们三人交谈时候的表情,还真不是那么容易拍到她。

"米尘,作为一个化妆师,你不需要将自己打扮成天后巨星,也不需要勉强自己八面玲珑,你只需要做好自己该做的事情。但即便是这样,你必须要让你的化妆对象信任你。"

在那一刻,米尘忽然明白厉墨钧请自己来看节目重播的原因是什么。

她确实不够自信,而且总是担心自己做错了什么。这样患得患失,是没有办法做好事情的。

之前害羞的心情逐渐放下,她也聚精会神地看起节目来,这时候,她才真正对自己的其他对手有所了解。他们的化妆风格是怎样的,擅长舞台风格还是拍摄风格等等。米尘也逐渐能估测到自己在这一群化妆师中的水平。

终于到了插播广告,米尘呼了一口气。

"吃过早饭没有。"

"啊……吃过了。"

"不擅长说谎就不要在我面前说谎。"

厉墨钧甚至没有侧过眼来看她,就知道她撒谎了?她也不知道为什么自己会说自己吃过了。大概是因为厉墨钧是一个生活很有规律的人。而她在他面前下意

识地想表现出这种规律。

米尘低着头,被戳穿之后觉得尴尬。

厉墨钧却起了身,走向厨房。米尘听见了冰箱被打开,鸡蛋磕在煎锅上的脆响。

难道厉墨钧也没有吃早餐?这怎么可能!

过了没多久,厉墨钧就端着一个白瓷餐盘走了过来,将盘子放在米尘面前的茶几上。

"吃吧。"

还有一杯热腾腾的牛奶。

米尘有种受宠若惊的感觉。自从《飨宴》杀青之后,米尘就再没见过厉墨钧进厨房了。

这份早餐也很简单。煎蛋、德国热狗、黄油西多士以及番茄片。不需要什么特别的烹饪技法,但米尘却觉得香气扑鼻胃口大开。她喝了口牛奶,煎蛋的外表脆脆的,里面还有溏心。

心里面莫名感到暖洋洋。

屏幕上正在播放的是十名艺人的才艺表演。

正好播放到陆溪团队所抽中的那个三号歌手。他的声线很有穿透力,音乐也很火爆,但在国内,真正喜欢摇滚的人并不多。

"如果我的预估没有错,陆溪应该会考虑改变他的曲风,向英伦朋克哥特风靠拢。前段时间正好热播了一部吸血鬼电影,在年轻观众中很有票房号召力。在形象上,他也很有可能参照电影里的阴郁风格。这些都是我的猜想,建立在我原本对陆溪这个人的了解之上。"

米尘一直认为厉墨钧只活在自己的世界里,只关心他认为值得关心的事情,没想到他竟然还留意过陆溪。

接着到了五号选手乔颖希。

"他的外形并不出众,你想过要怎样为他上妆吗?"厉墨钧完全公事公办的口吻。

说起来这个节目与厉墨钧没有直接关系,因为厉墨钧根本不会在节目上出现。

可是偏偏无论连萧还是米尘,都是厉墨钧身边的人。

米尘正好吃完了盘中的早餐,提起上妆,她也认真了起来,"因为他的眼角向下,会让人觉得有些没精神,所以我要突显他的眼部。我觉得眼角向下就向下,不需要刻意去修正,反而这也是一个人的气质。比如说忧郁、伤感、低调等等。

另外一个难点是他的唇。大部分观众可能对他的唇会比较在意，所以我想要突显他的颧骨与鼻骨，提高他脸部的立体感，起到转移视线的效果。不过这一切都要看安塞尔和戴恩对他的形象有什么想法。"

这时候，电视里正在播放所有团队进行团队讨论的场景。

不少化妆师和经纪人的犀利程度让米尘咋舌。就好比在连萧面前谦恭有礼的陆溪，当着三号的面，将他的形象、曲风都批到一文不值。米尘都有点担心那个三号会不会哭出来。接着就是林如意对他脸上妆容的批判——庸俗不堪。

反观连萧的团队，言辞最激烈的也只是戴恩而已，连萧对一切都是云淡风轻的态度，安塞尔虽然想说什么，也变成了碎碎念，当然他碎碎念的样子也很受女性观众的喜爱。反倒是米尘，依旧没有存在感。

甚至有些观众甚至在《梦工厂》的官方微博上直言，觉得米尘就像个没有主见和稀泥的家伙。

米尘看到这样的留言是伤心的。她不是那种对别人大加批判来吸取注意力的人。

"米尘，你不一定要像陆溪或者林如意那样以贬低他人来体现自己的优越感。但是无论是观众也好，还是乔颖希也好，他们都希望从你口中听到你的想法。表达自己的见解有时候也是获得信任的方式。乔颖希也希望能从你这里知道，你能改变他。敢于表达自己态度的人才有能力改变别人。"

米尘看着屏幕上的乔颖希，皱起了眉头。她忽然明白自己的问题到底在哪里了。她太在意别人对她的看法，她恐惧自己站在公众的视野之中会面临那些恶意相向的批评指责。但事实上这些都比不上乔颖希，他经历过的只怕比米尘要糟糕得多。

"谢谢。"米尘小声说。

第二天，连萧将米尘他们带到了一个录音棚，当他们见到正闭着眼睛放声歌唱的乔颖希时，都愣住了。

这首歌的主旋律仍旧是乔颖希之前的那首校园歌曲，只是整体的基调都被改变了。Key的跨度更大，各种和弦和配曲交融在一起，这首歌的气质顿时上升了几个层次。最重要的是，乔颖希的嗓音完全被放开。

连萧抱着胳膊，站在玻璃的另一面看着他。

"我不知道他原本的经纪人是怎么考虑的，也不知道皇朝影业到底有没有培养歌手的经验。我只想说，如果他在我的手上，早就红了。外形一般，正好走实力派的路线。"连萧的唇上满是自信。

第九章 大战初捷

米尘这才了解到为什么这个团队需要有一个经纪人来当领队。无论是化妆师还是服装师或是发型师，能改变的只是乔颖希的外在。只有连萧这样有眼力的经纪人，才能赋予他新的方向。

"你们对于他的形象有没有什么想法？"连萧开口问。

"既然你已经决定让他走实力派了，自然不能像其他偶像明星那样哗众取宠。发型方面要以利落干练为主。他那犹抱琵琶半遮面的刘海我可受不了。我估计之前的发型师是想以这个发型来遮盖他的下吊眼，但适得其反，整个人显得拖泥带水，没质感。"

"服装搭配我想我会以沉稳为主，搭配一些时尚元素，不会太过。"

连萧再看了看米尘，发现她仍旧望着玻璃。连萧走过去，在她耳边打了个响指。

"喂，回神了米尘！"

"啊……哦！"

"你对乔颖希的形象有什么想法吗？"连萧将刚才戴恩和安塞尔的想法总结了一遍。

米尘刚想说自己会全力配合戴恩与安塞尔，可是脑海中忽然想起厉墨钧对她说过的话。

——敢于表达自己态度的人才有能力改变别人。

"连先生，你觉得让乔颖希走厉墨钧的风格怎么样？"

连萧一口口水差点没喷出来，"什么？厉墨钧的风格？高冷不苟言笑拒人千里之外，乔颖希hold不住的！"

"不苟言笑是有一点，但是高冷和拒人于千里之外有吗？"米尘从自己的背包里翻出一本电影杂志，稀里哗啦翻了一通，然后送到连萧的面前，"就是这样子的！你不觉得很帅吗？"

连萧低头看了看杂志，然后将它接了过去，靠着墙似乎在思考什么。

戴恩与安塞尔也好奇地凑了过去。

杂志上的厉墨钧站在一匹骏马旁，左手扯着缰绳，右手执着马鞭，脸上依旧是漠然的表情，让人心生敬畏却又忍不住一直注视。

"这个形象挺不错的！米尘，你有话就好好说，什么厉墨钧的风格啊！这明明就是内敛禁欲贵族风！"戴恩无奈地翻了个白眼。

"对对对！我就是这个意思！内敛禁……禁欲贵族风！"米尘觉得戴恩总结得实在太好了！

浮色

安塞尔也在杂志纸面上弹了一下,兴奋地说:"这个路线很高端啊!许多欧美名模都很喜欢这种风格!乔颖希虽然个子不高,但是身材比例还不错!打造成内敛贵族风,气质可以弥补他五官的缺陷。"

"而且这首歌的曲风也是悠远深沉,在高潮处推进,你不觉得这种风格与这首歌很相配吗?一开始的压抑到后期的爆发,一个人压抑得越深他的情感也越有力度,正好从这种外形风格体现出来啊!"米尘也睁大了眼睛看着连萧,一脸期待。

连萧却眯着眼睛问米尘:"我说米尘啊,在你心里厉墨钧不是高冷不苟言笑拒人千里之外吗?"

米尘顿了顿,摇了摇头。

厉墨钧不是高冷,他只是不喜欢没有意义的寒暄对话。

他也不是不苟言笑,至少他对她的提点已经不是一次两次。

他更加不是拒人千里之外,至少对她不是这样。

"哦,那你觉得厉墨钧是怎样的?"连萧半开玩笑地问。

米尘想起厉墨钧为自己做的那顿早饭,很想回答:居家宜嫁好男人。

但估计不只是连萧会喷饭,厉墨钧会一脚踹了她滚蛋。

她只能回答说:"就是内敛那个什么贵族风啊!"

"'那个什么'是什么啊?"连萧好笑地问。

"唉,就是那两个字嘛!"

连萧也不再调侃米尘了,他向其他人点了点头说:"很好,就这个风格!"

午饭之后,一行人转战至戴恩的工作室。

戴恩拧了拧手指,终于找到机会将乔颖希让他不顺眼很久的刘海剪掉了!

只看见他手中的剪子就似乎要飞起来一般,连安塞尔都忍不住走近了看。

名家出手果然非同凡响!

戴恩完全将乔颖希的刘海剪了去,瞬间脸形就变长,整个发型显得时尚又有几分高贵感。之后,戴恩又将乔颖希之前染的黄色全部洗掉,染回了黑色。安塞尔点了点头说:"其实东方人肤色本来就偏黄,很多人并不能驾驭黄色的头发,因为会让肤色显得更黄。染回了黑色反而更合适!"

戴恩笑了笑,替乔颖希又挑染了几抹银色,打破了原本黑发的沉闷,又不会像其他挑染发型那样给人以轻佻感。高贵的特质顿时升级。

戴恩抱着胳膊向后退了几步,似乎十分满意自己的作品,然后朝安塞尔哼了哼,"剩下的就交给你了!"

安塞尔点了点头,"早就有想法了!"

第九章
大战初捷

乔颖希又被转移了阵地,来到安塞尔的服装仓库。

安塞尔随手取了几件深色的衣服,给乔颖希换上之后,戴恩眯着眼睛摇了摇头:"就这样!哪来的内敛禁欲高贵风。"

安塞尔就像没听见一样,不断在衣服上做下记号,然后让乔颖希将衣服脱了下来。

"你着急什么。服装又不像发型。乔颖希的身材比起一般模特要瘦小一些,当然要做大改动。反正时间还有!"

时间也不早了,连萧催促着乔颖希回去休息,一定要保证睡眠。

就在米尘要跟着乔颖希还有连萧一起离开的时候,戴恩却把米尘拽了回来。

"等等,你不觉得你也需要修整一下发型了吗?连萧说灰姑娘之类的你是无望了,你的定位是神仙教母,可我怎么看你这样子也是仙不起来!"

说完,米尘被按在了座椅上,戴恩不由分说咔嚓咔嚓就把米尘的头发给剪了。不到十分钟,米尘的蘑菇头就变成了小碎发清新风了。

她在镜子前左看看右看看,"戴恩!真好看!谢谢你!"

"不用谢。厉墨钧叫我给你剪的。"

"厉墨钧?那个大冰块一样的男人?"在一旁看着的安塞尔也觉得很惊讶。

"是啊。他说米尘需要换一个能让人看清楚她脸的发型了。不需要太时尚,不需要太大牌,要保留米尘最原本的样子。"

米尘笑了。这就是厉墨钧,他没有任何溢美之词,也不会刻意露出任何亲近的姿态。他以冷漠面对任何人,但只要你靠近他的世界,细细去体会,就能感受到属于厉墨钧的温热。

终于,到了《梦工厂》的第二周,能力见分晓的时刻。

坐在前去节目组的车上,米尘的手机震了震,她接到了两条短信。

白意涵:我会一直看着你,所以什么也不用担心。

米尘抿着唇,回复对方:就是因为你看着我,所以我才会紧张啊!

打开另一条短信,竟然是厉墨钧。这个家伙连话都说得很少,竟然会费时间打字?

厉墨钧:不要在意别人的眼光、评论、观点,做好你自己。

米尘愣了愣,手指抚过那几行短短的字,她甚至可以想象得到如果厉墨钧说这番话时是怎样的语气和表情。有时候她觉得很奇怪,厉墨钧好像一直在看着她,可是当她转身时,他望向的又是别处。

好吧,她就要走上她的舞台。对于她而言,那并不是战场,她没有想过击败任何人，但也许她能成就乔颖希的梦想。那一刻，她觉得自己的指尖在发烫。成为化妆师，也许是她人生中最明智的选择。

节目开始，连萧的团队在后台紧张地忙碌着。乔颖希穿上了安塞尔为他设计的服装，整个人的气质三百六十度大转弯。肩膀的宽度被修饰，背脊十分挺拔，就连腰线也出来了，而且双腿还显得很修长。安塞尔为他配了长靴，包裹出笔直的小腿，让人忍不住想要多看两眼。

站在试装镜前的乔颖希也愣住了，他完全没想到自己竟然能有这样的好身材。

戴恩不得不鼓起掌来，"干得不错！不过米尘，他的脸可就靠你了！"

米尘微微一笑，乔颖希坐在了化妆镜前。米尘仍旧习惯站着。这时候负责采访的摄影记者已经进来。

当他瞥见乔颖希的瞬间，就将摄像机拨开，"天啊！这真是极大的转变！我要将惊喜留到台上！"

乔颖希听他那么说，露出羞涩的笑容。

记者来到米尘身后，挡住摄像机，让画面刚好只能拍到米尘。

"那个米尘小姐，有不少观众表示乔颖希的长相实在太没有明星气质了！对此你有没有什么看法呢？"

米尘犹豫了片刻，她真的没有想到她竟然还有讲话的机会。她该怎么说？会不会她的想法观众并不认同接受？这样就会影响到对他们这个团队的投票了！

敢于表达自己态度的人才有能力改变别人。

厉墨钧金属般的声音敲击着她的大脑，令她瞬间清醒了起来。

"其实在我看来，所谓的'明星气质'也是当一个人在演艺圈里有了足够的阅历而来的。就好比大家十分尊崇的白意涵和厉墨钧，他们在刚入行的时候也有青涩的一面。确实，乔颖希的五官没有得天独厚的基础，可是在我看来，他拥有许多偶像明星没有的特质。我也看了网上的微博评论，有网友说乔颖希的眼睛长得不好看，也有人说他的嘴唇像是德国烤肠，还有人说他的脸太短简直就是柿饼。当然还有更刻薄的留言。我不会去改变乔颖希这些五官特质，但《梦工厂》就是这样一个地方——前一刻你抨击乔颖希的东西，后一刻可能让你奉若经典不可自拔。"

说完，米尘转过身去，替乔颖希上底妆。

采访记者也没想到在第一期闷不作声的米尘，竟然能说出这么一长串话来。而且还这么自信满满。

"那个，你介意我们拍摄你化妆的过程吗？"

第九章 大战初捷

"不介意,我不会手抖的。"

米尘笑着在自己的手背上试颜色。她忽然体会到了林润安的感觉。米尘曾经跟着林润安去过一些秀场。当林润安为那些模特们上妆时,不少人挤在他的身旁观看,提问题,而林润安总能游刃有余地回答。

一层一层的颜色上了上去,并不会让人觉得厚重。只是每一分钟的乔颖希都比上一分钟似乎多了一些变化。

摄影记者不知不觉也看入了迷。

直到米尘开始为乔颖希修补唇色的时候,摄影记者才悄然离开。

最后的盛宴即将到来。一百位评委大众翘首以待。

米尘注意到的是一位名叫舒桦的经纪人所带领的团队,对艺人的包装能力叹为观止。他们抽中的艺人原本走的是运动风格,他们竟能硬生生逆转成优雅贵公子风,而原本的hip pop风格的曲子里加入了中国风元素,这竟是时下最流行的,而且结合得丝毫没有突兀感。

米尘瞧瞧刷了刷官方微博,真的不得了,已经有不少网友点赞了。

连萧倒是很坦然地笑了,他向米尘侧了侧脑袋,"这个经纪人挺有能耐。当初星耀还想过要把他从皇朝影业挖过来呢。看来舒桦的团队将会成为我们问鼎这个节目的绊脚石。"

终于到了三号艺人。整个舞台灯光骤然暗淡了下来。

头顶传来教堂钟声,由远及近,空灵犹如深渊。

三号艺人李博恒身着一袭白色西装出现,坐在华丽而复古的椅子上,当他微微抬起头来,细长入鬓的眉梢,深邃的双目、下眼睑处浓厚的阴影以及向一侧勾起的唇角,无一不透露出魅惑的气息。

哥特式的风琴乐响起,犹如歌剧魅影,配上李博恒独特的声线,果真有一种月夜来临的神秘感。白与黑的强烈对比,仿佛夜里绽放而出的妖娆之花。

没想到真的被厉墨钧料中了!陆溪果然将李博恒打造成哥特风!

别说观众了,就连米尘都觉得十分养眼,心跳加速。

重金属音乐响起,仿佛月夜被残忍撕裂,李博恒的摇滚唱腔乍现,冲击力十足。

连萧侧过头看了看陆溪,朝对方竖起了大拇指。

李博恒的表演结束,顿时得到了全场最高分,不断有短信发送到节目组,投票支持李博恒。

不过台上短短五分钟而已,李博恒的微博从原本的冷清到现在粉丝的上涨趋势比牛市股票还要凶猛。

戴恩担心了起来,他用胳膊肘顶了顶连萧,"乔颖希不会半路掉链子吧?"

"不会,这是他最后的机会。如果这一次他都无法吸引观众任何注意力,我打赌皇朝影业会彻底放弃他。"

终于,到了乔颖希出场的时候了。米尘为他做了最后的补妆,他有些紧张地看着米尘说:"李博恒表现得太好了……无论如何我也是无法超过他的吧……"

"看不出来你野心还挺大,能超过李博恒的话,基本上你就是这一周的冠军了。"连萧抱着胳膊笑道,"如果要把你塑造成那种风格,其实对我们来说易如反掌。但陆溪给李博恒的那条路太窄了,你觉得他能一直沿着英伦朋克风唱摇滚吗?我们要你赢的不是一轮比赛,而是你的前途。"

"是的,连先生!我明白!"

仍旧是原先的那首校园歌曲,前奏却多了更多重复的旋律,随着被撩拨而起的心绪,乔颖希缓缓走了出来。

他的脸上没有笑意,闭着的眼睛是淡淡的悲伤。他的声音沉稳而有深度,当灯光照在他的身上,观众们顿时睁大了眼睛。不似李博恒那种阴郁幽暗的风格,乔颖希更像是被月光照拂的窗棂,所有情感被关闭在那扇窗中。

大屏幕上展现出乔颖希的表情,四面八方的风从遥远之地集结而来,当他睁开眼睛,目光流转,他就像是黑暗之中孤独的旅人,默默看着那个他最在乎的人。尽管对方的视线无数次掠过也无数次离开,他总是能压抑一切,迎接这样无止境的轮回。

观众席一片安静,直到他的情感爆发而出。那不是撕心裂肺或者呼天抢地,而是一浪高过一浪,无数次地叠加,终于汹涌澎湃。观众的情绪被带起,涌向最高潮。乔颖希闭上眼睛,释放出他所有的声音。

而在音调最高的地方,配乐骤然停下,剩下的是乔颖希的清唱。仍旧是极具穿透力的歌声,向所有人昭告他的实力。

整个会场里似乎仍旧回荡着他的声音。

最后的最后,他握着麦克风闭上眼睛,浅声吟唱。观众们仿佛从万米高空跌落至细沙流淌的河底。

领首时的姿态被放在大屏幕上,孤独而优雅,令人心疼。

最后,乔颖希深深向大家鞠躬,热烈的掌声四面八方涌来。他久久没有起身,所有人都知道,他落泪了。

连萧靠着椅背,淡然地看着这一幕。

第九章 大战初捷

投票的时候，令人惊讶的事情发生了，一百名场内观众竟然全票投给了乔颖希。之前李博恒的票数也只有八十多票而已！现在就看场外观众的投票会不会让比赛结果发生逆转。

毕竟李博恒的哥特式风格很符合年轻人的喜好，而他们是短信以及网络投票的主力军。会欣赏乔颖希的一般是年纪偏二十五岁以后，有一定生活阅历和深度的人，可这样的人却未必会做发短信支持参赛者或者网络投票之类的事情。

票数仍旧在不断统计中，之后还有五名选手的表演。只可惜经历了乔颖希之后，观众们食髓知味。如果没有意外，本周的冠军就在李博恒与乔颖希之间。

但是无论乔颖希能不能夺冠都不再重要了，因为整个演艺圈都看见了他的实力以及可塑造性。

连萧低着头不知道在看什么，还撞了撞米尘，"转发一下。"

米尘低头一看，这不是前几天米尘第一次为乔颖希试妆时候的照片吗？

乔颖希站在镜子前，转过身来，他的笑容有些羞涩，微微下吊的眼睛经过米尘的修饰流露出岁月洗练沉敛如沙之感，微微上翘的唇角，笑容并不大，落寞之中又有几分历经沧桑的成熟。

米尘将照片转发了，顺带还"艾特"了一下白意涵，几乎就在下一秒，白意涵就将这张照片转发出去了。

米尘本来就有许多粉丝，他们看到这张照片之后，留言也炸开了锅。

天啊！这是最初的吊眼男吗？怎么看起来这么深沉有范儿了？

小米粒 style！起死回生！

你可以与上帝并肩了，真是化腐朽为神奇啊！

而米尘很认真地在微博里说：我只是一个普通的化妆师，我创造不了任何奇迹。每一个向着梦想飞行的灵魂，都在热烈燃烧着。

在她的微博下面，无数人点赞留言表示会为乔颖希投票。

而所有投票截止时间则是在当晚的十二点。

连萧他们一起来到后台与乔颖希碰面。乔颖希深深地向连萧他们鞠躬。

"谢谢你们。除了谢谢……我不知道还能说些什么了……"

连萧好笑地说："你还没拿到这一周的冠军，谢我们什么？"

乔颖希抬起头，揉了揉眼睛，"就像……就像连先生你说的，什么冠军之类的并不重要，而是要弄清楚自己到底要走一条怎样的道路……"

"你能这样想就最好了。"连萧看见乔颖希的现任经纪人一脸狗腿地走过来，他故意低下身，在乔颖希耳边说，"我不介意你来星耀天下。毕竟这样看来，我们星耀更适合你。"

乔颖希的经纪人立即露出一脸快哭的表情，"连先生，你可不要开玩笑啊！刚才我还接到电话说下个月就要为乔颖希筹备新专辑了呢！而且预算还不少！"

这个画面被跟拍的摄像机录了下来，米尘有些担心地看着连萧，这样大摇大摆地挖皇朝影业的艺人真的不要紧吗？

连萧却无所谓地朝米尘眨了眨眼睛："这样节目收视率才高！"

终于，到了凌晨十二点，观众投票结果即将公布。米尘有些紧张地捂住自己的胸口。

口袋里震了震，米尘悄悄打开短信看了一眼。

白意涵：你在紧张什么？

米尘四下张望，白意涵看见她了？

在灯光没有照耀的角落，她看见白意涵一脸悠闲地靠着墙，笑望着自己。

白意涵低下头，又发了一条短信给她：今天的小米粒真的很帅气。

米尘愣了愣，一直以来都是方承烨叫她小米粒，大多数时候白意涵都是叫她小米。

可不知道为什么，想象着白意涵用他独有的醇厚嗓音说出这段话，米尘的心跳加速，难以控制。

慕容枫终于得到了统计结果，他大声念了起来："本周《梦工厂》的冠军是——乔颖希！他以一千六百票的微弱优势赢过李博恒！我想乔颖希要感激连萧所带领的团队，帮助他完成了这一次的华丽蜕变！"

慕容枫的声音似乎十分遥远，而米尘看见的只有白意涵唇上的笑容。

比赛采取计分方式，这一周，连萧的团队拿到了满分十分，而陆溪的团队屈居第二，拿到了八分。皇朝影业的舒桦拿到了七分。

到了公布下周需要被打造艺人的时候了。

这一次，全部都是女艺人。依旧是坑爹到让人汗颜的造型，以及不怎么搭调的曲风。

仍旧是连萧上台抽签，结果抽中的是一个走清纯小女生路线的歌手。

下一周挑战又将到来。观众们的期望值被拔得很高，通过这个节目，没有人不可能红。

节目结束，所有演职人员离开的时候，米尘在后台见到了林如意。

林如意向米尘伸出了手，"干得不错，乔颖希很上镜。"

"谢谢林组长！"米尘的手刚碰上对方，就被猛地拽了过去。

[第九章]

大战初捷

"不要太洋洋得意。下一场谁赢谁输还不一定。"她的声音压得很低,脸上是满满赞赏的笑意。

米尘听在耳中,却是一阵凉飕飕。林如意拍了拍米尘的后背,完全一副大度并且为米尘的成功感到高兴的模样。

这一期的节目终于录制结束,皇朝的女歌手赵纤来到后台与连萧他们碰面。

赵纤和之前乔颖希的态度可谓天差地别。她的脸上画着厚厚的眼线,冷漠的妆容,她的歌也是以蓝调略带高冷的风格为主。赵纤的家境很好,父亲也是皇朝影业里的股东之一,自然也不惜花重金来捧自己的女儿。无奈蓝调在国内并非主流,就算他们请了国外有名的作曲家为赵纤拔刀,结果却依旧一般。

"我的形象随便你们怎么改!但是我只唱蓝调。"赵纤抱着胳膊坐在沙发上,跷着腿,丝毫没有把连萧放在眼里。

赵纤的现任经纪人赶紧上前赔笑,"连先生你千万别介意,我们赵纤其实很努力,而且她很有实力,蓝调唱得也真的是一流水平。"

连萧也不怒,淡淡笑了笑道:"就是观众不接受嘛。"

赵纤的脸色变了。她虽然出道三年了都没红,唱片卖得也很惨淡,难听的话她不是没听过,连萧这种已经不算最难听的,但不知为何就是觉得刺耳。

"今天时候也不早了,我和我的团队需要休息。我看我们明天再商量一下要怎么重新规划风格路线吧。"

连萧倒是很潇洒地带着所有人转身就走了。

安塞尔搂着米尘,有些担心地说:"我感觉那个赵纤,明明没什么名气,脾气却比一线国际名模还大。"

"不用担心,如果她耍脾气不打算参加比赛了,对于我们而言,不是正好?"连萧倒是显得十分轻松。

第二天,连萧的团队在戴恩的工作室里讨论该如何塑造赵纤的形象。

安塞尔与戴恩又掐起来了,米尘揉了揉额角,她不明白就安塞尔那个水平的中文怎么能和戴恩闹得起来。

倒是连萧摸着下巴一副坐山观虎斗的模样。

一个多小时都没有进展,米尘真的快要忍不住了,她一把按下了安塞尔的脑袋,开口道:"能不能让我说句话!大家有没有考虑过让赵纤走中性风!这种雌雄莫辨,高冷帅气的中性风不是现在年轻人追捧的吗?"

连萧的眼睛眯了起来,他很感兴趣。

安塞尔第一个出声支持她的想法:"我觉得很不错啊!蓝调配中性风!现在欧

美时装界也很流行中性风。比如经常有一些男模会去客串女模的时装秀。还有一些女性时装的设计也逐渐偏向利落果断的风格!"

戴恩也点了点头,"从发型上来说,这种风格也很有发挥的余地。"

连萧摸了摸下巴,"蓝调本身就是一种讲究感觉和意蕴的音乐。如果走完全的古典路线,赵纤是完全没有市场的。既然《梦工厂》是现场节目,那就让赵纤在表演上更加迎合观众的喜好。另外,她的歌我也得好好改一改。蓝调的本质不变,但是得更有现代感。"

这方面,连萧才是行家。

这时候,连萧接到了一个电话,转而对米尘说:"小米,收拾东西,去机场,跟厉墨钧飞日本。"

"啊?怎么了?这边不是还要录节目吗?"

"既然我们已经决定了赵纤的风格,其他的东西就不着急。你只是去日本三天而已。等到你从日本回来,正好赵纤的曲子也定下来了,安塞尔和戴恩对她的形象也有比较确定的想法。"

米尘明白,在这个团队里,她作为化妆师的灵活性是最大的。

"厉墨钧去日本做什么?"

"《金权天下》在日本热映,他要去配合宣传。这可是个闲差,下了宣传,你可以跟着厉墨钧去吃吃喝喝。当然……大部分时候他会待在酒店里,如果你日语好,可以自己去玩玩。"

米尘窘了。这不是白说吗?她能分辨出日语和韩语已经不错了。

她赶紧回到家,收拾了衣服,打车前往机场。

在航空公司的VIP候机室里,她见到了穿着深色风衣的厉墨钧。

天气已经转凉,而东京比这里还要冷。

厉墨钧的风衣领口是一层毛领,衬得他的侧脸更加俊挺。他低着头,左手是一份报纸。他的身边是一位随行助理和身着黑色西装的保镖。

[第十章]
日本之行

米尘刚要上前，厉墨钧就将手腕抬起看了看腕表，然后掏出手机。米尘的手机在同一时刻振动了起来。

"你在哪里，怎么还没有到？"依旧没有起伏的声音，带着些许压迫感，但米尘却没有感到丝毫惧意。

"我就在你左边。"

话音落下，厉墨钧转过头来，他的目光如同被拨开的海面，看似冰冷，却吹着和煦的风。

米尘拉着行李箱来到了厉墨钧的面前，没想到对方却低头看着她的箱子。

"以后，在你收拾行李之前先了解当地温度。"

米尘这才意识到，日本比她想象中可能要冷得多。

"登机。"厉墨钧转身而去。

他是这么多明星大腕里少有的出行连墨镜都不戴的。米尘觉得这样很好，候机厅里又没有日光，戴着墨镜就像装逼。而且厉墨钧周身散发出来的拒绝气息，也让认出他的影迷望而却步。

果然，厉墨钧走在最前面，双手插在风衣口袋里，目视前方，长腿迈开，周围赶飞机的乘客们也只有驻足叹息的份了。

米尘拉着行李箱，她腿短，速度比不上厉墨钧，连剩下的那位助理和保镖也甩了她两三米远。

保镖是星耀新配给厉墨钧的，米尘没见过。但是助理小陈却是厉墨钧身边的老面孔了。保镖是得紧跟厉墨钧的，小陈却知道米尘能连续做了几个月厉墨钧的专属化妆师还没被炒，看来深得老板心意。

"米尘姐！我来帮你！"

"不用不用！也没多少东西！"米尘不好意思地说。

"你和别的女同事还真不一样。她们出门，都是一个大箱子，全副武装，什么东西都往里面塞！你箱子里有带大衣吗？东京这两天温度骤降了。"

"没……有……"米尘开始想象自己站在冰冷的风中抖鼻涕的悲惨模样了。

"啊哈，其实也不要紧了。你可以去日本商场逛一逛，买两件御寒的衣服。"

米尘觉得这个想法非常好！好不容易来趟日本，让她偶尔放纵一下有何不可。

就在米尘低头畅想自己在东京shopping的画面时，脚尖忽然撞在了箱子上，只听见厉墨钧的声音从头顶坠落而下，透心凉，背脊都僵了。

"你到底是她的助理，还是我的助理？"

厉墨钧？他不是昂首挺胸走在最前面的吗？怎么折回来了？

小陈诚惶诚恐地放开箱子，结结巴巴解释道："厉……厉先生，我只是看米尘姐没有跟上来……所以……"

"她没有跟上我，也不会跟不上飞机。"厉墨钧的表情仍旧冷冷的。

"对不起，厉先生。"小陈低着头。

米尘顿时内疚了起来，小陈也是好意。你走得快难道还不许别人等等她吗？

"厉先生，是我不好，我走得太慢了。小陈也是好意……"

感觉厉墨钧的目光横了过来，有种被斩首的错觉，米尘即刻闭嘴。她现在和小陈是难兄难弟。

好在厉墨钧终于要转身走了，米尘呼出一口气来，正要去拉自己的行李箱，却没想到厉墨钧的手轻轻一勾，行李箱就跟着他走了。

这……这是什么情况？

"你想要听见广播里念你的名字吗？"

米尘摇了摇头，赶紧跟上。厉墨钧的长腿跨得比刚才幅度还大，米尘几乎要跑起来才能跟上。

她狐疑地望向小陈，以眼神询问他：厉墨钧到底怎么了？

小陈摇了摇头。厉墨钧的心思你别猜，你猜来猜去也猜不明白。

终于上了飞机，厉墨钧将米尘的行李箱轻松地推入了行李架，然后在靠窗的位置坐了下来。

米尘对了对自己的登机牌，她竟然和厉墨钧坐在一起？难道不该是保镖先生坐她旁边吗？

米尘不敢开口问，径自坐下，如果厉墨钧不满意，应该会主动赶她走。

她坐了下来，直到安全带都系好了，厉墨钧也没有开口说一句话，米尘这才安心起来。

米尘专心致志地看着电影，她没想到竟然有厉墨钧主演的《棋圣》。起手子落，便是一场风云。明明是沉闷的基调流水一般的剧情，却因为厉墨钧的表演展现出一种魅力。他每一个细微的表情，都牵动人心。

没过多久，空姐为头等舱的客人奉上了飞机餐。米尘看电影看得太入迷，一个不小心，鱼香茄子的酱汁就沿着下巴流下，眼看就要流到脖子上了。

她手忙脚乱地拆纸巾，却没想到旁边有人用餐巾纸托住了她的下巴，微微向

[第十章] 日本之行

上将酱汁擦了下来。

"该吃饭的时候好好吃。"厉墨钧的声音传来,表情也是冷冷的。

米尘的心塞了一下。我看的是你的电影好不好!这表示我这个员工对你的支持!

厉墨钧没有继续理睬米尘。他似乎没什么胃口,午餐吃了两口就放在一边了。

只是想起刚才厉墨钧透过餐巾纸传来的温度,米尘忽然觉得又不那么心塞了。依照她对厉墨钧的了解,对方不是应该继续高冷地看着她手忙脚乱地拆餐巾纸,最后酱汁顺着脖子流到衣领里去吗?

这再一次证明了米尘对厉墨钧的观点,他没有外表看起来那么冷。

用完了飞机餐,米尘开始犯困了。她脑袋歪到一边,睡了个天昏地暗。等到她再度醒来的时候,是因为飞机广播即将到达机场。

米尘动了动肩膀,这才发觉自己身上不知何时盖上了一条薄毛毯。

再看看一旁,厉墨钧的侧脸依旧清寂,看不出一丝痕迹。

领了行李走出通道,米尘看见那些举着海报、牌子等待的影迷们,呆住了。粗略地看了看,起码几百人。米尘知道厉墨钧的日本之行完全是星耀的临时计划,而这些影迷当然也是临时得到消息赶来的,就是这样竟然也有几百人。

看来,厉墨钧在亚洲地区的号召力真的不容小觑。当然,在这个唇红齿白弱质小生横行的年代,厉墨钧真的有种一览众山小之感。

他刚走出来,影迷们就有围上来的趋势。机场保安赶紧维持秩序,厉墨钧的保镖也来到了他的身边。

米尘回过头,看见小陈推着行李车走在最后面,她正考虑要不要去帮他,就感觉到手腕一紧,自己被拽了过去。

她的额头撞在厉墨钧的肩膀上,一抬头就看见对方微微皱起的眉头。

影迷们突破了重重防线,嚷嚷着米尘听不懂的语言,重复的句子就是什么"卡酷伊""爱意西的路"之类。她们的手伸过来,就是为了触碰厉墨钧,却总是被保镖先生拦下来。

他们举步艰难了起来,日本方面派出的接机人员赶来,与保镖一起将过分热情的影迷分隔开,为厉墨钧开辟出前进的道路。

就似怕她被挤走一般,厉墨钧的手指十分用力,几乎要嵌进米尘的腕骨之中。

米尘皱紧了眉头,疼得满脸泛白,她不得不伸手试图扳开厉墨钧的手指。而厉墨钧却拽得更用力了。

好不容易穿出重重包围,他们终于上了一辆黑色的保姆车。小陈还没来得及

浮色

上车呢,车门就关上,引擎发动,扬长而去。

"等等!小陈还没上车呢!他推着行李呢!"米尘转过头,看见影迷追了出来。

厉墨钧沉着脸,丝毫没有回答她的意思。米尘不明白,厉墨钧这又是怎么了。

跟着他们的翻译小林哲也转过头来好心地解释说:"小米你不用担心,公司还有一辆车会将陈君送到酒店的!"

米尘这才安下心来。她揉了揉自己的手腕,厉墨钧的指印清晰可见。

疼死她了!要是手腕被他捏碎了,她就彻底退休了!

接着,小林哲也向他们说了一下这几天的行程。今天下午和晚上他们在酒店休息。明天上午会有一个访谈节目,下午则是影迷见面会。而第三天也就是后天的中午,将有一个媒体招待宴会。后天的下午他们就能启程回国了。

米尘打开手机,这才看见一条短信。

白意涵:怎么关机了呢?

米尘赶紧回复:白大哥,我来日本了,为了宣传《金权天下》。你会不会来?

白意涵:我约了一个导演谈剧本,所以不会去了。如果行程不紧张,你就在日本好好玩玩吧。

米尘摸了摸自己的胳膊,刚出机场上车那段,还真的觉得很冷。看来真的要去买衣服穿了。

终于到了酒店,米尘是厉墨钧随行团队中唯一的女生,很荣幸地独享一间房。他们到达酒店二十分钟之后,小陈也来了。

大家表示休整一下,主办方将会安排厉墨钧以及随行人员的晚餐。

酒店房间很干净,她打开窗子向外望去,就看见了远处的高岛屋时代广场。

看了看时间,现在才下午四点,离约定的晚餐时间还有两个小时,足够她去买一件衣服御寒了。

高岛屋竟然有十四层,米尘抬头仰望了一下,她时间紧迫,赶紧买一件大衣就回去酒店吧,千万别错过了晚餐。

她试了一件军绿色的休闲款大衣,价格什么的也十分满意,刷了卡便穿上了身,只是走出商场之后,她发现了一个很严峻的问题。那就是她的酒店在哪个方向。

之前让她觉得繁华如梦的广告牌如今成了最大的障眼物。每条路看起来都大同小异,米尘有种站在世界中央不知去往何处的茫然感。

对了,酒店门卡上面印了酒店名称的!米尘赶紧翻包包,却悲催地发现她根本就没有把房卡拔下来!

[第十章]
日本之行

那个酒店叫什么名字来着？米尘打了个电话给小陈，小陈找了个工作人员，然后照葫芦画瓢地把酒店名称告诉了米尘。

米尘在心里不断默念酒店名称，拦了一辆出租车，将酒店名称念了出来。

出租车司机回头看了米尘一眼，表情有些狐疑。米尘以为对方没听清楚，于是将地址又复述了一遍。

司机的表情让米尘感到怪异，但是车子开了出去，米尘就是想要下车也来不及了。过了不久，出租车在一个十分繁华的地方停了下来，米尘四下看了看，所有的广告牌上只认得"新宿"两个字。

米尘怀疑地重复了一下酒店的名称，司机指了指某个方向，米尘心想也许从那条路走过去就是酒店的后门？

她付了钱，下了车，朝着那个方向走去。

只是越走，她就觉得越是奇怪。

她看见不少名车出入，街道上似乎是一些高级会所，甚至一些打扮庄重的女子刚走进去，偶尔还能看见长相俊美风度翩翩的男子经过，甚至还会朝她眨一眨眼睛。

她觉得画风实在不对，正要转身离开，忽然一个站在会所门口抽烟的男子拦住了她。对方是个十分英俊的男子，笑容有礼，夹着烟的姿态就像是从日本漫画里走出来的一样。明明他的动作唐突，米尘却无法觉得讨厌。

他说了一段日语，无论说话的声调还是节奏，不快不慢，微微上扬的尾音，让人有一种心痒的感觉。

但是米尘听不懂。

他顿了顿，换了英语。

"你是来到东京的游客吗？"

"是的。我想要回到自己的酒店，可不知为什么出租车司机把我带到这里了。"

对方微微愣了愣，米尘的英语是很纯正的伦敦腔，乍一听有些生硬，但仔细品味就能感觉到古典高雅的气韵，明显就是受到过良好的教育。

"那么你可以进来坐一坐，喝一点东西，然后打个电话，等你的朋友来接你，怎么样？"

"谢谢，但是不用了。我自己找个地方等着就好。"这里的会所看起来十分高级，米尘甚至还看到了有人穿着米兰定制奢侈大牌DNL的当季新款。

"没关系，作为游客也可以进来坐坐，算是感受一下当地人的生活。"

对方的笑容太过有礼，没有丝毫恶意。

"一杯柠檬可乐怎么样？"对方眨了眨眼睛。

男子挪了挪位置，米尘这才发现他右眼的眼角略微瘀青，颧骨也青了。

"别误会，这不是被吃醋的丈夫打伤的，只是一点意外而已。但是却影响了我今天的表现。"对方仰起脸来，一副十分头疼的表情，"啊！啊！我的排名估计要下滑了吧。"

排名？什么排名？

米尘侧了侧脸，看了看对方，其实伤得并不严重，很容易就能弥补。但是米尘也无意多管闲事。她看了看时间，糟糕了，就快到六点了！没办法了，这下真的只能打电话让小陈来接她一下。只是她刚翻到小陈的手机号码，就听见一声低电量提醒，她竟然只剩下百分之五的电了。

米尘觉得须快刀斩乱麻，赶紧拨通手机号码，不管三七二十一，电话一接通她就喊："小陈！我在新宿迷路了！快来接我！"

也不知道对方听明白了没有，也不知道新宿有多大，小陈能不能找到她。米尘打定主意找个地方充电！实在不行，就是开个房间充电她也不能与组织失去联系啊！

男子抱着胳膊笑看米尘脸上变化莫测的表情，缓缓开口道："进来吧，你需要为手机充电了。"

米尘低下头来想了想，一杯可乐能要多少钱？如果她真的在新宿找个酒店房间充电花销不是更大？

"真的？我点一杯可乐你就会让我充电？"

"千真万确。"男子做了一个请的姿势"你好，我叫成田郁也。"

米尘跟着他走了进去，然后米尘呆傻了。

里面的装潢十分豪华，空气里洋溢着酒精的奢靡之气，米尘仿佛忽然来到一个晕眩的地下王国。

身着西装的俊美男子从她身边经过，微笑着向她打招呼。

一个个圆形的卡座，米尘看见刚才那位身着DNL的女性身边坐着两位男子，他们谈笑风生。

当他们来到最里面的一个卡座时，成田拍了拍座椅，轻声道："请坐。"

米尘局促地四下张望，她觉得自己格格不入。

"柠檬可乐？"成田看着她，以目光确定是不是真的只要柠檬可乐。

可现在，米尘连柠檬可乐都不想喝了。

"这里到底是什么地方？你是这里的服务生吗？"

[第十章] 日本之行

"服务生?"成田笑了,缓缓开口道,"我是男公关啊。"

米尘的脑袋一时之间转不过来。

男公关……男公关!

难道这里的众多会所竟然是……

"什么都不……不用了……我先走了,我怕我朋友找不到我!"

"你为什么是这样的表情?你的脑袋里都在想些什么?我们的工作是倾听。帮助客户纾解压力。外国游客们好像对我们的工作总有一些误解。"

如果是小女生,也许会被对方的皮相迷得晕头转向。但是她见过白意涵与厉墨钧这样的极品之后,这些人已经不构成吸引力了。

如果需要倾诉和吐槽,她有喵喵这个垃圾桶。

如果需要纾解压力,她可以去打沙袋顺带减肥。

男公关什么的……不适合她。

米尘刚准备起身离开,对方再度开口。

"这么保守传统,你是做什么工作的?"

"我……我不是什么有钱人,就是普通的游客。那个,再见!"

"我是问你的工作,不是问你有没有钱。"

对方的态度很坦然,反而让米尘觉得自己是在歧视别人的工作一样。

"我是一个化妆师。"

"化妆师?那我的脸你有办法吗?"

"……其实你脸上的伤不算太严重。"米尘诚实地说。比起拍摄《金权天下》时候厉墨钧脸上的伤痕,成田那一点伤根本不影响他的发挥。

"那好,你替我遮盖脸上的伤痕,而我请你喝柠檬可乐外加充电,怎么样?"

米尘心想,进都进来了,只要她什么都不喝什么都不点,只要手机能开机,就赶紧跑路!

"好,我帮你遮盖你脸上的伤痕,你让我充电!"

成田的皮肤不错,面部比例也很得当,米尘发挥起来游刃有余。

甚至于几个女人也和身边的男公关一起坐了过来,好奇地想要知道米尘会把成田变成什么样子。

直到半个小时之后,米尘将刷笔收起,左右看了看成田,把他别住刘海的夹子取了下来,"好了。"

他们纷纷露出惊讶的表情。成田脸上的伤痕根本看不出来了,明明米尘没有为他上太过厚重的妆。最重要的是五官立体了起来,但是却看不见刻意勾勒的眼线。

米尘听不懂这些日语,她只是赶紧去查自己的手机充了多少电。

太好了!到了百分之二十五了!

米尘正要拔掉电源,向成田道谢之后就开溜时,那位身着DNL的女性开口了。

米尘疑惑地看着她,只能用英语回复:"对不起,我听不懂日语。"

成田起身,十分恭敬地请对方坐下,然后对米尘说:"这位是川上株式会社的社长寻子夫人。"

"川上?日本三大化妆品公司之一的川上吗?"

寻子夫人笑了,用英语对米尘说:"没错,我就是川上寻子。我看见了你刚才的化妆技巧,觉得十分有意思。"

川上寻子?竟然真的是那个川上寻子!她可是日本彩妆界的女王!"川上"这个彩妆品牌在几年前就已经打入欧洲市场了!甚至于林润安没有创立自己的彩妆品牌之前,对"川上"都是十分青睐!

而自己竟然在这个地方见到了川上寻子。

米尘就像是见到老师的小学生,下意识挺直了腰板。

就在这个时候,米尘的手机响了,是小陈打来的。

她赶紧接通了手机。

"米尘!你怎么说话说一半就挂断了?你说你在新宿迷路了?可是你也得说清楚你在新宿的哪里啊!"

"我在……我在……"米尘看向成田,求助道,"成田先生,这里是什么地方啊?我的朋友来找我了。"

川上寻子向成田使了一个眼色,成田便将米尘的手机拿了过去。

一开始他说的是英语,可是后来却开始说日语了。

米尘惊慌了起来,一直对成田说:"请你告诉他附近的路就好!千万别让他来这里!"

要是被小陈知道她现在在男公关会所……她就不用回去直接撞死得了!

成田轻笑了一声,将手机还给了米尘,"你的男朋友日语说得不错。而且声音独特很有魅力。如果他来到我们店里,一定会很红。"

日语说得不错?难道是翻译小林先生?不会吧,连小林先生都知道了?他们会怎么想她米尘?

"所以你就在这里等他来吧。"川上寻子笑着看着米尘,"看着成田容光焕发的样子,我也很羡慕。不如你也为我化个妆,如何?"

"啊?可是寻子夫人您……"

第十章
日本之行

川上寻子明显已经是精心打扮之后出门的。

"我比较欣赏你的化妆风格。我不介意在诸位面前卸妆,我只是想知道除了男人,你是不是也能让女人变得美丽起来。"

川上寻子抬了抬手,跟随她前来的女秘书竟然取来了一个化妆箱。

"让我看看你的实力。"

这简直就是强迫考试!

但是如果自己的化妆技术能够征服川上寻子这样的女王级的人物,米尘觉得这是一个值得迎接的挑战。

川上寻子送来的化妆箱里都是川上会社的化妆品。米尘并没有急着使用它们,而是在手背上试一试它们的质地。她一边为川上寻子卸妆,一边细细地感受她的面部骨骼以及五官线条。

川上寻子是商场女强人,她不仅需要展现商人的专业和睿智,还需要有女性特有的亲和力。米尘决定要让川上寻子的脸颊显得更加丰润,以眉骨和鼻骨的高度来加深整个面部的层次,唇色也将采用高雅色系。同时,作为彩妆集团的掌舵人,米尘知道她必须赋予川上寻子时尚感,而不能太过沉闷。

周围人从一开始的小声议论到现在安静地看着。川上能够感觉到发生在自己脸上的奇迹。

当米尘呼出一口气,对川上说:"寻子夫人,请您略微对我笑一下可以吗?"

寻子知道米尘要为她做最后的调整,她勾起唇角,露出一贯的优雅笑容。

米尘侧过脸,刷笔又动了动,然后将镜子送到了她的面前,"请您看一看,还有什么需要修改的地方吗?"

川上寻子看着镜中的自己,心头像是被震了一下。

她已经四十多岁了,很清楚除了气质,自己没有办法在容貌上与那些年轻的女孩相媲美。可此刻的她,却看见了一种年轻的活力,充满神采。眼部的处理让她想起了今年纽约时装周上最流行的"海螺妆",可是对方又避重就轻地将这种只适用于高端秀场的妆容滤去了夸张保留了精髓,既符合她的身份又不会太过沉闷。

优雅、睿智以及柔美。

她不知道眼前这个普通的女孩到底用了什么手法,让她眼角那几丝笑纹都一种魅力。

"孩子,你叫什么名字?"川上寻子开口问,她的笑容里是浓浓的欣赏之意。

"米尘。"能得到日本彩妆界女王的夸奖,米尘的心里满满的。

就在这个时候,会所里传来一阵议论声。

不少人起身张望。

"怎么了?"川上寻子站起身来,成田和其他人也跟着站起。

只见门口一个身着黑色风衣的男子走了进来。修长的身形,长腿每一次迈出都是一种莫名的力度,仿佛踩踏在神经之上。衣角随着他的步幅而摆动,延绵如海浪,将世界沿着曲线切分。

他的脸上没有丝毫的表情,冷漠却让他的五官愈发出众。

米尘倒抽一口气,起身的时候差点撞翻化妆箱。

"厉……厉先生……"米尘从脚底板到头顶,都凉透了。

厉墨钧不说话,只是看着米尘。那样森冷的目光,双眸犹如万丈深渊。

米尘低下头,觉得自己就要被凌迟了。

"……你怎么来了……"

"你不觉得这是我应该问你的问题吗?"

米尘咽下口水。

"这里……这里不适合厉先生你来……"

小陈啊小陈!你真不够义气!我只是迷路了请你来带我回去而已!你怎么把厉墨钧招来了。

"那你为什么能来?你喜欢这里的男人?"

"没有!我真的只是迷路了所以走进来!"米尘有种被镇压在了五指山下的感觉。

"你喜欢的是哪一个?"厉墨钧的目光扫了过去。

掠过一个一个的男公关,所有人下意识都退后了半步,而厉墨钧的目光最后落在了成田的身上。

"是他吗?"

米尘用力地摇头。

成田也完全愣住了。他觉得对方有些眼熟,但却一时不记得在哪里见过。

哪怕他冰冷漠然地面对每一个人,一样阻止不了那些飞蛾扑火的心。

"您误会了,米尘小姐确实是迷路了手机又刚好没电,所以我邀请她进来喝一杯可乐顺带给手机充电而已。"

厉墨钧微微垂下眼帘,看着米尘,仿佛屹立于峭壁之上俯瞰众生。那种漠然让米尘的两条腿都在打颤。

"所以你连自己的名字都告诉他了?"

整个店里的人几乎围了上来。

第十章

日本之行

这个男人太过闪耀,就似黑夜里的钻石,折射着清冷的月光。

他们明明不敢靠近,却又无法控制自己的眼睛。

川上寻子认真打量着厉墨钧,良久突然认出来了,"你是不是在《金权天下》里饰演耿念的那位演员?"

厉墨钧没有肯定,也没有否认。

川上寻子起身,向厉墨钧伸出了手,"我是川上株式会社的川上寻子。昨天我刚看过你主演的电影,十分精彩。但是我真的没有想到你本人在现实中和电影里的气质竟然会有这么大的差别。"

厉墨钧说了句日语,然后与川上寻子握手。

川上寻子邀请他坐下,但是厉墨钧却不为所动。

他只是倾下身,在众目睽睽之下将米尘一把抱了起来。

不要误会,这不是什么浪漫的公主抱,而是像抱一个孩子一样单手将她从沙发上托了起来,米尘能感觉到自己远离被男公关环绕的中心。

就像从笼子里被拎出的一只小鸡?她是不是就要被割喉放血了?

许多人发出了倒抽气的声音。

米尘以为这样的场面只会被画在漫画里!毕竟哪有男人力气这么大!米尘好歹也有八十多斤呢!

米尘下意识抱住了厉墨钧的脖子,可下一秒厉墨钧却将她放了下来,她的腿还没站直,厉墨钧就扣住米尘的手腕,将她拽了出去。

对于厉墨钧而言,他只是迈开步子向前走。

对于米尘来说,却是流星赶月!

米尘回过头来,看见川上夫人手执一杯红酒,向米尘做了个碰杯的动作,然后眨了眨眼睛。

手腕要裂开了,米尘的眼泪在眼睛里打转。

他们从会所里走出来,一路上享受着旁人的注目礼。

这次她真的死定了!苍天大地啊,有谁来救救她吧!

被拖着走了几百米,那片浮华之地渐行渐远,厉墨钧终于停下了脚步。

米尘盯着自己的手腕,她真的好疼啊!

比起在机场的时候有过之而无不及。那时候人多,粉丝太疯狂,米尘可以理解厉墨钧担心她被挤丢。

可现在,绝对是实打实的怒意。

"你不是说你在高岛屋买衣服吗?"

厉墨钧扔开了米尘的手,目光里却压力丝毫不减。

啊,她的手腕解脱了!

米尘揉着手腕,那句话怎么说来着?哦,对了,"跳进黄河也洗不清"!

"……是的。可是我出了商场之后找不到方向,房卡又忘记拔,所以不知道酒店在哪里。然后我就打了个电话给小陈,他告诉了我酒店名称,然后我就打车……然后就到了新宿……"

"你怎么念的酒店名称?"

米尘回想了一下,念了出来。她抬了抬眼,看着厉墨钧的表情。在斑斓的灯光映衬之下,俊美非凡,可也冷到要将夜晚冻结一般。

"小陈教你的?"

米尘点头如捣蒜。

"小林先生呢?"

"……小林先生不是你的翻译吗?"

你的翻译,我一个小化妆师哪里敢用!

"他是厉先生你的翻译啊……万一你需要他呢?"

"我懂日语,要翻译做什么?"

这句反问顿时让米尘无言以对。是啊,你懂日语,要个翻译做什么……

难道……

"难道是给我用的?"米尘这句话说出口,顿然觉得自己真够自恋的。

厉墨钧没有回答。

米尘忽然又想到了,"主办方不是在请你吃饭吗?你怎么出来了啊?"

"所以我没吃饭。"

这句话刚说完,米尘的肚子就发出"咕噜"一声响。

现在都快七点半了,中午就吃了点飞机餐,米尘怎么可能不饿。

厉墨钧沉默地转身,米尘只能快步跟上。

他走两步,米尘得跑三步。

男神,你能稍微顾念一下我的短腿吗?

厉墨钧上了一辆出租车。米尘本来想坐到前面去,避开厉墨钧的低气压,可是他偏偏把后座的门开着,什么意思已经很明显了。

米尘只能硬着头皮坐进去。

厉墨钧用日语说出了一个地址。

他的嗓音本就很独特,让人忍不住想要多听他开口说话,秒杀那些大牌声优。可惜这家伙一向吝啬说话。

车子在一家日式料理店前停了下来。

"下车。"厉墨钧一声令下,米尘赶紧推开车门走了出去。

厉墨钧从出租车里出来的画面简直就跟从百万豪车里出来一般,够架势……

米尘跟在厉墨钧的身后,她不敢跟得太近,但厉墨钧却放慢了脚步,到了日式料理店门口时,她正好站在了他的身边。

热情的招呼声传来,米尘不得不佩服日本服务业对待客人的敬业精神。

这家店的门面看起来很小,但里面却是别有洞天。米尘能听见潺潺流水和日式滴漏的声响。

风味十足。

侍应生踩在地板上发出有节奏的声响,走廊里轻扬着日本民族音乐,再加上偶尔传来的拉门声,让米尘有一种奇特的感受。

米尘跟着厉墨钧进入了一个小包间,包间的布置很雅致。墙壁上画着随风洋洋洒洒的樱花,一条大概半米宽的水流从屋子的东面墙壁下流入,从西面墙壁穿出,水流两边铺着鹅卵石,时不时有小船跟着水流漂过,而小船上则放着一些小菜,既觉得有趣,又赏心悦目。

只是这里用的都是矮桌,米尘看着有点头疼。

厉墨钧脱下了外套,递给了侍应生,然后盘腿坐了下来。米尘正要跟着他一样坐下,厉墨钧的手指就在桌面上敲了两下,"有让你盘腿坐下吗?"

米尘肩膀一僵,站在原处,没敢坐下。

"有让你站着吃吗?"

米尘快哭了。男神,你是要闹怎样?

如果你要怎样麻烦直说!我只擅长理解字面意思好不好!

这时候,一位身着和服的侍应生以碎步走了进来,在桌边跪坐下来,上菜的姿势很优雅端庄,让米尘忍不住多看。

看着看着,她忽然大概也许猜到了厉墨钧要她做什么了。她咽下口水,缓缓在厉墨钧的对面跪坐下来。

厉墨钧没有再用手指敲桌面了,看来就是要她罚跪。

罚跪就罚跪吧,他是老板,她是打工仔。厉墨钧一句话就能把她撵出星耀了。

桌上的菜做得很精致,无论是寿司拼盘还是新鲜的刺身,都有一种让人舍不得下筷子的感觉。

厉墨钧拾起筷子,调了调酱油与芥末,一旁的侍应生为他倒上了清酒。

一个面容冷峻的男子外加一个露着脖颈身着和服的女子，怎么看怎么让人觉得像电影画面。米尘晃了晃身子，心想自己估摸着得看厉墨钧吃了。

厉墨钧低下头来说了一句话，侍应生便起身低着头退出了包厢。

他执起酒杯，微微抿了一口。仰起下巴时，脖颈更加修长。这样巍而不动的气质，米尘仿佛看见了藏于鞘内的利刃，被时光打磨之后的沉敛和性感。

米尘的心忽然跳得很快，洋溢在空气中清冷的酒香仿佛要让她醉倒一般。

厉墨钧夹起金枪鱼刺身蘸酱的动作，内敛有度，优雅到让米尘觉得能就这样看着他到时间的尽头也无所谓。

"你不饿？"

米尘眼睛一亮，就是说她可以吃东西了？怀着一颗颤抖的心，米尘提起筷子，夹起一个卷寿司，顾不上蘸酱塞进嘴里。太好吃了，真的太好吃了……再饿下去，她就真的要归天了！

对面的厉墨钧伸长了手，将米尘的碟子取过来，倒上酱油。

就连倒酱油的动作都这么帅气，米尘再一次想到了他饰演的大厨江千帆。

"现在你告诉我，你喜欢成田郁也什么地方。"

成田郁也？谁？

米尘嘴里塞着日式煎饺，傻傻抬头看着厉墨钧。

厉墨钧又将对方名字的日文发音念了出来，米尘这才想起，就是那个带他进会所的男公关。

"我没有喜欢他！"

我不是已经在罚跪了吗？我们不是都吃上令人幸福的晚餐了吗？为什么还要提他呢？

"你不是那种丝毫戒心没有的白痴，所以不会轻易跟着陌生人去任何地方。但是你却跟着成田郁也进了那家牛郎店，如果他没有吸引你的地方，你怎么可能会跟着他进去。"

米尘觉得自己心塞塞的。

"我真的不知道他是做什么的！我以为那就是普通的会所，他说我可以点柠檬可乐的！只要一杯柠檬可乐，我就能坐在里边儿给手机充电了！"

"我说的不是柠檬可乐或者你的手机，而是成田郁也这个人。"

米尘第一次觉得冷静如厉墨钧泰山崩于前也不眨眼的厉墨钧是不是在无理取闹？他为什么要执着于成田郁也？成田郁也欠了他钱吗？她明明在那个会所里一分钱没花还给手机充上电了，另外见识了一下传说中的牛郎店！这明明就是赚到

第十章 日本之行

了嘛!

"他……他会说英语……"米尘勉强想到了一个理由。

"除此之外。"

"会说英语还不够吗？别人说的话我都听不懂……"

厉墨钧只是看着她，仿佛要将她完全看穿，他的目光似乎存在于她的大脑之中，连成田郁也对她说了什么她如何跟着他走进会所都看得一清二楚一般。

"他……很有礼貌，虽然一直邀请我进去，但不会让人觉得……讨厌……"

米尘咽下口水。

"那是作为男公关所受到的最基本的训练。你替他上了妆，对吧。"

厉墨钧的声音很轻，米尘却觉得脖颈凉飕飕。

他竟然看出来了？他怎么看出来的？

"他的脸上受了点伤，我只是帮他掩饰一下。"米尘不敢再看厉墨钧了。

"所以你很清楚他的脸部骨骼了。你觉得他的脸怎么样？"

"从专业角度来说……他的五官比例还算协调……轮廓比较好。"

她特别强调了从"专业角度"来说。

"所以如果他去做演员，也会红。"

米尘差点把玄米茶都喷出来。

"演员又不是只靠脸的，还要有气质，最重要还要有演技啊！"

厉墨钧将自己面前的酒杯推到了米尘的面前。

"所以你说错话了。"

米尘低头看了看酒杯，所以是要她罚酒的节奏？罚酒就罚酒，她只想着让厉墨钧出了气这件事到此为止。

她仰头将酒喝了下去，凉凉的，到了咽喉处才感到辛辣，嘴巴里属于清酒的味道让她郁闷的胸襟似乎都被打开了一般。

"那就评价一下他的气质。"

"……还好吧，你不是说有礼貌什么的是经过专门训练的吗？"

"所以你很欣赏这一点。"

"没有没有！"有你这尊大神在，我还敢欣赏别人。这不是自寻死路吗。

"但是你还是被他的礼貌迷惑，跟他走了。"

米尘真的要哭了。

"你又做错了。罚酒。"厉墨钧抬起手腕，再度为米尘满杯。

好吧，还好这酒并不难喝。米尘紧着眉头，一饮而尽。到此为止了，男神我们好好吃饭行不?"

"你觉得他的声音怎么样?"

什么?还有问题?到底有完没完啊!

米尘张了张嘴,她觉得自己的大脑似乎有点跟不上厉墨钧了。怎么又扯到声音去了?

"……声音还好吧,不难听……"

"你不喜欢那种略带慵懒的声调吗?"

"嗯,还好。"

米尘不擅长说谎,她想说成田郁也的声音其实真的很好听。可是她敢那么说么?

"所以你是被他的声音引诱进去的。"

"是……不是!"米尘骤然醒过神来。

厉墨钧又替她满杯了,"所以你又做错了。"

米尘心想,自己不把这一壶清酒都喝光,厉墨钧是不会放过她了。被他从牛郎店里抓出来,她也觉得很丢脸好不好!

米尘塞了一口寿司,然后认命地将那一杯酒喝了下去。

"你觉得他的眼神是不是很让你心动?"

"是……不是!这次答案真的不是!天太黑了,我压根没看清楚他的眼睛!"

米尘赶紧澄清,这可是个会要命的错误答案!

但是厉墨钧已经替她倒上酒了。

提问继续,米尘觉得有些发热,脑袋闷闷的。好像听说清酒虽然只有十五度左右,但是后劲却十足。不如她装倒地不起算了?

"你上次和安塞尔在烧烤店里一共喝了三十四瓶啤酒。"

米尘傻了,厉墨钧怎么知道自己在想什么?还把那次烧烤店里的事情说出来,是为了提醒她,他知道她有多少酒量,要她不要装醉吗?

"他的手指是不是很白皙,也很修长?"

米尘摇了摇脑袋,她觉得自己好像无法思考,一切被搅乱得像是糨糊。

"……没注意看……"

厉墨钧又问了她许多问题,她知道自己无论怎样回答,都不会是理想答案。其间又喝了几杯酒,米尘已经记不得了。

"如果他要你为他点贵重的酒水,你会要吗?"

米尘摇了摇头,心里一股郁闷之气从胸口蹿到了脑袋顶上,她也不知道哪里来的熊气,"要不你去代替他啊!你去代替他我就不点柠檬可乐!你说点什么我就点什么!"

"你点得起吗?"厉墨钧的声音淡淡的,凉凉的,怎么听怎么让米尘不爽。

"我怎么就点不起了!你太小看人了!我把在巴黎市郊的别墅卖了!买来的酒……酒瓶能砸死你!"

那是母亲留给她的遗产。尽管她从来没想过要碰母亲留下来的东西。

"除了点酒,你还想做什么?"

"抱怨、吐槽、骂人!"

"你以为男公关就只会陪你做这些?"

"……成田郁也说的。他说我们外国人对他的职业……有误解!他们只陪客人聊天……排解压力……"米尘摇头晃脑地背着成田对她说的话。

"所以你相信他们只会为你做这些?"

"要不然嘞……"

"如果是我,一定不止做这些。"

米尘觉得莫不是自己脑袋太晕,不然怎么会觉得厉墨钧冷冰冰的声调里有几分旖旎的意味呢?

"……那你会做什么?"

心底有一种直觉告诉米尘,她不该问的。

下一刻,对面的男子伸长了手臂,扣住她的后脑将她拽了过去。

失去重心的瞬间,米尘伸手撑住桌面,可她还是不由自主地倒了过去。

冰冷的嘴唇撞了上来,紧接着是毫无克制的亲吻,疯狂而放肆。势如破竹无可抵挡。

米尘感觉自己的身体不知何时凌空,桌面上是盘盘碟碟相触的脆响,它们都被扫落到了桌子的另一面,甚至跌落了下去。

她不知道什么时候竟然坐在了桌面上,她被什么紧紧地勒着,她甚至反应不过来那是一个怎样的怀抱。

她的唇被撬开,毁天灭地一般被征服。她无法呼吸,拳头用力地捶打对方的后背。

他终于退开了少许,属于她的呼吸涌入她的鼻间,她大口地喘气,逐渐聚焦的视线里是厉墨钧微垂的眼帘。

仿佛极力压抑着什么,宁静中酝酿着颠覆一切的疯狂。

米尘撑住对方的肩膀,刚要向后退去,对方却瞬间再度压了下来。

她觉得自己就要被对方狠狠吃下去一般。

她奋力挣扎了起来。

天地倒转，她从桌面上摔下，压入对方的怀里，用力按住她背脊的手掌烫到令她有种被熔化的错觉。米尘的双手撑在对方的脑袋两侧，抵抗着这让她崩溃的力量。

对方含吻着她的下巴，她的脖颈，仿佛要将血液透过肌肤吸出来。

"如果我是他……我会做得比现在还过分。"

米尘低着头，睁大了眼睛看着对方那双黑色琉璃般的眸子，仿佛着了火一般。

她觉得自己就要陷进去了。就算觉得很危险，她还是一圈接着一圈，随着这个世界一起落进他的眼里。

然后她倒了下去，她想要睡了。

"你的眼睛真漂亮……"

厉墨钧搂着米尘，手掌轻轻扣着她的脑袋，将她的额头抵在自己的肩上。

"再说一遍。"

"你的眼睛……真漂亮……"

"谁的眼睛？"

"……你的……"

米尘是被酒店的叫醒服务吵醒的。她打了个哈欠，翻了个身，费尽九牛二虎之力才够到了电话，然后翻了个身，打算继续睡。接着，她的手机响了。

"喂……我是米尘……"

"米尘姐！你怎么还在睡啊！今天早上有访谈的行程啊！"助理小陈的声音传来。

米尘猛地坐起来，脑袋胀胀的，再左看看右看看，她的记忆还停留在日本料理店里，现在怎么就变成酒店房间里了。

米尘再低头看看，自己穿着的还是那件薄毛衣和休闲裤。她新买来的外套好好地挂着。

她不是被厉墨钧从那个什么地方逮出来了吗？然后他们不是在日本料理店里吃饭吗？

厉墨钧还审问她来着！害她喝了好多杯的清酒！

然后呢？

米尘抓着脑袋来到洗手间，一边刷牙一边照镜子。

这是怎么了，自己的嘴巴怎么那么红？都快肿成香肠了！

[第十章] 日本之行

她拽了拽自己的衣领,脖子上有几块红斑。米尘揉了揉,不疼也不痒。

她是怎么回来的?厉墨钧把她扛回来的?

好像……这也不是第一次她喝醉了被他带回来了……

他们用的是餐厅准备的西式早餐。

小陈与翻译小林都与厉墨钧坐在同一桌。

米尘一抬眼对上的就是厉墨钧的唇,顿时尴尬无比。她的想象力太过丰富,竟然觉得在料理店里厉墨钧吻过自己?而且还是那样用力的方式……这简直就是对男神的亵渎!喵喵要是知道了都会把蟑螂扔到她的方便面里。

米尘是真的不想坐过去啊!可偏偏那是个六人位啊,明明有位置空着自己也不坐过去,是想要显示自己的不合群吗?

她只好端着早餐硬着头皮坐下。还好自己和厉墨钧既不是面对面也不是连着坐。还好翻译小林一直和厉墨钧用日语讨论着什么,而小陈也时不时与米尘说上两句话,缓解了尴尬。

来到访谈录制现场,米尘能感觉到这里的严谨与忙碌。所有人对厉墨钧都十分礼貌,而主持人也是在节目录制之前一遍又一遍地看着访谈稿,与厉墨钧确定访谈内容。

米尘为厉墨钧上着妆。当她最后为他的唇补色的时候,他的眼睛忽然睁开了。

这让米尘差一点后退。记忆中那双燃烧着的黑色琉璃却像是黑夜中深沉的海面。她看不见波澜。她就似一艘破败的小船,随时会被拖拽入海底的深渊。

"宿醉还未醒吗?"

"没……没有。"

"你昨天新买了外套?"

"啊……是啊。挺暖和的。"

而且还是军绿色的,不怕脏!

"很难看。"厉墨钧起身,目光连片刻都没有停留,走向自己的位置。

米尘顿了顿,可不知道为什么心里却轻松了起来。

大概是厉墨钧还是厉墨钧,这让她觉得安心吧!

整个访谈过程中,厉墨钧说的都是日语。他的声音真的好听,虽然没有如玉的温润,就似揉碎了的冰,悄无声息地融化。

这个男人面对褒奖和赞誉总能宠辱不惊。好像他只是在做一件理所当然的事情,至于得到多少人的认同或者能取得多大的成就,他并不介意。

第二天的记者招待会是以宴会的形式进行的,厉墨钧显然没有打算好好吃午饭的意思，他一直执着酒杯，时不时就有人来与他攀谈。

就在米尘考虑不如直接端着餐盘坐下的时候，有人忽然与她盛着果汁的杯子撞了一下。

"你好啊，米尘小姐。"

米尘一抬头，看到一身白色衬衫黑色西装五官精致的男子，差点没一屁股坐在地上。

"成田郁也？"

"真荣幸，你还记得我的名字。"

这不是媒体招待会吗？成田郁也怎么会来？

"我今天是寻子夫人的男伴。寻子夫人正好也是影迷见面会的赞助商。"

"哦，原来是这样啊！"

"你能跟我去那边坐一下吗？寻子夫人有话想要对你说。"

顺着成田郁也的视线望过去，米尘看见微微向她点头的寻子夫人。

寻子夫人坐在一个靠窗的桌前，避开了成群的媒体，有种遗世独立之感。

"你好，米尘小姐。我想今天的时间很短，我们也没有多余的时间寒暄。我就直入正题。我很欣赏你的化妆技术，也知道你参与了贵国两大娱乐公司制作的竞赛性质的娱乐节目——梦工厂。而且你在第一期节目里的表现很不赖。我知道参加这个节目的很多化妆师都得到了大型化妆品公司的赞助，但是你并没有。"

米尘看着寻子夫人，不知道她究竟是什么意图。

"所以我想要赞助你。下一场比赛，我希望你用的是我们的化妆品'川上'。"

米尘明白所谓"赞助"的含义。并不仅仅是提供比赛所需的化妆品，还包括对整个娱乐节目制作的赞助甚至于某些拉票的行为。

"这个我想应该不是我能决定的⋯⋯"

就在米尘犹豫不决的时候，厉墨钧的声音却从她身后传来。

"当然可以。"

米尘倒抽一口气，回过头来，厉墨钧到底什么时候过来的！

但是厉墨钧一旦走过来，那些跟随在他身后的媒体果然也来了。

寻子夫人微微一笑，换了一个坐姿，"明智的决定。不过就算是这样，我也想让众位媒体知道，我为什么会在那么多的化妆师里，选中了米尘。"

"因为足够你制造话题。"

寻子夫人顿时笑了起来，朝厉墨钧挑了挑眉梢，"所以，现在我就要制造话题。"

她缓缓站起身来，拍了拍手，"有哪位媒体朋友，无论男士还是女士，对自己的外表如果没有自信,请你站出来。今天可是一个让你们有自信的机会!"

所有媒体记者们你看看我,我看看你,议论纷纷不知道川上寻子到底是什么意图。

终于,有人举起了手。所有人让开了一条路,她低着头走了出来。

她戴着黑框眼镜,额头有点高,所以一直用刘海挡着,下巴微微向外,脸比较方。

寻子夫人笑了,拍了拍手,她的助理就送上来一个化妆箱。

"在场有一位我个人很欣赏的化妆师。她也是厉墨钧先生的化妆师,我本人,以及在场的诸位媒体人想必都有兴趣看看,这位化妆师能不能用我们川上的化妆品,将这位记者小姐变得美丽自信起来。"

顿时,议论声纷纷传来。

米尘看着他们的唇齿开合,却不知道他们在说什么。

这简直就是神转折!明明这次的记者招待会,重点不应该是厉墨钧吗?怎么好像变成她了呢?

"厉先生,你不会吝啬我借用你的化妆师吧?"川上笑着问。

"当然不会。"

厉墨钧的话音落下,记者们的议论声更加明显了。

米尘莫名其妙被推到了这次媒体招待会的中心,那位女记者名字叫山本麻衣子。她已经摘下了自己的眼镜,将刘海别了起来。她虽然和日本其他职场女性一样化了妆,但技法并不纯熟。

米尘紧张了起来,手心不断冒汗,就连打开化妆箱的手指都在颤抖。

"米尘,这只是化妆而已。和你之前的每一次都没有任何不同。"

厉墨钧靠在桌边,他的声音很稳。似乎和一整个早晨对她的冷淡不同。

"我就在这里看着你。这不是战场,这是一个平台。就像你第一次为白意涵化妆,第一次为廖冰化妆,第一次为我化妆一样,没有什么不同。"

如同每一次他在她最犹豫的时候开口,三言两语稳定她摇摆的心。

米尘稳定下自己的心绪,在麻衣子的面前坐下,细心地替她将脸上的妆容卸下。接着,她用自己的手指感受麻衣子额头的高度,思索如何将她五官中的缺点转化为优势。

麻衣子的额头过高,但是额头却能体现优雅。米尘决定借用她的眉毛形状和走向来使她的额头看起来更加和谐。提高颧骨的高度,借用阴影的效果将脸颊的两侧向后收。

有了想法之后，米尘付诸于行动。

川上化妆品的质地很符合东方女性的肌肤特征，轻盈多变，很适合制造脸部的光影效果。

随着米尘的刷笔浮动，麻衣子每时每刻都在变化。

川上寻子站在厉墨钧的身边，小声对他说："她拥有很高的天赋。演艺圈太窄小了。"

厉墨钧只是望着米尘，长久地沉默。

直到那个小小的身影将手中的工具放下，笑着对麻衣子说："山本小姐，看看现在的你。"

山本麻衣子调整自己的呼吸，将镜子拿开，自信满满地站了起来。

在场围观的记者们都呆了。

他们议论纷纷，掏出纸笔似乎在写些什么，还有人给山本麻衣子照相，快门声噼里啪啦响了起来。

米尘回过头来，看见川上寻子露出满意的笑容。她起身来到米尘的身边，左手亲昵地搭着米尘的肩膀，右手拉着山本麻衣子，用日语向在场的媒体宣布了什么，所有人纷纷掏出了录音笔。

最后连厉墨钧也说了两句什么，媒体们更加积极了。

米尘第一次觉得不懂日语竟然是件这么让人沮丧的事情。

而这次的媒体招待会也在米尘的不明所以中结束了。

离开会场坐上前往机场的飞机时，川上寻子与米尘拥抱告别，而她身边的成田郁也不时望向米尘眨了眨眼睛。

和厉墨钧这样的电影明星不同，成田周身有一种属于黑夜的暧昧，一个挑眉的动作就有着足以让下至少女上至老太太都怦然心动的能力。

就在米尘发呆的时候，身后厉墨钧冷冷的声音响起。

"上车。"

米尘肩头一紧，想也不想转身就往打开的车门里跨，就在脑袋撞上车门顶的时候，一只手牢牢地挡在了她的头顶。米尘一侧目，对上的是厉墨钧的眼睛。

蓦地，她又想起了自己的那一场春秋大梦，鼻血差点没喷出来。

"谢谢……"

米尘低着头坐进了车，厉墨钧上车之后，保安利落地将门关上，车子行驶了出去。

来到机场的候机厅里，米尘接着机场的WIFI上微博，这才发觉自己微博的粉

[第十章]
日本之行

丝又增加了许多。

网上有人将米尘为麻衣子化妆的视频都传了上去。许多评论都表示,化妆前是路人甲,化妆后变女神,化妆师简直达到神之一手的境界。

刚回到国内,走出机舱,米尘的手机里弹出一条短信,是连萧发来的,告诉她在某个录音棚里见。

米尘赶到那个录音棚,戴恩与安塞尔都在。安塞尔见到米尘的瞬间就扑了上来,米尘差点没坐倒在地上。

"小米!我可想你啦!我看见你上了日本的时尚杂志了!你真厉害!那个什么'川上'还真成了我们的赞助商了!"

连萧一副懒洋洋的表情走了过来,"不错嘛,我果然没看走眼,川上寻子一定会欣赏你的化妆风格。"

这时候,录音棚里传来蓝调的音乐声。

属于蓝调的优雅中带着一丝漠然,神秘而婉转,婉转却又有几分疏离。

米尘好奇地起身,来到录音棚前,隔着玻璃看见了赵纤。

赵纤的长发被梳直,有条不紊地扎在脑后,没有任何多余的修饰,甚至没有多一丝的颜色。可就是这样简单的发型,将赵纤的五官凸显了出来。利落而没有一丝拖泥带水。仿佛没有任何东西能牵绊住她,转身时她也不会留有任何犹豫。

而服装上,赵纤穿着一件露肩黑色连体西装裤,削瘦的肩膀,优雅的背,明明没有任何柔媚的姿态,却有一种神秘的性感,纠结着视线,令人欲罢不能。

赵纤的歌声是冰凉的,随着蓝调特有的诗情,拨弄着心弦。她的嗓音中没有女人刻意的轻柔,相反在冷漠中竟然有几分空无一物之感。

"怎么样,我们的发型和服装都不错吧?现在就剩下你的工作了!"安塞尔献宝一般。

连萧来到米尘的身边,"我们已经与川上达成协议,从今天开始,只要你参加《梦工厂》,所有的化妆品必须使用川上。你对这个品牌的了解度如何?能不能用这个品牌为赵纤上妆?"

米尘呼出一口气,"川上的质地还是比较适合亚洲人使用的。"

"那就好,我看你用得也很顺手。"连萧拍了拍米尘的肩膀,"服装与发型都没有问题,剩下就看你的了。"

"放心,我不会让你们失望。"米尘已经跃跃欲试了。

相较第一期,录制第二期的《梦工厂》时,米尘已经没有了最初的紧张。

当慕容枫与洪月盈谈起米尘用化妆技巧征服了川上寻子时,米尘也能落落大方地微笑，而不是无所适从了。

皇朝影业的舒桦的团队走着华丽路线，将登台艺人包装出了奥黛丽赫本的复古效果，让人眼前一亮。

而陆溪的团队更胜一筹，他的艺人登场十分劲爆，特别是铆钉装十分打眼。在米尘看来这样狂野的风格很难有女艺人能够驾驭，可偏偏铆钉装下身配的却是长裙，优雅与热烈的碰撞，反而延伸出许多的看点。

安塞尔和戴恩已经完成了对赵纤的造型，而米尘打开化妆箱的瞬间，愣住了。

"米尘，怎么了，你为什么还不过来？"连萧侧过头。

米尘只是睁大了眼睛看着化妆箱里的东西，完全傻了。

"小米！怎么了？"安塞尔走到她身边，也愣住了，"这是怎么回事！到底是谁干的！"

"出什么事了？"连萧走了过来，看见米尘化妆箱里的东西，冷哼了一声。

"他妈的！这是谁干的！米尘！你到底怎么回事！连你自己的东西都看不好吗？最基本的措施，你得给自己的化妆箱上锁！你以为这里是什么地方？扮家家酒吗？"戴恩吼了出来。

赵纤听出情况不对，起身来到米尘身后，一把将她推开。

米尘的化妆箱里所有的粉饼都从饼盒摔出来了，全部裂开，混合在一起。所有粉刷和笔刷都被鲜红色的指甲油淋过，就连唇膏口红也被掰断了。

赵纤并没有如同戴恩一样大喊出来，而是冷静地对米尘说："现在马上去换化妆品还来不来得及？"

连萧抬手看了看表，"来不及了。"

赵纤向后退了半步，抬手按住自己的眼睛，"那么……我是要裸妆登场了吗？"

连萧看向呆愣中的米尘，"米尘，虽然毁掉这些化妆品的人不是你，但这是你的化妆箱。这就好比一个士兵即将上战场，他却没有保护好他的武器。你要为现在的一切负责。"

"负责？她怎么负责？"戴恩朝天狠狠叹了口气，"就算我将自己该做的事情做到完美，可是只要这个团队里有一个人出了差错，那就是前功尽弃！"

米尘回到自己的化妆箱前，拨开所有零碎的东西，低下头，将那些碎裂的瓶瓶罐罐取出来，淡然开口问："赵小姐，你随身有带什么化妆工具吗？"

一直按着眼睛的赵纤将手放下来，"你是想要做垂死挣扎吗？"

"不，我是想要反败为胜。"米尘转过身来，看着赵纤，"如果真的想要断绝我所有的后路，这个人就不该把化妆箱留下。什么都别留给我，他们才能赢。"

[第十章] 日本之行

"化妆工具我当然有，只是未必完全够用。"

"我现在就出去借！什么粉饼、眼影之类的能向工作人员借到多少算多少！"

安塞尔正要出门，被连萧拽了回来。

"那些借来的粉饼和眼影米尘没法用。她和川上签订了合同，在这个节目当中，她只能使用川上的化妆品。"

"妈的！连萧！你还以为能借用川上来提高米尘的名气呢！现在简直就是搬起石头砸自己的脚！"戴恩原本看见了一丝希望，现在只剩下绝望了。化妆箱里一片狼藉，他不认为米尘有什么解决之道。

"不，有化妆箱里的化妆品对我而言已经足够了。我缺少的是足够的化妆用具。川上的合约里并没有写明，我一定要用他们的化妆用具，不是吗？"

连萧点了点头，"安塞尔和戴恩你们留在这里，我去向工作人员借化妆用具。一会儿跟拍的摄影师和采访人员就会进来了。米尘，你有多少把握能够成功？"

"给我三支粉刷和五支眼影刷，我就能成功。"

"你不是在逞能吧？"赵纤侧过眼来看着米尘。

"我没有逞能。"米尘的脸上没有了之前的那种与世无争的天真。她明白并不是自己不计较输赢就能做到独自精彩，因为这是一个团队，这还牵扯到另一个人的前途。

她并不是第一次看见被毁掉的化妆箱了。

五年前，林润安的化妆技巧登上了法国最具有影响力的时尚杂志，随之而来的便是同行相轻的挤对。那一次，林润安意气风发地将米尘带到后台，可是打开化妆箱，却发现里面没有一样完整的化妆品。

米尘吓傻了，那些正准备上妆的国际名模们也傻了。

林润安并没有惊慌失措，只是笑了笑。

他对米尘说："看着我。"

然后林润安就像是真正的艺术大师，在那片狼藉之中调配出了他所需要的颜色，而那一次，不仅仅是服装，就连模特的妆容也成为被盛赞的对象。他真正成为了传奇。

如果想要超越林润安，那么他能做到的事情，她必须也能做到。

米尘坦然地将化妆箱的所有层次摊开，这就像一个乱糟糟的调色盘。

"先上底妆吧。"米尘看着狐疑中的赵纤，坦然地说，"赵小姐，从此刻起，你除了相信我，已经没有其他的选择了。而我和你一样，没有退路了。"

门被敲开，摄影记者与采访记者都愣住了。

"天啊，这是怎么回事……这样子还能化妆吗？"

摄像机对准了米尘的化妆箱，将那一片凌乱的场景完全录了下来。

"这就要问问你们节目组到底是怎么回事，这个化妆箱肯定不是米尘自己摔成这样的！"戴恩的怒火有沸腾的趋势。

安塞尔赶紧拉住了他，"现在发火也没有用了！小米说她能行！她就一定能行！"

采访记者顿时明白了是怎么一回事，他立即拿出手机向导演打电话。

"那么赵纤的化妆师打算怎么办？"

"好像打算继续参加比赛！赵纤正在上底妆了！"

"这就是一个看点！你向观众表示节目组会在这一轮比赛结束后调查到底是谁破坏了化妆箱！你要把整个化妆过程录下来，但是注意，要犹抱琵琶半遮面！观众一定会感兴趣，在这样的情况下他们到底能不能成功！"

"明白了，导演！"

摄像机对着米尘与赵纤的侧身拍摄，听着采访记者说的那些冠冕堂皇的话，戴恩又是一股怒气在胸腔里憋着。在他看来，发生这样的事情就应当终止节目立即开始调查才是应有的态度，可现在节目组却将它当成了吸引收视率的看点！

米尘却显得从容，她的表情专注到连赵纤都怀疑刚才看见她的化妆箱被毁了，是不是错觉？

连萧借来了一大把的粉刷眉笔唇刷什么的。

因为颜色太杂，米尘除了在自己的手背上调色，把安塞尔叫来，连他的双手也用上了。

赵纤闭上眼睛，感觉刷子掠过自己的脸颊，她能从米尘动作的幅度中感觉到，这个化妆师没有一丝的犹豫与动摇，一切尽在她掌控之中。

她很忐忑，以为化妆时间会不够用，可是当米尘的那声"赵小姐，请你笑一下"响起时，赵纤看了看表，三十五分钟，竟然和上一次几乎一样。

她勾起自己的唇角，看见的是米尘宁静的眼睛。她的粉刷掠过她的脸颊，作最后的调整。

"看一看镜子里的自己，希望你能自信地登场。"

米尘笑了，赵纤第一次发现这个女孩有着安定人心的力量。

她有一种预感，她终于要破茧而飞了。

站在一旁的采访记者不由得鼓起掌来，他盯着赵纤，感叹道："我真的没有想到……用这片沼泽一般的东西……竟然能达到这样的效果……"

连萧笑了笑,"赵纤,it is your time。"

赵纤侧目望向化妆镜中的自己,脸上露出一抹笑。

这一晚的赵纤如同黑夜中优雅的精灵,率性而不羁,仿佛缭绕于古老屋子里的一阵风,来到木窗前,轰然吹起窗帘,驰入广袤的星空,消失不见。

她的蓝调令人沉迷,极具魅惑力的演绎,令其他所有人的表演成为浮云,成为本周无可争议的冠军。

网友们看着米尘利用被毁掉的化妆品为赵纤上妆的片段之后,群情激愤,要求主办方一定要查清到底是谁做了这样的事情。

米尘的微博粉丝数量狂飙,许多网友留言支持米尘,希望她能在《梦工厂》越走越远。

在后台化妆间里,米尘一如既往地收拾着自己的化妆箱,尽管似乎根本没有什么收拾的必要。

安塞尔则拿着餐巾纸盒在一旁帮着她将弄撒的东西擦干净。

"连先生呢?"米尘问安塞尔。

"哦,他和导演一起调监控去了!要看看到底是谁出入过你的化妆间!"

[第十一章]
生死之间

调阅监控的结果出来了,是一个穿着休闲衣的年轻人,他用帽子遮着自己的脸,根本看不见他到底是谁。

"连先生,真是对不起啊,这样子看实在是看不出到底是谁。我想我们都是在做节目,如果非要弄到把警察都叫来的地步,这让星耀天下与皇朝影业的面子都不好看。而且你们又蝉联了周冠军,不如息事宁人,到此为止?"

这时候,清冷的声音从他们身后响起。

"让我看看监控。"

"啊……厉……墨钧?"导演愣住了。

厉墨钧怎么会在这里?

"你来了啊。"连萧笑着迎上去。

"可以还是不可以看?"厉墨钧的视线直接扫向导演,导演顿时有一种自己趴在断头台上的感觉。

"这个,你看……有什么不可看的嘛!"

说完之后,导演才觉得那叫一个不对劲啊!厉墨钧又不是这个节目的负责人,自己完全可以拒绝他看监控啊!

但是厉墨钧已经在监控前坐了下来。连萧将画面调回到了那个年轻人进入赵纤化妆师的画面。这个时候应该是米尘他们正在前台录节目的时候。年轻人用钥匙打开了化妆间。

"就是这个人了。他百分之百是这个节目的工作人员,他很清楚走廊里的摄像头在什么位置,你看他从在这里开始就一直低着头,而且还拥有化妆间的钥匙。"连萧在屏幕上点了点,然后低下头来压低了嗓音说,"你怎么来了?"

厉墨钧没有回答他,将画面静止,然后点了点那个年轻人的脚,"他穿着的是白色运动鞋。"

"就算是白色运动鞋,后台工作人员里穿着的人也一定很多啊。"

"而且她是个女的。"

厉墨钧的话音落下,导演完全愣住了。

"女的?怎么可能是女的?"

厉墨钧将画面倒了回去,连萧眯着眼睛仔细看了看,"没错,还真的是个女的。导演你看,她走到拐角的时候,因为做贼心虚,撞到了手。她应该是做了美

第十一章
生死之间

甲,所以伸长了手指担心指甲刮花或者裂了吧。"

"是啊,男人要是撞到了手,是不会这么看手指的。而且她走路的姿势也是怪怪的。一开始我就想说这是个娘娘腔么?"

"她的手腕上戴着卡地亚的经典款手镯。"厉墨钧再度开口。

"好像……是啊。"连萧低下头盯着屏幕,这下也注意到了。

"这个时间,所有参赛团队都在前台,这个人能在这个时间出现,又有钥匙,是后台工作人员的概率很大了。"厉墨钧站起身来,看向导演,"我想,到这一步,就算不惊动警察也能查明她是谁了吧。"

"那是当然!那是当然!"导演点头道,"厉先生的眼睛可真锐利啊!"

连萧陪着厉墨钧走了出去,"怎么?看见小米被人下了绊子,所以亲自来过问了?"

厉墨钧就像没有听见一样继续向前走。

途中遇到不少工作人员,他们看见厉墨钧纷纷露出仰慕或者不可思议的神色来。

"你要不要去后台安慰一下小米?"

连萧再度追上去。现在还有采访记者在跟拍,如果厉墨钧出现,对于他们这个团队的人气,又是一次提升。

"我不会配合你做这种无聊的炒作。况且,她做得很好。"

连萧叹了一口气,压低了声音在厉墨钧的耳边说:"你以为自己是长腿叔叔啊,以为在背后默默地帮她,她就会感激你?"

厉墨钧没有回答他,径自走了出去。

连萧摇了摇头,回到后台化妆间,看见米尘与安塞尔已经收拾妥当了。

"兄弟姐妹们!我们再一次赢得了周冠军,要不要去哪里庆祝一下!有好吃的哦!"连萧朝安塞尔眨了眨眼睛。

"好啊!好啊!饿死我了!"安塞尔果然经不起食物的诱惑。

"别说什么庆祝之类的,我只想知道,做出这种事情的人找到还是没找到。"戴恩完全不给面子。

连萧拍了拍手,来到米尘面前,"厉墨钧出马,亲自盯着录像一帧一帧地看,你觉得还能找不到?"

米尘抬起头来,"你说什么?厉墨钧来了?"

"是啊。不过无论这个人是谁,可能都无法对外公布。"

"没关系,只要害群之马能够被清理出去,那就行了!"

当天，摄制组的负责人就召集了所有后台工作人员，一个一个对他们进行盘查对比，对比的结果发给了连萧。连萧正在和米尘他们吃夜宵庆祝，看见这条短信，他摸了摸下巴。

他不动声色，将短信转发了出去。

当天夜晚，在环城河边，一辆保时捷与一辆黑色奔驰停在路边。

靠着河岸边的护栏，白意涵将被风吹乱的发丝拢到了脑后。

黑色奔驰的车门打开，一身墨色的男子带着冷肃的气息来到白意涵的身边。

厉墨钧没有寒暄，直接开口说："我听说，你和你母亲方思妍不和，她很想要得到你手中股份的控制权。"

"嗯哼，这应该是利睿告诉你的。"

"你不觉得你对米尘的接近应当适可而止了吗？方思妍动不了你，只好从米尘这里给你下马威。"

白意涵单手捂着肚子笑了起来。

"米尘有才华，你不也是知道的吗？不然你就不会跟廖冰争了。既然有才华，就会有人想要打压她。这其实与方思妍根本没有什么关系。但是你呢，厉墨钧。你是不是也要注意一点，别对她太亲近了？"

白意涵扯起唇角，掏出手机，将一张照片送到了厉墨钧的面前。

那是在新宿，厉墨钧在街头紧紧拉着米尘的画面。

相片照得十分清晰，无论是厉墨钧的侧脸还是米尘的侧脸都绝对可以辨认出来。

"我花了很大的代价，才让这张照片没有被上传到任何地方。"

厉墨钧抬手，从风衣的口袋里掏出了香烟，轻轻摇了摇，不怒不喜，夹到了唇边。

"厉墨钧，是我的问题，我会解决。一切还在继续，如果是你的问题，你能解决好吗？"

白意涵转身而去。

厉墨钧始终没有点燃那支烟。

这时候，厉墨钧接到了来自连萧的电话。

"那个……我其实应该打电话给助理来做这件事……"

"你知道应该打给助理，那就不要打给我。"

厉墨钧刚要挂断电话的时候，连萧的声音再度响起。

"别挂！别挂！听我说完！因为小陈也醉倒了！"

[第十一章] 生死之间

"怎么回事?"厉墨钧凉凉地说。

"那个,我本来只是带着米尘、安塞尔还有戴恩一起在KTV里闹一闹。因为没有外人在,米尘还唱了几首歌呢!我们本来没有点什么酒类饮料,真的只有几罐可乐而已……"

"说重点。"

连萧看了看"尸横遍野"的场景,唇角向上勾起,"重点就是后来赵纤为了感激我们让她咸鱼翻身,所以就来和我们一起庆祝。但是赵纤实在太豪放了,又是个大小姐脾气,要不是我假装打电话去了天台不然连我也game over了。我很讲义气的,把三个助理都叫来替米尘还有安塞尔他们挡酒了,但是赵纤实在太有活动能力,将三个主力都PK掉之后顺便over了安塞尔,戴恩早早就溜掉了,所以你可以想象米尘的下场。"

"你还是没有说到重点。"

"好吧,重点就是我的车里只能放下四个人。只有米尘是女孩子,能劳烦您大驾光临把她送回去好吗?"

电话利落地挂断了。

连萧也不吃惊,他呵呵笑了两声,打开桌子上还没吃完的薯片,咔吱咔吱咬了起来。

十分钟之后,包厢的门被推开,厉墨钧走了进来。

满是酒气的空间里忽然透露出一丝冰凉的露水气息。

连萧笑着拍掉手上的薯片渣,指了指沙发。

只见安塞尔靠着沙发仰着头,已经彻底阵亡了。米尘趴在他的腿上,鼻间都是小小的鼾声。

"那个……我说……"

"你明明知道她喝不了多少酒,还让赵纤灌她,你觉得这样很好玩吗?"

连萧下意识地向后退了半步,他感觉到今天的厉墨钧……和平常不大一样。

厉墨钧将外套脱下来,盖在了米尘的身上。

"你把她背到我车上,我送她走。"

连萧皱了皱眉,似乎意识到了什么。且不说米尘是厉墨钧身边的工作人员,以前厉墨钧也曾经将喝得不省人事的米尘送回家过。为什么今天分外小心?

"是不是有人拍到了什么?"

"已经被解决了。"

如果是厉墨钧不想说的,那么就算媒体说他杀人放火,他也不会多说一个字。

浮色

连萧认命地将米尘背起来，送到了厉墨钧的后车位上躺下，再以外套垫高了她的颈部，怕她会吐出来。

过了几分钟，厉墨钧才上了车。

看着他的车驶离车库，连萧没有一点回去将其他助理和安塞尔带走的意思，而是将KTV包房的时间续到了第二天，潇洒地开车回家了。

厉墨钧一路畅行，驶入帝柏湾的时候，略微震了震，米尘皱了皱眉，直起腰来，用力拍了拍车窗。

厉墨钧赶紧停了车，将米尘从后车位置上扶了出来，米尘冲到前面，抱着垃圾桶狂吐了起来。

直到吐无可吐，眼见着她就要顺着垃圾桶滑下去的时候，厉墨钧一把撑住了她，将她扶回了车上。

米尘虽然迷迷糊糊，但多少有了意识。

当厉墨钧打开家门时，她忽然扣住门口，不松手。

"这里是厉墨钧的家！我不进去……不进去……"

厉墨钧并不生气，而是靠向她，贴着她的脸颊问："你没告诉我，你住在星苑的哪里。"

"……星苑2栋……331……"

"你现在回去，会把你的室友吵醒。"

"那我住……宾馆……"

"如果我送你去宾馆，被记者拍下来，你想要他们怎么写故事？"

"……我今天没穿背带裤……我不想再上《一周风云》了……"

"那就进去。"

厉墨钧略微用力，就将米尘带了进去。

"你有洁癖的……"

厉墨钧沉默着，扶着米尘走了两步。

"你已经在生我的气了……那我要是难受……弄脏了你的地毯……你一定会更生气……"

"我没有生气。"

来到了楼梯前，眼看着米尘就要趴倒下去，厉墨钧一把将她抱了起来。

"你绝对有！"米尘斩钉截铁十分肯定。

推开客房的门，厉墨钧将米尘放在了床上，脱下她的外套，坐在了床边，低下头来正要解开米尘的鞋带时，米尘忽然把脚缩了回去。

第十一章
生死之间

"你……真的是厉墨钧?他才不会给我解鞋带呢!"

"为什么你认为我不会给你解鞋带?"

"你有洁癖的……"米尘摇晃着自己给自己解鞋带,"而且你还在生……我的气……"

厉墨钧也不再碰她,只是淡淡地问:"那么,你认为我为什么生气?"

米尘折腾了半天,终于脱掉了一只鞋,"因为……我和……白大哥……啊不不不!白意涵……一起逛街了!"

"我为什么要因为你和白意涵逛街而生气?"

"因为我是你的化妆师……我不可以跟别的……演员太亲近!"

"不对。"厉墨钧抬起米尘的另一条腿,轻松地解开了她的鞋带。

米尘却又把脚缩了回去。

"你别弄我的鞋子……我脚臭……熏死你!"米尘将两条腿收进被子里。

"我说我生气,不是因为你作为我的化妆师和别的演员太亲近。"厉墨钧却只是重复了刚才自己说过的话,淡然地将米尘的另一只鞋脱了下来。

"啊……那是因为什么?"

不知道为什么,虽然脑子蒙蒙的,米尘却觉得眼前的厉墨钧俊美到如同幻觉。

"因为白意涵喜欢你。"

米尘皱起眉头摇了摇脑袋。

"白意涵喜欢我?"米尘指着自己咯咯笑了起来,"白意涵喜欢我……关你什么事?"

"因为我妒忌。"

厉墨钧的眼睛看着米尘,没有丝毫的起伏和动摇。

这场对视,在一片天旋地转之中,米尘却觉得无比郑重。

"米尘,告诉我,你喜欢白意涵什么?"

这个问题瞬间让米尘条件反射般惊颤。

"我回答错了……你是不是又要叫我喝清酒了?我不跟你玩这个……我要睡觉……"

同一个坑里绝对不能跌倒两次!

"无论你回答我什么都没关系。"

米尘仍旧闭着嘴巴不说话。

"因为他的脸?"

米尘心里愤恨无比。上次说她喜欢成田郁也也是这一套!

"因为他的风度？"

厉墨钧缓缓倾下身来，一只胳膊就按在米尘的枕边。

"还是因为他总是对你和颜悦色？"

米尘看着他越靠越近，心脏就快要从喉咙里跳出来一般。

她下意识伸手触上对方的眉眼，轻轻抚过，哪怕她已经触摸过无数次。

"喵喵说过……风度都是装出来的……"米尘很认真地说，"而且……对全世界都和颜悦色有什么好的？他会在最寒冷的冬天温暖你……可是等你习惯他的时候，他就要去温暖别人了……"

"那么你一定更讨厌我了。我没有风度，也不懂得对你和颜悦色，而且你叫我大冰块。"

厉墨钧始终俯视着她，却没有了那种将一切看在眼里以及将所有变数都握在掌心的自信。

他在她迷离的双眼里寻找答案，米尘睁着大大的眼睛看着对方。

"你从来不会摆出让人赏心悦目的姿态……你只会说有用的话做有用的事。"

"你……不会对我和颜悦色……所以在你面前我不可以逃避任何我不愿……面对的事！"

"你是个大大大……冰块！"米尘伸出手指，用力地戳在厉墨钧的脸上，然后开心地笑了起来，"却……总让我知道我该做的事情……"

"所以，我就像一把标尺，我可以很正确，但却不能让你觉得快乐。"

米尘摇了摇头，她望着厉墨钧，微微撑起上身，嘴唇碰在了厉墨钧的左眼上。

轻轻地抿了一下。

当她倒下去时，厉墨钧的手掌牢牢撑住了她的后背，米尘抬手按住厉墨钧的脸，更加用力地吻在他的眼睛上。

"我好喜欢你的眼睛……每次给你上妆的时候都觉得特别头疼……生怕我的技术不好……反而让你的眼睛不好看了……我小心翼翼……小心到连喘气都不敢……"

米尘的眼睛闭了起来，鼻间发出小小的鼾声，下巴缓缓向后仰去。

厉墨钧将她放了下去，侧过身正要离开，米尘却一个翻身压在了厉墨钧的胳膊上。

幻觉一般，米尘觉得自己的耳边似乎有一声叹息。

无奈而悠长。

这一夜，米尘睡得很香。

第十一章
生死之间

她觉得自己就像是一只毛毛虫,躲在温暖的茧里,不问沧桑变化,恣意沉浸于自己的世界之中。一朝醒来,便可破茧而去。

她感觉到有温热的气息若有若无地掠过她的额头,就似微波澜澜的水面,心中一阵柔软。

她朝着那片温暖挤了挤,可是却到了头。她只能不甘心地蹭了蹭,然后费力地睁开了眼睛。

脑袋还蒙蒙的,视线触上的却是性感的颈部线条。

她愣了三秒,动了动胳膊,发现自己正抱着一个人!再动一动脑袋,更加发现自己枕在某个人的胳膊上!

米尘咽下口水,微微抬起头来。

线条优美的下巴,俊挺的鼻骨,这样熟悉的五官,米尘为他上妆的次数没有一百次也有九十九次……

一向不苟言笑的表情,也因为沉睡而显得柔和,甚至于有一种让人一碰就碎的美好错觉。

米尘的肩膀却颤抖得厉害。

厉……墨钧……这怎么可能是厉墨钧!为什么自己会和他躺在一起!

这是怎么个情况?这完全不科学!

米尘看了看这个房间,是厉墨钧家的客房没错!

昨天……她好像是在KTV里被赵纤给灌倒了啊!明明晕头转向倒下了啊!那要倒也是倒在KTV的包厢里啊!

难道这还是在做梦?不然自己怎么会和厉墨钧躺在一起。

米尘用力地在大腿上掐了一下,疼啊!

这一切原来是真的!

米尘,你发了什么疯,竟然和厉墨钧躺在一起,这难道是空间穿越吗?

她咽下口水,略微向后退了退,想着要离开厉墨钧的范围。谁知道还没蹭出一厘米,厉墨钧却忽然睁开了眼睛,一股力量拖拽住她的心神。

瞬间动弹不得,米尘有一种错觉,自己顷刻间被锁入了厉墨钧眼中的世界里。

她不敢说话,她甚至想过要闭上眼睛装睡,但是在对方的注视之下,她没办法假装任何事情。

他的眸子并不是她想象中的那么冰凉。

相反,澄澈得就似透过窗帘错落有致的日光。

"醒了。"

"嗯!"米尘点了点头。

她感受到脑袋下面的胳膊动了动,仿佛有一种要将她往怀里带去的趋势。

米尘猛地坐了起来,"对不起!对不起!我也不知道怎么会在这里!"

我真的不是故意和你睡在一起!不是故意要压着你的胳膊!也不是故意……离你这么近……

厉墨钧却缓缓撑起了上身,靠在了床头。

他身上穿着的休闲衫领口有些大,脖颈与锁骨的线条一清二楚,看得米尘脸红心躁,只想用被子把脑袋都盖起来。

老大!你平常不是都穿得严严实实的吗!劳烦你把扣子系一下吧!

但老实说,不是厉墨钧的扣子系得不够紧,事实上他所有能扣的扣子都已经系上了。

这完全是米尘的心态原因啊!

"是我从KTV里接你过来的。"

淡淡的语调,完全没有风雨欲来的气势,米尘抬起头来,不可思议望着对方。

"你……你接我来……这里的?"

这不是厉墨钧第一次在她喝多了之后来接她,也不是她第一次睡在他家的客房里,只是为什么他会睡在她的身边?

她该不会枕着厉墨钧的胳膊睡了一整晚吧?

厉墨钧为什么不走啊?他把她扔进房间里就已经仁至义尽了啊!

"连萧打电话叫我去接你。"

"哦,原来是这样啊。那个……谢谢厉先生。"

就在米尘盘算着怎么起身离开的时候,厉墨钧的手却伸了过来,掠过米尘额上的刘海,虽然只有短短的一瞬,却莫名让人雀跃起来。

"去洗漱。"

说完,厉墨钧就起身走向门口。

他的身上还穿着昨天的休闲裤,两条腿长到人神共愤。这样平凡的家居着装,却从头发丝到脚踝都是大腕范儿。

米尘摸了摸自己的额头,呼出一口气来。

太好了!厉墨钧不生气!

只是,不但不生气,貌似他心情还挺好?

这怎么可能啊……

米尘来到客房的洗手间里,惊讶地发现自己之前留下的口杯竟然还在,只是

第十一章 生死之间

换了新的牙刷。

那条傻兮兮的青蛙毛巾还挂在架子上,似乎被好好地清洗过,平平整整的。

米尘还以为自己丢三落四留在这里的东西,早就被扔进垃圾桶了呢,没想到竟然都好好保留着。

她甚至开始不切实际地猜想,难道说,厉墨钧一直将这间客房为她保留着?

……米尘,你还能再自大一些吗!

洗漱之后,人也清爽了不少。

米尘刚走到楼梯口,就闻到一阵食物的香味。

再走两步,米尘就看见餐桌上摆放的餐盘。是中式的炒面,和虾仁荷兰豆一起拌炒,香味浓郁。

米尘傻了眼,因为餐桌上的餐盘不是一份,而是两份。

她可不可以自恋一点想象,其中有一份是她的?

这时候,厉墨钧端着一杯牛奶和一杯橙汁走了出来。

"吃吧。"

米尘顿住了脚步,她心中的感觉很奇妙。厉墨钧已经从《飨宴》这部戏里走出来了不是吗?他已经不是江千帆了,可竟然还下厨做饭?

而且,电视剧里都是男主角醒来发现女主角为他准备了丰盛的早餐然后很感动之类……

米尘在厉墨钧的对面坐下,而厉墨钧则将那杯橙汁推送到了她的面前。

"喝果汁补充维生素。"

米尘一阵哑然。

在那一刻,她看着厉墨钧的眉眼,忽然明白这个看似冰冷的男人也可以对另一个人很好很好。

就连这样公式化的口吻也让米尘觉得可爱起来。

炒面的口感很好,甚至于味道是米尘喜欢的,却一点也不油腻,实在是五星级大饭店的水平。

"皇朝影业的舒桦退出下一场的比赛了,皇朝影业那边会更换另一个资深经纪人接替舒桦。"

厉墨钧波澜不惊地说出这个爆炸性的消息。

"哈?什么?舒桦?他们团队的比分在前三名啊!"

米尘感到全然不可置信,舒桦做得很好啊!就连连萧都说舒桦有两把刷子。

"你的化妆箱之所以会被毁掉,是舒桦买通了后台工作人员。"

可口的炒面在米尘的嘴里瞬间失去了味道。

"新团队需要磨合,这意味着他们将失去竞争力,为什么你看起来不怎么高兴?"厉墨钧放下了筷子,看向米尘。

"这样的事……在这个圈子里其实很常见的吧?"

虽然每个人都希望在公平的条件下展示自己的才华,但绝对的公平向来是不存在的。

"很常见,从立场的角度来说,他并没有做错。"

"那……其实剧组也可以隐瞒这件事,让舒桦继续这个节目啊!"

"怎么?你同情他了?"厉墨钧放下了筷子,看向米尘的目光带着压迫感。

"不是!我只是隐隐觉得自己莫名其妙的幸运。如果这一次被毁掉的化妆箱不是我的,而是别人的呢?舒桦的结果是不是一样的?"米尘觉得很奇怪,以舒桦在业界的地位,就算化妆箱事件真的是他做的,米尘自认为自己的重要性根本无法与舒桦相媲美啊。娱乐圈很现实,既然舒桦比她有价值,为什么节目组要弃帅保车呢?

"觉得自己幸运,说明你有自知之明。舒桦这样做,可以成功一次两次,就算被戳穿了,业内其他人见到除了说他卑鄙之外,也同样会觉得他为了赢不择手段,对手也许会讨厌他,但他的艺人反而会更相信他。他早点栽这个跟头,比等到他越做越大,没人敢给他颜色看的时候要好得多。"

米尘愣住了,厉墨钧的话,让她有一种猜想,"是……你吗?"

揭穿了舒桦,给节目组施压,让舒桦不得不退出这个比赛的人是不是厉墨钧?

不不不,米尘,你不要太高估自己了。厉墨钧对这样的是非一向是没有兴趣的。

"舒桦可以对任何人做这样的事,但是对你却不可以。"

米尘的心脏在那一瞬间急速膨胀,几乎要炸裂开来。

厉墨钧刚才说什么了?

而对方却只是低下头来,继续吃着早餐,这让米尘觉得刚才他说的一切都是她的幻觉。

几秒钟之后,厉墨钧发现米尘仍旧看着自己,于是左手的手指在桌面上敲了敲,"吃饭。"

米尘赶紧低下头来,将炒面塞进嘴里。

如果舒桦对任何人都可以做那样的事,为什么对她不可以。

因为她是他的化妆师,按照喵喵所说的"打狗也要看主人"?还是她可以自我

[第十一章]
生死之间

感觉良好地认为,自己对于厉墨钧来说是不一样的?

但不管怎么说,连萧都带领着他们这个团队闯入了《梦工厂》第一季的收官之战。

而他们将要为一个组合,"黑翼"进行包装。

这个组合一共有三个人,每一个人的外形其实都很不错。

但"不错"并不代表就一定会红。

长得好看却没有能震住场面和把控观众魄力的艺人一抓一大把。

连萧连夜对他们展开了这方面的训练,请来的老师也是业内一等一的高手,肢体动作里就是手指尖儿都有讲究,更不用说眼神表情什么的。不过一天的点拨,这三人就从土鳖酝酿出了几分巨星气质。

米尘他们则在一旁看着,从训练中感受他们各自的气质以及适合的形象。

因为是群像出场,除了要保证整个团队的统一性,更要使得他们每个人都突出出来,被观众记住。

这个组合以唱跳为主,一般为了突出韵律感和视觉性,会采取深色服装提高神秘感以及一些金属装饰物。

但是这一次,安塞尔却提出想要以白色作为服装搭配的主色调,营造浪漫的感觉,谁说白色就一定没有神秘感了?就好比被皑皑白雪覆盖着的南极,神秘而高冷。

而且,根据《梦工厂》的舞台灯光效果,黑色反而不显眼,而白色却更有视觉冲击力。

米尘内心很赞成安塞尔的想法。毕竟之前他们都是以黑色的服装造型登场,却一直没有给观众留下任何印象,而以白色作为反差,也是一种突破。米尘也有把握自己的化妆技术能够驾驭得了白色的服装造型。

也许是因为合作了这么多次,戴恩与他们产生了默契。他竟然与安塞尔击掌,表示这主意不错。

于是他们三人达成了共识。

"嘿,米尘,你听说了吗?最后一期节目,他们会邀请一位神秘嘉宾作为评委!你可要好好表现啊!"连萧提醒米尘。

"啊?神秘嘉宾?连先生知道是谁吗?"

"不知道,这是节目组安排的。听说不确定对方一定能来,所以暂时不对外公布。"

原来还有连萧打探不到的消息。看来节目组的保密工作做得实在太好了。

不过再神秘的嘉宾，对于米尘来说，也是兵来将挡水来土掩。

因为有了之前许多次的经验，当最后一期节目开始录制的时候，米尘已经十分落落大方了，就连前来跟拍采访的记者欧涛都称赞米尘很有大师风范了。

"来！来！几位都辛苦了！喝点饮料吧！"

黑翼组合的现任经纪人将奶茶一杯一杯送到安塞尔还有戴恩的面前。

"米尘姐，你也喝点饮料吧！他们三个年轻人就拜托给你了！"

因为有了之前的成功，无论是黑翼的成员还是其他工作人员，都对米尘要尊重许多。

"啊！谢谢！您也辛苦了！"

虽然饮料就放在手边，但是这个组合有三个人，时间太紧急，米尘没有喝东西的兴致，反而手里的粉刷和粉饼盒从来没有放下来过。

摄影师将镜头偏转时，只看见一个身着棕色线衫和休闲裤的高挑男子正好从门口走进来。

采访记者欧涛愣住了，刚举着话筒要上前，男子将食指放在唇间，眨了眨眼睛示意他不要说话。

男子唇上的笑容浅如冬日落在枝头的日光，哪怕是最简单的衣着，也给人以赏心悦目之感。

他向欧涛做了一个手势，记者便跟着他来到了门外。

"白意涵！这简直不可思议！你……你是来给米尘探班的吗？记得节目第一集的时候提起过，米尘是你回国之后的第一位化妆师！"欧涛第一次在这么近的距离见到白意涵，完全没有一点架子，实在是不可思议。

"对啊，她是我回国后第一任化妆师，也是回国后到目前为止唯一的一个化妆师。"

白意涵的语气很平常，但却让人听出一种郑重的感觉。特别是那个"唯一"，竟然有几分深情款款的味道。

"哎呀，可是你一来探班，你的粉丝铁定是要力挺米尘这组的！这对其他团队来说可是莫大的压力啊！"

"这已经是《梦工厂》第一季的最后一集了，我当然要来看看米尘。不过我希望无论是观众朋友还是我的粉丝，希望大家能够用公正的眼光来为参赛的所有团队投票。"

就在这时候，走廊深处有人远远走来。路过的工作人员纷纷驻足，而对方就似身边空无一物一般，仿佛整个世界都无法牵绊住他的衣角。

[第十一章] 生死之间

他来到了化妆室的门前,侧脸俊挺而富有力度,身姿修长,漠然的气质让所有试图接近者望而却步。

当他的手指刚触上门扶手时,站在不远处的白意涵笑了。

"好久不见了,厉墨钧。"

厉墨钧并没有回答,而是拧开门信步走了进去。

他的步幅如常,但脚步却很轻,几乎没有任何声音。

进了房间,他没有说一句话,而是拉过了一张椅子坐下。

所有人都在忙着,戴恩与安塞尔虽然看见了厉墨钧,见厉墨钧没有说话的意思,他们也只是点了个头算是打过招呼了。

米尘仍旧专心致志地描摹着面前艺人的眼部线条。

她将手伸进化妆箱里,摸来摸去,取了一支刷笔,看着刷笔的刷毛顿了顿,随即用力地闭了闭眼睛。

昨天晚上她本来打算换了这支刷笔的,都准备好了放在沙发边上了,结果还是漏了收进化妆箱里。

算了算了,这支刷笔也只是旧了,不妨碍她发挥。

米尘刚低下头,就有人将一支未拆封的刷笔递到了她的面前。

心头微微一颤,即便没有看见对方的脸,她也知道那是谁的手。

她抬起头来,惊讶地对上厉墨钧的眼睛。

"厉先生,你怎么会来?"

不但来了,还把她的刷笔给带来了?

"我在外面见到你的室友,她来给你送刷笔。但是她进不来。"

原来是喵喵,真不愧是中华好闺蜜啊!

米尘拆开刷笔,而厉墨钧只是淡然地转身走出了化妆间。

他就是来给自己送刷笔的吗?

一抬头,米尘才看见白意涵就站在不远处,朝她微微一笑,口型似乎在说:加油。

米尘心里顿时暖了起来。不管观众支不支持她,至少自己的后援团队阵容很强大啊!

时间越来越紧迫,已经有团队开始演出了。

而陆溪的团队包装的是一个女性组合,之前她们走的是劲舞风格,但效果委实不佳。这一次陆溪再度大反转,为她们定制了非常正统的青春玉女团队的形象,从高音、中音到低音进行了歌曲的重新编排,层次感极强。因为编曲,使得每个人的特点都得到了展现。而林如意的化妆技巧得到极大的施展,青春玉女的形象令人怦然心动。

而这个时候,米尘仍旧在后台忙碌,直到最后五分钟,三人终于定妆完毕。

呼出一口气来,米尘抹开额角的汗水,终于取过桌边的奶茶,用力地喝了一口。原本温热的奶茶,如今也凉透了。

黑翼终于登台了,米尘跟着连萧他们来到前台坐下。

音乐响起,黑翼出现在灯光之下,随着音乐的节奏跃起,仿佛掠过夜空的白羽,爽利的动作,整个编舞都极具舞台掌控力,而当大屏幕上出现每一个组合成员的特写时,都让人睁大了眼睛想要看得更久一些。

米尘突出了他们五官的轮廓感,并以他们自身的气质为依托,在他们三个身上展现出了灵动、神秘以及俊逸三种完全不同的气质。而当他们三人组合在一起时,聚睛力度就完全不用说了。

作为压轴出场的黑翼顿然成为焦点,米尘露出一抹笑容来,无论他们能不能赢下这最后一场,至少黑翼组合终于在观众眼中有了一席之地。这就是一种成功。

不知道是不是因为太过紧张,米尘的喉咙竟然就似收紧一般难以呼吸。

黑翼的表演结束,台下响起热烈的掌声。

洪月盈与慕容枫两位主持人登场,终于揭开了神秘嘉宾的面纱。

"啊,不得不说,最后一期节目,各个团队的实力不分伯仲啊!所以我们节目组特别请出来了一位重量级的嘉宾。虽然他不是演艺界的熟面孔,许多观众可能没有听过他的名字。但是我相信,无论你影帝还是影后,如果他能为你上妆,对于你来说,都是无上的荣幸!"洪月盈一副十分期待的表情。

"怎么,你也想要他为你上妆?"慕容枫好笑地问。

"我希望我结婚的那一天,他能够让我成为最美丽的新娘。"

"不是吧?他是你的未婚夫?"

"喂!他是世界知名的彩妆大师好不好!"

"世界知名彩妆大师"这个头衔,让米尘的心脏不自已地颤了一下。

不会那么巧,绝不会那么巧……

她的脑海中浮现出一个已经几乎快要被她忘掉的人。

那个在她成长中占有不同寻常地位的人,那个让她无比依赖,她将他的世界当做自己世界的人。

"这位彩妆大师,在四大时装周上的大师秀都展现过身手,代表着我们华人在彩妆界的最高水平。能请到他的到来,是我们此次节目最大的荣幸!"慕容枫的表

[第十一章] 生死之间

情充满了尊敬,但这时候的米尘却觉得心被骤然穿刺一般。

"华人在彩妆界的最高水平",除了那个人,不可能还有其他人了。

"让我们有请彩妆大师林润安!"

观众席上几个经常看时尚杂志的年轻女孩发出了惊呼声,而参赛团队里的化妆师们也是极为惊讶。

林如意更是用手捂住嘴巴,这两年,她曾多次前往各大时装周,希望能得到林润安的提点。但这些时尚盛事的后台都是兵荒马乱的景象,林如意每次都被拦在了门外。她远远瞥见过林润安,不曾有过只言片语,却永远记下了他为模特化妆时候的姿态。

游刃有余,大师风范。

观众们对于男化妆师的印象,都是说话像是糯米糍,少不了几分娘气。

但是当林润安走出来的时候,所有人都呆了。

这哪里是化妆师啊,简直就是时装模特!

将近一米九的身高,英伦风格的风衣,卡其布的休闲裤,就连笑起来时的眼角细纹都很有成熟男人的味道。

"大家好,我是林润安。"

很简单的自我介绍,他的声音有一种让人安心的磁性,却又带着一种果断和效率感,完全打破了观众对男性化妆师的印象。

慕容枫直入正题,"林先生在时尚界的地位是有目共睹的。我们请您来呢,就是希望您以时尚界的眼光来品评一下,在场的参赛团队的外在形象!"

林润安的目光掠过台下,很轻松地就与嘉宾席上的米尘对视。

他知道她在这里!他上这个节目之前就一定已经知道她在这里!

米尘想要转开自己的目光却已经来不及了,她只觉得一阵心慌,无数被按压下的记忆奔涌而上,冲入她的脑海之中,连收都收不回来。

他的目光依旧温润如海,就像冬日里的一条围巾,在最冰冷的时候环绕上她的脖颈。

而此刻,这条围巾却死死扣住了她的咽喉般,让她呼吸不得。

好难受!真的好难受!仿佛整个世界都要被挤压得支离破碎!

林润安说了什么,米尘完全听不进去了。

她只觉得大脑里一片空白,手指尖不住地颤抖。她起身离席,几乎是冲出了演播厅。

呼吸越来越困难,米尘狼狈地摔倒在地,双手甚至没有力量撑住自己的身体。

她睁大了眼睛，泪水掉落下来。

用力扣住自己的咽喉，她有一种要用刀把喉咙破开的冲动！

她这才明白，这种窒息感不是来自林润安，她早就收拾好了对林润安所有的期待与少女心境，他早就不能动摇她了！

真正让她如此难受的原因只有一个——她过敏了！

她必须回化妆间把药找出来。她试着爬起身，却没有丝毫力气再度摔倒下去。

好想大声呼叫，可是却喊不出声来。

远处有几个工作人员正在聊天，完全没有留意到她。米尘用力地拍打着墙壁，可他们几个却仍旧在聊天，而且越聊声音越响。

没有人注意到她吗？她就要这样挂掉了吗？

她不想，她真的不想！

求求你们转过脸来！求求你们看见我！

那一刻，她的脑海中瞬间浮现出许多东西，她想要抓住的，以及努力到最后都未曾触及的……

她的母亲站在时装周上自信而知性的笑容；她坐在林润安的单车架上，将耳朵贴在他的背上，听着他一声一声犹如海风般的呼吸；她和安塞尔在万圣节的夜晚躺在床上偷偷把藏在枕头里的糖果拿出来吃；她推开那扇化妆室的门，眼帘缓缓掠起的白意涵；还有……还有……

"米尘！"冰凉而富有力度的声音划破了空气。

有人来到了她的身边，一把将她扶了起来。他的力量大到不可抗拒，她宛若瞬间被他从泥沼中拖拽而起。

是厉墨钧，米尘没有想到他送完笔刷之后竟然没有走，而且还一直待在演播厅外。

"你怎么了！"厉墨钧托住她的后脑，成为她所有的支撑。米尘的脸色完全变了，额头上满是汗水，嘴唇也开始发白，喉咙就似被掐住一般，说不出话来。

"花生……花生过敏……"米尘用力从齿缝间挤出这几个字。

"你的药呢！"

米尘傻住了，她第一次在厉墨钧的眼睛里看见一种非同寻常的情绪。

近乎惊恐的，整个世界摇摇欲坠，即将崩裂开来。

"包……"

她的包在化妆间里。

厉墨钧没有一个字的废话，一把将她抱起，冲了出去。

第十一章
生死之间

工作人员惊讶的目光一一掠过，米尘什么都听不到，除了厉墨钧胸膛的起伏以及海潮般汹涌的心跳。

她的身体随着他的奔跑而颠沛，她的手指拽紧了他的衣领，已经支离破碎的世界里，她看见的只有厉墨钧的下巴。

化妆间上了锁，钥匙在连萧那里。

厉墨钧二话不说，一脚将门猛地踹开。他将米尘放在沙发上，拎过米尘的包，从里面找到了一个小药瓶。

拧开盖子，他看向标签，门外传来另一个男人的声音。

"一次两片，快点！"

米尘已经快要窒息了，厉墨钧赶紧倒了两片药，喂米尘吞了下去。

男人快步走了过来，从米尘的包里取出另一个药剂，来到米尘的身边坐下，十分熟练地摇了摇喷雾，喷入米尘的咽喉。

空气一点一点涌入，死亡濒临的威胁感缓缓散去，米尘看着明晃晃的天花板，眼角的泪水未干。

劫后余生，她看向手中仍旧拿着喷雾的男子，对方的眉头死死地皱着，就与小时候那次她对花生酱感到好奇忍不住尝试了一点引发过敏时一样。

他依然关心着她，从他第一次见到她到现在，至今未曾改变。

"……海文。"米尘轻唤了一声林润安的英文名。

曾经他将她的世界撑得满满的，如今再次见到他，米尘忽然不知道说什么好了。

林润安转过头，对站立在一旁的厉墨钧十分郑重地说了声："谢谢。"

"不需要。"厉墨钧看向米尘，手掌覆上她的额头，"对花生过敏，你应该对身边的人说明。"

米尘低下头来，厉墨钧的掌心带着微微的凉意。米尘记得他的手和他的性格不同，一向很暖。如今这么凉，是被她吓的吗？

她真的拥有动摇他的能力吗？

"最好还是去一趟医院。"林润安起了身，长长地呼出一口气，"我两年没有见到你了，没想到才见你这一面，你就出了事。你是在故意让我难受吗？"

米尘低下头，没有说话。

这时候，摄制组的工作人员敲开了房门，"林先生，那个节目还没有完成，导演问你……"

"就请主持人替我向观众们道个歉吧。我这边出了点事。"

林润安十分抱歉地一笑，低下身，将米尘的背包收拾好，他的手还没有触上米尘的胳膊，厉墨钧便一把将米尘抱了起来。

"你可以继续录节目，我开车送她去医院。"

厉墨钧的声音压得很低，带着一丝冷意。

米尘有一种感觉，厉墨钧生气了。甚至可以说是愠怒。

他一向将自己的情绪控制得天衣无缝，外人无从猜解。而此时此刻，靠在他的怀里，米尘清楚感受到他的情绪。

"可我必须得去。我清楚她的过敏史还有用药史。"

厉墨钧什么也没说，林润安当做默许，跟在了厉墨钧的身后。

一路上工作人员惊讶地望了过来，米尘觉得万分窘迫。

"我可以自己走的！你放我下来吧！"米尘小声道。

她还是第一次在清醒的情况下被厉墨钧这样抱着。

"你的腿刚才一直发软。"

米尘知道，自己的请求被驳回了。她只能转过脸去，脑袋都快嵌进厉墨钧的胸膛里了。

没有人认出我……没有人认出我……

米尘在心里不断地自我安慰。

她刚才以为自己就要死了。

她以为没有人会看见她，没有人会听见她的呼喊，她就这样莫名其妙地失去一切，然后这个怀抱所传递而来的温暖也将与她毫无关联。

可是她还活着。

当他抱起她的那一刻，她就有一种预感，她一定会活着。

原本因为恐惧的泪水早就收敛，可在此刻却又不由自主地流了出来，浸湿了厉墨钧的衣领。

林润安替他们按了电梯。当厉墨钧抱着她进入，电梯门关闭的那一刻，米尘忽然有了一种不切实际的渴望，她希望电梯能够再慢一点，而自己能在厉墨钧的怀里待得久一点。

她记得那一刻厉墨钧的眼睛。

她一直觉得他的眼睛很好看，甚至连他冷冰冰的时候只要她用心地看着他的眼睛，也会觉得美好。

但只是美好而已。

而那个飞奔而来抱住她的厉墨钧，惶恐在他的视线中游走，他不再是那个站在高处漠然俯瞰一切仿佛无时无刻不置身事外的男人。

第十一章
生死之间

他的眼睛，变得动人起来。

他已经恢复了原来的样子。

但米尘，却觉得属于厉墨钧的那个铜墙铁壁般的王国，终于裂出了一条缝隙。而她，在那道裂缝之中，终于窥探到了真正的他。

他们来到了地下车库，厉墨钧将米尘放在了前车座，替她系上了安全带。

当他低下身来扯过带扣的时候，米尘看见的是他的背脊。他把她笼罩着，仿佛无论发生了什么，他都会挡在她的身前。

林润安沉默地坐在了车后座，车子开了出去。

《梦工厂》的结果到底如何，米尘已经不在乎了。

一路上，米尘的脑袋是放空的。虽然放空，可是当她从车窗的玻璃反光中看见厉墨钧的侧脸时，她忽然明白自己对这个冷峻的男人有了莫名的期待。

他可以寡言少语，可以吝啬安慰，但是他并没有她想象中的那么冰冷。

来到医院门口，厉墨钧停下车来，他侧过身替米尘解开安全带时，米尘按住了他的手，"我真的可以自己走进去。"

这一次，厉墨钧没有再说什么了。

米尘跟着他们进了医院，被安排做一系列的检查。

医院的走廊里，厉墨钧与林润安并排坐着。

林润安抬头，吸了一口气，"我还记得第一次见到她因为花生而过敏的情景。那时候我代替她的妈妈去学校接她。学校的门口有一辆小餐车，卖的是热狗和汉堡还有三明治。和她一起放学的同学，买了三明治，还挤了很多花生酱。也许是因为从小就没有吃过花生酱，她很想尝试一下，哪怕已经被无数次叮嘱了不能吃，她还是给自己挤了一点。她以为自己会没事，但是当我赶到餐车前，她的同学被吓得手足无措，而我……第一次体会到心脏都要迸裂的恐惧感。她完全喘不过气来了。她差一点连命都没了，在医院里还对我说她终于知道花生酱是什么味道了。我问她，就为了知道花生酱是什么味道把小命搭上到底值得不值得？她回答我，没有试过，她怎么知道自己会有可能把小命都搭上。"

厉墨钧并没有说话。

两人就这么安静地沉默着。

良久，厉墨钧站起身来，略微侧目。

"确实，你占据了她从孩子到成年几乎所有的时间，可你还是让她决定要转身离开。"

林润安愣了愣，随即闭上眼睛笑了出来。

"因为我和她之间，总有时差。"

"什么时差？"米尘走出门外，对林润安说，"你是不是刚从国外赶来啊？如果是这样的话，你就赶紧回酒店休息吧！赶紧把时差倒过来！"

林润安笑了，"我很好，医生怎么说？需不需要留院观察？"

米尘点了点头，"好像真的要在这里住一晚了，医生说最好观察一下。"

林润安与厉墨钧将米尘安排进了病房，连萧打电话来询问米尘的情况如何，他们的比赛已经结束，正打算开车过来看她。

米尘却更想要知道比赛的结果，她仰着脖子问："那黑翼组合呢？我们排名第几啊？"

厉墨钧只是看了米尘一眼，米尘赶紧闭上嘴，而厉墨钧却难得地伸出手来揉了揉米尘的脑袋，米尘低下头来扯着唇角笑了。

放下手机，厉墨钧淡然开口："你们赢过了陆溪的团队，得到了这一期节目的冠军。"

"啊！那真是太好了！"米尘开心地倒回病床上。

过了没多久，连萧就来了。安塞尔就差没跳到病床上将米尘给压死。

而最让米尘意想不到的是，白意涵竟然也来了。

他看见林润安时，微微颔首点头，算是问好。这样的平静姿态，却是十分疏离。他们几乎没有任何对话，白意涵坐到了米尘的床边，垂下眉叹了一口气。

"米尘，之前吃块巧克力你也知道要小心。今天到底是吃了什么，你心里有底吗？"

米尘用力地回想了起来，花生过敏症状其实出现得很快，她到了演播厅没有五分钟就开始难受，一定是她最后吃的那样东西有问题。可是她晚餐五点多的时候就吃完了啊，不可能等到那么晚过敏症状才出现。

难道说是黑翼组合经纪人送来的……

"奶茶？我离开化妆间之前喝了两口奶茶！"

"难道是果仁奶茶？"林润安也皱起眉头，"米尘，你对花生过敏的事情身边的人都知道吗？"

"白大哥还有他的经纪人方大哥知道。我不想给人造成麻烦，所以没有对其他人说过自己花生过敏的事情。而且我平常很注意的了……"

"那你知道国内除了豆油之外，还有花生油吗？"白意涵摇了摇头，看着米尘的目光里多了几分责备的意味，"我每次带你去吃饭的地方，都是我确定不会用到花生油的地方。"

[第十一章] 生死之间

米尘低下头,她没想到白意涵竟然会这么细心。

白意涵拿出手机,拨通了方承烨的电话。

"承烨,米尘他们用的化妆间里应该留了几杯奶茶。你帮我把那几杯奶茶收走,检查一下,我想要知道奶茶里面是否有花生。"

米尘被这么多人看着,觉得挺不好意思的。白意涵知道米尘在想什么,起身说了句:"时间也很晚了,我们让米尘好好休息吧。"

大家跟着白意涵走出了病房,而林润安却坐在原处一动未动。

白意涵挑起眉梢,本来正要说什么,米尘却先开口了:"我太久没有见到海文了,而且我也不困,正好聊一小会儿!叙叙旧!"

厉墨钧也在门口驻足,连萧则转过身来若有深意地看着米尘。

"那我也要留下来,和小米还有海文聊天!"

眼看安塞尔又要坐回到米尘身边,连萧一把将他拽回来。

"走了!我们是第一期《梦工厂》的大赢家,明天有个访谈!安塞尔,你不觉得你该睡个美容觉吗?"

米尘的视线落在厉墨钧的身上。她想起在拍摄《金权天下》的时候,厉墨钧是唯一一个在天台上看见她用印着林润安访谈的杂志折纸飞机的人。

厉墨钧多少知道自己对林润安所怀抱的感情吧。

"我已经没事了,真的。"米尘看着厉墨钧,漾起一抹笑容。

她相信他能读懂这句话的意思。

"嗯。"厉墨钧走出门去。

所有人都离开了,这间房间里真的就只剩下米尘与林润安。

两年过去了,林润安依旧和米尘最后见到他的时候一样,从眉眼到笑容,不曾改变。

只是,米尘没有了那种心脏满溢的感觉。

"米尘,这两年你没有给我打过一通电话发过一条短信,甚至于连MSN上都不曾回复我的留言,是因为我在你母亲去世那天与艾玛结婚吗?"

林润安的问题直接到让米尘感到不可思议。若是从前,他会很有默契地在她面前对这样的事情绝口不提,然后他们就能一切如常地继续生活。

所以,林润安也并不是真的一成不变的。

"那天我真的很难过。因为我觉得我的喜怒哀乐在那一刻与你彻底没有关系了。可是再想一想,你是从小陪伴我长大的兄长,也是我的老师,你完全不必为了我的开心或者不开心来改变自己的生活方式以及决定。有人问过我喜欢怎样的男生，我原封不动地把自己心目中的你说了出来。然后对方告诉我，如果被你这样的男人呵护着，我将永远不会长大。其实长大或者不长大，都不重要。关键是，我将永远无法做真正的自己。总是担心自己做的决定会产生怎样的后果，总是在想如果是你会为我做怎样的选择，但忽视的却是我自己真正想要的东西。"

米尘看着林润安的眼睛。

即便是这两年，她也没有弄明白自己到底想要的是什么。

可就在林润安再度出现的时候，所有模糊的一切都在她的面前清晰起来。

"真的好可惜，你已经不是那个站在学校门口等我来接你的小屁孩了，也不是那个站在我身边仔仔细细看着我一举一动的好学生了。当你有自己想法的时候，就会变得有棱角，会磕磕碰碰，会伤害别人，也会让自己受到伤害。"

"对不起，我让你失望了。"米尘靠着床头眨了眨眼睛，她知道林润安并不是真的觉得可惜。

"你从来不曾让我失望。一颗没有棱角的钻石如何折射日光？又如何让人目眩神迷？"

林润安来到米尘的身边坐下，两人并肩靠在床头。

一切仿佛回到了小时候，母亲不在的日子里，林润安陪着她入眠。

"米尘，我一直都在那个位置，从来没有变过。"

这样淡然而温暖的语气，让米尘的鼻头瞬间就酸了起来。

米尘抱住自己的膝盖，深深吸了一口气，"我曾经暗恋着你，因为在我的世界里，除了妈妈就只有你。你是我的一切。妈妈死去的时候，你说你要和艾玛结婚，我这才意识到，我不能这样无休止地沉浸在暗恋你的美梦里了。就像你说的，我想做我自己。所以我要离你远远的，远到能走出我对你的依赖。"

能够坦然地说出"暗恋"二字，她终于确定所有的一切都能云淡风轻。

林润安扯起了唇角，"你知道自己用了'曾经'这个词吗？如果是曾经，那就意味着你现在已经不再暗恋我了。"

他听见米尘说的曾经暗恋时，没有丝毫惊讶的表情。他果然一直都知道，却从没给过她真正的答复，并不是不清不楚地耗着她，而是他早就料想到了有今天。

"是的，我确定自己不再暗恋你了。"

就在那个生死游离的瞬间。

"那么，我是不是可以恭喜你，终于回到了我的身边？"林润安笑着问。

"是的。"

米尘伸出手掌，两人愉快地击掌。

[第十一章] 生死之间

第二天的早晨,米尘被众人送回了家。

回到家的感觉真好,没有了消毒药水的气味以及白色的冷光。

白意涵看了连萧一眼,连萧便会意地与他来到阳台上。

"昨天你们喝的奶茶里面,加入了少量的花生酱。"

"花生酱?"连萧的眸子冷了下去,"如果是果仁的话,还能说黑翼的经纪人只是因为不知道米尘对花生过敏。但如果是往奶茶里加花生酱的话,意义就不一样了。"

"知道米尘对花生过敏的,有我和方承烨。当初我们以为米尘会跟着廖冰,所以我让方承烨告诉过廖冰这件事。"

"你没有想到米尘会被我要过来,所以你特地又让方承烨来提醒我这件事。米尘很少把自己对花生过敏挂在嘴上,所以知道这件事的人应该就我们几个。"

"入职之前是有体检的,体检报告里会注明过敏史。星耀的人事部是知道的。我昨天就已经找黑翼的经纪人说过这件事,他肯定花生酱不是奶茶店添加的也不是他自己添加的。但是他买完奶茶之后,因为遇上了一位有名的音乐制作人,所以上前攀谈,将奶茶放在了茶水间里。"

"我会去调监控。"连萧回答。

白意涵点了点头,嘱咐米尘以后要多加注意之后就离开,连萧也准备走了。

米尘跟在他的身后,一直想要问什么,但却没有问出口。

连萧却先笑了。

"你想问厉墨钧今天怎么没来接你?"

"不是不是!"米尘赶紧摇头,"我是他的化妆师,怎么可能让他来接我呢?"

"你可不只是他的化妆师。"

连萧扔下这句话就把门关上了,留下米尘思索着那句话的意思。

"不只是他的化妆师",后半句是什么啊!难道现在流行的已经不是什么含沙射影指桑骂槐,而是说话说一半了?

这会让人一直想一直想的好不好!还让不让人睡觉了!

厉墨钧坐在一间洁白的房间里,薄纱般的窗帘随风而起,青草的气息涌入。这个房间井井有条,一个身着深蓝色线衫五官优雅的女子坐在床边,一脸笑容地看着他。

"秣钧啊,你好久没有来看过我了,妈妈好想你啊!"

女子站起身来,张开怀抱,将他抱住。她的手腕上是深浅不一的伤痕,低下头来,目光明明是落在厉墨钧的身上,却总让人觉得她实际上看着的是别处。

浮色

"你怎么想到来看妈妈了？是不是遇到什么不开心的事情了啊？"

"我很害怕。"

"你害怕什么呢？"

厉墨钧没有回答。

房间里静悄悄的，直到搂着厉墨钧的怀抱越收越紧，而厉墨钧逐渐喘不过气来。他拍着女子的后背，女子却毫无反应般，原本温柔的神色变得狰狞，甚至连牙关都咬紧，仿佛不将怀里的人勒死决不罢休。

推门而入的护士惊呆了，赶紧上前帮忙要将她拖开。但她发了疯一般纹丝不动，而厉墨钧只是仰着头，看着对方的眼睛，没有一丝反抗的意思。

"来人啊！快来人啊！"

医护人员冲了进来，将两人分开。

厉墨钧的母亲被按回了病床，她奋力挣扎起来，直到医生为她注射了镇静剂。

厉墨钧仍旧坐在原处，沉默地看着眼前发生的一切。

"厉先生，陈女士的精神状态不稳定，请您先回去吧！"

看着母亲的挣扎力量逐渐减弱，缓缓闭上眼睛睡过去，厉墨钧起身，走出了医院。

米尘与喵喵已经"弹尽粮绝"，不得不出门前往超市购买储备粮。

当她们拎着大包小包回到公寓时，发觉有人竟然就靠在门口。

修长而淡漠的身影，转过脸来时，米尘的心脏一紧。

"厉……厉先生？"

"嗯。"厉墨钧微微点了点头。

米尘顿了顿，他既然来了为什么不打电话给她。

"小米！你还愣着做什么！请厉先生进去啊！"喵喵倒是先反应过来了。

进了门，喵喵赶紧把客厅沙发上乱七八糟的东西都收走了，再把方便面什么的也放到该放的地方。

米尘给厉墨钧泡了杯茶，虽然她知道厉墨钧对茶的要求一向很高。但意外地，厉墨钧端着茶，热气在他的鼻尖缭绕而过，他微微抿了一口，却没有将茶杯放下。米尘坐在他的身边，这才发觉自己虽然跟着厉墨钧很久了，却几乎没和他说过工作以外的话题。

厉墨钧从口袋里取出一个浅黄色硅胶手环，放在了桌上。

米尘认得这个东西，她小时候也戴过。许多过敏体质的人会戴着这种东西，上面可以用笔写下名字啊、过敏源、紧急联络电话等等。只是回国之后，她原先

[第十一章] 生死之间

的那个掉了,她就再没有戴过了。

"戴上吧。"

"嗯。"米尘赶紧将手环戴上。

转过来的时候,她才发觉所有的信息竟然都写在上面了,包括她常用的药物。

虽然没有开口问,但是她很确信上面的字是厉墨钧写的。字如其人,笔力深厚,离而不绝。而"米尘"两个字,仿佛是被格外用心写过一样,端正而隽秀。

"紧急联系电话,你记得自己写上去。"

厉墨钧没有多说什么就离开了。

这就是他的一贯作风,无意义的寒暄一句都不说。

米尘来到自己的卧室,打开窗子望了出去,正好看见厉墨钧的车从车库开出来。虽然明明知道对方听不见,米尘还是笑着说了声"谢谢"。

此刻,星耀天下正在做《梦工厂》的探讨总结。这是目前为止星耀天下与电视台合作制作出来的收视率最高的节目。两大影业公司已经着手进行第二季的筹备。

利睿听完了所有的报告之后,看向安言,"安主管,节目做得好是好。但是我听说也有一些不和谐的声音。其实这些不和谐没有放在台面上,下面的人怎么做,我们都无所谓。但是闹得太大,甚至到了威胁他人人身安全的地步,星耀是不可能再听之任之了。"

利睿的目光扫过在场所有人。包括策划、媒体、公关、造型以及化妆师团队的所有主管。

安言缓缓开口道:"其实像是摔摔化妆箱什么的行为,很能增加节目的看点。但是明明知道对手有过敏症状甚至于会丧命的情况下还往对方的饮料里加花生酱,这样的行为其实只要不被媒体爆料,我们也觉得没什么。"

安言最后的"没什么"三个字说得十分用力,没有哪个傻瓜会真觉得星耀会听之任之。

"可关键在于,你要做就做得好一点,完美一点,天衣无缝一点,别让皇朝影业的人竟然拿着证据到我们面前来讽刺我们用人不当。还有,真的要对付,也麻烦枪口对外,窝里斗算什么?你说做这么蠢的事情的家伙,是不是猪八戒照镜子,无论在星耀还是在皇朝影业面前都不是人了,林组长?"

安言的话音刚落,所有人都看向了林如意。

林如意的拳头握了起来,脸上的表情却没有丝毫变化,"安总说得没错。就算要对付,也应该枪口一致对外。"

这场会结束之后,所有人纷纷离席。只有利睿、安言以及林如意仍旧坐在原处。

　　林如意吸一口气,向利睿提出了辞职申请之后,转身离开。

　　安言看向利睿,"我们这样算不算是逼她走?"

　　"白意涵的手上有那天的录像,他不是省油的灯。如果皇朝影业打算用那段录像来打击我们的话,只有林如意离开星耀才能将名誉损失降到最低。而且,厉墨钧那边我也要有所交代。"

　　"这个林如意,我已经提点了她不止一次了,她还是想不透放不下。弄到今天这步田地,就是不走也不行了。"安言叹了一口气。

　　两天之后,电视上播放了林润安的专访。

　　米尘与喵喵抱着麻油鸡味道的方便面盯着电视机看。

　　"小米粒,你的海文哥哥真的好帅啊!"

　　米尘这才觉得,林润安没有去做演员确实有些暴殄天物。

　　这个专访,白意涵也曾上过,主持人是慕容枫。

　　"节目里能请来林先生确实是我这个主持人意想不到的。其实大家也比较好奇,林先生在欧美的时尚界十分出名,多年来未曾回国。不知道是什么牵绊着林先生,让您千里迢迢回归故土了?"

　　林润安颔首一笑,风度俱佳。

　　"慕容先生明明知道我为什么来,明知故问,可就没意思了。"

　　"哈哈,我听说了,林先生是为了追着自己的学生回国的。只是好像从来没有听说过你收了学生啊!多少人想要拜在你的门下,也没见你点头。"

　　"慕容先生,对于我林润安来说,'学生'二字的意义非凡。我既然教了,就会把所有我得来的经验,我的想法甚至于我知道的一切都教给她。从我的学生跟在我身边那一刻起,我所做的一切都是为了让她清楚地了解我化妆技巧的每一步。所以,我这一生,只会收一个学生。"

　　林润安的话说完,慕容枫的表情也跟着严肃起来。

　　而电视机前的米尘,愣住了。

　　她一直以为自己对于林润安来说就像一个孩子。但她从没有想过,自己会是林润安的"唯一"。

　　"看到这里,大家一定会很好奇海文·林的学生是谁。不过其实电视机前很多观众都已经见过她了,甚至于还有许多人已经成为她的粉丝了,但是……我们还是不能告诉大家她是谁。海文,不如你向大家解释一下,为什么不愿意透露自己

[第十一章] 生死之间

的高徒姓名?按道理,无论谁做了你的徒弟,都会以师门为荣吧?"

林润安莞尔一笑,"因为她已经不再是我的影子。她有自己的想法,从来都不是我的复制品。甚至于就化妆的技巧上,她也延伸出了许多我没有注意到的细微之处。她渴望被认同,而不是被笼罩在时尚界对我的认知之中。所以在今天的访谈节目里,我希望能够将重点放在时尚彩妆,而不是我的学生身上。"

慕容枫对于林润安的解释十分认同,"我相信,当她在彩妆界封王封后的时候,一定会大声说出自己老师的名字。而那一刻,大家一定会很惊叹!"

她在那一刻无限感激林润安。

他们终于回到了最恰如其分也是最让人舒服的位置。

他一直都了解她,甚至于比她自己还要了解。

在她没有弄明白自己想要的是什么时,他早早就为她想到了。

就在这个时候,米尘的手机响了,是林润安的电话。

"喂,海文。我正在看你的专访呢,没想到你的电话就来了。"

"吃了晚饭了吗?还是说,你又在吃方便面了?"

米尘的嘴瘪了,这是谁打的小报告呢!就连林润安都知道她酷爱方便面了?

林润安约了她在市区内一家西餐厅吃晚餐。

夜色正好,城市灯火阑珊。

林润安订的位置在室外的露台上。侧过脸,看见的便是蔽天的灯光。他穿着亚麻色的休闲装,身下是牛仔裤,米尘见到他的第一眼,仿佛时光倒流,回到了他还是个大学生而她是小跟屁虫的日子。

点的每一道小吃,主食,都很对她的胃口。

"小米粒,你知道我为什么会选择在这个时候出现在你的面前吗?"

"……你不是因为接受了《梦工厂》的邀请才知道我参加了这个节目吗?"米尘忽然有种微妙的感觉,难道说林润安早就知道她在哪里了。

"我出现,是因为我觉得时机已经到了。你已经有了完整的属于你自己的风格了。其实无论在演艺界还是时尚界,都是压力非比寻常的地方。一瞬间,你可以登峰造极,而下一刻你很有可能坠落谷底。在我不清楚你是否拥有即便坠入谷底也能原地起航的能力之前,我也不敢将你贸然推入时尚界。时尚界就像华尔街的股票,前一刻疯狂后一刻崩溃。"

"……你想对我说什么?"米尘皱起了眉头。

"我想邀请你,跟我回欧洲去。"

林润安的双手撑在餐桌的边缘,看向米尘的眼睛不再是从前的温柔和睦,相反坚定而富有力度。

"欧洲……"

米尘的耳边仿佛响起了服装秀场上的音乐,模特的台步声,化妆师将粉刷掠过模特五官的声音……一切早就远去的浮华,在那一瞬间重新镀上颜色,无比清晰了起来。那是一个炫目的世界,流光溢彩,超越梦境。

"跟我回到法国吧。我已经成立了工作室,里面有好几位像你一样出色的年轻有想法的新锐彩妆师。但我觉得缺少了点什么,直到我看见网上的那段视频,我才确定了,我缺少的是你。一个传承自我,却注定会超越我的彩妆师!"

这个诱惑是巨大的。

她知道林润安会为她选择最适合她并且失败概率是最小的道路。

从小到大,他一直在保护着她,像父兄像老师。

她是相信他的。只是,现在她真的到了可以去的时候了吗?

"海文,我相信在那个世界,如果要获得成功,必须做到一点——义无反顾,不给自己留下任何一点余地。但现在的我,也许在技巧上能够做到,但是在心态上却未必可以。"

就算明明知道自己一定会遇到更多志同道合的伙伴,而林润安也会一直看着她,她还是觉得有什么东西就这样失去了,一切变得空旷起来。

"你在这里,有什么人让你放不下了?"林润安撑着脑袋望了过来。

他的视线在夜色之中万般通透。

米尘扯起了唇角,她自己心中所想,竟然还是要林润安为她点破。

林润安伸手,拍了拍米尘的脸颊,"小米粒,这个世界上确实没有谁会离开了谁就真的不能活。但是,总有一个人,你失去了他就永远觉得自己不完整。我不会要求你放下。如果那个人属于你,无论山水迢迢相隔万里,他仍旧会看着你。"

米尘吸一口气,点了点头,"嗯!是这样没错!"

林润安将米尘送到了公寓楼下,米尘刚走到了门口,就看见一个身影靠在墙边。

米尘愣住了,她蹙了蹙眉头,这个时间这个地点还有这个一向对自己不屑的人,算是什么情况?

"林组长?"

林如意的眸子比以往的每一次都更加冰凉。

米尘有一种不好的预感。莫不是连萧的团队赢过了陆溪的,再加上自己近期的风头盖过了林如意,这位组长大人前来兴师问罪了?

林如意抱着胳膊,一如既往地高傲,"你是不是以为自己这样就赢了?就算我

[第十一章] 生死之间

离开星耀天下,我也不会轻易放过你。"

"离开星耀……为什么?"

"因为有人担心我继续留在星耀,会让你喘不过气啊!"

林如意的脸离她很近很近,米尘将她眼中的恨意看得一清二楚,就连背脊也涌起一片冷汗。

忽然意识到了什么,米尘难以置信地问:"连先生说……有人故意在奶茶里放了花生酱……是你做的?"

"是啊。"林如意毫无避讳地承认,她一步一步逼近,而米尘则一步一步后退,直到墙角,林如意的冷眸仍旧死死盯着米尘,"我真后悔,怎么没放多一点!要不然怎么还能留下你这条命!"

米尘倒抽一口气,她从没想过有人会这样恨她,恨她恨到要她命的地步。

"为什么?林组长,我也许不像其他化妆师一样跟在你身边鞍前马后,说好听的话做好看的事情,但我真心觉得我们一直是井水不犯河水!你交代给我的工作,我有哪一件是没有完成的吗?相反你对我诸多刁难,理由到底是什么?"

"井水不犯河水?开什么玩笑?你被安言带进了星耀天下,一个什么资历都没有的菜鸟,被白意涵钦点做了他的化妆师!你是不是要告诉我这是你的能力?"

这些日子以来,林如意对米尘的不满,终于爆发了出来。

她咄咄逼人,仿佛要将米尘碾碎挤烂,米尘甚至有一种错觉,她下一步就是要掐死她!

但是米尘不想再逃跑了。以往每一次她见到林如意,就像老鼠见到猫。她想过低头示好,想过林如意要自己做的只要她能做的都会做到,可是到头来,林如意还是看她不顺眼。甚至于到了向她的奶茶里加花生酱的地步。

这已经不是单纯的泄愤,而是谋杀了!

"林组长,你还记得白意涵回到国内之后出席的音乐盛典吗?"

"记得又怎样?"

"那天,他的妆是我上的。"米尘抬起眼睛,没有丝毫怯弱,"也许他专属化妆师的位置本来是你的,可是放弃机会的是你。而我替他上的妆,不仅仅是他个人觉得满意,还有那么多观众的认同。不管你的水平高过我多少,那天证明了能力的人是我,不是你。"

林如意傻住了,她没想到米尘竟然会反驳自己,愣了两秒之后才回过神来。

[第十二章]
三角恋绯闻

"你现在是背靠大树好乘凉,没有了白意涵又抱着厉墨钧的大腿,所以才能这么嚣张!厉墨钧那么冷淡的性子都能被你玩得团团转,我一直都很想学一学你抱大腿的技术,当真是举世无双!"林如意的眼睛里充满了鄙夷,仿佛米尘就是一只老鼠忽然掉进了米缸里。

"没错,白意涵和厉墨钧确实都是大树!只是大树让不让人靠,是不是什么人都能靠,林组长你心里很清楚。你说我是抱大腿,你到底是想侮辱我还是侮辱白意涵和厉墨钧?你想说他们选择化妆师的时候,选择的标准不是能力而是花言巧语,还是你想说是因为娱乐圈里的某些规则?不好意思,我自认为自己要长相没长相,要气质也远不如林组长你!要说什么什么规则之类的,林组长你更适用吧?"

米尘对林如意的忍耐早就过了底线了。林如意可以支使她做这做那,可以看不起她对她出言羞辱,但是害人什么的绝对是米尘所不能容忍的。

而林如意顿时被气得颤抖,"你说什么?你再说一遍!你竟敢这么跟我说话,还说不是因为有白意涵和厉墨钧给你撑腰!"

眼见着林如意抬起手就要打在米尘的脸上,却没想到米尘却稳稳地扣住了她的手腕,"林如意,我跟你这么说话,不是因为有人给我撑腰,而是因为我看不起你!你口口声声觉得我是抱大腿,是背靠大树好乘凉,但我至少没有想过要害人!你觉得我没有那个资格做白意涵或者厉墨钧的化妆师,那你就堂堂正正指出来!到底白意涵演的沈松云在妆容上有什么不对!还是厉墨钧演的江千帆又有什么瑕疵!如果想要让我敬服你,让我觉得自己能力未够格的话,劳烦你证明给我看!而不是背地里玩这种手段!"

米尘用力地甩开了林如意。

她进入星耀这么久,白意涵和厉墨钧都曾经对她说过,在职场上要懂得说"不"。

不知道此时此刻这场面,到底算不算是她说了"不"?

但不管怎么样,她觉得自己的心情意外地好啊!比他们的团队得到《梦工厂》的冠军还要爽许多许多。

当她打开门的时候,背后传来林如意凉凉的声音。

"米尘,这件事还没有结束。你觉得你是凭能力,到底是怎样的能力只有你自己知道。"

米尘没有回头看林如意,她对对方狼狈的样子没有兴趣。

她也不知道自己哪里来的勇气,竟然敢和林如意叫板,说不定林如意失去理智之后真的会掐死她。

等到她躺在床上,她才明白,这并不是勇气,而是自信。

林润安的肯定,让她终于可以清楚地给自己定位。

米尘忽然觉得自己脱胎换骨了。

刚在床上翻了个身,米尘就接到了来自连萧的电话。

"喂,米尘,明天早晨你可以休息,但是明天下午厉墨钧有个通告,你不要迟到了。"

"知道,多谢提醒!"

"那个……米尘,我有个问题要问你,我希望你认真地回答我。"连萧难得吸了一口气,"……林润安是不是向你提出邀请,希望你跟着他去欧洲?"

连萧怎么知道了?难道说林润安对他说了?

"他确实这么对我说过。但是我觉得比起国外的那些新锐化妆师,我的经验还是少了一点。这一次寻子夫人欣赏我的化妆技巧,我觉得自己可以先以亚洲为起点,为香港地区、新加坡或者日本的时装周化妆,然后再去欧洲。厉墨钧曾经说过,在没有学会走之前,不要想着跑。这也是我个人的想法,但是我怕连先生你觉得我分散了精力,无法胜任厉墨钧的化妆师……"

她还不想要那么快离开厉墨钧。她总觉得自己跟在厉墨钧的身上总能看到许多不一样的东西。就好比他演的耿念,他演的江千帆。每一个角色都南辕北辙,可又从这些角色的身上似能看见真正的厉墨钧。

作为化妆师,米尘有时候觉得自己是不是应该像厉墨钧一样,如同水,放进怎样的容器里,就能化作怎样的形状。

听到米尘这么说,连萧好像松了一口气。

"米尘,厉墨钧是那种明明很珍惜很在意,但只要你真正想要的,哪怕是离开他,他也不会说挽留的话。"

米尘点了点头,"是哦,他真的是那样的人。很理智地分析什么是对是错,然后分毫不差地执行。"

她还记得他对她说过,如果一直看着对的人就不会心痛。

但在心痛之前,又有谁能分辨对错呢?

"既然你有了自己的职业规划,我也不能自私地要求你二十四小时待命留在厉墨钧的身边。其实我不介意连你的经纪人也一并做了，昨天我还收到了寻子夫人的邀请函，希望你参加在新加坡举办的亚洲彩妆大赏。"

"真的吗？"米尘的眼睛亮了起来。

"真的。怎么样，要不要我做你的经纪人？"

"好啊！何时签约？"米尘也跟着乐呵了起来。

"你这个臭丫头，还当真了啊！我把邮件给厉墨钧看过之后，他也觉得这是难能可贵的机会，同意了你去参加。我们已经向星耀提出了要求，再配一个化妆师助理。希望你平常的时候能好好带着新人，当你去征战时尚界的时候，这个新人能够担当得起你的角色。"

"……为什么是化妆师助理，而不是另一个化妆师？"

以厉墨钧的地位，就是配两个以上的专属化妆师也不过分啊。化妆师助理，需要花时间培养默契以及了解厉墨钧的喜好，而且还是让米尘来带？

米尘能有今日的技术，那可是林润安这个名师多少年的心血。

连萧在电话那头叹了口气，"我说米尘啊，无论是你还是我，在厉墨钧的心里都会有一个固定的位置。无论发生什么，他都不会轻易给别人取代我们的机会。这就是厉墨钧。"

挂了电话，米尘美美地睡了过去。只是她的美梦没有天长地久。

"米尘！米尘！你快醒醒！"喵喵的拍门声传来。

米尘不耐烦地掀起被子罩过头顶，"喵喵！我今天早上休息！厉墨钧今天早晨没有通告！"

"谁跟你说通告的事情啊！我是说我们公寓楼下有好多记者！你快起来看看！"

"记者？"米尘的瞌睡虫飞走了。

要了解是怎么一回事，最简单的方法就是打开手机上网查阅《一周风云》的八卦首页。当她看见置顶的八卦消息时，整个人都震起来。

"这……这怎么可能！太离谱了吧！"

八卦标题十分具有吸睛效果，对于米尘来说简直到了"惊悚"的地步。

正标题是：白意涵金屋藏娇。

副标题：白意涵与厉墨钧上演两男争一女戏码。

内容比狗血电视剧还要精彩：

影帝白意涵归国之后，吃惯了西餐的牛排终于还是觉得国内的青菜小粥最养胃，对星耀旗下的年轻化妆师米尘一见钟情，已至谈婚论嫁的地步。为了掩人耳目，白意涵离开星耀投奔皇朝影业，不忘将心上人交给好友，也就是星耀的歌后廖冰,甚至拟定了一系列捧米尘成为星耀化妆师一姐的计划。谁知道老对手厉墨钧横刀夺爱,将米尘抢了过来。白意涵深感危机,以高档公寓相赠稳定恋情。

之后更多神秘展开,就连《梦工厂》这个节目都变成白意涵一手促成星耀与皇朝的合作,连萧的团队能够赢得最后冠军,那是因为团队成员里面有米尘,这个让白意涵和厉墨钧都迷得神魂颠倒的女人。

附在后面的照片更是一石激起千层浪。首先是米尘和喵喵所租住的公寓,房产证上的名字虽然是 Lawrence,但业内许多人都知道白意涵的英文名字就是 Lawrence。

第二张照片就是在日本新宿的会所之中,厉墨钧一把将米尘从沙发上抱起的画面。一看就是从会所的监控里截下来的图片。

而第三张则是米尘万万没有想到的。她好像是在白意涵的车里睡着了,而白意涵竟然侧身低头吻上她……

米尘看了万分惊讶。白意涵有在她不知道的时候吻过她吗?这照片一定是狗仔跟拍的角度问题造成的!甚至有可能是P出来的!这年头狗仔为了制造新闻和噱头,无所不用其极。

但是《一周风云》竟然说这套公寓是白意涵的,到底是杜撰还是真相?

米尘拨打白意涵的手机号码,却显示关机状态,就连方承烨的电话也是占线。看来他们的电话都被媒体打爆了。

她还没醒过来,手机又响了,刚接通,就听见质问声传来。

"米尘小姐!请问你与白意涵到底是什么关系!你是不是利用白意涵在业界的影响力为自己在《梦工厂》的比赛中造势!"

米尘一惊,对方这语气不正是狗仔记者吗!

她二话不说就将手机挂断了。但是又有源源不断的未知电话打进来。她只能不断地摁断,却又不敢关机,生怕错过连萧或者厉墨钧的电话。

再打开"小米粒"的微博,下面已经是一团乱战了。

一些曾经感激米尘在微博里发布白意涵动态的粉丝竟然调转枪头来指责她。说她上传白意涵的照片根本就是在显摆自己和白意涵的亲近,是"晒恩爱"。不少人还跟着起哄,说什么"晒恩爱死得快"。

还有居心叵测者在下面叫嚣说米尘上传的化妆教学视频都是经过剪辑的,根本就不是她的真实水平。

一堆黑子嚷嚷着"打假"。

米尘从来没发觉原来自己浑身都是槽点,连拿笔刷的动作都能被一些专业人士批评说"不够专业"。

她黑了,简直到了发紫的地步。

她吸一口气,想到下午厉墨钧还有通告,赶紧发条短信给连萧:连先生,我被困在公寓里,下午没办法跟着出通告了。

现在只能希望自己不会影响到厉墨钧。

谁知道没多久,喵喵就拍了门进来,"小米粒!是连萧先生的电话!"

米尘心里一阵忐忑,不知道连萧将要对她说什么,但是米尘却憋了一肚子的话。

"连先生!真的十分对不起!我也不知道记者还有网上从哪里来的这些八卦消息!我真的不知道这些所谓的'证据'到底是从何而来的……"

连萧笑了,"为什么要说对不起呢?你难道不知道只要和厉墨钧扯上绯闻的女星到最后都大红大紫了吗?我还正愁用什么方式来宣传你这位新锐化妆师呢!没想到已经有人替我们搭好了舞台,我们只要跟着剧本好好演出就好了。"

"连先生?你什么意思啊?你怎么都不生气啊?厉墨钧被我拉下水了!"

"是啊,还不止厉墨钧呢,连白意涵都被你拉下来了!这样才有故事有看点嘛!好了,好了,下午的通告你不用担心了,厉墨钧已将它取消了。"

"取消?是因为我吗?"

"是啊,现在厉墨钧只要走出帝柏湾,马上就会被狗仔包围。你了解他的性格,他宁愿安静地待在房间里。"

米尘的内疚顿时汹涌无比。

这时候,电话的另一端却传来一阵清冷的声音,那不是属于连萧的,而是厉墨钧。

"你不需要内疚,因为这就是娱乐圈。"

"厉墨钧?"米尘以为他不会想和自己说话了。

"现在理清你自己的思路,想想接下来要怎么做。现在告诉我,在网上以及八卦杂志上流传的这些流言,有哪些是你可以澄清的?"

厉墨钧的声音没有指责,理智而平稳,米尘慌乱的大脑在那瞬间逐渐清醒起来。

"第一个谣言,说我被白意涵包养。首先我要证明这栋公寓不是白意涵的。"

"那么如果它确实是,你该怎么做?"

厉墨钧的反问令米尘愣住了。

"……如果真的是,这套公寓也是我租下来的,我手上有租赁合同,以及这几

[第十二章]
三角恋绯闻

个月以来的房租转账记录！银行是可以打出流水来的！"

"很好。你跟着林润安在国外学习的时候，他有没有让你在其他模特身上试过手并且与你关系比较好的？"

"嗯……有的。唐娜·崔斯特还有坎恩·贝姆……当时海文找了他们做我的练习对象时，他们还刚出道，现在已经是名模了。"

"好，我会让连萧去联系他们两个对你的化妆技巧发表评价。另外，你的老师是林润安这件事情，已经不需要再瞒下去了。你不想借助林润安的声名那是因为你不想被笼罩在他的光环之下。但是米尘，承认你的老师是林润安，也意味着你有承担'林润安唯一的学生'这个称呼的能力和决心。因为教导你这么多年的林润安，也同样希望能得到你的肯定。"

米尘愣住了。这些年，她只是不想做林润安的影子，却一次都没有想过林润安的心情。精心教导的学生不肯在公众面前承认自己的老师是谁，对于林润安又何尝不是一种伤害。

要知道，她也是他的成就，甚至是最重要的成就。

"我明白了。"

"那么我就当做你同意了我的观点。我会让连萧与林润安取得联系，由他那边来公布这则消息。除此之外，关于其他的绯闻，就交给白意涵来澄清吧。"

米尘握着手机的手指一点一点收紧，"谢谢你，厉先生。你不需要为我做那么多。"

也不需要为我想那么多。深思熟虑，步步为营。

"我不是为你做，而是为我自己做。只要你肯用心去做，处处都是反转剧。"

厉墨钧将电话挂断了。

米尘的心在那一刻释然起来。其实一切都没什么大不了的。这些八卦消息又不是说她杀人放火！

不就是说她以路人的长相和不入流的气质将两大男神迷得七荤八素吗？这可是其他艺人烧香拜佛都传不出来的绯闻，她米尘难道不该抱着被子偷着乐吗？

至于传说她没实力之类，实力这种东西是最好证明的。真正有实力的人还真能被狗仔写成草包吗？

米尘打开自己的化妆箱，坐在镜子前，替自己化起妆来。

而厉墨钧将两个超级名模的名字交给连萧的时候，对方却叹了口气。

"我说，你怎么不问问她，白意涵吻她的照片是怎么回事？根据我的经验，照片可没被处理过。"

"那是白意涵的问题,不是米尘的。"厉墨钧的神情从漠然转为冰冷。

连萧无奈地摇了摇头,自言自语地说:"到底是你不想问,还是你不想知道答案?"

换上及踝的裙子,牛仔小外套,外加一顶贝雷帽,米尘打开门走了出去。这是安塞尔曾经为她设计的经典搭配,她终于有机会拿出来现一现了。

喵喵一口水差点没喷出来,"米……你真的是米尘?"

"是啊!有没有电影明星的范儿?"米尘得意地笑。她一直觉得打扮是一件很麻烦的事情。为别人打扮是乐趣,为自己打扮是折磨。因为平时随意得太久了,这么偶尔打扮一下还挺有惊艳的效果。

"有啊!真的好厉害!我都认不出你来了!我就不信外面的狗仔还能认出你?你这是要去哪里啊?"

"银行,打印我们支付房租的流水。"

说完,米尘就昂首离去了。

走到星苑的门口,就看见一群记者严阵以待,被保安拦在门外。

米尘告诉自己淡定,一定要淡定!

她目不斜视地走出了门外,而那群记者不过转了转头,竟然没有一个围了上来。直到她越走越远,米尘在心里狂笑出声!毕竟她现在的样子和在《梦工厂》差太远了!

她打赌自己就是站在白意涵或者厉墨钧的面前,他们也认不出来。

米尘进入银行打印了流水之后,就将流水拍摄下来,连同租赁合同的照片一起上传到了自己的微博里,然后加上一小段话:公寓是租的,银行的印章不会撒谎。我从来不知道,原来被包养了还要付房租呢!

这些到底有用还是没用,米尘也不知道。但是她想要将自己能做的都做好。

喵喵说,"清者自清"是纯粹的自我安慰,而"众口铄金"才是社会的真正法则。微博上面冷嘲热讽涌起,不少人怀疑照片内容的真实性。

但是相信米尘的粉丝们得到了反驳的理由,自然要挺身捍卫米尘的尊严。

"蛋疼的米奇":这个世界总有一些人很奇妙,抹黑的照片相信是真的,洗白的证据就一定是伪造的!到底是双Q欠费还是只想找个机会把羡慕嫉妒恨的对象给戳死。

"朝鲜冷面配洋葱":要说合同是之后补的,这是合理怀疑。可银行流水上的业务公章,拜托,黑子们有点法律常识好不好,伪造这个可是犯法的!明明就是租来的公寓,偏偏说是白影帝送的,妄想狂们该吃药了!

[第十二章]
三角恋绯闻

紧接着骂战继续，米尘感激那些出言维护自己的人，但是她真的没有心情看这场混战。有些事情，她必须要搞清楚，有些问题，她也必须要当面问白意涵。

而此刻的白意涵刚来到星耀的电梯口，他就见到了李哲哲。对方嫣然一笑，伸手就要触上白意涵的衣领，白意涵侧过身避了开去。

"李小姐，你应该知道走廊里是有监控的吧。"

李哲哲笑了，"那么你就不知道星苑的大门口有监控了吗？其实，当你真心想要得到一个人的时候，就是把真相翻转过来，你也要握在手里。当你不想要一个人的时候，全世界匍匐在你面前你也不会有丝毫动容。你就是一个又冰冷又自私的男人。"

"所以我这样的男人，你离得越远越好。"

"不，我们很相配，因为我也是这样的女人。"李哲哲踮起脚，附在白意涵的耳边，"当初我能让谢悠退场，这一次那个小丫头也一样。"

白意涵的眉心瞬间蹙起，蓦地一把扣住了李哲哲的脖子，将她猛地按在了墙上，"原来是你！"

"不止是我。"李哲哲扯起唇角，丝毫不担心白意涵会掐死自己，反而伸手要搂向他，"你和厉墨钧太急着要她成功了。可人一旦成功了，敌人也就多了。对了，你不是说这里有监控吗？你确定这样一直掐着我，不会又给狗仔们制造话题？"

白意涵的下巴缓缓仰起，他甩开了李哲哲，露出漠然的神色。

"我对你说过很多次了，无论你做什么，我都不会选择你。就算这世上只剩下你一个女人，也是如此。"

"那我就等着看。"

电梯门打开，白意涵走了进去。

"白意涵，你天生自私自利，注定做不了长腿叔叔。"

电梯门关闭的瞬间，白意涵呼出一口气来。

"长腿叔叔？"

仰起头，白意涵露出一抹嘲讽的笑容。

当他来到停车库，手机响了起来。当他看见手机屏幕上对方的名字时，不自觉露出一抹浅笑。

"白大哥，不好意思打扰你……我想和你谈一谈，不知道……"

"米尘，"白意涵的声音悠然响起，和米尘的焦头烂额不同，他的声音听起来自在淡然，"我知道你要和我谈什么，星苑的那套公寓确实是我的。"

白意涵的回答很简单，丝毫没有继续隐瞒的意思。

这样直截了当完全超出米尘预料。她不由得愣住了，大脑停机了一般。

两三秒之后，米尘才开口问："所以Lawrence就是你……你为什么不告诉我呢？"

怪不得他们第一次约在星苑见面时，白意涵能在几分钟内赶到，因为他很清楚她在哪里。

"因为我没有带着你离开星耀，我担心你对我的失望会使你拒绝我的帮助。米尘，没有带你走并不代表你在我心里面没有地位。你记不记得我对你说过，你真的就是一颗小米粒，我把你捏在手心里怕碎了……可把你放在我自认为安全的地方，回过头来我却未必还能找到你了。我不在乎媒体怎么写我，我只是不想你怪我对你隐瞒。"

米尘低下头，捂住自己的眼睛。

"白大哥，我没有你想的那么有骨气，你对我的帮助我会照单全部收下。而且Lawrence是第一个关注我微博的朋友，知道Lawrence其实就是你，我觉得很开心……所以，说你想说的话吧。我不是什么歌后影后，我不惧怕真相。"

"也许真相会让你后悔呢？"

"既然是真相，那么后悔或者不后悔都不会改变它。"

"好吧，米尘……一切都会过去。"白意涵的声音从那一端传来，安抚着米尘的心神，一切尘埃都从半空中洋洋洒洒坠落下来。

挂了电话，米尘忽然觉得无比舒心，就好似全身上下堵塞的经络被打通，那叫一个畅快啊！

等等，她忘问白意涵在车子里吻自己的照片是怎么回事了！

白意涵怎么可能偷吻她呢？那张照片看起来也很模糊，说不定就是有心人刻意P出来的吧！白意涵既然决定向媒体澄清他们二人之间的关系，那么也一定找到了证明那张照片真伪性的证据！论应对媒体的手段，别说一个米尘了，就是一百一千个米尘也比不上一个白意涵啊！

米尘虽然平日里有几分没心没肺，很多事情烦恼不过半小时就过去了，但此次"绯闻"的杀伤力还是有些大。好不容易逃脱了记者的重重围堵，她决定要爽爽地放松一下自己。

来到街边的一家小咖啡馆，米尘要了一杯拿铁，足足放了三四包糖进去，又叫了一大份烤华夫饼，配上奶油香蕉果泥，这真是无比幸福的一刻啊。

而另一桌上的年轻男女正刷着iPad，女孩子忽然兴奋了起来。

[第十二章]
三角恋绯闻

"快看啊！是林润安！他在星耀官网发表重要声明了！而且还与那个最近和两大影帝闹绯闻的年轻化妆师有关！"

"林润安是谁？"

"是一个超级厉害的彩妆大师！天啊，不知道他的声明内容是什么，不会是他也被那个米尘给抱大腿了吧？如果是那样就太恶心了！"

赶紧用手机登录星耀的官方网站，竟然已经在直播林润安的记者声明会了。

而且坐在林润安身边的还有两大在欧洲炙手可热的模特，唐娜·崔斯特与坎恩·贝姆。

而且整个记者会的规模不小，圈子里有头有脸的媒体都来了。

林润安的笑容以成熟的风度自称，他还没有张口说话，不少媒体已然跃跃欲试，各种各样的问题蜂拥而至。林润安抬起手掌压了压，示意媒体们先安静，让他说话。

"这还是我第一次面对演艺界的媒体朋友们，希望大家给我一个面子，让我把自己想要说的话说完，再行提问。因为我首先要说的，就是关于近日来网上传得沸沸扬扬的化妆师米尘言过其实靠抱业内两大影帝大腿出名的消息，作为米尘的老师，我必须为我自己的学生说两句话。"

他的话音落下，记者们一片哑然，议论声骤起。

"什么？米尘竟然是林润安的学生？"

"林润安不是公开表示过自己只会收一个学生吗？难道说……米尘就是他唯一的学生？"

"就说星耀不可能随便捧一个籍籍无名的化妆师！"

"我的话还没有说完。"林润安唇上笑容不减，而现场工作人员也开始维护秩序，记者会再度安静了下来。

"正因为她是我唯一的学生，所以我对她的能力有着深刻的了解。"

"林先生，如果她真的是你的学生，为什么从来都不提呢！这是不是你为了配合星耀宣传而撒的谎话！"

"是啊！如果是林润安的学生她怎么可能不说！说出来的话，还愁没有前途吗？这一看就是星耀的马后炮！如果米尘没有能力，是靠着与两位影帝的关系有了今天的名头，那就表示《梦工厂》这个节目完全就是假的！影视巨头想要捧谁谁就红，根本与观众的投票意向无关！"

"我知道记者朋友们的联想能力一向很高超。但事实就是事实，从来不是一句谎话就能成就的。而且我在参加慕容先生访谈节目的时候就说了，我唯一的学生为了脱离我的光环选择回到国内发展。我现在只是把她的名字说出来了而已。她只是一个化妆师，我想星耀天下也没有必要为了她请我到这里说谎。"

说完，林润安向现场工作人员点了点头，一段录像被放了出来。

这是在一个摄影棚的后台，米尘正在为某个模特化妆，举着摄像机的男子一边拍摄一边说着法语指导着米尘。

录像中的米尘看起来比现在更小，似乎只有十七八岁的样子，脸上也是忐忑与羞涩。摄像机被放在了桌上，男子绕到了镜头前，大家这才发觉他竟然就是林润安。而那名坐在椅子上的模特正是唐娜·崔斯特！林润安不断讲解着，米尘根据林润安的意见为唐娜补妆。

一直沉默着的唐娜开口了，一旁的翻译将她所说的话翻译成中文："我一直很感激米尘小姐那一次为我化的妆。当然我相信那并不是她最优秀的表现，那时候她还年轻，许多潜力并没有展现出来。但是当天我拍摄的那组照片登上了《风潮》的首页，因为杂志主编觉得我的五官在光影之中很美。谢谢她，让我在时尚界沉浮了一年甚至于打算就此退出的时候，给了我绽放的瞬间。"

林润安的视线望向一旁的坎恩·贝姆，对方清了清嗓子，开口道："米尘小姐确实是海文的学生。欧美不少超模都见到过她，笑称她是海文·林的小尾巴。我第一次平面杂志试镜的时候，被橄榄球撞伤了左脸。谢谢她为我上妆，替我保住了那一次机会，也是以此为起点，我进入了时尚界。米尘是我的朋友，她的能力一直被我认可和尊重，所以当大家莫名其妙质疑她的时候，作为朋友我必须说出我所了解的事实。"

"那么星耀召开这次记者会的目的就是为了澄清米尘不是靠与两位影帝之间的暧昧关系，而是海文·林的学生所以是有真本事的？"记者们虽然接受了林润安的解释，但对这样的情景表示不可思议。

林润安笑了笑，"好吧，米尘的事情只是插曲，并不是此次记者会的重点。现在插曲唱完了，让我们进入重点。那就是星耀天下将与多个欧美时尚奢侈品牌举办一个亚洲时尚盛典，到时候唐娜与坎恩将为服装盛典压轴，而我会出任化妆师总指导，希望各位媒体朋友们莅临捧场。"

这个消息才是真正的炸弹，所有媒体记者们真的疯了。

星耀的公关部主管安言身着一袭黑色长裙走了出来，时尚气息扑面而来，正式开始向记者们解释整个活动。之后所有的话题都集中在时尚盛典上。

按照喵喵的话，米尘就是"抛砖引玉"中的那块"砖"。

呼出一口气，米尘第一次觉得挂靠在林润安的身上是件那么荣幸的事情。

[第十二章] 三角恋绯闻

她打开自己的微博,之前的谩骂指责声少了不少,黑子们被义正词严的粉丝逼退。这里面的粉丝除了她自己的,还有白意涵与厉墨钧的。

就算不知道林润安是谁,用用度娘和谷歌也能查出来。做林润安的学生那可是很牛B的。之前那些怀疑米尘化妆教学视频是伪造的评论被骂了个够呛。

她的微博下出现不少十分理智的评论,而且条理清晰,与黑米尘的喷子一对比,显得理智又可信。比如有人说米尘在日本为记者化妆的视频没有经过剪辑怎么可能作假。还有人分析厉墨钧抱起米尘的照片表示谁知道这是不是看图说话,画面里人那么多,起身的时候撞一下要摔跤了,厉墨钧扶了一下就被延伸出和厉墨钧有关系了,充分发挥了狗仔队看图说话的超能力。也有不少人提起米尘本来就是海外彩妆名校毕业的,不管技术是不是好到了大师级别,但基础至少是过硬的。

之前也有不少人发出这样的评论,那时候黑子和喷子根本视而不见。只是林润安承认了米尘是自己的学生之后,不少人开始相信这些说法,点赞和回复滔滔不绝,黑子和喷子反而看起来像是跳梁小丑了。

米尘摸了摸鼻子,从什么时候开始,网民变得这么有思考能力而不是随大流人云亦云了。

当她看见"超级大叽叽"这个昵称的时候,不觉笑出了声。

小米粒:方大哥,你怎么也加入口水战了?

"超级大叽叽":我这不是口水战,是小米粒保卫战!

小米粒:还好啦,我看见很多朋友都在下面留言维护我了!

米尘的手机震动了一下,是方承烨发来的短信:你傻啊!那些替你说好话的是我请来的水军!

米尘一个电话打了过去,"方大哥!你……你还给我请水军?"

"当然要请水军了!你知道什么是群体动力论吗?社会里大多数人的观点代表主流,当相信你的人成为主流的时候,怀疑你的人就会成为异类。黑子和喷子为什么存在?不仅仅是因为羡慕嫉妒恨,更是因为网上匿名制让这些人可以尽情享受在现实中没有的权力,他们可以断章取义分析解释你所有说过的话做过的事,夸大事实,将一个小瑕疵扩张成杀人放火的大罪。我们必须逆转这种局面,让有利言论占据主导,体现社会主流观点,这样你才不会被那些心理不平衡到网络上找存在感的喷子拖进烂泥沼子里!"

米尘咽下口水,她总算明白,有的时候就算自己说的是事实,也必须有人愿意听才行。

浮色

从网上看起来，无论是公众还是媒体对于米尘能力的怀疑已经被"系出名门"这个事实冲刷殆尽了。但是对于她与白意涵以及厉墨钧的关系，成为了重点中的重点。

虽然米尘被连萧告知这几天只需要在家里好好休息就行，但她和两位影帝的关系一天没有被厘清，公寓的门外就总有一些希望得到小道消息的狗仔徘徊。这样的情形持续了一周，米尘觉得自己在房间里待不下去了。她不再是小米粒，而是一棵快要发霉的小蘑菇……

就在周五下午，在星耀的停车场里，厉墨钧竟然被一众记者给围住了。

连萧和保镖们本要隔开记者，让厉墨钧离开。但没想到厉墨钧竟然靠着自己的保姆车车门，沉静地看着这场混乱。

"厉墨钧！之前和你传绯闻的都是女明星！你从来都不曾出面澄清！但这一次化妆师米尘是你身边的工作人员！这应该不是绯闻！是你日久生情了对不对！"

"你是不是对米尘有私心！为了让她在《梦工厂》脱颖而出，你派出了自己的经纪人！"

"你怎么解释在东京的会所里拍下的照片！"

厉墨钧抱着胳膊，他的目光是冰凉的，没有丝毫温度。

连萧一边拦住记者一边无奈地回头，用眼神询问厉墨钧怎么还不走。

这个时候，厉墨钧终于直起腰，其中一个记者伸长了胳膊，录音笔距离厉墨钧不到一个手掌的距离。

"我厉墨钧身边从来不留没有用的人。"

清冷的声音与记者们焦躁的追问形成鲜明的对比。如同一粒冰冷落入疯狂燃烧的火焰之中。

记者们微微愣了愣，厉墨钧开口得太突然，结束得也太快，他们一时之间竟然反应不过来他到底说了什么。

那个举着录音笔的记者再度发话，"那么照片呢！你为什么会在会所里把米尘抱起来？是因为不满她出入那样的场合并且与男公关在一起吗？"

连萧额头上的青筋都要突突了，他刚要阻止记者们继续"看图说话"，谁知道厉墨钧再度开口。

他微微侧过脸，俊挺的五官在并不明亮的地下车库的光影之中有一种别样的神秘而富有距离的美感。

"是的，我不满意她与男公关在一起。"

他的话语很简短，却有一种真实的力度，坦荡到让人觉得再没什么可以质疑。

[第十二章]
三角恋绯闻

记者们的眼睛骤然绽放出不一样的光彩,更加躁动起来,连萧和几个保镖们都快拦不住了。

跟在厉墨钧身边这么久,连萧还是第一次看见厉墨钧站出来主动澄清什么。

本来对于绯闻的冷处理很符合厉墨钧这种级别的影星,解释什么的一向只会越描越黑,还不如让狗仔自讨没趣。但是厉墨钧他怎么就开口了?如果开口就要把一整件事说完,而不是等着狗仔发问,这不是给狗仔打了兴奋剂吗!

连萧快哭出来了!

偏偏他很了解厉墨钧的性子。当他开口对媒体说什么的时候,就是他觉得一定必须要开口的时候,而且谁也阻止不了。

"厉墨钧!解释一下你那天的行为!"

"厉墨钧!你当时到底是怎么想的!你和米尘到底有没有暧昧关系!"

……

问题到后来刺耳到连萧都听不下去了。

"你们到底有没有发生关系!你们在一起多久了!"

这时候,星耀派出了一个小队的保安,他们正赶过来。

厉墨钧侧过身,利落地打开车门,长腿跨入车厢,淡淡地说:"我不喜欢她和男公关在一起,所以把她抱出来,没有什么需要解释。"

他的表情没有一丝遮掩、逃避。

他的答案在那一瞬间成为这个绯闻的句号。

当厉墨钧被狗仔围堵的视频成为当日《娱乐播报》的头条并且在各大视频网站被大量点击播放之后,不少人都表示厉墨钧的行为无可厚非。

不就是看见自己的化妆师和一群男公关坐在一起吗?开放的人觉得这无所谓,但是像厉墨钧这样注重形象的演艺圈一线影星感到不舒服,把自己的化妆师揪出来是情理之中的事情。

况且厉墨钧不是都大方承认了"不喜欢她和男公关在一起"吗?这就说明他和化妆师有什么了?

最重要的是,厉墨钧给狗仔的答案言简意赅,那态度明明高冷却让人讨厌不起来。

甚至还有粉丝们表示简直就是狂跩炫酷屌炸天!

米尘擦了擦额角的汗水。虽然厉墨钧压根不在乎,但她还是给对方发了一条短信:对不起,害你被记者围堵。

她以为厉墨钧会自动忽略,反正发短信什么的纯属安慰她自己。

谁知道不到三秒,她就收到了回复:你不用为自己没有做错的事情道歉。

米尘看着手机屏幕笑了。

这一行短短的字,她看了无数遍。

厉墨钧没有任何责怪她的意思。她甚至能想象如果他是说这段话会用怎样的语气。他是站在自己这边的,否则以他漠然的性子,怎么可能会开口说话?

米尘的额头抵在手机上,她有一种被支撑起来的感觉。

这时候,厉墨钧正坐在保姆车上。副驾驶位置上的连萧呼出一口气来。

"我看了看网上的评论,也许是你的表现太镇定自若,目前公众比较倾向于你给出的答案,甚至于觉得通过一张被刻意截下来的照片来猜测你和米尘之间的关系其实很荒谬。"

厉墨钧的眉头微微蹙起,"他们觉得什么荒谬?"

"一个长相气质都不出众的小化妆师把你给迷住了,还不够荒谬?"连萧眨了眨眼睛。

厉墨钧却撑着下巴看向窗外,"我不觉得那荒谬。"

连萧怔了怔,随即开口说:"以你的实力和今时今日的地位,无论你喜欢谁,都不需要再像刚出道的偶像明星那样遮遮掩掩。也许你早就习惯了被媒体关注和围堵,但是米尘呢?如果你真的在乎她,要么把她藏起来,让她永远做你身后的女人,要么……"

"要么让她成长到面对媒体也能坦然自若的出色女人。"

连萧呼出一口气,"做到前者很简单。但是做到后者,你会付出很多代价。"

"成田郁也那边有消息了吗?"

"……你这是转移话题。好吧,成田调阅了他们会所里的监控录像,把几个他认为可疑的人的照片发到了我的邮箱里。你猜猜我看见了谁?"连萧也不和厉墨钧绕弯弯,从公文包里取出一张照片递给厉墨钧。

厉墨钧只是瞥了一眼,"果然是她。"

"不过就算林如意能从会所里得到你的照片,但是白意涵亲吻米尘的照片绝对是皇朝影业的人泄露出去的。林如意只是一个化妆师,为人冲动有余,能力不足。你看看网上那些抹黑米尘的言论,一环套着一环,明显是经过精心策划的。我怀疑,林如意只是一个枪手,真正在背后对米尘不利的只怕是皇朝影业的人。"

"我本来就没打算放过林如意。至于藏在皇朝影业里的那只老鼠,就让白意涵来解决吧。"

第二天,网上开始流传出《梦工厂》工作人员的匿名爆料,说某位离开星耀的化妆师曾经往米尘的奶茶里面加花生酱，差一点要了米尘的性命。此事曝光之后，这位化妆师被迫离开星耀，可她仍旧未迷途知返，而是在网上散播各种抹黑米尘的消息。之前米尘与白意涵还有厉墨钧之间的"三角关系"就是她的杰作，而且她还在各大网站论坛发布怀疑米尘化妆技术的言论。

瞬间，网络上炸开了锅。不少人都在议论这个化妆师到底是谁。很快，大家就得出了一个结论，这个人就是曾经的星耀化妆师一姐林如意。某网站上甚至开辟了一条帖子，名为"娱乐公司化妆师的那些事儿"。帖子很快就层层叠加，不少人以匿名帖子在里面讨论这位化妆师是如何打压新人稳固自己的位置，如何将出名的机会留给自己。甚至开始沸沸扬扬地扒起了林如意到底是怎样在《梦工厂》的录制过程中算计米尘的。

因为林如意的投诉，她甚至请来了律师，这些视频以及帖子被删得七七八八。

但是对于米尘的关注度已经完全被吸引到了林如意的身上。甚至于有记者已经冲到了安言的面前，询问她网络上流传的消息是否属实，林如意是不是打压算计过米尘。

安言只是莞尔一笑，"林如意已经离开星耀了，我再做任何的评论不免有马后炮的嫌疑。我只能说，米尘在我心里是一个非常优秀的新锐化妆师，我希望大家与其关注一些捕风捉影的绯闻，不如多多关注米尘的成长。谢谢。"

虽然安言对林如意不予置评，但是熟知娱乐公司官方应答机制的媒体们却嗅到了其中的腥味。如果林如意真的是无辜的，安言完全可以开口澄清。正是因为林如意有问题，安言代表着星耀天下，如果如实相告，将会损害星耀的名誉，所以只能保持沉默。

如今的林如意犹如过街老鼠，直到她接到了一个电话。

她万万没有想到，自己有一天竟然能被请到厉墨钧的公寓来。

当她坐在一尘不染到没有丝毫人气的客厅里，侧过脸就能看见厉墨钧站在厨房里的背影。

"我这里没有咖啡，只有茶。"

他的声音一如既往的冰凉，而此刻的林如意却满心仓皇。她根本不在乎对方给自己喝什么，因为她隐隐明白自己会到这样身败名裂的地步，一定是有人在整她。

"厉先生，如果你想说什么，就不用再绕弯子了。网上那些帖子，是不是你发的！你就那么恨我，要我销声匿迹吗？还是要我从星耀的顶楼跳下去你才满意？"

"你已经不是星耀的员工，上不了星耀的顶楼。"厉墨钧低下身来，将茶杯放在她的身侧，一切都显得从容淡然。

"我没有想到厉墨钧竟然也会用这样的手段来对付别人！你觉得花这样的功夫来碾死我这只小蚂蚁，有意义吗？"

"这是你的手段，不是我的。"

林如意张了张嘴，一时之间不知道说什么好。

"现在我会向你说清楚我到底要你做什么，而且我只说一遍，希望你听清楚。"厉墨钧的背脊向后靠着沙发，架起左腿，双手扣住自己的膝盖。

那一刻，林如意感觉有什么要将她压垮。

"利用网络来煽动是非并不是什么新奇的点子。但是这些素材，是谁交到你的手上的？"

"什么……素材？"林如意的牙关微颤，她在那一刻明白自己早就被厉墨钧看穿了。

"你是怎么想到米尘的公寓是白意涵的？又是谁告诉你我和米尘曾经在东京新宿的会所里待过？这件事情就是连萧也不知道。还有白意涵和米尘在车子里的照片，你又是怎么得来的？"

"厉先生，我只需要雇一个私家侦探就什么都知道了。"林如意下意识地扣紧了茶杯的边缘。

"你现在有两个选择。第一，跟我说实话，我可以在韩国介绍一个化妆师的工作，你还有机会重新再来。第二，继续藏着掖着，明天暴风雨会更猛烈。"

厉墨钧端起茶杯就要起身。

"我说！我不知道对方是谁！所有的材料都是发到我的邮箱里的！你不信我给你看！"

林如意赶紧打开自己的手机，登录到邮箱里，"这个邮箱我给你！你们可以去查！"

"你可以收拾东西准备签证去韩国了。但是有一点你必须记住，如果你再说任何或者做任何伤害米尘的事情，我会让你这辈子再也翻不了身。"

厉墨钧站起身来，居高临下，眸子里有一股力量，如同从云端直坠而下的狂流，将林如意压垮击碎。

一周之后，有记者在国际机场注意到了林如意，更加打听到了她将前往首尔。追到首尔是不现实的，媒体再度将焦点放到国内。

如今，关于米尘的故事已经数度反转。无论是米尘本人、林润安、安言还是厉墨钧都已经发表过自己的看法。故事的三位主角里，如今就剩下白意涵了。

[第十二章]
三角恋绯闻

白意涵主动接受了某位娱乐记者的采访,虽然只是十分钟的问答,但却被转发、评论数万次。

"白先生,对于近日来,星耀新锐化妆师米尘被炒得沸沸扬扬的抱大腿事件里,作为男主角之一,不知道你有没有什么看法发表一下?"

"看法的话,我能表示自己觉得有点伤心吗?"

"哦?为什么?"

"因为我不是唯一的男主角,而是'男主角之一'啊。"白意涵的笑容里带着诙谐的意味,完全没有被卷入绯闻的不耐烦。

"听起来,你还很想和米尘小姐闹绯闻啊?网上的这么多传闻里,到底哪些是真的,哪些是假的?"

"虽然这些消息给大家茶余饭后增添了不少话题,但有些实在离谱的部分,我还是要澄清一下的。首先就是关于米尘被我'包养'这件事。米尘能够不远万里从法国回到国内,脱去老师林润安给她的光环,就说明她不是那种愿意被'包养'的女孩。至于星苑的公寓,确实是我的,米尘也不是无偿住在里面,她是要交房租的。"

"这点,米尘也上传了交租的流水清单,我想白意涵说的是真的。"

"再来就是抱大腿一说了。首先,我想问一问大家,自从我回国之后,并没有马上就有电影上映,我不知道观众朋友们是如何注意到我的?"

"当然是因为音乐盛典上你的惊艳出场啊!"

"哦,原来是这样啊!那么我在此说一下,当日的化妆师就是米尘。从某种意义上来说,是她捧红了我吧?"

"那么这是不是你借助《梦工厂》这个节目来捧红米尘的原因呢?"

"捧红米尘?如果没有所谓化妆师与两位男演员的三角恋传闻之前,一夜爆红的好像是乔颖希、赵纤还有黑翼组合呢?这个节目最大的赢家是我们皇朝影业。"

"是啊,你这么一说很有道理。只是……大家还是想要知道,这张照片是怎么回事?它是合成的?又或者确有其事?"

记者将照片举到了镜头前,所有人都能看得一清二楚。

白意涵似乎早就预料到对方一定会问这个问题,笑容依旧淡然自若。

"虽然不知道公布它的人从什么渠道得来的,但这张照片是真的。"

记者的表情很惊讶,"……这是拍摄角度造成的特别效果?又或者因为什么特殊的原因?"

白意涵的笑容更加明显了,"谢谢你为我找的这么多理由。只是事实就如同这张照片上所呈现的。我是个男演员，演过很多戏，但在现实中，我不想演下去了，只想做我自己。当然，就算这张照片是真的，代表的也是我白意涵的行为，而非米尘的。"

"所以……你是在告诉大家，你……单方面地喜欢米尘？"

"目前为止是这样的。以上只是我就这张照片做出的回应，其他的是我的隐私，也是所有牵扯到这些传闻里当事人的隐私。如果有哪些媒体的朋友擅自发布不实消息，我会采取法律手段并且很严肃地处理这些问题。谢谢。"

这段采访，以白意涵的独白为完结。

米尘站在超市里的电视机前，呆呆地看着这段采访结束。

她的脑海里是白意涵坦荡的目光以及唇角的凹陷。

白意涵喜欢她？

白意涵竟然喜欢她？

他对她很好，好到说不出缺点。

米尘知道自己也曾无数次地因为白意涵而悸动，但是她从来没有想象过对方真的会喜欢自己。

这该不会又是她的自作多情？或者她对语意语境的理解偏差？

就在这个时候，米尘的手机响个不停，她一看那些号码就头疼，估摸着又是乱七八糟的小报记者打来的。米尘将它们统统摁掉，设置入手机黑名单。趁着没有电话打进来，她赶紧拨通了白意涵的手机。

"喂！白大哥！我看见你的采访了！我想……"

"你想跟我谈一谈？"白意涵的声音很平静，与米尘的手足无措形成鲜明的对比。

"是的！"

"我发一个地址到你的手机上，明晚八点不见不散。"

"好！"

电话挂断，米尘仍旧有一种不真实的感觉。

而此刻，厉墨钧与利睿正坐在办公室里。

利睿倒了两杯威士忌来到厉墨钧的面前，"我这次，是想和你谈一下米尘的事情。公司觉得，米尘不该再继续待在你身边了。"

厉墨钧没有伸手去接威士忌，利睿也并不觉得尴尬，顾自坐在了厉墨钧的对面。

"你别误会，不是因为你和她的绯闻。相反，正是这些绯闻让米尘比现下所有化妆师都出名。之前的那些什么小D老师、阿青老师之类的化妆师,虽然小有名气,但也只是出席一些时尚节目,代言几个二三线化妆品而已。米尘不一样,她的格局比他们大很多。公司决定好好培养她,让她多参加一些类似亚洲彩妆大赏之类的活动,提高在亚洲范围内的知名度,让她成为我们星耀甚至于整个国内彩妆界的一姐。为她的前途考虑,我相信你不会不放人的吧?"

厉墨钧的身影没有一丝动摇,冷然开口:"你们不是为她的前途考虑,只是想把她变成赚钱的工具。"

利睿顿了顿,莞尔一笑,"她得名,公司得利,她并不亏。"

"利睿,她不是生意人。你给的,不是她想要的。"

"可是你有问过她真的不想要吗?"利睿的身体前倾,直落落看进厉墨钧的眼中,"还是真的如同那些传闻,你喜欢上她了,所以舍不得放她走?"

厉墨钧并没有回避,声音里没有丝毫波动,"我了解她,所以我知道她想要的究竟是什么。"

这时候,利睿办公室的电话响了起来。

他勾了勾唇角,将电视机打开,一个娱乐节目正在重播白意涵的访问。

"厉墨钧,已经有人先你一步说出口了。就算你真的知道米尘想要的是什么,你又如何确定你自己给得起?公司已经为米尘量身打造了一系列的计划,我可不希望她为了和白意涵在一起,也跳槽去皇朝。"

厉墨钧站起身,走出门去。

[第十三章]
迷茫之后的坚定

这天，米尘不敢回去公寓，于是她在大街上漫无目的地闲逛。

她只想要将自己放空，怀念起曾经没心没肺的自己。

她买了一张电影票，是恐怖电影。周围传来小情侣窃窃私语，女孩子的惊吓声，男人好笑的声音。

一幕一幕从米尘眼前放过，她就似被放空了一般，再恐怖的画面也没有进入她的大脑。

直至午夜，她才回到了公寓。但是她没想到，安言竟然在公寓门口等她。

"安总……"米尘愣了愣，她忽然意识到，安言也许是因为这些绯闻来找她的。安言毕竟是星耀的公关部主管。

"我等了你三个小时，现在可以请我进去喝杯茶了吗？"安言笑道，落落大方，没有任何责怪的意思。

米尘用茶包泡了杯茶给她，尽量平静地开口："安主管，我是被您带入星耀天下的。而且现在时间也不早了，请您有话直说吧。"

"米尘，我们打算把你调离厉墨钧的身边，然后重点培养你。"

"我不需要被培养，我只想尽职尽责做好厉墨钧的化妆师。"米尘十分坚定地回答。

安言笑着摇了摇头，伸出了手指，"第一，为了厉墨钧好，你也不适合留在他的身边。媒体会时时刻刻关注你们，他们要验证绯闻的真假。如果是真的，他们会关注你们所有日常生活，你们每一次牵手每一个接吻，最普通的生活都没有，甚至于影响厉墨钧的工作。第二，你和公司的合约里，有一点就是要服从公司的工作调派。你的老板是星耀天下而非厉墨钧。第三，也是最重要的一点——如果你真的对厉墨钧抱有期待，那么现在就是与他拉开距离的时候。单恋是很辛苦的事情。被戳破的那一刻，更辛苦。"

米尘的心脏在那一刻像是被刺穿一般，冰冷刺骨的水流灌了进来，疼到无法呼吸。

"我成了他的负担了吗？"米尘握紧了拳头，盯着安言。

安言微微点了点头。

米尘的眼睛模糊了起来。其实她一直是他的负担。

安言起身离开了。米尘一个人坐在桌前，眼泪掉落下来。

[第十三章]
迷茫之后的坚定

她很久没有这么疼过了。她以为自从对林润安的感情碎了之后,她就不会再那么用力地喜欢一个人了。

她曾经以为厉墨钧是落在自己肩头的日光……其实也许她错了。

他比悬崖的顶端还要遥远。

第二天,她来到白意涵给她的那个地址。

那是一个江景别墅区,小区名字也很有韵味,两岸香颂。

米尘忽然想到了曾经坐在咖啡馆里晒着暖阳看着塞纳河水流淌而去的悠闲时光。

这片别墅区位于市郊,正好可以避开狗仔的跟踪。

米尘来到一栋别墅门前,按响了门铃。白意涵笑着开了门,将米尘请到了二楼的露台。

白意涵喜欢咖啡,早早就为米尘煮了一杯黑咖。

他们靠着露台,望着不远处的江景,悠远辽阔,在夜幕下有着神秘而婉约的美感。

侧过脸,米尘的眼中是白意涵被夜风轻抚的脸,优雅而引人遐思。

"白大哥,现在你可以告诉我,你在记者采访时说的那番话是什么意思了?"

米尘发觉自己原本的忐忑在这一刻平静了下来。

"我想我爱上你了,米尘。"

米尘的指尖颤了颤,吸入肺部的空气不知道该如何呼出。

"和我在一起吧。"

白意涵的声音就似风中的私语,撩拨着米尘的神经。

他曾在荧幕上做过无数次的表白,每一次都让人心动。

但这一次不同。他的每一句话每一个字,都未经雕琢,不是演绎,而是真正的表白。

"米尘,我在这个圈子里待了很久很久,久到我已经忘记什么是爱着一个人的感觉了。我以为自己会这样一直下去,麻木地扮演不同的角色,对全世界和颜悦色。然后你出现了。你让我觉得每一天都很快乐。我想要保护你,把最好的一切都给你。所以当我离开星耀的时候,把你留了下来。因为皇朝影业是我的战场,我没有办法将你牵扯进我的战争里。可是那天,你对我说'聚散有时,不必介怀'的时候,我忽然发觉,我并不是只想要保护你而已。"

白意涵的告白,就像是一只透明的氢气球,如果她不赶紧抓住它,它就会与天空融为一体,让她再也找不着。

吸一口气，米尘的耳边蓦地想起厉墨钧的那句话：米尘，如果你看着对的人，你就不会流泪了。

白意涵，是那个人吗？

"我……"

她一遍又一遍地警告自己，一定要弄明白自己想要的是什么。

"米尘，无论发生什么，我都不会在你面前转身。"

瞬间，整个世界崩溃一般向她压面而来。

她曾经在脑海中无数次地回忆着医院走廊里的那一刻。电话那一端的林润安，身着白色的礼服，挽着别的女子，渐行渐远。她曾经无数次趴在林润安的背上，像个永远长不大的孩子被他背回家。她曾坐在他单车的后架上，靠着他的背脊听着他说话的声音。她曾经以为林润安的背，是这个世界上最安稳的地方。

当他隔着电话告诉她自己的婚讯时，她才明白，背影的意义。

只是在她向前的一瞬间，心中骤然涌起某种预感——只要那个人的眼睛，他微凉的声音，以及他植根于她大脑中的思想仍旧存在，她注定会让白意涵失望的。

"对不起，白大哥。"米尘试着挣脱对方，却被更加用力地抱紧。

白意涵的眉心蹙了起来，"你可以对我说'对不起'，但不要连我追求你的权利都拿走。"

"对不起，我不能……"

我不能接受你的付出。因为我知道，所有真心的付出尽管都不求回报，但一定会受伤。正因为你是白意涵，我不能让你受到任何伤害。

"小米粒，我并不脆弱。如果你给不了我想要的答案，并不代表我不能遵从自己的心意。我现在正式地告诉你，我在追求你。你可以说你不喜欢我，但不要对我说'对不起'。如果喜欢你变成让你歉疚的事情，那样才最让我痛苦。"

米尘挣不脱他的怀抱，她从来都不知道白意涵也有那样执着不肯放手的时候。

这天晚上，米尘被白意涵送回了星苑，她呆然地躺回到自己床上，取过自己的手机，发现一条来自厉墨钧的短信：明天早晨九点，星耀楼顶见。

心脏忽然被扣住一般血液无法畅通，米尘的指尖一片冰凉。

是啊，厉墨钧一定也看到了访问，他是要问她和白意涵的关系吗？如果她说了，还能继续做他的化妆师吗？她该怎么对厉墨钧说？

米尘捂住自己的胸膛，以她对厉墨钧的了解，只要自己说的是实话，他就不会怪她。可为什么她觉得，所谓的实话她无法说出口呢。

一整晚，米尘难以入眠。

[第十三章]
迷茫之后的坚定

她似乎回到了那一日站在天台之上,当她将纸飞机扔向天际,失去平衡摇摆坠落的时候,有人一把按住了她。侧过脸,她看见的就是厉墨钧。

第二天,她来到了星耀的顶楼。那里是一片空旷。抬起头湛蓝映入眼底,以及流云滑过飘渺不可追寻的轻影。

日光轻盈而透明。在这样的颜色里,米尘发现所有的一切都变得坦荡了起来。

厉墨钧的身影是这里唯一一的颜色。他依旧穿着深色的风衣,静静伫立。

米尘来到他的身旁,才发觉他在抽烟。

很久很久没有见过他抽烟了。他是没有烟瘾的,但不知道为什么,他的身上总会带着一包烟。在米尘的心里,抽烟一般是缺乏自制力的人才会有的习惯。厉墨钧很懂得控制自己,所以他不会对任何事物上瘾。

他的眼睛望向远处,与风交织在一起,分辨不出方向。

"厉先生,我来了。你是有什么事情要对我说吗?"

"米尘,公司决定要重点培养你。从今天起,会给你安排专门的经纪人,为你制订发展计划。"

"啊?什么?给我安排经纪人?"米尘傻眼了,她又不是艺人,要什么经纪人?

"以后你会有更多的机会出席类似亚洲彩妆大赏这样的活动,甚至于参加各种娱乐节目,出版书籍,这些经纪人都会为你规划好。"

"等等……我不喜欢参加什么娱乐节目,也没打算出什么书!那些书都是化妆品公司打的广告!什么好用什么不好用根本就不是我说了算!还有那些娱乐节目,根本和化妆无关!太多炒作的成分在里面了!"

"那么亚洲彩妆大赏呢?"

"……那个,我很想去。"

她想要与更多的化妆师交流,见识不同的技巧,走到演艺圈之外的世界里好好看一看。

"那就弄清楚自己想要什么,不想要什么。没有人能为你做决定。"

"……我不能继续留在你的身边了吗?"

"你还有没有什么需要告诉我的?"

厉墨钧第一次用问题来代替答案。

而无论他问什么,米尘都不想用犹豫来面对。她不想在他面前有任何的秘密。

"白意涵向我表白了。"米尘的心脏忐忑了起来。

你会对我说什么?你会不会有什么不一样的反应?你的世界会不会有一点波动?

厉墨钧指间的烟灰忽然断裂，散落开来。

"你对我说过，如果我看着对的人，就不会流泪了。而我一直想要问你，怎样才知道我看着的那个是对的人呢？"

米尘歪着脑袋看着他。

请你留下我。哪怕只是因为你的工作需要我。

我只想知道自己在你心里有那么一点点的不一样，比别人重要那么一点点就够了，那会给我勇气推开所有诱惑，坚定不移地依旧只看着你，不需要任何结果。

给我一点线索，我会为你飞蛾扑火。

"如果发现错了，千万不要头破血流了还不肯回头。公司为你安排的经纪人在化妆师组等着你，从今天开始，你不再是我的专属化妆师了。"

厉墨钧终于侧过脸来，触上他目光的那一瞬间，米尘的眼睛里有什么湿润的东西落了下来。他的手指掠过她的眼角，指尖是微微的凉意。

"米尘，你现在看着我，却在流泪。所以对于现在的你而言，我也不是对的人。"

厉墨钧的手掌覆上她的脸颊，他的掌心很暖。

所以当他转身的时候，尽管垂落了满身日光，她却觉得很冷。

米尘一个人站在高高的楼顶，这里是这个城市距离天空最近的地方，可当她伸出手，她才明白，天空依旧很远。

她的手机一直响个不停，无数声之后，米尘终于接通了手机。

原来是公司派给她的经纪人。

米尘吸一口气，她对自己笑了笑。这条路她必须走下去，试一试。

公司新派给她的经纪人是个三十多岁挺有经验的姐姐，听说还是连萧亲自为米尘挑选的。她的名字叫做余洋，外号"小鱼"，善于人际交流，而且很有手腕，在时尚圈子里也挺有人脉。

米尘不可能也跟着别人叫她小鱼，而是称呼她余姐。余洋替她张罗好了所有的行程，比如什么时候到达新加坡，什么时候参加媒体见面会，几点到几点和哪个时尚杂志的主编进行访谈，米尘听着这一切，真有一种自己成为明星的感觉。

厉墨钧当日的通告结束，连萧亲自开车送他回别墅。

"厉墨钧，你应该去表白的。只要你表白，就还有机会。"

"表白什么？"厉墨钧抬起头来。

"告诉米尘，你内心真正的想法。当你爱一个人的时候，无论你对她有多好，无论你在她的身后为她做了多少事情，如果你不说出口，对于她来说，那只是

第十三章
迷茫之后的坚定

'暧昧'而已。"

"去医院吧。"

"去医院?这时候去看你妈妈?好吧,无论发生什么,你绝对不能再弄伤自己的脸!米尘已经不在你的身边了,没有哪个化妆师还能像她一样为你遮掩脸上的伤痕!"

"我知道。"

厉墨钧走进了母亲的病房。房间里很明亮,窗外是夕阳西下。她坐在书桌前,看着一本书,表情很恬静。厉墨钧在她的身边坐下,直到她发现了他。

"秣钧!你到哪里去了!我不要再待在这里了!他们每天都给我吃奇怪的药!"

厉墨钧的手指缓缓嵌入母亲的发丝里,替她梳理着。

"不吃药的话,病怎么会好呢!病好了才能出院啊。"

母亲的脑袋靠在厉墨钧的肩上,显得十分乖巧,"你上次跟妈妈说,你很爱很爱一个女孩子,现在呢?"

"现在我还是很爱她。"

"那她是你的女朋友了吗?你应该带她来看我的。"

"不,她自己都没有搞清楚自己的方向,没有弄明白自己想要的是什么。她还做不到心无旁骛地看着我。"

肩上的女人发出一声叹息。

"秣钧,我不是对你说过吗?不要看着错误的人,那会让你伤心难过。所以,停下来,放下来,看向别的地方。"

"她不是错的人。因为我看着她的时候,并没有觉得伤心难过。"

"现在也是吗?"

"现在是,以后也是。无论她做出怎样的选择,走向哪个方向。"

一周之后,米尘在星耀的安排之下与余洋一起前往新加坡。飞机上,余洋将媒体采访稿递给了米尘。

米尘叹了口气,只是这些采访稿看了不到十分钟,她就分了心,掏出手机刷网页。厉墨钧的古装定妆照出来了。

他在今年的仙侠巨制《奉天》中饰演男主角。飘逸的衣摆,墨丝如飞。

而电影宣传词也颇有意境:尘缘如镜水,谢了荣华,风云永寂。

厉墨钧的眉眼洒脱而虚空,可惜化妆师没有把握住那样的神韵。

如果她还是他的化妆师就好了。至少,在这部电影里。

这次的亚洲彩妆大赏十分隆重,不仅整个亚洲彩妆界的一线品牌派出了最有力的化妆师团队,还包括一些新锐品牌也希望借助此次大赏崭露头角。

而米尘参加的则是第二天的单人彩妆PK赛,她的化妆品使用将不受品牌的限制,而比赛的评审将是十大彩妆品牌的CEO或者董事长。如果能得到他们大多数人的青睐,米尘就真正在亚洲彩妆界有了一席之地。

没有了《梦工厂》里的媒体宣传为噱头,整个比赛的过程显得更加专业,就连比赛的评点都让米尘觉得获益良多。

但是让米尘感到失望的是所有参赛彩妆师的作品。

她跟在林润安的身边,所见识到的彩妆作品代表的是时尚界最一流的水平。无论是对于五官的契合度,色彩的糅合搭配,以及最重要的光影感,都可以谈得上是走在时代的尖端,光影与色彩的完美融合。

而她现在所看见的作品,要么天马行空的想象脱离了五官的束缚,失去了彩妆的意义,要么执着于技巧的追逐,失去了艺术本来的价值。

现场的评委们,对每一个人的点评都有一种流于形式的感觉。米尘知道他们也在失望,但当整个世界平庸的时候,他们只能隐藏自己的意见,说着冠冕堂皇的话。

终于到了米尘,她挽着自己的彩妆模特走到了台前。

模特按照比赛的规定,在所有评委面前转了三百六十度,展现脸部的妆容。

一位代表香港顶级彩妆公司的评委直接站了起来,眯着眼睛,看着模特足足半分钟,然后对米尘说:"这真的是出自你的手笔?"

"是的。"米尘点了点头。

另一位来自韩国的评委调整了一下坐姿,用流利的英语问:"能阐述一下你设计这个妆容的理念或者想法吗?"

米尘吸了一口气:"这个妆容的灵感来自于Poker face。两边采用不对称的形式,来修饰模特的脸形。着重于色彩的过渡,形成光影效果,以此加强模特脸部的立体感。"

担任评委的川上寻子开口了,"我认为这是相当出色的作品,有创造力和美感,最重要的一点,她没有忘记自己是在化妆而不是画画。化妆,就是要让一个人看起来更美,而不是让他的脸变成一个调色盘。重点是一个人的五官,而不是最后留下的色彩。"

其他的评委纷纷点头,他们对米尘的作品点评得十分细致,不像对之前的那些选手,片面而空泛。

余洋扯起唇角,因为她知道这一次亚洲彩妆大赏的单人PK赛,米尘赢定了。

[第十三章]
迷茫之后的坚定

如她所料,米尘当晚在聚光灯下灿烂地笑着,手中举着水晶奖杯。

回到酒店,米尘爬上了餐厅的露台边缘,夜风撩起米尘的发丝,她低下头看着几米之下的那个游泳池,被夜灯烘托得就似一片彩色琉璃。

她接到了来自白意涵的电话。

"虽然你今天笑得很灿烂,但我总觉得你并不是真的快乐,能告诉我到底怎么了?"

他还是那么轻易就将她看穿。

米尘叹了口气,"我只是觉得……这一切都来得太容易了。"

"你担心那些评委们对你的称赞是因为林润安的关系?"

"不,我觉得他们除了选择我,根本无法给其他人这个殊荣。我米尘实至名归。"

白意涵的声音里带着浓重的笑意,"这还是我第一次见到你这么自信的样子。"

"可是我的实至名归,却是因为其他的参赛者……和我好像根本就不是一个……"

"不在一个层次?那是因为你真的很有灵气。"

米尘低下头,也许她真的有灵气,但谁知道这样的灵气会不会突然被消磨殆尽呢?

挂了电话,米尘久久地看着自己的手机。

她知道自己在期盼着什么。

一条来自那个人的短信。一如既往的简短就能肯定她现在的一切。

但是直到天亮,她的手机里塞满了祝贺的信息,却唯独没有那个人的。

当她满载荣誉回国之后,有不少出版社都希望她能出一部彩妆教程。

比起星耀的各种娱乐节目与杂志访谈,米尘更愿意静下心来做点什么。于是她答应了余洋,与一个业内资深的时尚杂志合作,出一本彩妆教程。只是底稿被送去了杂志社之后,除了彩妆的一些基本技法之外,其他的东西被改得面目全非,特别是米尘对某些彩妆品牌的一些产品的评价,几乎被删光。另外又添加了许多品牌推荐内容。这些品牌,米尘要么觉得不是很好用,要么根本就没有仔细研究过。

米尘按住了自己的眼睛,一字一句地对余洋说:"我写书是想写一部真正的能让普通女孩子们提高化妆技巧的书,不是一本广告!"

余洋叹了一口气,"好了,米尘。现实与理想总是有差距的。如果是为了看一本教化妆的书,那么读者不如去化妆学校。杂志社帮你修改稿子,除了为他们自身的利益考虑之外,也是为了让你与各大彩妆品牌建立良好的关系。如果你把这些品牌都得罪光了，以后还有谁邀请你去各种彩妆活动呢？每一个圈子都有它的规则。"

米尘今晚注定失眠。余洋已经安排好了一切，哪怕这一切没有任何地方是她原本想要的。

她将这件事情告诉了白意涵。也许白意涵经历得更多，所以处理起类似的事情也更加淡定从容。

"米尘，如果是这样，你需要好好和余洋聊一聊。她确实是你的经纪人，为你规划一切，但她也必须顾虑到你的想法。但是不管怎样，有一句话她说得不错，希望你能和这些彩妆品牌建立良好的关系。多一个朋友，好过多一个敌人。"

白意涵的声音让她的心绪平稳了下来。

但不知道为什么，米尘的心里总觉得空落落的。

第二天，她很早就来到了星耀，端着咖啡上到了顶楼的天台。她需要新鲜的空气，让她清醒的空间。

不知道为什么，她很怀念顶楼的天空，看似触手可及，却十分遥远。

她站上了第一级台阶，看着一直延伸到远处的城市建筑，闭上眼睛，她深深吸了一口气。

今天的风很大，发丝凌乱，衣摆也被吹得猎猎作响。

当她打算退后一步离开的时候，左脚踩空，向后栽倒下去。

失重的瞬间，惶恐冻结了她的心脏。

就在她睁大了眼睛看着灰蒙蒙的天空时，有人一把将她按了回去。

坚定的、果断的，一切动摇都毫无意义。

哪怕她站直了身体，肩膀仍旧感受到对方手指的力度。

米尘转过身来，看见了厉墨钧。

那一刻，某种情绪涌上她的心头，哪怕她拼了命地镇压，仍旧疯狂地奔涌。

然而她却只能傻傻地站在那里。

"今天风很大，你不该上来。"

还是那样言简意赅，言辞之间没有任何情感的波动。

"那么你为什么上来了呢？"

她有多久没有亲眼见到他？又有多久没有这样与他说过话了？

"我只是打算抽根烟。"

厉墨钧的脸上是一贯无欲而漠然的表情，可他的眼睛却有着最动人的轮廓。

"为什么上天台来？"厉墨钧直截了当地问出口，这果真是他的风格。

[第十三章]
迷茫之后的坚定

米尘无奈地扯起唇角,耳边是呼呼风声,她也不知道自己说的话对方能不能听清,甚至于她不明白自己说出来的意义是什么。她想要寻找安慰?想要求得认同?还是单纯地想要与他讲话?

"我写了一本关于彩妆技巧的书,与时尚杂志《潮想》合作的。但是《潮想》把我的稿子改成了一本广告书,将所有的彩妆赞助商都赞美了一遍。我向经纪人表达了自己的反对意见,但貌似并没有被她放在心上。也许,我应该以更加明确、强烈的方式对她说'不'。"

厉墨钧转过身来,靠着天台看向米尘,这明明是仰视的角度,米尘却有一种自己即将从云端落入对方眼中的错觉。

"虽然我曾经希望你学会说'不',但很多时候,说服对方是比'说不'更加完满的解决问题的方式。《潮想》应该是主动要求与你合作出书的,这就说明'米尘'这个名字对于公众是具有一定影响力的,你说的话,有很多人会相信。这就是你的力量和本钱,不要浪费了这个资本。"厉墨钧抬手取走了米尘的咖啡,"你不需要咖啡让你清醒。你会想要说'不',说明你本身已经很清醒。"

当米尘回过神来的时候,厉墨钧已经走远了。

她在天台上仍旧独自站立了一个小时,只是等到她离开的时候,心中有一种笃定的力量。

她打了个电话,将余洋请到了咖啡馆里。

余洋从进入咖啡馆到坐下,一直都在打着电话,米尘并没有催她,而是等着她将电话打完。

"米尘,为什么会约我到这里?如果有关工作上的事情,你可以在公司里直接对我说。"

米尘摇了摇头,"这是关于你和我之间的事情,我不想有不相干的人听见或者他们来为我指点江山。"

"好吧,你说。"余洋将手机调至静音。

"我不同意在我的书里放那些彩妆广告,我需要它是一本纯粹的介绍彩妆技巧的书。如果《潮想》杂志一定要在我的书里介绍那些彩妆品牌,那么我不会参加任何宣传活动,也会在我的微博里声明所有关于彩妆品牌的介绍,不是出自我的意愿。"

"米尘,你为什么要这样!"余洋摊开手,一副难以理解的样子看着米尘。

"原因很简单,余洋,不要只看着眼前的利益!不要将公众对我的信任一次性挥霍殆尽!我珍惜自己作为一个专业化妆师的信誉。我不轻易给任何彩妆品牌做广告。如果我称赞某个品牌，一定是因为这个品牌值得我推荐。这样，我说的我做的，才会被人奉为宝典而不是一个收钱做广告的。"

余洋吸一口气，"从原则上来说，你的顾虑没有错。但是许多彩妆师都是这么做的，没有哪个真的被骂到狗血淋头的，仍旧有许多人相信他们的推荐！"

"那么就从商业角度考虑。如果只要有品牌肯出钱，我就愿意为他们说好话，那么我很快就会沦为廉价广告版。余洋，物以稀为贵的道理你懂的吧？所以我为什么要自贬身价？我越不肯为他们说话，他们就越会对我趋之若鹜。我希望我的推荐和评价，不只是给这些彩妆品牌锦上添花，更是成为他们觉得自豪荣耀的事情。只要公众是相信我的，就算我婉拒了给这些彩妆品牌做广告，你觉得他们是与我为敌，还是追逐我呢？"

余洋顿住了，她用不可思议的目光看着米尘，良久，才说出一句话："做你的经纪人，是一件很考验能力的事情。你真的确定非这样不可了吗？"

米尘点头，"而且我相信以你的能力，能把这件事情做成正面宣传，对吧？"

余洋笑了，"你真的成长了许多。更加自信，想的也更多了。"

听见余洋这么说，米尘顿然有一种海阔天空的感觉。

当月的时尚杂志里，有记者问起川上寻子对米尘拒绝在新书里推荐化妆品牌有什么看法的时候，寻子夫人莞尔一笑，"这说明米尘很尊重化妆师这个职业，我川上寻子本人能与米尘结识感到十分荣幸。我们川上化妆品将不会在她的新书里进行宣传。但她仍旧是我们拍摄所有平面以及影视广告的专用化妆师。她的化妆技巧才是对我们产品最完美的宣传。"

寻子夫人的态度得到了广泛认可，她的坦荡以及对专业人士的尊重使得公众好感度剧增，也让《潮想》杂志感觉到了来自社会的压力，他们不得不妥协，表示不会将任何彩妆广告强加入米尘的新书里。

为了感激寻子夫人，米尘特地请她喝了个中式早茶。

"你不需要特地来感激我，因为有人拜托我一定要那么说。"寻子夫人端着茶浅笑着。

"有人拜托你？是谁？"

"你真的猜不到吗？"寻子夫人暗示意味地一笑。

"谁？"米尘皱起了眉头。难道是余洋，或者白意涵？

寻子夫人叹了口气，"是厉墨钧。"

米尘愣住了，竟然是厉墨钧？怎么可能会是厉墨钧？这家伙明明对所有与己无关的事情都不会多说一句话，他竟然会为了自己请求寻子夫人。

[第十三章]
迷茫之后的坚定

"米尘小姐,从第一次在新宿的会所里见到他,我就知道他有多么在乎你。"

"寻子夫人,你误会了,我……"

"我没有误会什么。我已经到了这个年纪了,当你看不清的时候,我早就经历过了。"寻子夫人的手掌覆在米尘的胸口,"孩子,当你迷茫的时候,不要去想自己应该做什么,不如坦荡地问一问自己的心意。"

米尘下意识扣紧了手指,她的思维深处有一片遗忘了灌溉的土地,在五光浮色之中悄然枯萎。只是当她听到那个男子的名字,哪怕她想到的是他无欲的脸庞清冷的声音,那片贫瘠而微小的地方,无数初开的花朵瞬间噼里啪啦填满整个心扉。

而在心底无数声说着谢谢,是现下的她唯一能对他做的事。

如同余洋所计划的,尽管米尘的书里没有放任何彩妆广告,但却有更多的彩妆品牌希望能请到米尘参加新品发布了。

可就在忙得焦头烂额的日子里,米尘竟然接到了一通来自李哲哲的电话。

"米尘老师,忘记恭喜你了,现在你是星耀最红的化妆师了。"

米尘有些不耐烦地叹了一口气,"李小姐,你到底想要说什么,不如一次性说完?"

李哲哲的声音里带着淡淡的讥讽:"你很满意白意涵给你的一切吧?"

"没有任何成功是别人可以送给自己的,李小姐。"

米尘觉得和对方继续说下去一点意义都没有,她该挂电话了。

"你还不明白吗?米尘,他在用成功来贿赂你、麻痹你,让你满心欢喜地被他锁在身边。"

"他不是这样的人。"米尘的神色冷了下来。

"那你试一试看,如果你说要离开这里去欧洲呢?你觉得他会鼓励你,还是在这里,在他的身边,用更多的成就感假象留住你?"

"我觉得我们没有必要再说下去了。"那一刻,米尘的心里涌起透骨的凉意。

这一晚,白意涵将她请到自己的公寓里,做了一顿丰盛的法式大餐。

米尘与白意涵对面而坐,两人闲聊了起来。

"米尘,我听余洋说,最近你对工作都兴致缺缺?怎么了,是觉得没有挑战性了?"

"有一点吧。我觉得国内的这些比赛和节目都太功利了。白大哥,我想下个月去一趟欧洲。"

白意涵的目光沉敛,"怎么了?忽然想到去欧洲?你下个月好像有个国内的彩妆研讨会吧？很多彩妆界的前辈和新秀都很想和你交流啊。"

"可是在米兰，有一场五大品牌的彩妆发布秀，我很想去看！英国有一个新锐护肤品牌KD向我发出邀请，希望我能给他们的模特化妆！在发布会上，我能亲眼见到时下最高超的化妆技巧以及理念！"

米尘抬起头，看着白意涵的侧脸。

"是吗！那你确实应该去看一看！既然有这么好的机会，你得和余洋好好沟通，委婉地将下个月的行程推掉。我陪你一起去吧。这样我们可以看看米兰大教堂，漫步在维多利亚二世拱廊，还有斯卡拉歌剧院。"白意涵低下头来，捏了捏米尘的鼻尖。

米尘呼出一口气来。看吧，白大哥是支持她的！根本就不是李哲哲所说的，用什么成功和名利来收买她。

第二天的下午，米尘将自己的想法告诉了余洋。

"啊？你确定KD向你发出了邀请吗？我今天早晨怎么听说他们将邀请函发给了香港的彩妆大师Tony Young？"

米尘微微一愣，她赶紧打开手机进入自己的邮箱，发现KD的一封致歉函。他们表示因为米尘一直没有给他们确定的答复，所以他们邀请了Tony Young。

"他们的邀请函只发出了三天而已……"米尘心里有些难过。

"其实这些都是借口。Tony Young的资历和名气都高过你，KD本身可能就更加倾向于邀请他。"余洋只能这样安慰她。

米尘笑了笑，但她的心里很失落。如果能以KD受邀化妆师的身份站在新品发布会上，这将是米尘被欧美时尚界所接受的最重要的一步。

但这机会还是成为泡影了。

就在这个时候，余洋的手机响了，她的神情十分认真，当她挂了电话的时候，忽然兴奋无比地将米尘一把抱住，"塞翁失马焉知非福！米尘！你运气实在太好了！"

"什么？"

"GIVE的新品亚光轻薄粉底液和细致无孔高光粉将在亚洲全面上市！他们邀请你作为正式发布那天的试妆师！他们说很欣赏你的化妆风格！他们亚太区域总监还是你的粉丝，他买了你的《小米粒的彩妆世界》！"

米尘被突如其来的好消息镇住了。

GIVE的新品彩妆发布会定在香港，米尘的现场发挥引来了不少因为GIVE而来到香港的欧美时尚杂志的注意。

[第十三章]
迷茫之后的坚定

她并没有像其他新锐彩妆师一样倾向于大胆用色,利用撞色来反映彩妆的质地,而是采用更加柔和的方式,将所有的色彩衔接了起来,将模特的眼睛衬托得如同泻湖一般绰约清澈。色泽低调却光影质地感细致的眼部妆容,给人以经典永不褪色的优雅感。两颊的腮红利用不同色号的渐变,给人以纤细而特别的意境,呈现出秋冬季节的悠远之美。嘴唇的颜色采用偏向透明的橘红色,成为整个妆容的点睛之笔。

当彩妆完成之后,模特顿然成为全场焦点,几个时尚杂志的记者眼中的赞赏毫不掩饰。

他们甚至问起如何给这个艺术品一般的彩妆取一个名字时,米尘笑着回答:"How about 'Kiss in Wind'?"

于是"风之吻"成为GIVE这一季彩妆的广告语。

当米尘在洗手间里遇到GIVE的总监助理时,对方笑着说:"当总监决定邀请你这么年轻的化妆师时,我是真的很担心。但没想到你完全驾驭了我们彩妆新品的色彩、风格和我们想要的气质。现在我真的很感激厉墨钧!"

"厉墨钧……为什么?"米尘的心脏失去了原有的节拍。

"做决定的那天中午,我们的总监和厉墨钧一起吃饭。我们本来要邀请的是Tony Young,但是KD先我们一步邀请了他。当时总监觉得很遗憾,可是厉墨钧却说他并不欣赏Tony Young,虽然他有着高超的技巧,但是他已经没有创造力和冒险精神了,也就失去了想象和期待的价值。当时总监问厉墨钧有什么建议,他只说他会考虑更有活力,将彩妆当做艺术来认真对待的新人。于是,总监选择了你。又或者应该说现在亚太地区的新锐化妆师里,只有你值得我们邀请。现在看来,我们虽然冒险了,但是结果真的出乎意料!"

米尘咽下口水,小心翼翼地问:"所以……是厉墨钧推荐了我?"

"不,他没有推荐你,但是他提醒了我们应该用你这样的化妆师。"

当米尘走出洗手间,竟然遇上了KD的市场部高层。他作为同行,亲自从英国飞到香港,想要实地了解GIVE的新品发布情况。

"米尘小姐,我们真的没有想到你有这样出色的发挥!当时我们在英国的总部决定邀请你代表亚洲的彩妆师前来参加我们的新品发布会的时候,还觉得有所疑虑,于是还特地拜托了Tony Young的一位朋友帮忙说服他一定要接受我们的邀请。可现在看来……这将成为我们最大的遗憾。希望下一次,我们能够合作!"

对方的态度诚恳,说实在的,米尘已经不大在乎当初KD让自己产生希望又失望的过程了。

她笑了笑说:"我也这么期待着。不过我更加好奇到底谁那么有本事说服脾气古怪的Tony Young?"

　　"哦,是白意涵,那位很有名的华人影帝!你应该认识的吧?他今天好像也来了!"

　　米尘愣住了,心脏像是被什么狠狠捏住,"您确定没有弄错?是白意涵?Lawrence?"

　　"除了他,还有谁那么有魅力?"

　　两人又寒暄了几句,两人这才分开。

　　米尘走在走廊里,大脑中纷乱了起来。

　　不可能的,白大哥明明知道她很在乎KD的邀请,怎么可能帮助他们去说服Tony young呢?

　　也许是因为他早就收到消息GIVE要邀请她了?

　　不要去想了,米尘。

　　白大哥无论做什么,从来都是为了你好。妄自揣测,不但会让自己难受,也会伤害到他。

　　就在这个时候,米尘的手机响了,竟然是林润安。他在香港转机,将会有三个小时的时间,他想请米尘一起吃个饭。米尘兴奋地答应了。

　　他们相约在一个很普通的港式茶餐厅。

　　窗外是平凡的街景。今日多云,少了些日光,多了几分凉意。他们点的也是简单的套餐。

　　林润安抿了一口套餐中附赠的奶茶,皱起了眉头。

　　米尘笑了,"确实不怎么好喝。"

　　"先把难喝的奶茶放到一边,现在请你告诉我,留在这里的你快乐吗?"林润安低着头,并没有看着米尘的眼睛。

　　"……这很难说。"

　　"快乐或者不快乐都要用'很难说'来形容的时候,就代表不快乐。你参加了那么多的彩妆大赏,时尚节目,甚至于现在不少彩妆产品也希望得到你的推荐,你也是网络上的红人,粉丝众多,不少影视明星都青睐于你的建议,按道理你应该很有成就感了。可是我看见的你,并没有在享受成功的喜悦。"林润安的语调是平铺直叙的。

　　他似乎早就预见到了这个结局。

　　"被追捧被宣传就算是成功了吗?"米尘抬起眼来反问。

[第十三章]
迷茫之后的坚定

她曾经待在林润安的身边，也许有人急功近利，也许有人追逐时尚圈的浮华烟云，但是有一点一直没有变过，他们绞尽脑汁绽放所有的灵感，就是为了追求美，为了创造更加新颖更加深刻的对于美的体验。而她现在看到，已经失去了她所追逐的意义。

"所以现在你明白自己真正想要的是什么了吗？或者至少你明白自己最不想要的是什么。"林润安放下了手中的餐具，抬起眼来，一切似乎又回到了那个他教导她、提点她的旧时光。

原来，无论时间过去多久，她走了多远，在他的面前，她永远都是学生。

"海文，为什么你总是那么清醒？"

"清醒也许不会让你做错选择，但未必能让你快乐。米尘，你还记得有一次我们走在香榭丽舍大街上，面前就是凯旋门。你快乐地朝着那个方向奔跑，回过头来对我喊着，海文我喜欢你。"

米尘愣了愣，她一直以为林润安从没有把她说的那句话放在心上。那只是他人生中微不足道的一瞬。如果他记得，又怎么会如此坦然地拥抱另一个女人呢？

"米尘，那是我听过的最动人的告白。单纯得没有一丝瑕疵。可是我不能拥有它。"

"为什么？"米尘惊讶地看着林润安。

"因为我知道，那不是爱情。"林润安伸长了胳膊，指尖在米尘的眉心点了点，"我想，现在的你应该可以告诉我，那是什么了。"

米尘的心颤动了起来，她忽然理解到了林润安的隐忍以及他投注在她身上比爱情更认真的情感。

"那是依赖。"

林润安笑了，他的唇线挣脱了所有束缚。他为她所做的一切，都付诸于此刻的笑容里。

"因为你知道，所以你沉默。"米尘的眼睛发酸，但是她并没有让自己的泪水落下，因为她没有任何流泪的理由，"所以我们现在是真正的老师与学生了？"

"对，我们是老师与学生。"

他们之间，比那一日她对他的告白更单纯。

"米尘，现在你明白了自己对我是依赖。那么其他的，就要你自己去思考了。我的工作室，永远为你打开。无论你什么时候做决定，都不会太迟。"

这是来自林润安的邀请，上一次她决定留在国内，那么现在呢？

告别林润安，米尘回到国内，白意涵亲自开车来接她。

他的侧脸，开车的姿势，垂落的眼帘专注的神情，这一切的一切都显得不真实。他发现米尘正出神地望着自己，于是笑了。整个世界仿佛沉入一片温热的海水之中。

"怎么了？一直看着我发呆？"

"白大哥……，我在香港见到海文了……邀请我去欧洲。"米尘开口说。

白意涵沉默了两秒，开口问："那么你是怎么想的？"

"我还没有想好。白大哥，你觉得呢？"

"我很高兴你问我的意见，但是我不能为你做决定。我只能说，在去之前，你一定要把所有的一切都想清楚。在国内，你的事业处于上升期，三到五年之内超过Tony Young完全不成问题。但是一旦去到欧洲，一切就要从零开始。如果你一直得不到欧美时尚界的认同，等到你决定回国，不仅仅有些人会落井下石认为你是在欧洲混不下去所以回来，你原本所拥有的光芒也早就被其他年轻人取代，你是否做好了这样的准备呢？"

米尘低下头来沉默了。

不知道为什么，她的心里有一种失落，空荡荡的，好像有冷风刮过一般。她知道白意涵是为她考虑，担心她会受到伤害。他的阅历比她丰富，所以考虑得自然更加周全。

米尘的脑袋忽然被敲了一下，她抬起头来，看见白意涵的笑脸，"不过小米粒啊，一个人一旦失去了锐意进取的勇气，那么他能拥有的格局也就只有这些了。"

米尘闭上眼睛，白意涵的目光是温暖而安逸的，可她心底总有什么在跃跃欲试，隐隐期盼着挣脱一切，展翼而上。

站在星耀的顶楼，米尘的双手揣在口袋里，仰面望着天空。

今天的日光很好，暖洋洋的，让她想要就这么待着一动不动。

她忽然想起了那一日自己与厉墨钧站在天台上的情形。

厉墨钧曾经说过，向往天空的时候不要忘记脚下的土地更安稳。

可厉墨钧的"安稳"从来不是指安逸，而是在名利的冲刷之下，不要忘记最原本的自己。

而对于她来说，最原本的自己是怎样的？

米尘微凉的指尖逐渐温热了起来，她拨通了白意涵的电话。

"喂，小米粒，怎么了？"

米尘吸了一口气，她觉得自己无论做出怎样的决定，她必须告诉白意涵。

"白大哥！我要去欧洲！我想去欧洲！"

[第十三章]
迷茫之后的坚定

"……米尘？你说慢一点？怎么了突然决定去欧洲了？"白意涵的声音略微顿了顿，有一点冰凉，但逐渐又柔和了起来。

"白大哥，我还记得当初跟在海文身边的日子！我记得那些彩妆师化妆的表情，他们的动作，他们迫切地追求美的态度！每一层底妆，每一种色彩搭配，都是为了勾勒最极致的风情，为了也许只有一瞬却让人终生难忘的目眩神迷！可是我在这里找不到！白大哥！这里什么都没有……"

"米尘，你现在在哪里？"

"我在星耀的楼顶！"

"你在那里等我。"

白意涵的电话挂断了，米尘站在原处，她觉得自己将那些话说出来之后，眼前所有的一切就似裂开一般清晰无比。

她的身体还在略微颤抖，但在那一刻，她的大脑也清晰无比，她确定以及肯定自己到底要的是什么。

正在与某个导演商谈剧本角色的白意涵挂了电话之后，对导演说了声："对不起，我有非常重要的事情！"

他几乎是奔跑着离开，留下满眼惊讶的导演以及无奈的方承烨。

当他刚跨入电梯门，对上的就是李哲哲抱着胳膊调笑的表情。

"真难得，看见你惊慌失措的模样。是不是你亲爱的米尘即将脱离你的控制了？你想要像对谢悠一样，给予她一切，将她困在自己的身边，她只有两个结果，要么挣扎要么窒息。"

电梯门打开，白意涵冷然走了出去。

"白意涵，你把她宠成了公主，给她最富丽堂皇的城堡，无数人羡慕赞美的目光。你想要用这些把她留住，可是你有没有想过，这一切她得到得太容易，所以会更加向往城堡外面的世界！"

"这是我的事情。"

白意涵开着车扬长而去。

来到星耀的大楼下，他掠过众人的目光，奔入电梯，冲上顶楼，然后，她看见米尘站立在空无一物的顶楼，似乎随时迎风而去。

日光垂落，那是来自天际的恩典。

"米尘！"

白意涵唤了一声。

"白大哥！"米尘转过身来，她的眼睛里闪烁着雀跃的亮斑。

浮色

"小米粒，你真的想好了吗？"白意涵与米尘面对面地站立着。

那一步之遥忽然变得遥远。

"我想好了！应该说我想了许久了！白大哥，我要的不是成功！要的不是别人羡慕！也不是别人称呼我大师！我只是想要做我想做的事情。在那里有和我一样理想的人，他们能和我沟通！他们能启发我，能让我成为我想要成为的人！"

"米尘，你会觉得那里美好是因为那个时候你只是个学生，真正在前面披荆斩棘的是林润安，所以你才能做你想做的梦。"

"那么现在轮到我去披荆斩棘了！白大哥，我知道你担心我撞得头破血流，但只有去做了我才知道那是又或者不是我想要的！我才会更加珍惜自己现在有的一切！"

白意涵猛地抱住她。错觉一般，米尘觉得自己就快被白意涵捏碎了。

"你给我一点时间处理这边的事情，我陪你去。"

米尘愣住了。她没有想到白意涵竟然打算放下一切跟她走。

"白大哥！不是的！我没想过要你放下一切！那是我的选择我的人生！我相信你也有你的规划！无论皇朝影业也好或者继续演电影也好，我希望你能坚持自己的道路而不是被我所影响！"

"米尘，你听着！"白意涵的双手托住米尘的脸，万分认真地说，"现在的我所做的也不是我自己想要做的事情，所以我理解你的心情！我想要演戏，但却被皇朝影业还有沈良言留下的股份给困住了。我早就想扔下这里的一切，而现在我终于找到了理由。而且就如同你的感觉一样，我在这里似乎也没什么值得追求的了！既然没什么留恋，剩下的都是烦恼的事情，我为什么还要留下。"

米尘沉默了，良久她向后退了一步，十分郑重地唤了一声："白大哥。"

白意涵皱起了眉头，"你知道我不喜欢你在我的面前退后。"

"我不是小孩子了，也许我无知懦弱，但只要是我自己选择的道路，我会承担所有的后果。我不要你为我做同样的事情。我不能左右你的人生。"

"米尘，我的人生从来都在我自己的手中。"白意涵的笑容仍旧淡然，好像他所要放弃的对他而言根本微不足道。

"白大哥，不要轻易做这样的决定。"米尘的目光很沉。

沉到白意涵第一次用平等的不是溺爱或者看待女孩子的目光来看着米尘。

"不用担心我。做好你想要去做的事情。"

米尘叹了口气，她只能希望白意涵冷静下来之后能够改变决定。

虽然下定了决心，还是有许多事情米尘必须在去之前就搞定的。比如自己与星耀的合约，比如经纪人余洋，甚至她必须和林润安也商量好一切。几乎每天，

第十三章
迷茫之后的坚定

米尘都会与林润安通信，谈论着去到那边之后的规划。

但这样的兴奋在不到两周的时间内就被一盆冷水泼灭了。

林润安参加佛罗伦萨一次彩妆大赏的作品被KD彩妆公司的一位化妆师塞布瑞纳指称抄袭。这件事情在欧洲时尚界炸开了花。以林润安的能力与资历，根本不需要盗用他人的想法。但是塞布瑞纳拿出了他在三个月前在某本二线彩妆杂志上的作品，无论从理念、构思甚至于最后呈现出来的效果，特别是眼角的燕尾妆，可以说是百分之八十以上的相似。

虽然也有人提出可能是构思上的"撞梗"，林润安这么多年累积起来的名誉也不是轻易能被动摇的，但他确实受到了来自时尚界的质疑。燕尾妆实在太特别了，这样惊奇的相似，只是用"撞梗"来形容，实在太过牵强。

在重压之下，林润安工作室里有两位十分重要的彩妆师被美国某个大型化妆品公司挖走了。其他几个彩妆师也动摇得厉害。

米尘要赶去巴黎，却遭到了林润安的严词拒绝。

"不，现在你不能来！我是你的老师，如今我涉嫌抄袭，如果你贸然来到这里，不但帮不了我，也会让自己深陷其中！本来亚裔化妆师在欧洲多少都受到打压，我不想你成为我的炮灰！"

"海文！你想要我做一个逃兵吗？白意涵说得没错，我会觉得欧美的时尚界很美好，是因为你在前面为我披荆斩棘！"

"我不是在披荆斩棘，我只是做好最坏的打算。如果有一天时尚界不再认同我，那么只有你，才能为我赢回荣耀！米尘，你知道罗丹吗？他坚持在自己的博物馆里展出卡蜜儿的作品并不仅仅是因为内疚与爱，因为她不仅仅是罗丹的情人，也是他最出色的学生，是他最引以为傲的作品。所以，我不会让你在飞翔之前因我而折翼！"

林润安是坚决的，即便米尘真的赶来巴黎，他也不会见她。

挂了电话，米尘觉得自己恍惚不已。

当她走出星耀大楼的时候，一辆摩托车从路边呼啸而过，就在差点将她挂倒的时候，她被人一把拽了回来。

"你在干什么！"低沉的呵斥声中怒意沸腾。

米尘对上那双冰色双眼，倒抽一口气，"厉……厉墨钧……"

"跟我来。"

厉墨钧松开了她，将她带回了星耀的大楼。他们走入电梯，相对无言，一直上升到楼顶。

打开安全门，厉墨钧扣住米尘的手腕，带着她走到了楼顶天台。

风声依旧，空气中泛着凉意。

"说吧，到底怎么了？"

他的声音是冰冷而坚毅的，她几乎没有抵抗的力量，将所有的一切告诉了他。

"我该怎么办？我应该在他的身边！在我最孤独的时候，是他在我的身边！我应该马上就去……"

"米尘，如果你真的在意林润安，那么就给他想要的东西。"

"什么？"

"安心。让他心无旁骛应对已经发生的一切。让他知道自己最重要的成就还没有失去。他能拥有今日的成就，靠的并不是其他人的谬赞和吹捧，而是实力。所以，你也要相信他拥有解决眼前危机的能力。"

"所以我就只能在这里躲着？"

"你不是躲着，而是积蓄实力。如果有一天林润安落下云端，你必须有资本将他的荣耀带回天空！"

米尘看着厉墨钧的眼睛。

心潮决堤，冲涌上她的河岸，却因为他的目光，湿润了干燥到迸裂的空气，一切沉稳了下来。

"我知道，我要做什么了。"

"很好。"

厉墨钧的双手始终揣在口袋里，仿佛用力隐忍着什么。当他转身那一刻，米尘似乎看到晨曦与黑夜更迭，时间的关节明明紧绷着却不得不弯折起来。

那天晚上，白意涵特地赶来星苑的公寓，和喵喵一起陪着米尘。

但是米尘并没有慌乱失措，而是很镇定地告诉他们自己暂时搁置前往欧洲的计划。她也要求余洋不再为她安排任何二线时尚杂志的采访以及毫无意义的电视节目。她的工作重心必须放在一线时尚盛事上，比如东京时装周、香港奢侈品牌发布会等等。

米尘与白意涵站在公寓的窗台前，白意涵眉心微微蹙起看着米尘。

"你真的长大了，让我惶恐了起来。"

白意涵的声音里带着一丝感慨。

米尘的目光坚定地望向夜空，"就是因为从前的我是个孩子，才会使得林润安孤军奋战。不过白大哥，你说得对，我把欧美时尚界想象得太美好了。那里也许和这边是一样的，充满了妒忌和歧视。"

[第十三章]
迷茫之后的坚定

"小米粒啊……"白意涵叹息了一声。

"可是白大哥,我做不了你口袋里被你好好捂着保护着的小米粒。"米尘侧过脸来,万分认真地对白意涵说,"我想要被埋进土壤里,感受日光暴晒,滂沱大雨,如果不幸我烂在了土壤里,我不后悔。但如果我幸运,我会结出更多更多的麦穗!"

白意涵微微怔了怔,手指下意识握紧。

虽然米尘一直留在国内,但却时刻关注着林润安的事件进展。她经常与唐娜还有坎恩联系,也拜托了安塞尔一定要帮助林润安。

半个月之后,安塞尔兴奋地打来了一通电话,"小米!小米!海文的事情有转机了!海文第一次构思燕尾妆是在半年前,他因为灵感来袭,所以直接为一个艺术学院的女学生当场化妆!当时海文没有留下照片做证据,但是有一位时尚杂志的责编被女学生的妆容吸引,为她拍了照片!女学生不认识海文,所以责编问她谁替她化妆的时候,她答不出海文的名字!最近这位责编在翻手机旧照片的时候,发现了它!于是将这件事告诉了杂志社的主编!"

"所以只要这位责编到那个学校找到那位女学生,只要女学生认出当日是林润安给她化妆就能证明林润安的燕尾妆构思早于那个指称他抄袭的化妆师塞布瑞纳!"

"现在的问题是,那个时尚杂志的主编因为在米兰彩妆发布会上与海文意见有分歧产生矛盾,他拒绝杂志社所属的责编帮助海文!"

"这该怎么办?这些时尚界的主编都有一种莫名的优越感,一旦谁挑战了他们的权威性,他们就……"

"不过海文倒对我说他有办法说服那位主编,叫我对你说不用担心。对了!今天我去看望海文,你猜猜我看见他在和谁一起喝茶?"

"和谁?"

"厉先生啊!"

"厉先生?哪位厉先生?"

"就是厉墨钧啊!"

米尘微微愣住了。安塞尔又在电话那端叽叽咕咕说了一大长串,最后的结尾就是下周他在西班牙的走秀结束,将会有两周的假期。他打算到中国来陪着米尘。

但是米尘的心思已经飘远了。厉墨钧去了巴黎?还特意去见了林润安?

在米尘的印象里,他们两个根本就没有什么交集。

她知道,厉墨钧是一个独立的个体,无论他去到哪里做什么都与她无关,可是她还是忍不住拨通了连萧的电话。

"哎哟，米尘？好久没见到你了！不过也不能说好久没见了，我经常翻国内的时尚杂志看见你！"

"是啊，就是好久没见面了，厉墨钧他还好吗？"

"他？他上周就出发去巴黎度假了！顺带去拜访《尖端视线》的主编尼古拉斯·佩兰先生。你可能不知道厉墨钧的姐姐是《尖端视线》的赞助者之一。"

"你确定是《尖端视线》？"

"是啊。怎么了，如果你需要的话我可以让厉墨钧引荐你和佩兰先生认识。听余洋说你很想去欧洲？"

"啊，只是想想而已。"

"有梦就追寻。如果是厉墨钧，他只会对你说两个字。"

"哪两个字？"

"'去做'。"连萧故意模仿厉墨钧的语气，冷冷的，带点命令式的口吻。

米尘呵呵笑了起来，在那瞬间，她的心里有什么在翻滚。

两周之后，林润安的事情终于拨开云雾见青天。《尖端视线》的一位责编提供了一张画着燕尾妆的女学生照片，根据这张照片，他们找到了巴黎高等艺术设计及管理学院的一位女学生凯特。凯特证明当日为她化出燕尾妆的正是林润安。这样一来，林润安的燕尾妆构思早于化妆师塞布瑞纳，洗清了抄袭嫌疑。

而事情的进展大大超乎所有人的预料。就是塞布瑞纳的助手向《尖端视线》坦白，说塞布瑞纳的燕尾妆来自于一封邮件，而这封邮件的发件人竟然是林润安工作室里一位已经跳槽到美国的化妆师！

也就是说，塞布瑞纳才是真正的抄袭者。他买通了林润安的助手，得到了他的彩妆创意。

林润安终于恢复了自己的名誉。而"抄袭"也让塞布瑞纳自毁前程。

当米尘接到林润安的电话时，她高兴得差点跳出车顶。

"对了海文……你前段时间是不是见到了厉墨钧？"

林润安在电话那端沉默了。

良久，他才开口说："厉墨钧本来要求我不要告诉你的……是他亲自来巴黎说服《尖端视线》的主编佩兰先生摒弃成见，做对的事情。"

"没想到你和厉墨钧那么相熟了？看来你很有魅力啊，厉墨钧不轻易帮别人忙的。"米尘打趣道。

林润安吸了一口气，用十分认真的口吻说："你还不明白吗？他想要帮的从来

[第十三章] 迷茫之后的坚定

不是我,而是你。因为我公开承认了你是我唯一的学生。如果我是个'抄袭'导师,以后你也会被攻击为'抄袭'学生。"

米尘的思维在那一刻停摆,厉墨钧曾经对她说过的一字一句,在这样短促的停顿中,碎裂着漫布天地。

"他……为什么不曾对我提起过?还要求你别告诉我?"

"米尘,有的时候我们为另一个人做所有我们能做的一切,不是为了得到感激,只是因为我们想做。那是本能。"

米尘用力闭上眼睛,就在那一刻,开车的余洋猛地刹车,但还是没有控制住,撞上了一辆布加迪。

"完了完了!撞上什么不好,竟然撞上一辆豪车!"余洋发出一声感叹。

开车的女子一身高雅打扮。但高雅的人未必在这样的交通纠纷中好说话。

"李哲哲?"余洋叫出了对方的名字。

米尘在心里暗叫"不好"。无论与李哲哲打多少次的照面,她都没有找到应对她的策略。

李哲哲果然来到了米尘的车门边,敲了敲车窗,"真巧啊,米尘老师。一起去喝杯咖啡?将这个烂摊子交给保险公司好了。"

"可是我还有事。下次吧,李小姐。"米尘尽量让自己的笑容看起来自然。

"好吧,那就下次。除非你不想知道你的老师林润安为什么会被卷入'抄袭门'。"李哲哲笑着转身。

米尘在心里无数次对自己说"不要上钩""不要理睬她",但米尘还是控制不住内心深处的疑惑。

"李小姐,我们去喝一杯吧。不过我没有时间和心情听你废话,我的脑袋也不那么好使,麻烦你有话直说。"

她们在街角的一家咖啡馆坐下,这个时间正是上班时间,咖啡馆里除了她们俩几乎没有其他人。

米尘坐下,极有耐心地等着李哲哲点单。

"你不需要咖啡吗?"

"我不需要。不喝咖啡,我也很清醒。"

"你确定?现在的你足够清醒吗?"

"如果你需要对我冷嘲热讽或者诸多暗示,那么我就只好告辞了。"

米尘刚要起身,就被李哲哲按住了手背,"和白意涵在一起这么久,你都没有学会他的耐心吗?林润安的助手将他的作品发给了塞布瑞纳,而他的这位助手已经去了美国，在爱丽莎·温丝莱特的彩妆公司做顾问。"

"这些我都知道。"

"但是将他介绍给爱丽莎·温丝莱特的人是谁，你弄清楚了吗？"李哲哲仰着头看着她，眼睛里满是调侃。

"是谁？"

"洁茵。她也是白意涵在美国时候的专属化妆师。也是白意涵在美国时期，最亲近和信任的女人。"

米尘的心脏略微一颤，"你是在暗示我，白意涵在幕后策划了这一切吗？"

"你敢百分之百肯定他没有让洁茵以前途来收买林润安的助手吗？米尘，我第一次见到你就知道你是那种追求真实的女人。这样的你，会吸引白意涵，但你无法和他在一起。"

"所以你对我说了这么多就是为了让我离开他？"

"我只是告诉你，白意涵的爱情就像刀锋。刀背温润如玉，他会溺爱地吻着你，让你天经地义地享受一切。当你试图远离他哪怕一丁点的距离，瞬息就变成千方百计索要的刀锋。如果你甘心闭上眼睛，麻痹自己不去感受束缚与窒息，你还能勉强回到他的怀抱。"

咖啡还没有上来，李哲哲就起身离开了。

"哦，那杯咖啡是为你点的，不是给我的。你可以选择喝，或者不喝。"

一整个下午，米尘都坐在那里。

她想起了KD的总监助理对自己提起过的，他们之所以放弃她选择Tony Young是因为白意涵的引荐。

那么林润安呢，也许白意涵根本什么都没做。一切真的只是巧合而已。

直到太阳落山，日暮低垂，米尘仍旧呆坐在那里。

面前的椅子发出轻微的声响，温润而柔和的声音不远不近。是白意涵。

"小米，你怎么了？余洋说你见过李哲哲之后就一直坐在这里。告诉我，她又对你说了什么？"

米尘没有抬眼，只是笑了笑说："海文的'抄袭门'事件已经过去了。也因此，他得到了欧美时尚界更大的尊重与认同。"

"嗯，我听说了。当人们一直反对、排斥某个人或者某件事，一旦他们发现一切源于误会和偏见的时候，对这个人或者这件事的好感会成倍，而且更加难以动摇。现在我们可以放心大胆地去欧洲了。为什么你反而一副苦恼的样子？"

"我不能让你跟我去欧洲。"米尘终于抬起眼来，看着白意涵。

[第十三章] 迷茫之后的坚定

　　她的目光沉稳，就似从深深的夜里露出的微光，将一切照亮成雪白。
　　"为什么？"白意涵唇上的笑容完全收敛了起来。
　　"因为我不值得你那么做。"
　　"什么叫做你不值得？对我而言，为你做任何事情都是值得的！"白意涵的眉头蹙起，他的脸上再没有了云淡风轻的从容。
　　"你看，这就是你和我之间的差别。你可以为我做任何事情，而我却不肯为你留在这里，留在你的身边。我没有为你想过，而是你处处为我牺牲。"
　　"小米，你到底想说什么？爱一个人本来就不能去计较公平。你去欧洲，追逐的不是名利而是快乐。你想要享受被单纯的艺术所包裹的感觉。我也是一样的，我只想感受你在我的身边，所以去哪里或者做什么，对我而言根本不重要！"
　　"因为我做不到全心全意地看着你，义无反顾地爱你。以前我把你当做灰姑娘的南瓜马车和水晶鞋，但现在我才明白，我只是习惯了看着最完美的你。"
　　"小米，我没有你想的那么复杂！我只是……"
　　"白大哥，让这一切变得复杂的不是你，而是我。我从来就没有弄清楚自己想要的是什么。我向往你，尊重你，所以当你用我最想听到的话告白的时候，我动摇了。"
　　白意涵的眼眸是缱绻的，仿佛他所给予的一切稍纵即逝，所以她必须小心珍惜。而此刻，那双眼睛就似被无处归去的荒草掩埋的砂砾。
　　"米尘，就算你没有自己想象中的那么喜欢我，那并不重要。你在我的身边就足够了。"白意涵一字一句十分用力地说。他的声音略微发颤，他的眼睛里闪烁着某种令人动容的水光。
　　她不会对李哲哲抛出的问题追根究底，因为那不重要。
　　重要的是，她犹豫妥协地享受他的温柔，总有一天，她会成为那把伤害他的利刃。
　　"请你让我回到原来的位置吧。那个低着头跟在你身后的女孩，那时候我觉得很幸福，很快乐。你曾经说过，不会再丢下我，也不会让我再看着你的背影，所以这一次，让我目送你离开。"
　　米尘微微仰起头，只有这样她才能做到不让自己的眼泪落下来。
　　"那就不要强迫我离开。"白意涵看着她，坚定而决然。
　　"白大哥，从我认识你开始，你就很潇洒。这样的潇洒让我觉得很羡慕很向往。这个圈子很浮躁，每个人都渴望着成功。但是每次看着你，无论是你在好莱坞的成功还是你现在对名利的态度，都是我所追求的。你是我的目标。"

"目标总是很遥远。这一切都是我的错,对吗?我不该对你说我不会轻易相信你,不该离开星耀的时候没有带走你,不该……"

"白大哥,有人对我说,'如果你一直看着对的人,就不会心痛了'。我知道你的心现在很痛,因为我不是那个对的人。"

"如果是那样,你就让我信守我对你的承诺,让我目送你离开。"

米尘明白,这是白意涵的尊严。

她起身,摇晃着离开桌子,走了出去。

白意涵僵坐在那里,无论玻璃窗外有多少人掏出手机照相,又有多少人走进咖啡馆要求他签名或者合影,他都没有一丝反应。

直到咖啡店快要关门,终于有人来到他的身后,拍了拍他的肩膀。

"走吧,白老板。地球依旧旋转,咖啡凉了那就换个地方。"方承烨垂下眼,淡淡地说。

白意涵起身,上了方承烨开来的车。

他们一路无言,直到某个十字路口,白意涵闭上眼睛,他的肩膀颤抖起来,低下头。

当车子再度启动的时候,有什么终于断了线般疯狂地坠落。

车子停在白意涵的公寓前,方承烨很有耐心地熄了火,沉默地陪着他待在车里。

直到天快亮的时候,方承烨终于开口,"你打算怎么办?也许放手或者退后一步,会更让你自己轻松?"

"我会随她去欧洲。"

"你说什么?"方承烨难以置信地回头,"你就算去了,也许也改变不了什么!"

"如果她真的去披荆斩棘,那么至少我要看着她。"

"你真的疯了。我现在觉得看见五年前的你!"方承烨用力按住自己的额头。

米尘站在卧室的窗前,那条繁华的商业街上最显眼的依旧是白意涵的那个男士香水广告。

她发觉每次看见它,都会有不一样的感觉。

第一次路过时仰望,她感到惊艳。

第二次,是因为搬进这间公寓,打开窗时,在一片斑斓夜灯之中,她感受到的是炫目。

而今,她心中剩下的是遥远。

喵喵下了班,兴高采烈地敲开米尘的门,"小米粒!你今天没和白意涵在一

[第十三章]
迷茫之后的坚定

起吗？"

米尘摇了摇头。

"喵喵……我拒绝白大哥了……"

米尘以为喵喵会跳起来问她为什么，责怪她不懂得珍惜之类，但她只是愣了两秒，随即上前将她抱紧。

"这都是我的错……当我面对他的表白，我应该问清楚自己的心……"

喵喵拍了拍她的后背，"他的表白一定是让你心动的，而在这一次的心动之前，他也一定无数次打动了你。只是这些还不足够让你坚定不移。"

"喵喵，我的脑海里总是响起另一个人的声音……哪怕白大哥就在我的身边，明明他那么完美，可我还是想要挣脱……"

喵喵叹了口气，"我虽然不知道拒绝白意涵对你来说是不是最正确的选择。但是至少对他来说是。我观察了这么久的白意涵，是对感情执着甚至有点顽固的人。如果在他表白的时候，你就拒绝，他一定不会轻易放弃还会付出更多更多。这就像沉浸在一个难以实现的梦里。现在你亲手推了他一把……也许他会醒过来呢？"

这时候，米尘的手机响了，安塞尔竟然已经从米兰赶过来，明早到达日本，下午就将抵达国内。

"安塞尔这家伙竟然选择这个时候跑来。"

"这样不是很好？也许安塞尔对于谁会真的让你幸福，看得更加清楚呢？"

第二天的早晨，白意涵从叶顿的办公室里走出来，他交出了自己的股份。

方承烨在走廊里狠狠瞪着他。

"你想好了？真的想清楚了？"

"我想好了。"

良久，方承烨笑了。

"人活着就是为了开心。只要你觉得开心，做什么都行。我打算留在皇朝影业培养新人。你放心，等你哪天想回来的时候，说不定还求我给你机会。"

"我期待那一日的到来。"

"白先生！白先生！"

一阵急促的呼喊声传来，白意涵与方承烨齐齐回头，看见李哲哲的经纪人云娜跑了过来。

"云娜？怎么了？"方承烨赶紧稳住她。

"刚才在电梯里碰见方总，她跟李哲哲说你处理了手上的股份，已经准备好了签证，很快就要动身去法国！然后哲哲就不对劲了！"

"不对劲？怎么不对劲？"

方承烨看向白意涵，两人的眼中都涌起不好的预感。

"她先是发呆……然后哈哈大笑！我问她怎么了，她一把将我推开，还说……'白意涵你走不了！谁也不能从我这里夺走你'！"

"现在她人呢！"白意涵睁大了眼睛，周身泛起彻骨的凉意。

"她开着车冲出去了！那模样太吓人了！我该怎么办？我打她的手机她也不接！"

白意涵骤然转身，取出手机，米尘的手机无人接听。

此时的米尘站在到达厅里，踮着脚，等待着安塞尔走出机场。

这个熊孩子依旧臭美，戴着嚣张的墨镜，金棕色的发丝梳至脑后，零星的几丝落在耳边，因为他的步幅而掠起令人心动的风潮。

当她的目光掠过安塞尔的肩膀，看见另一个拉着箱子缓缓而出的男子时，整个喧嚣的世界脱离她的感知。

他的步伐一成不变，淡然自若，宠辱不惊。

他站在距离不到她两米的地方停了下来。片刻的驻足，引来无数人的目光。

而她却站在他目光的中心里。

米尘醒过神来，"……厉先生。"

她发现自己从来没有真正完整地叫过他的名字。

"嗯。"厉墨钧微微点了点头。

米尘在心中等待着，希望他说点什么。当连萧告诉她厉墨钧去法国的原因时，她忍不住千万遍地想象他也许是为了她。

然后千万遍地在心中否定那个可能。

每一次否定是天经地义，却又那么让她失望。

"很凑巧吧！我从米兰回来在日本转机，厉墨钧从巴黎回来也在日本转机哦！"

"是很巧。"米尘点了点头，"厉先生，我没看见连萧来接你啊？"

"他很忙。"

"那我送你回去吧？余洋有开车来接我们！"

"好，谢谢。"

米尘的眼睛泛起氤氲。她没有做任何值得他说谢谢的事情。

他们三人穿过人群，走向大门，等待着余洋把车开过来。

一辆深色别克以所有人难以想象的速度冲了过来。

米尘的瞳孔在那一刻扩张，她看见了一双无比仇恨的眼眸，隔着车窗，李哲

[第十三章]
迷茫之后的坚定

哲的表情狰狞得让人毛骨悚然。

人群纷纷散开,车子猛地冲了上来,势不可挡。

有人将她猛地推开,米尘回头时看见安塞尔被猛地撞开,那一刻,她的耳边似乎响起陶瓷落地的声响,在某个空间里无止境地回荡。

别克与墙壁相撞,停了下来,发出呜咽声。车门猛地被踹开,李哲哲摇摆着下了车。

所有人都傻住了。

"天啊!是李哲哲!"

"李哲哲开车撞人!快拍下来!"

"快报警!报警啊!机场保安呢!还有救护车!"

李哲哲的额角一道血迹流下,她死死瞪着米尘,忽然猛地冲了上来,手中是一把明亮的匕首。

众人发出惊呼声,米尘被她的气势震慑,根本不知道如何挪动脚步。

寒光闪过她的眼睛,割裂她的视线。那一刻她只知道有人将她按了下去,扣住了李哲哲的手腕。

"放开我!我要她死!我要她死——"

李哲哲的发丝凌乱地摇摆,她的眼神让米尘恐惧。直到有什么温热的东西滴滴答答落在她的脸上,她仰起脸,这才发觉是厉墨钧手指间的血。

"躲开!"厉墨钧冷声道。

米尘赶紧离开,冲向安塞尔。

厉墨钧利落地抓过李哲哲的手,匕首落了地,很快,机场的保安和武装特警赶了过来,将李哲哲制服并带走。

"安塞尔!安塞尔!"米尘看着倒在地上的安塞尔,手足无措。

他闭着眼睛,脸上都是擦伤,血液缓缓绽开,触目惊心。

"米尘!现在不能碰他!救护车呢!到底有没有人打给救护车了!"厉墨钧的声音在耳边响起,他一声呼喊,周围人群行动了起来。

终于医护人员到来,将安塞尔送上了救护车。

手术室外,米尘低着头,她的眼前一幕一幕回放着安塞尔被撞倒的画面。

有人握住了她的手,用力得几乎要捏断她的手指。可就是这样的疼痛,让她如此清晰地明白这不是梦,这是现实。

她侧过脸,对上的是厉墨钧的眼睛。

"他是为了推开我,才被撞倒的……"

"是的。"厉墨钧从来都不擅长安慰的话，如果他开口了，只会是实话。

"他不可以有事。我没有了妈妈，也没有爸爸，我只有他。没有他，我就没有家了……"

"你要想的不是这个，而是安塞尔不顾一切要保护你，所以你要比从前更加珍惜你自己。"

米尘下意识扣紧了厉墨钧的手。他的掌心很烫，像是要将她血液中所有的杂质都蒸干。

走廊里传来奔跑的声音，白意涵终于赶来了。

他喘着气，几乎冲到米尘的面前。他的手掌覆上米尘的脸颊，"米尘！你有没有事！有没有哪里受伤！"

米尘覆上他的手背，看着他因为恐惧已经失去风度的眼睛，"我没事。被撞伤的是安塞尔。"

"……安塞尔……"白意涵缓缓侧过头，看向手术室。

米尘低下头，在心中一万遍地祈祷安塞尔会平安无事。

他因为落地时撞伤后脑，导致颅内出血。只要晚送入医院哪怕十分钟，他可能都已经死了。

从小到大，他从来没有受过什么伤，身上一道细小的疤痕都没有。

这样完美的安塞尔，却因为她在生死边缘徘徊。

而白意涵与厉墨钧安静而沉默地坐在米尘的身旁。

几个小时之后，安塞尔被推了出来。当医生告知米尘，手术很成功，安塞尔暂时脱离危险的时候，她紧锁在眼眶里的泪水终于掉落下来。

安塞尔的双腿也骨折了，他将要休养很长一段时间。

米尘守在他的床前，看着他长长卷翘的睫毛，安静而乖巧地躺着，一切就像回到了小时候。

病房门外，厉墨钧冷然开口道："之前米尘传出绯闻，是因为有人将一系列的照片发送到了林如意的邮箱。我让连萧去查了查，这个人是李哲哲。"

"这一切是因为我。无论我怎样拒绝李哲哲，甚至去到美国五年，也没有丝毫地降低她的执念。我以为现在的她和从前不一样了，我以为我只要继续拒绝她，背过身去不给她机会，她不可能像从前一样疯狂。"白意涵仰起脸，"替我承担这一切的却是米尘。"

"那就做真正对她好的事。"

厉墨钧利落地离开，白意涵看见的是厉墨钧隐隐渗血的伤口缠着纱布。

[第十三章]
迷茫之后的坚定

安塞尔的经纪人贝蒂得知他重伤的消息,买了当日机票,连夜赶来中国。

因为这样的伤,安塞尔即便完全康复,前途也会受到很大的影响。

李哲哲已经被警方刑事拘留,将对她起诉谋杀。

第二天的晚上,安塞尔终于醒了,他抿了抿干涸的嘴唇,虚弱又可怜兮兮地说:"水……好想喝水……"

趴在一旁的米尘喜极而泣,"我马上去给你倒水!"

"……我不想喝水了……"

"那你想喝什么?"

"我想喝可乐……"

米尘哽了哽,安塞尔说什么了?

"……贝蒂也来了,你确定你要喝可乐吗?"

脑袋被包得像只白球的安塞尔露出极度失望的表情,"哦……我差点就死掉了……为什么醒来还要见到那个女人……"

米尘终于挤出了一抹笑容。

他还活着,他还知道在她面前装小孩说蠢话!

米尘忍不住抱紧了他。安塞尔苦笑了笑。

"小米……你好重啊……不过你主动抱着我,我好高兴啊!"

病房的门被敲开,白意涵站在门口,看着这一幕,唇上不自觉扯出一抹笑来。

"米尘,能把安塞尔暂时交给贝蒂,和我出去走一走吗?"

米尘犹豫地看向安塞尔,他费力地挥了挥手,"快把她带走吧!她就要把我压死了!"

"那么,走吧。"白意涵将她的手放在自己的小臂上。

他恢复了自己从容而优雅的风度,就似电视上那个完美得没有一丝瑕疵的男人。

米尘以为自己会很尴尬,可是那一刻,她却觉得轻松了起来。

他们就像久别重逢的老友,没有夸张的喜悦或者铺天盖地的感伤,只是自然地行走在住院楼外的小径上。这个时间来往的人已经很少,安静到仿佛只能听见头顶的星星闪烁的声音。

"我知道你一定会走,所以想要放下一切跟你走。"

"你又感动我了。"

"米尘,这个世界上会感动你的人很多。所以我做的这一切没有意义。你没有什么想对我说的吗?"

白意涵转过身来，双手揣在口袋里，他很惬意自然。
柔和而隐约的灯光落在他的脸上，细腻而淡泊。

"我觉得自己好像从没了解过真正的你。"

"那么现在我告诉你。我不是个完美的男人，而是纯粹的利己主义者。我对每个人笑，是希望每个人都给我方便。我给你一分的信任，是想从你这里得到十分的忠诚。如果我对你有一分的动心，我不会冲动地上前，而是不断地试探，你能给我几分动心。但是，我发现只有这个我做不到。因为一分的心动会变成十分，十分会变成成百上千。"

"你没有对其他女人心动过吗？比如谢悠？"

"好吧，谢悠的故事，没有人听过完整版。那么我告诉你，至少对于我而言的真相。遇见谢悠的时候我还年轻，对她的喜欢很天真。我几乎想要把自己所拥有的一切都给她。如果有剧组找我拍电视剧，我会期待女主角是她。如果是拍广告，我也希望和她在一起。我和谢悠，很开心。那个时候，李哲哲是我的师妹，我们一起接受沈良言的演技辅导。一开始，她只是喜欢黏着我。我并不在意，到后来一切变得明显起来，于是我找各种机会避开她。她在谢悠面前给我制造了不少误会，也让我和谢悠的感情渐行渐远。谢悠接受了富商马忠轩的追求，甚至怀孕了。她的怀孕带有报复我的性质，而李哲哲又很擅长煽动情绪，谢悠后悔了，她用李哲哲给她的安眠药自杀。虽然被救回来，但是孩子没有了。马忠轩依旧陪在她的身边，替她与媒体周旋，将所有的过错都推到了我的身上，我成了负心汉。"

[第十四章]
凯旋门下的表白

"所以你逃到美国去了?这真的不像你的作风。"

"我不是逃,只是选择了另一条路而已。无论是谢悠还是李哲哲,她们都需要空间。而我,想要有不一样的格局。"

米尘点了点头,白意涵愿意对她讲那段过去,是因为她真的成为他所信任的人了。

"你还有什么想问的吗?"

米尘的心境就似开阔的云层,她摇了摇头回答:"我没有什么想问的了!"

"真的吗?你不问我Tony Young的事情?不问我有没有买通林润安的助手偷走他的创意?"

"我不用问。因为无论白大哥你做什么,都是为了我。"

"你对我太自信了,小米。我把Tony Young引荐给KD彩妆,是不想你以KD为起点,深陷欧洲时尚界。因为那不是我的世界,不是我的能力所能影响和涉及的范围,我不能保护你也不能掌控你。"

"还有另一个原因。KD彩妆的粉底液在原料上有容易导致肌肤过敏的成分。相关质量监督部门正在对他们进行调查。你不想我的声誉因为KD受损,所以你引荐了Tony Young。"米尘笑着说,眼睛里是"我早就知道"的调皮。

"那么如果我再告诉你,我确实要洁茵帮忙撬走林润安的助理呢?因为就算你一定要在欧洲,我也忍受不了你待在林润安的身边,一个曾经让你迷恋的男人身边。我不想他的工作室继续存在。"

米尘摇了摇头,"可是收买他偷取林润安作品的人,不是你。"

"可我想那么做。"

"但你并没有那么做。所以你在我心里依旧完美。"米尘松开了白意涵的手,向后退了两步,"白大哥,你知道吗,有时候我们彼此之间需要距离,才会将对方看得更清楚。"

"那么当你看清楚我之后呢?你从前对我的那些心动是不是都荡然无存了?"

米尘摇了摇头,她用平静如涓流的目光看着白意涵。

"白大哥,我每一次对你的心动,都不可能被改变。因为它们是事实。"

良久,白意涵抬起了头。他的眼睛在灯光下很闪亮,那是真正的星星。

"好吧,小米粒。我曾经想把你捏在手心,放在这世上最安全的地方。但我现在决定,把你埋进土壤里,希望你有一天能够结出更多更饱满的谷穗。"

白意涵向后退了一步,挥了挥手。

"很晚了,你回去陪着安塞尔吧。"

"我可以看着白大哥你走的。"

"我答应过你,不会让你看着我的背影。我的承诺,永远都有效。"

白意涵的笑容里有一股力量,推着她一步又一步远离。

她的眼泪掉下来,但是她的心却那么充盈。

她知道,她和白意涵,终于都回到了最能将彼此看清也是最完美的距离。

三个月后,安塞尔出院,前往法国。

他很郁闷,因为不能马上恢复工作,他得回去好好调养一段时间。

离别时,安塞尔再度紧紧将米尘抱住。

"小米,我在巴黎等你。那里才是属于你的世界。"

他吻在她的脸颊上,温暖如同香榭丽大道的日光。

随着安塞尔的转身,米尘感到自己身体里某种力量在沸腾。

如果真的要走,她必须给每一个人交代。

当她向安言说出自己要离开的想法时,安言了然地笑了笑。

"米尘,从我知道你是林润安的学生时,我就预料到了今日。我能给你的建议,只有一句话:欧美时尚界不是天堂,而这里也不是地狱。"

米尘覆上自己的胸口,笑着回答:"只要把天堂放在这里,那么谁也不能把它变成地狱。"

余洋的回答则更加喜乐。

"老实说,做你经纪人这段时间,我赚了不少,你也赚了不少,足够你去欧洲狠狠烧了。烧完了如果穷了,记得回来,我还继续做你经纪人!"

米尘莞尔道:"那就一言为定!"

"不过米尘,在你走之前如果你觉得有什么心愿还没有实现,那就得抓紧时间。背负遗憾,是飞不了太远的。"余洋朝她眨了眨眼睛,若有深意。

如果说还有遗憾,米尘知道那一定是来自厉墨钧的。

自那一日厉墨钧离开医院,米尘就再没有见过他。

他给安塞尔发过"祝愿你早日康复"之类的短信,却没有给过她一个电话或者一条信息,偶然的口信也是通过连萧。

但是她见到他。因为她的脑海里总是抹不去他的声音。因为她做每一个选择,都下意识地用他的方式去思考。她憧憬他的宠辱不惊,他的坚定不可动摇让

第十四章
凯旋门下的表白

她觉得安全。

厉墨钧正在影视城拍摄那部让八零九零后翘首以待的仙侠电影。而且如他所愿，他并没有饰演铸剑师，而是另外一位男主角重道，因为勘破一切所以洒脱不羁。永远慵懒地笑着，对于聚散离别缘起缘灭都处之淡然的重道，真的和米尘心目中的厉墨钧南辕北辙。

米尘没有告诉任何人，独自收拾好行李，去到了那个地方。

片场一片忙碌，不少探班的影迷围在一旁。他们都很有默契和纪律，当厉墨钧低头看台词的时候，他们自动自发地安静下来，甚至于连小声讨论都没有。

如今米尘也成为他们之中的一个。

今天的厉墨钧，一身白衣，黑发如瀑垂落，显得更加潇洒恣意。

米尘第一次发现原来自己这么留恋他的身影，哪怕一片衣摆都能扬起缱绻悱恻的心动。

就在这个时候，一直打着电话的连萧竟然发现了米尘。他走了过来，在米尘面前打了个响指，露出一抹笑来："哟！这是在探班吗？"

"连先生，算是吧！"米尘露出大大的笑脸。

"你等等，别走啊！等厉墨钧这一场戏拍完，上午的戏份就结束了！我去和他说一声！"

连萧转身就走了，米尘还没来得及拽住他。老实说，她不想打扰厉墨钧。

当连萧附在厉墨钧的耳边说着什么的时候，厉墨钧的表情没有丝毫变化，甚至连目光都未曾转过来。他也许想要说什么，但是下一幕戏开拍的提醒声响起。

米尘第一次见到了不一样的厉墨钧。他靠着廊柱，微微仰着下巴，勾起的唇线之间那样的桀骜不驯。

即便没有翩飞的衣摆让风扯着猎猎作响，厉墨钧一个眼神，仿佛已将万物看透，无欲无念，潇洒自成。

吸一口气，她觉得自己也该走了。见到了厉墨钧，她又该说什么呢？

米尘挤出了围观的粉丝群，走在古色古香的桥廊之中，亭台楼阁，九折曲徊，另外一个世界。此间一日，世间千年。

几个旅游团从她的身边经过，逆着人流，米尘差点没跌在地上。

忽然自己的手腕被扣住，熟悉无比的感觉瞬间将她的心脏勾起。

"连萧不是叫你等着我吗？"

米尘回过头来，"厉墨钧？"

他的身上仍旧是那一袭白衣，天气明明不热，他的额头却已经起了一层薄汗。

难道他刚才一直在找她?

游客们怎么可能认不出他来,瞬间围了上来。推搡着,叫喊着他的名字,高举着手机要将他拍下来。包围圈迅速收拢,很快她连后退的余地都没有,几乎被挤着贴向厉墨钧的胸口。

不知如何是好,她觉得自己几乎是被按在厉墨钧的怀里,连喘气都费力。

各种手机相机的快门声交叠,米尘真的没有想到厉墨钧有这么强大的明星效应。而厉墨钧的胳膊却将她环进了自己的怀里,手掌抬起挡在她的脸上。

很快,连萧就带着几个剧组人员赶来,将人群隔挡开,厉墨钧扣着米尘的肩膀,将她带出了人群,上了保姆车。

连萧无语地说:"你们俩就给我老老实实在车上待着!说吧,中午想去哪里吃饭?我亲自送你们去!"

"不用了,连先生!我一会儿就走了。厉先生下午不是还有戏要拍吗?"

连萧叹了口气,"那好吧,你们就在车上聊会吧。我下去帮你们看着,省得又有什么记者游客之类的围上来。"

"谢谢连先生!"

只是当连萧关上车门,车内的一片宁静却让人尴尬。米尘的耳边只有厉墨钧平稳的呼吸声以及车子的空调声。在这样一个封闭着的世界里,米尘第一次觉得哪怕尴尬也让她心安。

"怎么忽然想到来探班?"厉墨钧淡淡地开口问。

"如果我说,我下了一个决定,但我需要你来让我勇敢和坚定,你相信吗?"

因为你在我心中,总是那么坚定。

"米尘,你告诉我,现在你得到的,是你想要的吗?"

米尘顿住了。她在亚洲彩妆界已经名利双收了。

但是,她却觉得这一切都很虚,就像是一层玻璃纸,一戳就会碎。

"不是我想要的。"

"那么就改变。"厉墨钧侧过脸来,他的手指掠过米尘的眼角,"没有任何一条走错了的路值得你流泪。有流泪的时间,不如做出改变。没有谁能束缚住你,除非是你自己没有改变的勇气。现在的星耀,对于你来说就像是一张温床。虽然你不是一线明星,但你绝对能衣食无忧。只是,你甘心这样的格局吗?还是你愿意站上更高更远更加不可预知的平台去证明你自己?顺流而下,逆流而上。米尘,不要到我这里找答案,问问你自己,你到底想要的是什么?"

厉墨钧的眼睛里有一种力量,仿佛将他的不可动摇传递了出来,成为米尘自己的力量。

米尘笑了,尽管眼睛里一片湿润模糊。

厉墨钧的电话响起,是摄制组告诉他要开工了。

他起身远去,在人群之中回过身来,米尘第一次明白什么叫做"众里寻他千百度",只是她不知道灯火阑珊处的那个人最后到底是谁。

坐在返程的出租车上,米尘望着路边一模一样的路灯——掠过,她不知道怎么眼泪掉落了下来。

回到了家,她开始收拾行李。刚将行李箱摊开,她的手机响了。

看见那个号码,她呼出一口气来。

"喂,白大哥!"

"我知道你要走了,可是就这样发一个短信告知是不是太不正式了?"

他的声音仍旧富有磁性,米尘相信无论过多少年,他不再像现在这样风采卓著,也依然能用声音迷倒众生。

"因为如果见到你,我怕我会哭出来。"米尘回到自己的房间,打开卧室的窗户,就看见那个站在路灯之下的身影,顾自挺立,是夜色之中最美好的部分。

"你不是怕哭出来,而是怕我不让你走。又或者,看见我对于你而言是一种负担。"

"白大哥你是独一无二的。我仰慕着你。从前是这样,现在也是,将来也不会变。"

米尘的手撑在窗台前,倾下身来,将他的身影看清楚。

白意涵笑了,不是在电影里的某个角色,不是在公众面前恰到好处的笑容。

他抬起头,远远仰望着米尘。

"小米,我不想再成为槲寄生,牢牢植根于宿主,贪婪无节制地摄取养分,直到把对方榨干为止。"

"可是我一直想告诉你,其实你不是。我仰慕你,是因为你就像是陡峭的悬崖。每个人走到悬崖之下,都会下意识抬头。因为悬崖向往着的是天空。"

"谢谢。"

只是两个字,白意涵的声音却略微哽咽。

米尘闭上眼睛,在心里诚挚地吻上白意涵的眉心。

此刻,她放下曾经追寻的一切,准备回到她长大的地方。那里,是另一个起点。

打开自己的衣橱,就看见那件深色的男士风衣。

米尘的手掌覆上去，肌肤之间传来某种温暖的气息。

"啊呀……怎么会忘记还给他呢？"

这是许久之前，厉墨钧将她送到星苑楼下，风太大太冷，他借给她的风衣。

米尘将它取下来，下意识披在了身上。她忽然想起每一次被媒体记者或者疯狂的粉丝包围，厉墨钧都会紧紧地拽着她的手腕或者扣着她的肩膀。她记得他呼吸的力度胸膛的起伏。

原来，这才是她一直眷恋不舍的。

她将这件风衣折好，放进了箱子里。

她知道欧美彩妆界的竞争不亚于娱乐圈，而她再没有白意涵的保护以及厉墨钧的支撑。

耳边响起厉墨钧的话，"顺流而下，逆流而上"。

她没有名扬天下的野心，她想要做的是最好的自己。

她相信，在那个地方，当她彷徨无措甚至于害怕的时候，只要笼罩在这件风衣之下，她会像厉墨钧一样冷静，一样坚定。

第二天，米尘去到了国际机场，她没有告诉过任何人自己确切的航班，所以前来送行的除了喵喵再没有别人。

VIP候机大厅里，米尘发着呆，放空一切。

不知不觉，她发觉自己的脸上纵横交错的泪水落下，因为她的耳边响起 The end of the world。

她想起在那个嘈杂的KTV包厢里，那个男子是如何紧紧握着自己，比电影还要让人留恋地吟唱。

他取代了林润安骑着单车的背影，沉淀了白意涵令人心动的表白，尽管他并不知道。

米尘起身，上了飞机。她累了，闭上眼睛，享受她的归途。

她感觉到有人碰了碰她的手腕，将那个过敏手环挪动了一圈。她抿了抿嘴，并没有在意，也许是有乘客对这个东西感到好奇吧。

飞机即将起飞，迷迷糊糊间，似乎有人正在为她系上安全带。

"谢谢……"米尘抿了抿嘴，昨天陪着喵喵聊天到深夜，她真的很困了。

"嗯。"

错觉一般，撞入米尘的心底。她骤然睁开眼睛，侧过脸，对上那张自己描摹过千万次的脸。

"厉墨钧？你……你怎么会在这里？"

[第十四章] 凯旋门下的表白

"去巴黎。"

飞机的引擎声被推向听觉的尽头,除了他之外的一切被抹成空白,他以无限寂静的姿态倒映在她的眼中,清晰如同沉睡在暖阳下城堡的每一道纹路。

"去巴黎?"

"度假。"

"只是为了度假?"米尘第一次毫不顾忌地追问起答案。

"顺带打理我姐姐在《尖端视线》的股份。"

米尘的心里来不及失望,她仍旧锲而不舍,"就这样?"

厉墨钧抖开报纸,隔开了米尘的视线。

"你在过敏手环上写我的联系号码。如果你发生任何事情,我怎么第一时间到你身边?"

米尘低下头,扣住自己的手腕,就像某个埋在心底的小秘密被对方轻易戳穿了一般。

她知道,永远不要指望那个男人说出最甜美的话。

但铺天盖地的喜悦涌来,她几乎把控不住。

飞机进入高空,一阵气流到来,飞机上下颠簸,乘客们齐齐发出惊叫声,米尘下意识握住扶手,当一切恢复平静时,她才发觉自己握住的竟然是一旁的厉墨钧。

她是惶恐的,生怕对方抽回自己的手。

直到一切恢复平静,她的手指仍旧被握在厉墨钧的手心里。

她能感受到他掌心那道被匕首划伤的伤痕,深深浅浅,成为他掌纹的一部分。

她请求这段旅途再长一点,这航班能永无止境地飞下去,于是她的手指便能永远待在他的掌心里。

在这样的幻想里,米尘安然地睡去。她的思维驰向一片忘川,安稳的河流生生不息。这是她一生中最美好的长途飞行,以至于当它不得不结束的时候,米尘的心中涌起那样深深的失落。

他们下了飞机,她跟在厉墨钧的身后,领取了行李。

他替她将行李送上推车,然后将自己的行李和她的放在一起,回过神对她说:"走吧。林润安已经在等我们了。"

米尘的脸上绽出大大的笑容,跟了上去。

比起上一次见到林润安,他显得更加沉稳,英伦风格的围巾,长长的风衣,挥着手。米尘有些恍惚,她骨子里早就习惯了急不可待飞奔入他的怀中,而今她却懂得像他一样，抬起手来，淡然而喜悦地重逢。

　　坐在车里，路边是她曾经无比熟悉的景致，米尘的心中百感交集。她从没有想到自己将会把这里当做自己的第二个起点。

　　米尘看向身边的厉墨钧，他只是安静闲适地撑着下巴，望向窗外的街景。风从车窗外灌进来，掠起他的发丝，一阵一阵，起伏不断。

　　他们回到了米尘母亲留下的老别墅。她站在门口，闭上眼睛就能闻见空气中淡淡的攀缘玫瑰的气息。

　　安塞尔像只大狗一样冲了出来，抱着米尘又是一顿乱亲。

　　大家进了屋，看见桌上的食物，对安塞尔的"法式大餐"面面相觑。

　　他们一定要吃煎糊了的牛排吗？

　　这个红红白白的东西到底是罗宋汤还是奶油蘑菇汤？

　　安塞尔看着大家坐在桌前迟迟不拿起刀叉，沮丧地低下头来。

　　倒是厉墨钧先喝了一口汤，"虽然口感浓稠了一点，但是味道不错。"

　　"是吗？我也尝尝！"米尘赶紧给面子地也舀了一口汤送进嘴里，"咦，虽然卖相不怎么样，但味道真的还不错呢！"

　　安塞尔歪了歪脑袋，怯怯地说："那个其实不是汤……而是牛排蘸酱……"

　　米尘差点没有喷出来，林润安直接笑开了花。

　　这是一顿口味"浓郁"的法国大餐。酒足饭饱之后，米尘很有主人意识地收拾餐碟。而安塞尔、林润安还有厉墨钧则来到别墅顶楼的露台上吹着晚风。

　　安塞尔给他们一人倒了一杯红酒，兴奋地指着露台下的那一片后院，"厉墨钧你快看！那棵月桂树就是我第一次来这里和小米过暑假的时候种下的！现在还没死掉呢！太神奇了！"

　　林润安无奈地摇了摇头，"那棵月桂早就死了。是小米怕你伤心，拜托我后来种的一棵。"

　　"啊……是这样子啊……"安塞尔露出忧郁的表情。

　　厉墨钧靠着露台的边缘，凝望着夜幕中的庭院。一切显得隐约略带神秘的气息。

　　"对了，安塞尔，你的疗养还没结束吗？"林润安笑着问，"我还想在你的脸上试一试我的新风格呢。"

　　"算了吧。这次受伤让我几乎一整年都没有像样的工作了。不少人怀疑我的状态。原本属于我的位置也被其他人顶替了。就连贝蒂也说，我需要时间来恢复我在时尚界的地位。"安塞尔自嘲地笑了笑，"可是我的地位是什么呢？行走的衣架？无论被赞美吹捧得有多美好，他们关注的始终是外表。但这个皮囊终有一日会褪色……到了那时候我还剩下什么呢？"

林润安拍了拍安塞尔的肩膀，"耐下心来等待。即便暂时被代替，但不用多久，他们就会知道你是多么独一无二。更不用说比起那些代替你的人，你还有大把的时间。"

"大把的时间？我已经厌倦了被镁光灯追逐了……就像小米将已经取得的一切抛之脑后回到这里，我也想像她一样！"安塞尔紧握着酒杯，眼睛里满是向往。

一直沉默着的厉墨钧终于开口了，他的声音就似落入土壤里的一粒种子，忽然之间撑破整个世界。

"那就成为你想成为的人。"

"什么？"安塞尔有些没回过神来。

厉墨钧手中的酒杯与安塞尔轻碰，发出一声脆响。

"你很想做一个时装设计师。你想展现的不是你的外表而是你的思想。既然这样，那就去做。"

"做什么？"

"做个设计师，开个发布会。正好现在你有一大把的闲暇时间。"

"……开个发布会？你是说时装发布会？厉先生，这不是想开就能开的！就算我能设计出服装，我到哪里去找模特，场地，还有观众，大笔的资金！"

"你能设计服装，我和海文可以为你搞定媒体和模特。至于场地，我可以与《尖端视线》的主编尼古拉斯·佩兰先生商量，为你在卢浮宫的卡鲁塞勒大厅或者杜勒丽花园安排出一个秀场。至于资金，虽然我不是富可敌国，但应该已经足够了。"

安塞尔睁大了眼睛，看了看厉墨钧，再看向林润安，"海文……我没有听错吧？厉先生想要帮我弄出一个时装发布会来？根本没有人会来看吧！"

林润安低下头来淡然一笑，"我所了解的厉先生，只要他说出口的，就一定能办到。我入伙了。"

厉墨钧扬了扬下巴，"你呢，安塞尔。你有实现你自己想法的勇气吗？"

安塞尔抬起眼，他忽然明白这个男人的与众不同之处。他有一种力量，让人变得勇敢，变得坚定不移。

"我当然有！"

"很好。海文，你不介意这一次退居幕后吧？"厉墨钧侧目望向林润安。

林润安愣了愣，了然地一笑，"我明白了。你愿意出钱、出力、出面子，并不仅仅是帮助安塞尔打发这段没有工作的空窗期，也是想要米尘在欧洲时尚界有一个闪亮的出场。"

厉墨钧沉默不语。

林润安点了点头,"行,我同意。我做服装秀的化妆指导,米尘为压轴模特上妆,我会安排工作室的其他助手来帮忙,给新人一个机会。"

整理好碗碟的米尘走了上来,一脸不解地发觉这三个男人竟然有着十分和谐的气氛。

"嘿!你们在聊些什么呢?"

"我们在讨论为安塞尔举办一场服装发布会,你是加入呢,还是袖手旁观?"林润安用神秘的语气问。

米尘怔住了。

"这是玩笑,还是真的计划?"

"如果这是个计划,你有没有实施它的勇气呢?"

厉墨钧的目光望了过来,米尘的思绪仿若进入无限回旋的迷宫,在某个瞬间骤然到达了终点。

"我当然有。"她回答。

只要在他的目光里,她可以做任何事。

"那么从此时此刻起,安塞尔,专注起来。我需要一个系列的作品,把它们带去《尖端视线》的佩兰先生那里。如果他认可你的才能,以他的号召力,一定可以邀请到足够规模的时尚媒体,这个发布会就成功了三分之一。"

厉墨钧不愧为实战派,现在连安塞尔的表情都变得郑重起来了。

"还有米尘,为了适应时装发布会上的快节奏,你需要海文为你安排工作练手。"

"那是当然,我会让她得到足够的锻炼。"

米尘看看厉墨钧再看看林润安,叹了口气,"我怎么觉得我要做什么都已经被安排好了?"

"你不满意这个安排吗?"林润安好笑地问。

米尘的眸子里燃烧着义无反顾的火焰,"不,我很满意!"

厉墨钧抬手看了看腕表,"时间不早了,我得去酒店住下了。"

"酒店?为什么要去酒店呢?小米家里有这么多的房间!"安塞尔拉住米尘的胳膊,"小米!厉先生应该住在这里,对吧!"

米尘的心脏一阵狂跳,几乎不做思考就说出口:"当然是住在这里!"

说完,米尘就觉得自己傻透了。

厉墨钧与她擦身而过,就在米尘以为他要离开的时候,他却在门前回过身来,"我的房间在哪?"

顿时心花怒放,米尘觉得世界都美好起来。

从这一日起,米尘踏上了新的征程。她正式成为了林润安工作室的一员,巴黎这段时间的发布会处于巅峰,大牌更是数之不清。米尘终于从大师的附庸者逐渐成为一个独立的个体。

在发布会后台的每一分每一秒都让人紧张到忘记呼吸。

米尘甚至无暇思考到底自己做得是否完美。

她的耳边充斥着的只有"快一点"、"再快一点"的呼喊声。

之前所有的经验都成为了磨刀石,她就像个陀螺疯狂地旋转着,直到这场秀结束。

当模特们在前台与服装设计师合影的时候,米尘坐在后台的角落里,打开了一罐可乐,大口大口灌进嘴里。她的T恤已经湿透了,额角满是汗水。

林润安来到她的面前,递给她一张纸巾,好整以暇地问:"感觉如何?是不是糟透了?"

米尘长长地呼出一口气,唇上缓缓勾起笑容,"确实糟透了!但现在回想起来又觉得实在棒呆了!那种所有一切都不再重要只专注于一件事的感觉!"

有人正呼喊着米尘的名字。

林润安扬了扬下巴,"还不快去!刚才时装大师文森特可是拽着我的胳膊说,你的技巧好到超乎他的想象。为每一个模特上的妆都与服装完美契合,是他想要的效果。他希望你能跟他去伦敦时装周。"

"这是真的?"米尘睁大了眼睛,她不敢相信自己这么轻易就得到了一位大师级人物的青睐。

"这不是巧合,这是真的。在这里,是金子一定会发光,是钻石就注定会闪耀。既然能被称为大师,就代表他的眼睛不瞎。"林润安一把将米尘拽了起来,将她推去了前台。

当米尘被文森特轻揽着肩膀合影的时候,台下的镁光灯闪耀,一片浮光。

回到家,米尘几乎躺在沙发上就能睡着。

她蜷缩着,脑海中不断掠过后台所有紧张的瞬间,不自觉眉头紧紧皱起。

直到有什么人在她的身边坐下,手指触上她的眉间痕,所有压迫感骤然远去,整个人沉入安然的河底,躺在绵软的细沙之中。

对方的手指缓缓嵌入她的发丝,轻柔地抚过。

那是她一直所幻想的最温柔的姿态。

她睁开眼,对上他垂落的目光,好似一大片蒲公英洋洋洒洒越过宽广的洋面。

"厉……墨钧……"

她厌倦了叫他"厉先生",哪怕他会不悦他会觉得她没有礼貌或者他们还没有熟稔到那个地步,她下定决心叫他的名字。

"嗯。"

厉墨钧的脖子上的围巾垂落下来,忽然挡住了米尘望着他的视线。就在米尘正要将它拨开时,他已经很有默契地将它取了下来。

"我明天要带着安塞尔的作品去见佩兰先生。你要不要一起去?"

"要!我当然要!"米尘紧张地坐起身,差点撞上厉墨钧的下巴。

"那就好好休息。"

这是米尘度过的最无所事事的夜晚,也是她觉得最安逸美好的夜晚。

用过晚餐,安塞尔仍旧将自己关在房间里创作,客厅里只剩下米尘与厉墨钧。

虽然厉墨钧叫她早点休息,她却发觉自己两条腿重重的,全身懒洋洋的,一动都不想动。

她以为厉墨钧会像在国内的时候一样,冷冷地提醒她别在这里睡。但是她没想到,当他再度靠近自己的时候,他倾下身,呼吸萦绕在她的耳边,一条厚厚的毛毯盖在了她的身上。

心跳的悸动还未停下,她感受到厉墨钧在她的脚边坐下,打开了笔记本电脑。

米尘不敢睁开眼睛,生怕与他这样的相处会就此结束。

她的脚尖动了动,正好碰上厉墨钧的腿。

瞬间,她无比紧张了起来。厉墨钧会挪开自己的腿吗?

就在她僵硬着保持那个姿势的时候,对方的手伸进了毯子里,微微扣住了米尘的脚。

她几乎站过了一整个时装发布会,脚掌早就酸疼极了。厉墨钧的指尖恰到好处地按捏着,米尘只觉得舒服极了。

微微睁开眼睛,她看见他将电脑放到了一边,将自己的双腿抬到了他的腿上。

她的小腿在他的按压下越来越放松,心神舒缓,越来越困倦。

第一次昏天暗地大睡一场。

米尘脑海中留下唯一的影像,就是厉墨钧低下头的侧影。

再度醒来时,米尘闻到一股食物的香气。她揉了揉眼睛坐起来,还有些没醒过神。

不知道是谁捏了捏她的鼻子,凉凉的声音里隐隐泛着几分温暖的意味。

[第十四章]
凯旋门下的表白

"起来了就洗漱,吃早饭,九点出门。"

是厉墨钧!

米尘猛地睁开眼睛,赶紧洗漱,坐到了餐桌前。

"唉,巧克力可颂?还是热的?哪个面包店这么早就开门了?"

"我烤的。"厉墨钧来到米尘的对面坐下,打开报纸。他的法语好到让米尘觉得发指的地步,沟通阅读完全没问题。

"你烤的……"米尘转头望向厨房,那个烤箱自从妈妈去世之后,就再没有被打开过了。

可颂很脆很好吃。

蛋饼里还有洋葱、香菇丁和火腿。

米尘见识过厉墨钧的手艺,这些对他来说都是手到擒来。

"从你演《飨宴》开始我就觉得你在烹饪方面很有天赋。你以前是不是经常做饭啊?会做给别人吃吗?"

比如说差点被牛肉裹芦笋撑死的连萧。

"你是唯一一个。"厉墨钧淡淡地说。

米尘笑了。因为隔着报纸,她不用担心被他看见自己脸上的表情,于是可以肆无忌惮地喜悦。

他们一起从市郊来到市区,到达了《尖端视线》杂志社。

这里每一个普通采访记者都有着非凡的时尚敏锐感,米尘听到各种截稿的叫喊声,有一种再度回到服装秀后台的紧张感。

但是佩兰先生的办公室却是明亮而悠闲的。他穿着这一季最为流行的复古风格西装,深蓝色的领结,架着一副无框眼镜,显得既古板又新潮。这两种概念在他的身上碰撞开来,给人以时尚的视觉感。

与外面紧张的责编和记者们不同,佩兰先生的主编室是另一个世界。

安静宁和,满溢着红茶的气息。

"奥斯顿,前几天你说想要赞助某位新锐服装设计师。在投资之前请我看一看他的作品。我希望你真的会给我带来好作品,不然既浪费了我的时间,也是浪费你的钱。"佩兰先生托了托眼镜,目光瞥向米尘,"哦,这不是Michelle吗?我昨天也出席了文森特的时装秀。虽然大多数人关注到的都是服装以及模特的表现,但是你的化妆风格,我十分喜欢。不会为了吸引眼球而标新立异,却优雅地融合了文森特的设计风格。你不是在追求名利,而是在用心做自己该做的事情。我很喜欢。"

被一向以苛刻著称的时尚主编佩兰所称赞,米尘竟然有些回不过神来。

而此时，佩兰已经低下头，仔细地看着厉墨钧送来的服装设计图。

这里一共有十二张图，是经过安塞尔反复修改的压轴之作。

佩兰先生的表情从"只是看看而已"到逐渐眯起了眼睛，足足十多分钟的沉默。

批判一个服装设计师的好坏，对于佩兰来说，几秒的时间足以。

而他现在都不发一言，米尘紧张了起来，下意识握紧拳头，沁出汗水来。

佩兰会认同安塞尔吗？还是安塞尔的设计真的太不合他的审美，他有许多需要批判的？

如果佩兰不欣赏安塞尔，一篇时尚评论而已，就很有可能将安塞尔的前途抹灭。

"这个……他的设计思路很连贯……没有什么十分突出亮眼的东西，风格并不浓郁……"

米尘的心绪从高处坠落。

完了完了，佩兰不喜欢安塞尔。

"没有象征性符码，没有这一季其他服装设计师十分突出的标志，比如水晶蝴蝶，亮片字母等等。也没有采用十分明显的撞色。"

也就是说，所有现在流行的元素，安塞尔都没有用到吗……

米尘越发失落了起来。

但是一旁的厉墨钧却显得十分沉静。

"但是，整体设计风格十分和谐。线条不仅仅是流畅，给人一种十分特别的感觉。我能够想象这些服装被展示在T台上，由远及近，再从我的面前掠过时那种想要抓住却什么也抓不住的感觉。"佩兰先生站起身来，扯了扯衣领，指着那些设计稿说，"奥斯顿……用别人已经用过的被追捧的元素并不能被称为'时尚'。至少对我而言，'时尚'是一种再创造的过程。你必须超越所有人走到最前面，冲上制高点！然后，所有人因为你所创造出的美，不断去模仿，不断去超越。我不知道这个设计师是谁，我能感受到他内心的灵动！他很有才华！他打算什么时候办服装发布会？我会亲自到场！我要亲眼看到他的服装被展示出来是不是我想象中的感觉！"

佩兰先生尽管努力压抑着，米尘还是能感觉到他眼睛和语气里透露出来的十分明显的激动。

"三个月后。服装需要制作出成品，我们需要找到最适合的模特。场地也是个问题。"

[第十四章] 凯旋门下的表白

"场地我可以搞定!"佩兰先生显得很积极,"发布会的主题是什么?"

"流年。"厉墨钧独特的声线,用法语念出来,令人心动不已。

佩兰先生愣了愣,不断重复着那个词语,点着头,"流年……流年……确实,这是最形象的名字!就用这个名字!奥斯顿,我们随时保持联系!我会为这个年轻人找到一个最适合展现自己的平台!对了,他的名字叫什么?"

"安塞尔·塞巴斯蒂安。"

"……是我想的那个安塞尔·塞巴斯蒂安吗?"佩兰先生皱着眉看着厉墨钧。

"对,就是他。"厉墨钧起了身,微微抖了抖衣领,"我们不能因为对某个人众所周知的了解,而忽视他另一面的才华。"

"……那是当然……"

得知设计师的身份,佩兰先生显然陷入了一种亢奋的状态。他与厉墨钧一起聊了很久很久。

米尘一直以为厉墨钧对于时尚界应该是不感兴趣的,但她万万没有想到在这方面,厉墨钧的品位与审美以及见地真的高出许多时尚主编。

那天晚上,米尘开心地走在巴黎的大街上,不断地对厉墨钧说起小时候的安塞尔。

这条路很长很长,长到米尘发现自己没有什么还能继续说下去了。

两人之间忽然沉默了起来。耳边除了车来车往和行人的交谈声,米尘能够听见的只有厉墨钧的脚步。

路灯亮了起来,给繁华的巴黎绕上了千万条银带。

厉墨钧的影子被投注在地面上,优雅而美好。

米尘没有刻意跟上他的身影,而是站在离他不近不远的地方,悄悄伸出手。

地上的影子怯怯地移动,两个人的影子终于连在了一起。

米尘的唇线抿起,她的全部心情都被这两个影子牵绊着,只要它们微微分开距离,她便赶紧跟上。

蓦地,前面的影子停住了。

米尘抬起头来,看见厉墨钧插着口袋的身影不知何时回过身,伫立在原处,望着她。

他一定看见她刚才傻瓜般的举动了。

真的太蠢了!厉墨钧一定会觉得你很好笑的!

米尘低着头,硬着头皮走到了他的身边。

对方的左手从口袋里伸了出来,拾起了她的右手。

那瞬间被握住的感觉,血液深处猛地一阵冲撞,心跳差一点溃堤。

"这样影子就连在一起了。"

厉墨钧的声音从高处落下,让她想起了圣诞夜的雪花,在黑夜里折射着路灯,落地时悄无声息却覆盖了整片天地。

对啊,这样子就连在一起了。

回到别墅,安塞尔十分紧张地坐在沙发里。当米尘告诉他佩兰先生有多么积极地为他筹办服装秀的时候,安塞尔再度从貌似深沉的大男孩变成一只扑倒米尘的哈奇士。

厉墨钧走到露台上,接了一个林润安打来的电话。

"海文说,唐娜还有坎恩已经答应为安塞尔的作品跨刀。但是有一个问题就是我们这次的服装秀举办得也稍显仓促。安塞尔作为一名设计师在业内并不出名,所以不可能花重金请来什么超模,只能靠人情请朋友来走秀。海文虽然有着很广泛的人脉,但再广泛也有亲疏远近,也无法强人所难。而我,也不是万能的。所以现在,你也要应用起你的人脉。"

"我?我有什么人脉?"米尘按着脑袋想了半天,"我倒是认识几个来自日本和香港地区的模特……"

"这里是法国,欧美男模更容易帮助安塞尔。"厉墨钧提醒道。

"欧美男模吗……"米尘的脑海中浮现出某个人的名字,她不是很确定地看向厉墨钧,"你……说的该不是白意涵吧?"

白意涵曾经在美国待了五年,不少知名导演的电影里一旦涉及到东方角色,基本上第一个想到的就是他。他与许多好莱坞名流都有交集,也曾经替纽约时装周走秀,引起过轰动。可惜的是,无论时尚界对他如何追捧,他还是一心一意地走在演员的道路上。

"是的。"厉墨钧点了点头。

米尘却犹豫了。

"当你坦荡而大方地向他请求帮助的时候,就是表示你真正释然的时候。"

是啊。也许白意涵正在等待她的一个电话,让他知道他们还是朋友,他们是应该互相关心的。

但是当白意涵的声音响起,淡然而从容,米尘也跟着平静了下来。

"终于想到打电话给我了。我看了大师伊恩·文森特的服装秀,你也是化妆师之一对吧?表现得不错。"

"那如果我说,我们想要为安塞尔筹办一个服装发布会,你愿不愿意加入?"

[第十四章]
凯旋门下的表白

白意涵笑了,"At your service, my lady。"

第二天,白意涵便动身飞往美国。在一周之内说服了两位美国知名模特加盟,顺带还引起了美国奥斯卡影后芮内·布莱恩的注意。

芮内在好莱坞以高贵优雅大方著称,是无数时尚品牌渴望得到认同的对象。但是她从不轻易为任何品牌代言,从出道至今参加的服装走秀也不超过两次。

而他在纽约待了两天之后,也是满载而归。不但收获了两个纽约著名时尚杂志主编的青睐,更在他们的帮助下签约了几个新锐模特。

三个月之后,经过数次彩排,安塞尔的服装发布会终于要在卢森堡公园举行。

佩兰先生舍弃常用的服装发布会场所,将会场搭建在这里,就是为了契合安塞尔的设计主题"流年"。

悠长而宽阔的梧桐大道,智者的雕像,美第奇喷泉,都在被特别设计角度的灯光之下显得浪漫而富有神秘感。

所有的准备工作紧张而有序地进行,直到安塞尔接到一个电话,顿时慌了神。

"米尘!怎么办!坎恩的经纪人说他可能赶不来了!他被记者推下了楼梯,伤到了眉骨还有小腿!天啊,这样临时根本找不到男模!难道要我亲自上场吗?"

米尘赶紧稳住他,"安塞尔,这是你的设计,体现的是你的理念!如果是你,一定会做得比坎恩更好!"

安塞尔摇了摇头,"小米,'流年'不是为我而设计的。是为了纪念我们一起长大的时光。我们一起种下的月桂树,我们溜着滑板车路过的塞纳河,我们闻见的香榭丽大道上香水和点心交织在一起的味道以及我们所讨厌的却每次都必点的咖啡还有被洋洋洒洒加进去的焦糖。这些感觉这些味道,会随着我们长大而变化,最后的最后,虽然我们还能看到一模一样的景象,但是最美好的却是回忆。我太年轻了,米尘……我能理解,但是以我的阅历却无法展现出那种感觉……"

米尘皱起眉头。安塞尔已经慌了,她作为姐姐绝对不能慌。问题已经出现,他们能做的就是迎难而上,解决问题。所有服装秀的后台鲜少一帆风顺,没有哪个不是人仰马翻。

"白意涵不是在纽约走秀过吗?因为他的关系,这一次也有不少电影界的媒体前来!论气质,他不输给坎恩!我相信就算临时让他上台走秀,他也能做到从容不迫!"

"没错!我这就去找他来商量……"

安塞尔刚抬起头,就看见白意涵来到了米尘的身后,他的手按在米尘的肩膀上,两人一起望向她面前的那面化妆镜。

"小米，我听说坎恩的事情了，也听到了你刚才提出的建议。"白意涵的声音如故，就像他每一次精心烹煮的咖啡，香醇而余韵沉敛，"但是现在我要你闭上眼睛，仔细认真地想哪怕只有三秒钟。你觉得在所有你认识的男人之中，到底有谁能够真正包容过去，活在当下，宠辱不惊走向未来。这才是回顾'流年'真正的含义。也只有这个男人，才能真正契合安塞尔的设计理念，与他的服装产生共鸣。"

她确定只是三秒，时间秒针拨不回去的三秒，但每一个瞬间她的脑海里都只有那个人的影子。

"我选厉墨钧。"米尘骤然转过头来，看向白意涵。

他的眼眸有三分的寥落以及七分了然。

他看向安塞尔，眨了眨眼睛，"你听见小米给你的建议了吗？厉墨钧。"

安塞尔呆愣了两秒，眼睛瞬间亮了起来。

"对！厉墨钧！我怎么会没有想到呢！他就像是年代悠久的欧洲古堡，看起来很沉闷，与世隔绝，还有那么点格格不入……可是只要细心去体会，无论是暖日雾霭之中还是倒映在湖面上的影子，他都典雅到无从超越……"

安塞尔忽然不说话了。

米尘顺着他的视线望过去，看见厉墨钧不知何时走了进来。

所有人都看向米尘，特别是安塞尔，他眼中的期待几乎要将米尘压垮。

"那个，厉墨钧……坎恩出了意外，我们需要有人代替他的位置！安塞尔和我都觉得你是最适合的人选！你愿意吗？"

整个后台的临时休息室里一片沉静，米尘紧张到觉得自己经历了一场求婚。

她会被拒绝吗，还是他会答应她？

为什么他只是看着她却不给她答案。

就在米尘觉得快要将自己憋死的时候，厉墨钧终于开口："我们还有多少时间？"

"还有一个多小时！我现在马上去和所有模特沟通！厉先生，你看过三次坎恩的彩排，应该记得出场顺序，对吧？"

"嗯。"

"和模特沟通的事情交给我和林润安。安塞尔，你现在马上替厉墨钧调整服装。他的身高虽然和坎恩差不多，但既然是不同的人就一定需要调整！压轴服装必须完美！"

白意涵很有行动力地转身去找林润安了。

安塞尔进入了疯狂模式，而厉墨钧也和其他模特一样，毫不顾忌地揭开自己的衣服，试穿所有的衣服。

看着厉墨钧毫不遮掩人神共愤的好身材，米尘没有羞赧和喷鼻血的时间。

他不是坎恩，米尘原本构思好的一切都必须重新来过。

但幸运的是，他是厉墨钧。她勾勒他的脸部，无论是现实还是想象，成千上万。

这世上不会有人比她更了解他的五官。

时间争分夺秒，走秀即将开始。

一些新锐模特已经开始换装，熟悉的吆喝声甚至于暴怒声响起。为了控制情况，林润安的工作室里已经是全员出动，焦头烂额。

厉墨钧已经换上了他的第一套服装。即便没有炫目的灯光，他依旧是视线的中心。

淡然地坐在化妆镜前，他微微仰起头，好像这一次和从前的每一次都没有任何的不同。

米尘吸了一口气，来到他的面前。

她的手指颤抖得厉害，她的肩膀下意识耸起，她凌乱了呼吸的节奏。

一切茫然而恍惚。

她不可以犯错，因为这是安塞尔的服装秀，因为在她面前的是厉墨钧。

忽然之间，她被人撑起，当她反应过来的时候，她已经坐在了厉墨钧的膝盖上。鼻间是属于他的气息，她的视线坠落于他的眼帘之间，游离进夜的深邃之中。

"米尘，我知道你的世界里有很多美好的东西。你总是睁大了眼睛，无论它们有多遥远多高不可攀，你都会奋力去靠近。但只有这一次，我希望你看着我。专心致志只看着我一个人，成为我与安塞尔之间的桥梁，把我变成你想要的那个人。"

他仰望着她，郑重而虔诚。那一刻的动容，铺天盖地，再也收不回。

她伸出自己的手，覆上他的脸颊，小心翼翼地抚过他的眉骨，他的鼻梁。她的指腹嵌入他五官的凹陷，体会着所有属于他的起伏。她从来不知道这个漠然沉闷的男子，只是凝望的视线就能为她构筑出那么多的想象。

与世隔绝湖面上苏醒的睡莲，静止的漫天萤火，飘荡着的小船随时落入斑斓星海……

原来他有那么多面。

原来他给了她那么多。

她抬起了手中的一切，带着朝圣的心，在他的脸上留下痕迹。

浮色

  T台上的节奏响起,模特们行走而出,穿梭于媒体与时尚收藏家们的视线之中。镁光灯在闪烁,最初的审视与好奇,在唐娜出场那一刻,掀起了沸腾的潮水。

  唐娜身上的这件洁白色的小礼裙,名字是"庭院春梢",灵感来自于米尘与安塞尔一同种下的那棵月桂树。它代表着他们最为天真和充满无限幻想的童年。唐娜用她年轻而富有张力的T台功底,将所有人的视线拽回那个最无邪的时光。这件小礼裙,以灵动的银白划过所有人的视线,折射出一种令人试图收藏的温柔。

  接着,是一位年仅十八岁的纽约新锐男模,他身上的作品——"焦糖咖啡",走向所有观众时,那种属于年轻人的跃动感轻易感染了气氛。可偏偏是他回身的那一刻,所有人终于注意到出彩的后摆设计。让人联想到少年轻吻秋季落叶的丝愁,那是落入咖啡里的焦糖,甜到孤独。

  观众们的情绪被带动了起来,他们睁大了眼睛,不愿错过瞬间的精彩。

  当奥斯卡影后芮内一步一步走出来的时候,照相机快门就似疯了一般,要将整个世界掀翻。她所展示的是一件拖地长裙,随着她的步伐,所有的线条流动了起来。芮内的身影随着长裙的波动,呈现出一抹奇妙的气质,仿佛一个迷茫的年轻人,终于突破了风雨的阻挠,冲出那些不断撞击而来的视线,迎向淡淡的海风,夕阳与晚霞交织,天地高远。

  这就是安塞尔的"泻湖与天空的交界线"。

  当芮内走回来的那一刻,米尘的心脏被挑了起来,一旁的安塞尔紧紧抓住了她的手。

  他们的骨骼在共振,他们又期待又担心厉墨钧的出场。

  和着节奏,每一步踩踏在心跳之上,就似电影的画面,在米尘的眼中一帧一帧被定格。

  厉墨钧身上穿着的是安塞尔最没有把握得到认同,也是他自己最喜爱的一件作品:"褪色"。

  老派绅士的风格,不是所有人都能展现出时尚感来。

  但是厉墨钧却不同,他精致的五官并没有夺走这件作品的风采,反而因为他看似空洞漠然其实却暗含深意的眼眸增添了非同寻常的气质。他的身影让人莫名其妙落入曾经起伏跌宕的奔腾年代,让人仿若看见斑驳的墙面,暗黄色的浮华,世人在他行板如水的步伐之中忘记了身在何处。

  米尘看见了台下许多人正在交头接耳,议论声此起彼伏,镁光灯的夸张度毫不逊于唐娜与芮内出场。

  又是一个轮回,当厉墨钧的双手揣在口袋里,穿着一袭半长风衣出场时,不

[第十四章]
凯旋门下的表白

少时尚记者竟然不约而同地站起身，伸长了脖颈，担忧唯恐他们错失厉墨钧的每一个瞬间。

米尘注视着厉墨钧远去的背影，所有的浮光溢彩都在褪色，她知道自己控制不住，她的视线里只有他的存在。

当他踏入那一片光亮之下，所有人第一眼以为自己看见了遗世独立的百年贵族，可越是接近就越能感受到他所展现出来的深度。视线宛若随着他踩踏在蜿蜒曲折的石梯之上，路过一张一张老旧的油画，开启一片星空。什么都抹不去厉墨钧身影中的风度，在他转身时，夜空仿佛被撕裂，所有星光如同脱离了桎梏的囚徒疯狂坠跌，而米尘被淹没于其中。

这套风衣有着一个与它的风格不怎么相符的名字"星星的呼吸"，可细细想来，又觉得如此贴切。

当厉墨钧回到米尘的面前，安塞尔收紧了所有的表情为他整理最后一套服装，衣领也好，前襟也好，甚至于每一条褶皱，都必须要完美无瑕。

米尘的粉刷在厉墨钧的脸上熟练地游走而过，时间少到让她发疯。

当林润安的提醒声扬起，米尘的神经几乎断裂。

厉墨钧忽然扣住了她的后脑，低下身来，与她的额头触碰在一起。

她仿佛听见了他胸腔里比平常更加紧张的心跳，他的呼吸沿着她的神经游走，将破碎的一切再度衔接。

"我去了。"

他放开了她。

任何溢美的言辞都无法描述她眼中的他。

很简单，很纯粹，就算一千万个人看到了一千万种不同的画面，但对于米尘来说，厉墨钧永远是厉墨钧。

他仿佛行走在不设防的城墙之间，惬意自在，顺手摘下缝隙间那枝纯白色的野蔷薇，回身时，远远向她致意，在日暮与晨光之间，一步一步回到她的面前。

他们的身后是疯狂的掌声。不少人冲过来与安塞尔拥抱。

米尘仰着头，看着厉墨钧。在那一刻，她忽然明白他曾经对她说过的那句话。

如果你一直看着对的人，就不会苦恼、迷茫，也不会伤心或者流泪。

"厉先生！走吧！我们要去前台合影！佩兰先生说要给我们做一个专访！我的天啊！我的天啊！"

安塞尔冲上来，揽上厉墨钧的肩膀，将他和米尘一起拽了出去。

这场服装秀，获得了所有人预料之外的成功。

受邀媒体的口碑一面倒的好评。

从线条、颜色、搭配上来说，安塞尔也许还不够完美，但却展现出了高超的驾驭能力，令人下意识地期待起他的成长。

"时尚并不仅仅是各种流行元素的交汇。它也可以是一种被牵引的感觉，一种羁绊，一种颠覆以及反思。"——《尖端视线》

"当安塞尔用银白色来展现所谓纯真的时候，我本想嘲笑他缺乏深度。但谁说的，天真不能与深度并存呢？"——《纽约风尚》

芮内甚至十分热络地与安塞尔商谈，他们要共同创立一个新的时装品牌。

而厉墨钧完全被时尚记者所包围，他们争先恐后，想要对这位神秘的东方男子有更深一步的了解。对于他，时尚记者与评论家们用尽了所有最美好的词语，以近乎讨好的口吻，想要将这个男子的风韵留住。

米尘早早就躲到了后台，有人将一罐可乐贴上了她的脸颊，转过身来，她看见了白意涵。

"到了我该功成身退的时候了。"他笑着说。

米尘的拳头砸在他的胸口，"白意涵，你是我最重要的朋友。所以你在我的人生中，永远不可能'功成身退'。"

两人相视一笑。他们就像历经沧桑的老友，终于可以淡然面对过往的一切。

这一夜的狂欢之后，米尘在别墅里睡了个天昏地暗。

当她一觉醒来的时候，她接到了来自连萧的越洋电话。

"米尘！你在吗？我给厉墨钧打了无数个电话，他都不接！"

米尘心里一阵紧张，厉墨钧离开国内实在太久了，难道那边出了什么事？

"我这就去叫他来接电话！"

不知道这个时候他是不是还在别墅里。

"不用！米尘，我觉得……我跟你说就好……"

"你说吧，连先生。"米尘还是第一次听到连萧这么认真的语气。

"厉墨钧他推掉了所有国内的影视邀约，将他姐姐和姐夫留下的星耀股份交给了利睿，卖掉了在波尔图的酒庄，这样……才能得到足够的资金筹办服装发布会，无论场地还是请那些模特还有媒体都是一笔不小的开支。他从不求人，但是他向佩兰先生提出了请求。他……破釜沉舟来到你的身边，米尘，我想你应该已经知道是为什么。我之前很反对他像个十几岁被感情冲昏头脑的孩子跑到异国他乡，但现在我觉得很庆幸。刨去这几天打爆了我手机说着我听不懂的语言邀请厉墨钧作为模特参加各种走秀的电话，还有一位好莱坞的导演找到了我。他说，他

[第十四章]
凯旋门下的表白

在安塞尔的服装秀现场看见厉墨钧时,感到惊艳。他想要邀请厉墨钧去美国参演一部电影。"

"真的吗?是怎样的电影?"

"一部讲述医务工作者的电影,以病毒爆发为背景。厉墨钧将受邀饰演一个天才但是却有一点神经质的病毒学家。我粗略地看了一下剧本,这个角色很有挑战性而且如果是厉墨钧来演也一定会很有力度!这是一部典型的学院派电影,它有足够的实力冲击奥斯卡!我不想厉墨钧放弃这个机会!但是……但是我所了解的厉墨钧,虽然会对工作百分之百的专注,可他对名利并不感兴趣!他此时此刻待在你的身边,这对于他而言可能才是最重要的。米尘……我……"

"连先生,谢谢你告诉我这些。厉墨钧有他的想法和他的人生。很多时候我们觉得最好的,未必对于他来说那么重要。但也请你相信他的选择。"

米尘结束了与连萧的通话。她起身洗漱,来到楼下的客厅,果然看见厉墨钧坐在沙发上端着法文报纸。

她不动声色来到他的身边坐下,蹭了蹭他的肩膀,"嘿,今天一起出去走走吧?我想去香榭丽舍大街!"

"把早餐吃了我送你去。"

米尘抿起唇笑了。

她坐在他开的车里,巴黎街道上无处不洋溢着浪漫小资的气息,就连懒洋洋的日光里都透露出某种醉人的余韵。如果可以,她希望与他漫步在这条大街上,看尽消失在地平线上的晚霞,长长久久。

他们行过协和广场,白鸽扑啦啦从地面驰向天际,向西而行,隐隐看见了在晨光与阴影的交织之下大气磅礴的凯旋门。

米尘轻快地向前奔跑了两步,掠过游客与行人们的视线,然后张开双臂回过身来看向厉墨钧。

"喂!你快点!"

他缓缓向她走来,就像彻夜长明经年不息的灯盏。

"厉墨钧!你知道我这辈子做过最有勇气的一件事情是什么吗?"她向他喊出声,眼角眉梢是未经世事的天真与期待。

"是什么?"他淡淡地开口问,目光却始终与她相交。

"我曾经在这里向林润安表白,大声呼喊说'我喜欢你'。然后他把我当做孩子一样按进怀里。我不知道这样的沉默到底是接受还是拒绝,直到他在我看不见的时候转过身去牵起了另一个女人的手。其实我的表白没有错,喜欢和爱真的是不同的。只是我深深地确信,我不会再有那样向全世界宣告的勇气了。"

厉墨钧停留在不远不近的位置,他的面容在凯旋门巨大的阴影中显得静谧。

"但是真正爱上一个人是一件很奇妙的事情。它会让人充满勇气,像一个无所畏惧的疯子。它让人成长,让人做那些他们以为自己永远不会做或者不可能再做第二次的事情。它打破我们的底线,让所有我们为自己拟下的规则都荡然无存,它也让我们成为更加完美的自己。"

厉墨钧的眼睛微微颤了颤,他仍旧专注地望着米尘。

他的眉眼依旧细致,隐藏在漠然表情之下是柔和而缱绻的线条,他也许从不知道自己有着让一切都黯然失色的力量。他的背脊依然挺拔,就似悬崖边的守望者。无论当她如何恣意妄为地奔跑,只要撞上他的胸膛,便是不可逾越的终点。

"所以我决定了!我要去美国!我要做你的化妆师,我要与你并肩而行!"

"米尘,你刚在巴黎的时尚界站稳。"厉墨钧的语调永远理智,可这样的理智却不是为了自己而是为了她。

"我一直站得很稳,因为我站在你的视线里!我现在看着你,没有苦恼!没有迷茫!不会伤心也不会流泪!因为我知道我终于看着对的人!"

很多年以后,厉墨钧回忆起这一幕,他说,你的视线有着强大的力量。

像是在浩瀚宇宙中飞驰的流星,义无反顾撞入了地面。

他将她狠狠按入自己的怀里,用力到失去控制。

他抱着她很久很久。他说他以为自己还要看着她的背影很久很久。

凯旋门的投影随着日光如同时针一般缓慢旋转,周围的游客来往,车水马龙,人声鼎沸。

米尘只知道在厉墨钧的怀里,她的世界永远纯粹而宁静。

她因为这个世界的各种颜色倾倒,只是当她抬起双手抹开所有令人目眩神迷找不到方向的浮色,随着一层一层剥落的声响,她终于清楚地看到了他的存在。

[番外之一]
独家珍藏

  米尘靠着椅背，困得不行。她告诉自己厉墨钧的试镜还没有结束，她还不能睡。但是长途飞行的疲惫感让她实在抵抗不了倦意。

  这一次前来试镜的华裔演员起码有八个。其中有两个就是美剧中的熟悉面孔，一个演过警探另一个演过法医，形象气质都不错，最重要的是这两个人在美国有观众基础。另外几个，除了一个平面模特之外，其他的都是在美国本土长大就读表演学校毕业的演员。

  厉墨钧在欧美时尚界因为安塞尔的服装秀积累了一定的口碑和名气，但是在电影行业，他和新人没有两样。

  米尘用力地看着自己的脚尖。厉墨钧进去多久了？之前来试镜的不到半个小时就出来了，厉墨钧却已经在里面待了四十多分钟了。

  那几个等待试镜的演员聊了起来，米尘的耳朵嗡嗡响，最后她还是歪在椅子上睡着了。

  不知道时间过去了多久，她的鼻间是熟悉而安稳的气息。身体似乎被什么罩着，有人轻轻抱着她。

  米尘骤然醒来，侧过脸就看见厉墨钧淡然从容的眼睛。

  "啊！试镜结束了？"

  她怎么就真的睡着了？

  米尘看了看四周，发现所有人都离开了，就剩下他们两个。

  "结束了。去吃饭吧，吃完饭好好休息一下。"

  米尘这才发现盖在自己身上的是厉墨钧的外套。

  "你流口水了。"厉墨钧一边拖着行李箱一边说。

  他们为了赶这场试镜，临时订了机票，行李也是草草收拾了就飞了过来。米尘几乎一整天没有休息。飞机上她一直担心厉墨钧会错过试镜，结果厉墨钧睡得很安稳她却一路紧张没合上眼睛。

  这大概就是喵喵说的"皇帝不急太监急"吧。

  "我才没流口水呢！你骗人！"米尘抹了抹嘴角，干净得很。

  "那是因为我帮你擦干净了。"厉墨钧长腿迈开，向前走去。

  "我才不信你会帮我擦口水呢！"

  因为你是个洁癖狂！

就算这样，米尘还是厚着脸皮要去拉厉墨钩的手。

谁知道厉墨钩忽然倾下身，那双眼睛仿佛倾倒海水般差点将她淹没。

她的嘴唇被他轻轻含住，舌尖挑起唇瓣时仿佛什么东西钩过心脏。

"我为什么不会帮你擦口水？"

厉墨钩的手指嵌入米尘的指缝之间，拉着她向前走去。

米尘愣了愣，当他们走出影业公司大楼拦下出租车的时候，米尘忽然开口问："厉墨钩！你刚才是不是笑了？"

"我没笑。"厉墨钩的手掌挡在出租车门的上沿，扬了扬下巴示意米尘赶紧进去。

米尘坐进车里，想了想，十分确定地说："不对，你就是笑了！所以我根本没有流口水！是你瞎说的！"

厉墨钩微微侧过脸去望向窗外的街景，"我没有笑。"

米尘将脑袋凑过去，用力地看着厉墨钩的唇角，"不对！你刚才又笑了！"

就算只有一点点，还是逃不过米尘的眼睛。

厉墨钩将米尘的脑袋按在自己的肩上，唇角的凹陷更深了。

"你说我笑了，那就算我笑了吧。"

米尘在心里简直乐开了花。厉墨钩笑了，而且不止一次。那是他从来不曾对她之外的人露出的表情。

她太累了，没有精力享受大餐，所以两个人在酒店的餐厅里随便吃了点东西。

"你都一点不担心吗？我看见试镜的有两个很出名的华裔演员呢！其中有一个还演过法医！这个和剧本里的病毒学家很相似啊！"

厉墨钩放下餐具，看向米尘，"你觉得我的演技怎么样？"

"很好啊！"米尘伸出大拇指。

要找出哪个演技比厉墨钩好的，还真难。

"比起那个演过法医的华裔演员呢？"

米尘歪着脑袋想了想，"你的演技更有深度……就是更细致更让人觉得有意境。"

"你觉得我的外形呢？"厉墨钩又问。

"帅到人神共愤！"米尘再度套用喵喵的话。

对于米尘来说，厉墨钩不仅帅到人神共愤，他的气质是引人细细品味的。

"那么我的英语呢？口音很重？还是不够流利？"

"开玩笑！你要是不做演员可以去做国际电台的主持人！"

要知道厉墨钩可是学霸级别的，连萧说过，他在语言上的天赋可能还要高过演技。

"那么你还担心什么?"

"……好像是没什么好担心的。"

厉墨钧是自信的。但他并不自负。他清楚自己拥有什么,以及有多大的能力。

"明天纽约时尚界的先锋杂志 EYES ON ME 是不是要采访你?"

"啊……你怎么知道?"

米尘其实并不打算接受这个采访。她这次来到纽约的目的是为厉墨钧的试镜。她想要将自己全部的精力都放在厉墨钧这个角色上。

"去吧。"厉墨钧伸长了手臂,捏了捏米尘的鼻尖,"你要相信我,也要相信你自己。"

米尘笑了。如果厉墨钧将在这里获得成功,那么她也不能太落后啊。

当他们登记入住的时候,才发觉连萧那家伙竟然订了个双人房。

米尘有些尴尬地看向厉墨钧。

她不知道厉墨钧会怎么想,即便在巴黎厉墨钧和米尘住在一起,也是不同的房间。而且他是一个很注重自我空间的人。

厉墨钧看见客房信息的时候脸上却没有任何表情,他取出自己的护照顺带从米尘的大衣口袋里取出她的护照,叠在一起递给了工作人员。

"厉先生,祝您和太太愉快。"

当工作人员将护照与房卡递给厉墨钧时,米尘窘了。

太太什么的……太让人不好意思了吧?

"谢谢。"厉墨钧回了一声,拉着行李箱去电梯了。

"他刚才说我是你的太太呢……真让人不好意思呀。"米尘摸了摸脑袋。

厉墨钧的目光却压了下来,"早晚你都是我的太太。为什么要不好意思。"

米尘眨了眨眼睛,"你确定……你要娶我?"

不不不……她的意思是"你这话算是求婚吗"……

厉墨钧的眉心微微蹙了起来,"你还想嫁给谁?"

粉红泡泡没有了,电梯里忽然有点冷。

气氛不对,很压抑。

"不……不是……我没想嫁给谁啊……"

"所以你连我都不想嫁?"

"不是……我当然愿意……"

等等,这不对劲啊!

厉墨钧又没有求婚,怎么就变成她米尘眼巴巴地恨嫁了呢?

"厉太太，走吧。"

电梯门打开，厉墨钧走了出去。

她这次绝对没看错，绝对没走眼，而且还有电梯里监控为证，厉墨钧刚才绝对是笑了！

"我才不做你的便宜厉太太呢！"

房间很大床很宽，米尘没有整理行李的力气，匆匆洗了个澡走出来。看着那张白得没有瑕疵的床，当真刺眼得很。

厉墨钧正有条不紊地将西装还有外套挂进衣橱里。

"那个……我睡沙发，你睡床吧！"

米尘觉得她对厉墨钧实在太好了！

厉墨钧挂上最后一件衣服，转过身来，"又在瞎想什么，好好睡觉。"

瞎想？

米尘的脸顿时烫了起来。

她没有瞎想！她哪里敢瞎想！她就是不想瞎想才决定睡沙发的好不好！

厉墨钧取出平板电脑，坐在沙发。长腿一横，整条沙发都被占领了。

米尘来到他身后，看了一眼才发现貌似是剧本。

再仔细看看台词，好像是电影《风暴》中Doctor Han！

"你在研究剧本啦？"

感觉到米尘的气息，厉墨钧仰起脸正好在米尘的下巴上亲了一下。

轻轻的，带着宠溺的意味，米尘的胸腔里有什么就快跳出来。

"对啊。连萧正赶过来，明天他会和导演以及投资方商议片酬。"

"所以……所以说……"

"所以说你没什么可担心的。"

"那你吃饭的时候为什么不直说？"米尘觉得自己应该生气，这样在男神面前才有尊严。

"因为我喜欢看你为我担心睡不着觉的样子。"

厉墨钧低下头来继续看剧本。

米尘歪着脑袋盯着对方，良久，咬牙切齿地说："你刚才是不是又笑了？"

"我没笑。你是不是因为没睡好所以总胡思乱想了？"厉墨钧扬了扬下巴，示意米尘去睡觉。

没骨气地哼了一声，米尘掀开被子将自己卷进去。

她睡得很沉，以及做了一个很长但是不愿醒来的梦。

[番外之一]

独家珍藏

梦里,她穿着厚厚的滑雪衣正在攀登一座雪山。厉墨钧走在她的前面。他一直紧紧地抓住她,拉着她向折射着斑斓日光的峰顶爬去。直到她走不动了,坐在地上再也爬不起来。

"你走吧……别管我了……就让我在这儿待着……"

厉墨钧只是蹲下身,将她背起,一摇一晃继续向前。

"放我下来吧……背着我你上不了峰顶……"

"为什么要上峰顶?"厉墨钧反问。

米尘终于明白他的意思。他只想跟她在一起,没有想过会当凌绝顶,只是在一起就好。

贴在他的背上,听他的呼吸声,这是她的世界里最真实的东西。

当她微微睁开眼睛时,看见的是厉墨钧的脸庞。她无比熟悉的容颜就在她的面前,安宁淡然。米尘咽下口水,发觉自己的一条腿正嚣张地压在厉墨钧的腰上,一只手被厉墨钧轻轻握着,放在枕边。

米尘知道自己睡相不怎样。摆大字摆九字想怎么摆就怎么摆,可现在她的猪蹄都挂在厉墨钧的腰上了,他被她压得睡得着吗?

米尘微微抬起自己的腿,小心翼翼地收了回来。她还没来得及挪一下身,厉墨钧的眼睛便睁开了。

米尘屏住呼吸,下意识正要装睡,厉墨钧却靠向了她。感觉到他越来越接近的呼吸,还有他的温度,米尘只觉得这个世界都在褪色,最后只剩下他的眼睛。

他的唇触了上来。

米尘自己也不知道发生了什么,她被对方一带,忽然趴在了厉墨钧的身上。

他抱着她,不松不紧,他一遍一遍吻着她的唇。

她的双手撑在他的枕边,直到他收起膝盖,就像一个倒下的座椅,而她正好坐在他的腿上。

"我和连萧约了导演一起吃午餐,你一个人也能应付 EYES ON ME 的采访。对吗?"

米尘终于明白这一连串早安吻的意思了。

他在为她打气。

"我当然可以!"米尘露出自信的笑容。

她没有易碎的玻璃心,承受不起时尚界的激烈评论。她也不是最初那个需要别人的肯定才能勇敢的菜鸟。

厉墨钧的唇线微微扯起,那是微妙而迷人的弧度。

米尘只觉得无比性感。当她反应过来的时候，她已经吻在了对方的唇角上。

厉墨钩与赶来的连萧碰面，离开了酒店。米尘站在玻璃窗前看着他们远去。她有一种预感，他会成功。不仅仅是因为他值得。

米尘有些苦恼自己带来的衣服都很普通，但仔细一想她不是要去参加奥斯卡颁奖晚会。不如落落大方做自己。她穿上最简单的T恤和牛仔裤，去到了EYES ON ME的杂志社。

杂志主编缇娜·米勒亲自对米尘进行采访。

当她见到米尘的时候，是惊讶的。

"我没想到你会以这样自然的姿态出现在我的面前。"

"很抱歉我没有惊艳登场。"米尘显得落落大方，哪怕是在纽约最负盛名的时尚主编面前。

"比起那些急于展示自己的化妆师还有设计师，你确实很独特。"

"因为有人对我说，化妆师并非'灰姑娘'，而是让所有灰姑娘闪亮登场的'神仙教母'。"

缇娜笑了。

虽然这是一场访谈，但他们基本上是在讨论对彩妆的看法，不同理念的碰撞以及她们对时尚艺术拥有相似的原则与底线。

她们这一聊几乎几个小时过去。

当访谈即将结束的时候，缇娜提出了一个要求，希望米尘能当场为一位平面模特设计彩妆。

"没问题。"

米尘笑着答应下来，她知道这是缇娜对她的考试。到底她只懂纸上谈兵还是真的才华横溢。

这里拥有各大品牌的彩妆，米尘几乎只用了十分钟就挑选出了自己所想要的东西。

她习惯站着，而坐在椅子上的模特在她面前就像一张画布。

缇娜在一旁观察着米尘。

她一直很淡然，偶尔唇上会漾起一抹笑意。她从不同角度观察着模特的五官，每一笔似乎都经过深思熟虑。

缇娜抱起了胳膊，她不知道米尘到底有多少水平，但是她觉得米尘是真的很享受为他人上妆的过程。

不知不觉时间过去，米尘放下所有东西，向后退了两步，朝缇娜招了招手。

[番外之一]
独家珍藏

缇娜和摄影师走到模特面前时,下意识顿了顿。

时间和空间在那一刻延伸出不一样的美感。

模特眼睛周围以各种暖色调以层层递进的方式勾勒出花的形态。这明明是许多彩妆公司在推出其产品时用滥了的创意,但是米尘却给了它不一样的意境。眼角仿佛绽放的花朵并没有被限定死形态,甚至飘渺着宛若花散的云。

随着模特的眼睛睁开,视线被抬起一般,整个脸部有了分明的层次感。

人仍旧是主题,而非妆容。

缇娜摸着下巴,她看了许久,在脑海中不断解析着米尘的技法。

这个彩妆作品是想法与技法的高度结合。

摄影师已经迫不及待地开始拍照了。

当照片被传至电脑上时,缇娜是惊讶的。

随着不同表情的变化以及角度,呈现出不同的气质。

比如当模特垂下眼帘时,既有奥黛丽·赫本的高雅又有夜幕轻垂的神秘。而当模特抬起眼睛露出笑容,一种单纯烂漫的感觉占据眼球。

"我在想,海文·林有你这样的学生,他到底该自豪还是嫉妒。"

"我把你说的话当做赞美。"

"这个作品……有名字吗?"

米尘摇了摇头,"不是所有我们觉得美好的东西都非得有名字不可。如果你觉得它美,那就替我记住它。也许在明天、后天,或者下一刻,我会有更让你觉得心动的想法。"

"所以,你是要我替你记下这成长的瞬间了?"

米尘开朗地笑着,与缇娜道别,洒脱地转身。

缇娜站在玻璃窗前,看见米尘奔跑着撞进某个男人的怀里,像个孩子一样仰着头。

而对方将她高高抱起,在人来人往的大街上一遍又一遍吻着她的唇。

缇娜笑了起来。也许正是这样蠢蠢欲动难以压抑的感情才能让她如此自若地抒发灵感。

米尘被厉墨钧抱得很高,她低下头来看着对方的眼睛,忍不住又亲在他的眉心。

"你怎么会来接我的?是不是和导演谈崩了啊?"

连萧则靠着车看着这两个人,"有我这个金牌经纪人在,怎么可能谈崩?"

"啊,没谈崩啊!"米尘故意露出失望的表情,拽了拽厉墨钧的衣领,"缇娜看起来很欣赏我。估计我很快就能在纽约的彩妆界大展身手了吧。

米尘故意摆出牛哄哄的表情，连萧都不由得笑了起来。

而厉墨钧直接咬在了米尘的鼻尖上。

"哎呀！哎呀！疼死啦！"

米尘完全愣住了，完全没有想过众人眼中的高冷男神竟然会做这样的事情！

连萧不紧不慢地走过来，告诉米尘："厉墨钧已经确定拿下 Doctor Han 这个角色了。下周电影即将开拍，你就要跟着厉墨钧进入拍摄了。"

"真是心花怒放啊！"米尘觉得这是她人生中听见的最开心的消息。

厉墨钧按了按米尘的脑袋，"你确定自己用的是正确的词吗？"

"我确定啊！"

连萧也好笑地摇了摇头。

而米尘感受着厉墨钧与自己相扣的手指，低着头抿起自己的嘴唇。

这才是最让她得意的事情。当然，这样的小秘密她是不会让厉墨钧知道的！

她才不想他比她更得意呢！

那天晚上，当米尘正在研究 Doctor Han 的人物形象时，厉墨钧却带着手机来到了房门外。

"妈妈，我现在很好，很快乐。"

电话那端的人沉默了良久，忽然问："我知道你快乐，因为我听出你在笑。"

"对，我在笑。"

"所以你所相信的没有错，你一直看着对的人。"

女人的声音温婉悠长，脱离了歇斯底里执着与疯狂，在这样两不相见的距离里显得平静而淡泊。

"是的，她也终于看着我了。"

这时候米尘忽然放下平板电脑，推开门，脑袋探了出来，一脸好奇。

厉墨钧到底在跟谁打电话呢？

"晚安，妈妈。"厉墨钧挂了电话，手指在米尘的额头上敲了一下。

米尘刚要嚷嚷，对方却倾下身来吻住她。

当米尘仰起脸，看见的是他令人陷落的唇角以及微微弯起的唇线。

他对她说，只要你一直看着我，我们可以成为任何我们想要成为的人，做到任何我们想要做到的事情。

那是米尘这一生见过的最让人心动的笑容。

只属于米尘的独家珍藏。

[番外之二]
永远的男主角

深秋时节,天气已经转凉。

米尘穿着格子毛呢斗篷,围着围巾走在大街上。

这是她离开之后的三年里第一次回到国内。这些年她一直往返于欧洲与美国,四大时装周上皆有她的身影。无论是好莱坞电影明星还是盛极一时的超模,对她趋之若鹜。

EYES ON ME 的主编缇娜曾经半开玩笑地提起,当她第一次亲眼见到米尘的作品时,就曾经设想过有一日这个年轻的化妆师也会江郎才尽。但直至今时今日,米尘仍旧走在彩妆界的潮流尖端。许多与她合作过的时尚大师们都笑称,米尘将他们的服装风格与模特的气质衔接了起来,没有米尘的服装秀总让人感到少了一点灵气。虽然这样的说法有些夸张,但却是发自内心的认可。

这样一个在时尚界顶着光环的年轻人此刻却像是个普通人一样行走着。

大街上依旧车水马龙,只是街道两旁的商铺早就改头换面辨认不出了。那个自己经常发呆的咖啡馆被改成了服装店。而她的好朋友喵喵也在去年结了婚,肚子里也有了小喵喵。

米尘的手机响了,当她听到那个人的声音时,露出了了然的笑容。

"白大哥,你怎么知道我回国了?"

"心有灵犀。"

白意涵的声音带着让她熟悉的暖意。

"哦……心有灵犀啊……那白大哥知道我现在在想什么吗?"

"你想要我请你吃饭。"

"咦,你怎么知道?"

"你想吃徐记牛肉面,可是找不到地方了。"

白意涵的声音不紧不慢,即便不用看到他的脸,也知道他唇角带着笑意。

"这你都知道?"米尘真觉得白意涵神了。

"只是对你了解而已。厉墨钧在《风暴》里的表现太出色了。皇朝影业明年一部电影,想要冲击奥斯卡最佳外语片,希望他能出演男主角。"

"没开玩笑吧?白大哥你可以亲自上阵啊!"

"我是导演。再担纲男主角的话,压力太大了。"

米尘眨了眨眼睛,她怎么就忘记这两年白意涵执导了两部电影,票房与口碑双赢，甚至还参加了好几个国际电影节。"

"不过厉墨钧若是知道我单独请你吃饭，你大概回去要跪搓衣板了。哦，现在不流行跪搓衣板而是遥控器。所以我请你吃饭的时候，别忘记把他也叫上。"

米尘笑了，"你才不是担心我呢！你是想要借我的东风和他谈电影吧！"

"米尘，你这么戳穿我是打算以后都不给我面子了吗？"

白意涵笑着将电话挂断了。

他没有问她好不好，因为他相信她会让自己的人生越来越完美。

这是白意涵与她之间的默契。

又向前走了几步，米尘放眼望去，公交车站以及各大影院商场上，到处都是《风暴》的宣传海报。

路过一个报亭，展示出来的各种时尚杂志以及电影杂志上，无一不是厉墨钧。

《风暴》在欧美上映时收获了极佳的口碑，成为这一年冲击奥斯卡的最大热门。这部电影讲述了当病毒侵袭灾难来临时的世间百态。特别是对一线医疗工作者以及病毒研究者的刻画，无数细节串联最后汇聚成极有感染力的冲突，人性、亲情、爱情得到体现，令亿万观众动容。

这是一部群像电影，主角是上一届奥斯卡影后芮内，她是串联故事的线索。

而厉墨钧所饰演的病毒学专家代表的是理智、冷静、敬业以及奉献。在研究院里因为一场意外，Doctor Han 被这种致命性病毒感染。在人生的最后一刻，他仍旧与研究助理探讨着如何研制抗体，甚至于在他的启发之下整个团队完成了研究，而他却没来得及见到最后的曙光，一个人在隔离病房中离世。

这本来是一个很刻板的人物，而作为东方人的厉墨钧也没有欧美演员那种外放的演技，甚至于连台词都不多。但是厉墨钧的最后一个镜头却让无数观众泪崩，好莱坞苛刻的影评人也纷纷表示被感动。

就在米尘站在报亭前看着杂志上的厉墨钧时，口袋里的手机却响了。

"为什么在报亭前发呆？"

他的声音依旧微凉，但只要细细去感受，就会有一丝丝的暖意涌入心中。

"我在看你。"米尘抿起嘴唇，"国内的电影杂志还有娱乐新闻上几乎都是你！好像世界都被你占满了一样。"

"如果你想看我，回头过马路就好。"

对于名利，他依旧不以为意。

而米尘早就发现这家伙特别享受自己对他的关注。虽然现在踟踟地叫她回头看本人，心里只怕早就乐滋滋的，却还偏偏要摆出一副无所谓的模样。

米尘欢快地转身,走过马路,挽上影院门口那个风姿绰约的男子的胳膊。

"你就这样大摇大摆地站在影院门口,也不怕被狗仔围攻?"

"那就让狗仔陪我们看电影好了。"

周一的下午四点,整个影院里空荡荡的,只有两三对情侣。

人本来就少,而厉墨钧自己也很坦荡,让周围偶尔路过的人都不敢相信他真的是那位影帝。

进入影院,整个空间仿佛变成了他们两个的世界。只有光影交错着划过他们的脸庞。

厉墨钧与米尘坐在倒数第一排,没有爆米花没有可乐,这是米尘第一次和他一起在影院里看电影。故事行云流水,直到影片最后十分钟的时候。

米尘知道剧情的发展,也看过那个片段无数次,可是每当这个时候,她仍旧无法克制自己的心脏被收紧,呼吸被夺走一般。

仿佛早就知道她会难过,厉墨钧的手伸了过来,绕过米尘的肩膀,轻轻将她的脑袋按在自己的肩上。

Doctor Han 躺在病床上,苍白而憔悴的容颜,并没有让人感到脆弱。相反他眼中有一种平静与专注,令人莫名地敬佩。

当助手忐忑地将研究遇到瓶颈的消息告诉他时,他却淡然地与对方一起分析研究现状以及其他可能性。

厉墨钧的英语很流畅,无论咬字还是语调明明听起来显得理智缺乏情感的波动,但却莫名地让人想要听他说话,越多越好。但即便是没有波动的语调,也让人隐隐感受到他看似冷漠疏离的内心深处对生命的热爱与执着。

"Doctor Han!我们一定会研究出抗体的!所以请你一定要坚持住!"助理的声音传来。

隔离病房里的 Doctor Han 眼底似乎有无限温暖的溪流涌出,在宽大的屏幕上汇聚成海,悄无声息填平了所有视线所不能企及的凹陷。

"……我看见爱丽了……"

一直未曾笑过的 Doctor Han 的唇角缓缓陷了下去,那弯起的唇线牵绊了所有观众的视线。

爱丽是 Doctor Han 的女儿。她因为感染病毒而死去,而 Doctor Han 并没有见到女儿最后一面,因为他在研究室里争分夺秒地研究病毒。这是他的终生遗憾,也是他人生中最为痛苦的事情。

"Doctor Han!爱丽也会想要你撑住!我们还需要你!你的想法你的引导对我

们的研究至关重要！"

　　Doctor Han就似没有听见一样，他的视线越拉越长，延伸向世界的尽头，进入每一个人的心里。

　　他的手上紧紧握着女儿的发带，直到他的手指松开。

　　那一刻，他的眼睛里所呈现出的不是面对死亡的恐惧与无助，而是希望。

　　他所取得的所有成就，所有羡慕他妒忌他讽刺他的目光都显得可笑虚无。

　　仿佛他的人生终于跨过山川越过河流，终于抵达了彼岸。

　　米尘的眼泪掉落下来，浸湿了厉墨钧的肩头。

　　她记得自己为厉墨钧上妆时，就感到害怕与恐惧。她无数次地想象，如果有一天厉墨钧就这样离开世界，她再也找不到他看不见他，她会怎样？

　　电影不知不觉进行到了结尾。影院的灯光亮起，米尘却仍旧靠在厉墨钧的肩上不愿起来。

　　而厉墨钧也静静地坐着，陪着她。

　　影院里竟然没有人离开，因为他们知道字幕之后有一系列的彩蛋。

　　其中一个，就是厉墨钧的戏份结束，他身上还穿着病人的衣服，天气已经转凉，他披上了一件外套，站在片场外，吻上一个女孩的画面。

　　看似遥远的距离，让人看不清楚那个女孩究竟是谁。只是很多观众都因为那一刻而心动不已。

　　米尘赶紧捂住自己的眼睛，"哎呀！导演怎么把它放进彩蛋里了啊！"

　　那一幕发生在厉墨钧的戏份杀青，发现米尘站在工作人员之外流眼泪时，他来到了米尘面前，抹开了她脸上的泪痕。

　　他问她为什么哭了。

　　她没有回答他，只是踩上了折叠椅，站在与他一样的高度，吻上了他。

　　那时候，米尘沉浸在对厉墨钧的感情里。

　　而现场某位摄影师将它拍了下来。空气仿佛静止，只有心跳的声响。

　　今天米尘看见它竟然成为电影结束时候的彩蛋，才真正看清楚那一刻厉墨钧的反应。

　　他微微睁大的眼睛仿佛很惊讶。

　　然后他闭上了眼睛，轻轻垂落的眼帘仿佛经年流转，所有他对她的付出与期待终于得到了回应。他将米尘从折叠椅上抱起，将她抱到比自己还高的位置，十分虔诚地回吻。

　　"因为导演觉得，这才是Doctor Han值得拥有的结局。"

[番外之二]

永远的男主角

厉墨钧侧过脸来看着米尘。

米尘扯起唇角,这个男人总有让她心动的天赋。他从来不需要送给她娇艳的鲜花,也没有甜言蜜语的取悦,只是最平淡语调的一句话,就能让她的心坠入一片琉璃海。

电影院里的人终于走空了。

米尘与厉墨钧的手机里同时收到一条短信。

是导演发来的。

厉墨钧竟然被提名了奥斯卡最佳男配角!

米尘睁大了眼睛确定了一遍又一遍,然后她一把抱住了厉墨钧。

"你看见了没?看见了短信没?是真的吧!对吧!"

"嗯。"厉墨钧淡然地将手机放回外套的口袋里。

"什么'嗯'?那是奥斯卡最佳男配角!你一点都不兴奋?那是奥斯卡!如果我是演员,我愿意为奥斯卡而死!"

厉墨钧已经起身了,他扬了扬下巴,"走了,吃晚饭。"

"……"米尘叹了口气。

厉墨钧还是那样。就算是奥斯卡小金人从天而降砸在他的脑门上,他也是不冷不热。

米尘揣着口袋有些赌气地跟在厉墨钧的身后。

走了没两步,忽然发觉揣在口袋里的手指上似乎有什么东西。拨了拨……怎么好像是指环?

米尘愣住了。

这个指环什么时候出现的?

明明自己进电影院之前打电话时候手指上都没有东西呢!

米尘忽然明白过来什么,快步冲上去,一把拽住厉墨钧的手。

这若是别人,厉墨钧早就冷冷地甩开了。也只有米尘能这样想拉就拉想拽就拽。

"这是你给我的吧?是你给我戴上的吧!"米尘把自己的手放到厉墨钧的面前晃了晃。

她觉得这是她人生中最得意的时刻。

这枚戒指是属于厉墨钧母亲的,如今它却戴在了她的手指上。

厉墨钧默然不语。

米尘却不死心地更加用力地拽了拽对方,"你什么时候给我戴上的?我怎么不知道啊！"

"当你看电影哭到忘我的时候。"

米尘这才回忆起当自己靠在厉墨钧的肩上流眼泪的时候，对方就一直握着她的手。

"男人不能随便给女人戴戒指的。"米尘得意了起来。

她相信从前到现在，她是唯一一个被他戴上戒指的女人。

那不是钻戒，没有几克拉的重量，却承载着厉墨钧所有对感情的期待。

"我知道。"

什么叫做你知道啊！

米尘瘪起嘴郁闷了起来。好歹背两句电影台词啊！

"小米，我不会说好听的话。"

"知道。你要是真说了，就不是厉墨钧了。"米尘看着戒指，心里既无与伦比的高兴又有一点堵堵的。

她是女孩子啊！收到戒指的时候也会想要听到浪漫的话啊！

"我也不会准备烛光晚餐送你一万朵玫瑰。"

"我早就知道了。"

如果有一天我打开门发现烛光晚餐还有玫瑰花之类的，一定是因为我走错了房间。

米尘摸一摸戒指，还是又高兴又心堵。

"奥斯卡的最佳男配角也好，男主角也好，并不是什么大过天的事情。我只想做你永远的男主角。"

他们来到了电影院的散场口。

厉墨钧回过身来看着她。

他们身后的屏幕上仍旧是他吻她的画面。

"我知道你享受在我面前小得意的感觉。只要你点头，我会让你得意一辈子。"

那一刻米尘忽然发觉，曾经的她就像一只找不准方向的小鹿，一直奔驰在他的目光里。每当她干渴，被自己的脆弱压倒时，她总能刚好摔落在他的心岸，啜饮他眼底的湖水，看清自己的倒影。

是的，从她驻足在他海报前的那一刻，就注定了他是她永远的男主角。